Emma Hamberg
Gemeinsam finden wir das Glück

PIPER

Zu diesem Buch

Bror muss weg. Seine Eltern bekriegen sich, und es kann nicht mehr lange dauern, bis einer von beiden die Scheidung einreicht. In der Zeitung findet Bror die Anzeige einer Frau, die kranke Tiere aufnimmt, um sie gesund zu pflegen – da muss sie doch auch eine Menschenfreundin sein? Und tatsächlich findet er bei der 60-jährigen Jane Unterschlupf. Sie war selbst vor Jahrzehnten aus ihrem Heimatdorf geflohen und hat den Kontakt zu ihren Eltern abgebrochen. Bei ihr strandet auch die 29-jährige Theresa. Sie führt ein tristes Leben in einem Stockholmer Vorort, geht einem öden Job an der Imbissbude nach und wird von ihrem Freund betrogen. Einem Nervenzusammenbruch nahe, wählt sie die Nummer des psychologischen Dienstes – glaubt sie – und landet versehentlich bei Jane …

Emma Hamberg, geboren 1971 im schwedischen Vänersborg, hat mehrere Kinder- und Jugendbücher geschrieben sowie als Comiczeichnerin und für Rundfunk und Fernsehen gearbeitet. Sie lebt mit ihrem Mann und drei Töchtern in einem Vorort von Stockholm. Nach »Immer dieser Zirkus mit den Männern« und »Landliebe gesucht« erschien zuletzt »Für Wunder ist es nie zu spät«.

Emma Hamberg

GEMEINSAM *finden wir das* GLÜCK

Roman

Aus dem Schwedischen von
Annika Krummacher

Piper München Zürich

Mehr über unsere Autoren und Bücher:
www.piper.de

Von Emma Hamberg liegen bei Piper vor:
Immer dieser Zirkus mit den Männern
Landliebe gesucht
Für Wunder ist es nie zu spät
Gemeinsam finden wir das Glück

MIX
Papier aus verantwortungsvollen Quellen
FSC
www.fsc.org
FSC® C014496

Deutsche Erstausgabe
März 2014

Published in agreement with Stilton Literary Agency
Titel der schwedischen Originalausgabe:
»Rosengädda nästa!«, Piratförlaget, Stockholm 2012

Umschlaggestaltung: bürosüd°, München
Umschlagabbildung: mauritius Images/RedCover und bürosüd°, München
Satz: Kösel, Krugzell
Gesetzt aus der Scala
Papier: Munken Print von Arctic Paper Munkedals AB, Schweden
Druck und Bindung: GGP Media GmbH, Pößneck
Printed in Germany ISBN 978-3-492-30356-9

Einen schönen Tag noch – und vergesst nicht zu spielen!

Das hat mein verstorbener Schwiegervater Björn Lindroth jeden Morgen zu seinen Söhnen gesagt. Ich wünschte mir, wir alle würden das sagen und auch so meinen – zu unseren Kindern, Eltern, Freunden, Nachbarn, zu Arbeitskollegen, zum Busfahrer, zum Briefträger, zur Kassiererin, zur Chefin und zu uns selbst.

Einen schönen Tag noch – und vergesst nicht zu spielen!

1. Kapitel

Ein Elternpaar, das keine Luft bekommt, und ein Junge, der einen Entschluss fasst

Bror hört sie durch die Wand hindurch. Jeden Abend. Es beginnt ganz leise, am Anfang klingt es fast gemütlich, so als würden sie sich darüber unterhalten, welchen Film sie sich heute Abend ansehen wollen. Wobei sie natürlich nicht über Filme reden, sondern über ganz andere Dinge. Sie unterhalten sich zunächst ruhig – bis etwa zehn Uhr. Danach ist es eine Weile ziemlich laut, bis elf (sie glauben nämlich, dass Bror zu dieser Zeit schläft), um gegen halb zwölf mucksmäuschenstill zu werden (denn da sind sie vom Streiten so ausgepowert, dass sie es nicht mehr fertigbringen, laut zu reden).

Jetzt ist es Viertel nach zehn. Happy Hour. Kotz dich aus, so viel du willst, und das völlig kostenlos. Vielleicht kommt es dich später mal teuer zu stehen, aber was macht das schon, wenn jetzt Happy Hour ist?

»Ich brauche Luft zum Atmen, verdammt noch mal! Ich kriege keine Luft, verstehst du? Das alles hier erstickt mich. Ich könnte kotzen!«

»Meinst du, du bist der Einzige, der hier keine Luft kriegt? Ich arbeite den ganzen Tag, operiere stundenlang ohne Pause. Schreibe Arztbriefe, spreche mit Patienten und Angehörigen, und dann gehe ich einkaufen, um …«

»Wie einkaufen? *Ich* kaufe doch immer ein! Wann hast du zuletzt eingekauft? Sag es mir!«

»Ich war gestern im ICA Maxi, verdammt!«

»Tatsächlich? Haha! Das kann gar nicht sein, denn da war ich im Coop!«

»Wieso kann ich nicht im ICA Maxi gewesen sein, nur weil du im Coop warst?«

Bror beugt sich vor zu seinem Plattenspieler. Er besitzt tatsächlich einen Plattenspieler von 1969, den er von seinem Opa geerbt hat. Vorsichtig lässt Bror die Nadel auf der Vinylplatte landen. Anfangs kratzt es ein bisschen, doch dann erfüllt Serge Gainsbourgs heisere Stimme mit *Ces petits riens* sein Jungenzimmer. Es tut gut, einem französischen Mann zuzuhören, der von lauter kleinen Dingen singt, während die Eltern im Zimmer nebenan streiten. Bror studiert das Plattencover. Vor einem intensiv roten Hintergrund blickt Serge schlaftrunken in die Kamera, den Mund leicht geöffnet, das schwarze Haar perfekt geschnitten.

Entschlossen steht Bror aus dem Bett auf, steckt seine nackten Füße in die Lederhausschuhe, nimmt eine Schere aus der mittleren Schreibtischschublade und geht zum großen Spiegel neben dem Kleiderschrank. Man muss den Stil wahren. Auch als es Serge richtig mies ging, hat er den Stil gewahrt. Er hat weiter seine stylishen Zigaretten geraucht, ja, er hat sich sogar geweigert, die krankenhauseigenen Decken zu benutzen, sondern hat darauf bestanden, sich eine Markendecke von zu Hause mitzubringen.

Vorsichtig schneidet sich Bror den Pony und die Haare an den Ohren, hebt sorgfältig die Strähnen vom Boden auf und wirft sie in den Papierkorb. Er bewundert seine Anzüge, die ordentlich auf Kleiderbügeln im Schrank hängen. Wie können manche Leute nur solche Meisterstücke verschenken? Sie hängen im Secondhandladen der Heilsarmee und warten nur auf Bror. Sie sind aus schwarzem Samt mit schmalen weißen Streifen, sonnengelb mit rotem Seidenrevers oder schwarz mit Seemannsknöpfen. Fünfzig Jahre alte Anzüge aus Frankreich, vielleicht ein bisschen zu groß für einen Dreizehnjährigen, aber seine Oma näht sie um, damit sie passen. Die Krawatten haben ohnehin eine Einheitsgröße, und dass die Hüte zu groß sind, macht nichts, sie sehen trotzdem ganz schön elegant aus.

»Wie damals, als du den Termin in der Kinder- und Jugendpsychiatrie verschlafen hast. Wie kannst du so was vergessen? Immerhin geht es um deinen eigenen Sohn!«

»Hör mal zu, ich vergesse doch nicht meinen eigenen Sohn!«

»Wie würdest du das denn bezeichnen, wenn er ganz allein dasitzt und mich anruft? Natürlich mich. Dich würde er nie anrufen, du gehst ja sowieso nicht ans Telefon.«

»Herrgott, wie lange willst du eigentlich noch darauf herumreiten? Es ist zwei Jahre her, *zwei* Jahre.«

So. Jetzt sieht er elegant aus. Ziemlich genau wie Serge im Jahr 1962. Routiniert schüttelt Bror eine Schokoladenzigarette aus einem kleinen goldenen Etui und lässt sie lässig im Mundwinkel hängen. Manchmal tun ihm seine Eltern leid, denen vom Schicksal ein Sohn wie er zugeteilt wurde. Zwei erfolgreiche Menschen, Ärzte, gut aussehend, begabt, sozial kompetent – und ausgerechnet die bekommen einen Sohn, der das genaue Gegenteil von ihnen ist: frankophil, will am liebsten allein sein, Musik von Serge hören, Albert Camus lesen, Romane schreiben, Schokoladenzigaretten rauchen, sich durch alte französische Erzählungen buchstabieren und überholte Synonymwörterbücher studieren, um sich so exakt wie möglich auszudrücken. Er kann sich ja nicht mal normal anziehen, ihr armer Sohn. Während andere Dreizehnjährige in ausgebeulten Jeans, Kapuzenpullis und schmutzigen Sneakers herumlatschen, entscheidet sich Bror für einen seiner leidlich erhaltenen gebrauchten Anzüge, Lackschuhe und den roten Mohairschal aus dem Jahre 1959.

Anfangs war es einfach nur charmant, auf eine etwas altkluge Art, damals, als Bror und seine Großeltern die ganzen Sommerferien in Frankreich verbrachten, Musik hörten, französisches Essen genossen und in dem schiefen Häuschen in den provenzalischen Bergen wohnten. Mama Jenny und Papa Ivan lachten herzlich über das neue Interesse ihres Sohnes. Erleichtert waren sie auch, dass er angenehme Sommertage verlebte, obwohl sie pausenlos arbeiteten. Doch als Bror älter wurde, war es plötzlich nicht mehr so charmant. Es war eher ... ungewöhnlich und, genau genommen, etwas seltsam. Die Freude verwandelte sich in schlechtes Gewissen und Besorgnis.

Die Eltern wollten ihm helfen. Im Lauf der Jahre gab es ziemlich viele Sitzungen beim Kinder- und Jugendpsychologen, aber wenn es um dreizehnjährige Frankophile geht, kann man nun mal keine vernünftigen Diagnosen stellen.

Keine Diagnose bedeutet keine Lösung. Keine Lösung bedeutet, dass Mama und Papa sich im Zimmer neben seinem anschreien. Ihre Streiterei ist eskaliert. Aus einem dumpfen Knurren vor einem halben Jahr ist mittlerweile ein ordentliches Bellen geworden. Es ist Brors Schuld. Das ist ihm klar. Er mag zwar seltsam sein, aber dumm ist er nicht.

Bror weiß, was seine Eltern brauchen. Sie brauchen Ruhe. Zu zweit. Weit weg von ihm, vom ICA Maxi und von dem großen Haus, das ständig aufgeräumt werden muss. Sie brauchen frische Luft zum Atmen, damit sie nicht ersticken. Denn bei ihren Auseinandersetzungen geht es oft darum, dass sie bald ersticken. Vielleicht sollte Bror ihnen eine Sauerstoffflasche kaufen?

»Aber für diese Einladung nach Stanford hast du genug Zeit, oder?«

»Wieso ich? Du fährst doch auch, wir wollen doch beide hin! Aha, und jetzt wird diese Stanfordgeschichte auch schon zum Problem! Aber vielleicht ist es besser, wenn du allein fährst, dann bleiben Bror und ich zu Hause. Genau, das ist bestimmt viel besser, dann kannst du nämlich dort tiiief durchatmen und ...«

Wenn sie nicht endlich Zeit zu zweit bekommen, werden sie

sich scheiden lassen. So ist es. Das ist eine Tatsache. Eine Tatsache bedeutet, dass etwas unumstritten ist und als fest beschlossen gilt.

Bror legt sich wieder aufs Bett, wickelt sich in die Tagesdecke, streicht sich über den Kopf, befühlt mit den Fingern den frisch gestutzten Haaransatz. Dickes Haar hat er immer schon gehabt, in dunklem Kastanienbraun. Grüne Augen. Die Augen seiner Mutter. Den Magen seines Vaters. Papa hat ständig Magenschmerzen, eine Art Sodbrennen. Brors Magen tut ebenfalls weh. Ein brennender, dröhnender Schmerz. Auch das ist eine Tatsache. Es tut besonders weh, wenn auf der anderen Seite der Wand gestritten wird. Wenn es drüben leise ist, dann herrscht auch in Brors Magen Ruhe. Es gibt unsichtbare Verbindungsfäden zwischen ihnen, die dazu führen, dass der Säuregehalt in Brors Magen in einer Art Wechselwirkung mit der Stimmung jenseits der Wand steht.

Aber Bror hat einen Plan. Er wird nicht mit nach Stanford kommen. Seine Eltern sollen allein hinfahren, ihre Gastvorlesungen halten, in einem kuschligen Hotel wohnen, bei Mondschein in aller Ruhe miteinander reden, Cocktails trinken, zusammen lachen, zusammen tief durchatmen, einen ganzen Monat lang nicht zum ICA Maxi fahren. Dreißig Tage nicht an Bror denken müssen. Das ist eine Tatsache. Mama und Papa müssen miteinander durchatmen, damit sie sich nie, nie scheiden lassen. Und Bror weiß genau, was er tun wird.

2. Kapitel

Life is like an Imbissbude

Ich muss an diesen Film mit diesem Tom Hanks denken. Forrest Gump *heißt er, jetzt weiß ich es wieder. Am Anfang sitzt Forrest auf einer Bank, hat eine Schachtel Pralinen auf den Knien und schwafelt irgendwas davon, dass das Leben sei »wie eine Schachtel Pralinen – man weiß nie, was man kriegt«. Was für ein beschissenes Gesülze. Das Leben ist wie eine Imbissbude. Du weißt genau, was du kriegst. Nicht mehr und nicht weniger. Wenn du einen Neunziggrammburger bestellst, bekommst du einen Neunziggrammburger. Ein Hotdog ist ein Hotdog. Und wenn du was Interessanteres haben willst, dann gibt es das nicht. Es sei denn, du findest zufällig Krabbenmayonnaise ein kleines bisschen interessant. Mickrige, wässrige Dosenkrabben, Farbstoffe, Mayonnaise und Möhren in einer Pampe, die du auf eine große Grillwurst kippst. Die ganzen Zeitschriften und Fernsehsender wollen uns normale Menschen dazu bringen, dass wir die Story von der Pralinenschachtel glauben. Aber mich legen sie nicht rein.*

Routiniert lässt Tessan ihre große Sonnenbrille so aus dem Haar fallen, dass sie weich auf der Nase landet. Sie lehnt den Kopf gegen die Wand und hält ihr perfekt geschminktes Gesicht in die Sonnenstrahlen, nimmt einen letzten Zug von der Zigarette, die sie dann unter ihrem Pfennigabsatz austritt, ehe sie die Schürze zurechtzupft und zurück in die Imbissbude geht.

Ein Mann in weißgefleckter Arbeitskleidung ist herangeschlurft und starrt hohläugig das Menü an. Tessan bindet ihr seit Jahrzehnten kaputtblondiertes Haar zu einem Pferdeschwanz und öffnet ein paar Knöpfe ihrer engen schwarzglänzenden Bluse, wodurch der Busen wie frisch geschlagenes Kartoffelpüree herausquillt. Mein Gott, ist es heiß. Mit ihren gebleichten Zähnen lächelt sie den weiß gefleckten Mann jenseits der kleinen Luke breit an.

»Und, was Leckeres gefunden?«

»So 'ne Riesenwurst mit extra Krabbenmayonnaise. Oder nein, doch lieber Gurkenmayonnaise.«

»Helles Brot oder mit Körnern?«

»Helles ist okay.«

»Röstzwiebeln?«

»Ja. Und 'ne Schokomilch.«

Tessan legt eine Riesenwurst auf die Grillplatte, dreht sie mit der Grillgabel, während sie das helle Hotdogbrot in den Toaster steckt. Die schwarze Lederhose sitzt an den Oberschenkeln wie eine Wurstpelle und lässt den Schweiß in kleinen Rinnsalen die Beine hinunterlaufen. Den ganzen Arbeitstag Pfennigabsätze zu tragen, das ist vielleicht auch nicht ideal, zumindest nicht aus ergonomischem Gesichtspunkt, aber was den Umsatz betrifft, erfüllen sie ihre Funktion. Die Imbissbude ist nicht zuletzt wegen Tessan bekannt, wegen ihrer Kurven und ihrer engen Blusen. Verlierst du deinen Stil, dann verlierst du auch die Kunden. Tessan zieht eine Schokomilch aus dem Kühlschrank, schüttelt sie ein paarmal, was ihre sämtlichen Armreifen zum Rasseln bringt, und reicht dem Mann die Flasche.

»Neunundvierzig Kronen macht das, bitte.«

Wenn jemand ein Symbol für mich in dieser Imbissbude finden müsste, dann wären das diese roten heißen Würstchen aus Dänemark. Sie sehen so bunt, stark und fröhlich aus mit ihrer knallroten Pelle. Wenn man reinbeißt, erwartet man einen wunderbar intensiven Geschmack, aber nein, es schmeckt einfach nur langweilig. Das ist meine *Pralinenschachtel.*

In den letzten drei Schulklassen war ich eine von den ganz Angesagten. Ich selbst habe mich zwar gar nicht so empfunden, aber die anderen. Die haben nämlich nur diese coole rote Würstchenpelle gesehen. Während ich mit dem langweiligen Geschmack im Inneren leben musste. Besonders cool habe ich mich nie gefühlt, aber ich habe begriffen, welche Codes gelten und wie man ihnen entspricht, und außerdem habe ich ziemlich früh einen großen Busen bekommen. Was rein statusmäßig eine echt gelungene Kombi war. Die Jungs kamen und gingen. Na ja, genau genommen sind sie vor allem immer wieder gegangen. Und ich war dankbar, dass jemand mich wollte, und hab sie machen lassen, worauf sie gerade Lust hatten.

Und dann kam Freddy, der King der Schule, der alle Mädels liebte. Das tut er bis heute. Freddy ist bei mir geblieben. Auch wenn er manchmal kurze Abstecher zu anderen macht, bin ich es, zu der er immer wieder zurückkommt. Wir sind echte Klassiker, Freddy und ich. In den oberen Schulklassen unter den Coolsten – und heute saulangweilig.

Neulich Abend sind zwei Mädels – oder vielleicht sollte ich besser sagen, zwei Frauen – zur Imbissbude gekommen und haben vegetarische Grillwürstchen bestellt. Die eine habe ich wiedererkannt, und es hat sich herausgestellt, dass wir jahrelang in dieselbe Klasse gegangen sind. Mein Gott, und ich wusste nicht mal mehr, wie sie heißt. Jetzt ist sie Architektin oder so in einem bekannten Architekturbüro in Stockholm, man wohnt in Södermalm, einem echt angesagten Stadtteil, und ihr Mann nimmt gerade Elternzeit. Alles ist total gleichberechtigt bei ihnen, und alles klang wirklich ganz super. Das hat sie mir erzählt, während ich ihre Sojabratwurst gegrillt und die Kakaomilch geschüttelt habe. Ich weiß ja, was sie die ganze Zeit gedacht hat. Dass es sich irgendwie gut anfühlt, mich da in der Imbissbude zu sehen. Noch immer im selben Vorort, mit derselben Frisur wie damals. Und sogar mit demselben Gehalt, wenn ich genau nachdenke. Jetzt ist sie das erfolgreiche Aschenputtel, und ich bin die fiese Stiefschwester, die sich die Fersen abhackt, um in diese Glaspantöffelchen zu passen. Aber gut, das muss ich aushalten. Ich hab ja meinen Spaß gehabt.

Manchmal kommen sie hierher, die Leute, die was aus ihrem Leben gemacht haben, und ich darf ein bisschen an ihnen schnuppern. Sie riechen wie ein riesiger Bahnhof. Jede Menge Gleise, man kann reisen, wohin man will, es gibt sogar Züge, die ins Ausland fahren. Abenteuer. Sie erleben Abenteuer, und ich hocke hier. Manche haben ihren Spaß noch vor sich, andere haben ihn schon hinter sich. Ich gehöre zur zweiten Kategorie. So ist es eben.

»Einmal große Pommes mit extra Gewürzsalz. Können wir zwei Gabeln kriegen?«

Zwei Teenies hängen draußen vor der Luke herum, kauen mit weit geöffnetem Mund Kaugummi und werfen ihre Ponyfransen synchron nach hinten. Tessan nickt und legt die kleinen Plastikgabeln auf den Tresen, kippt tiefgefrorene Pommes in den Frittierkorb und senkt ihn ins heiße Öl hinab.

»Und viel Ketchup!«, rufen die Mädels.

Tessan nickt wieder, lässt das Öl von den Pommes abtropfen, taucht sie noch einmal hinein, zieht sie hoch, ein letztes Abschütteln, dann lässt sie die fettigen Kartoffelstäbchen auf einen Pappteller gleiten und gibt reichlich Gewürzsalz drüber.

Keine Ahnung, warum ich gerade jetzt ständig über so was nachdenke. Das Leben oder wie man es nennen soll. Seit Monaten geht das schon so. Ich käue die Sachen immer und immer wieder. Dabei ist das gar nicht meine Art. Vielleicht eine Dreißigjahreskrise? Ich werde bald dreißig und wohne fünfzehn Meter rechts vom Haus, in dem ich aufgewachsen bin. Mein Arbeitsplatz liegt weitere hundertfünfzig Meter entfernt. In meinem ganzen Leben habe ich mich nie weiter als in einem Radius von einem Kilometer bewegt. Freddy und ich sind seit fünfzehn Jahren zusammen! Mit ein paar Unterbrechungen natürlich, Freddy steht noch immer auf viele Frauen. Aber er hat ja so ein schlechtes Gewissen, wenn er wieder mal Mist gebaut hat. Was hat er schon an Rosen und so nach Hause geschleppt! Ich könnte ein ganzes Zimmer mit getrockneten Rosensträußen füllen. Richtig süß und romantisch. Wobei das in unserem Fall ja nicht so ganz stimmt.

Wie lange stehe ich eigentlich schon in dieser Imbissbude? Zwölf Jahre? Ja, das müsste hinhauen. Eigentlich wollte ich Köchin werden. Ich habe mich sogar für einen Ausbildungsplatz als Köchin beworben, aber meine Zeugnisse waren genauso dürftig wie mein Selbstvertrauen, weshalb ich nicht genommen wurde.

Ein fröhlicher Chilene steckt den Kopf durch die Luke der Imbissbude, so gut es geht.

»Ein Big-Macho-Mucho-Menü, bitte. Ohne eingelegte Gurken.«

»Darf es stattdessen ein bisschen mehr Salat sein?«

»Ach, nicht nötig.«

Am Anfang habe ich es probiert. Ich habe versucht, ein bisschen was anderes anzubieten in dieser kleinen Imbissbude. Ich habe unterschiedliche Soßen zusammengemixt, habe neue Salate ausprobiert, ja, ich habe mir sogar einen eigenen Burger ausgedacht. Tessans French Burger. Mit diesen säuerlichen Gürkchen, einer Dijonsoße … Aber niemand wollte meine französischen Burger. Niemand wollte meine selbst ausgedachten Soßen oder Salatkreationen. Deshalb habe ich damit aufgehört und stattdessen meine Bluse aufgeknöpft. Das hat besser funktioniert. Wie immer.

Zu Hause ist es dasselbe. Ich habe ein paar französische Kochbücher und probiere manchmal Rezepte daraus. Freddy kriegt die Krise, nennt mein Essen »Türkenfraß« und geht stattdessen runter zur Pizzeria. Die Betreiber, die seine Calzone machen, sind Türken, deshalb kapiere ich seine Logik nicht so ganz. Aber Logik ist vielleicht auch nicht Freddys stärkste Seite.

Zu Hause bei Mama war es genauso. Ständig dieses Gezeter, dass ich mithelfen soll. Ich musste täglich kochen, weil meine Mutter den ganzen Tag irgendwelche Büros geputzt hat. Schon als Neunjährige habe ich für mich und Mama gekocht. Ich habe Nudeln gemacht und in der Mikrowelle Fleischbällchen aufgetaut. Dann habe ich irgendwann hinter den ganzen Tüten mit Knorr-Bratensoße Omas alte Kochbücher aus den Vierzigern entdeckt, und plötzlich hatte ich das Gefühl, in eine ganz andere Welt zu blicken. Roastbeef vom Elch mit Sauergemüse, Hechtquenelles mit Schnittlauchbutter, in Butter und Sirup gebratene Kohlrouladen … Es kam mir so vor, als würde ich einen spannenden Roman lesen. Ausgerechnet ich, wo ich doch nie die Geduld oder die Kraft gehabt habe, ein ganzes Buch zu Ende zu lesen, ausgerechnet ich saß da wie verzaubert vor diesen alten Kochbüchern, in denen es nicht mal Fotos gab.

Ich weiß noch genau, wie ich versucht habe, nach einem dieser Rezepte sogenannte Schornsteinfeger zu braten. In einer Bratpfanne habe ich die Heringe so stark angeröstet, dass der Rauchmelder angesprungen ist. In der Wohnung hat es wochenlang nach angebranntem Fisch gerochen, und meine Mutter ist fast wahnsinnig geworden. Sie ist mit nichts klargekommen, was aus dem Rahmen fiel. Wie damals, als ich Kohl blanchiert habe, um diese Kohlrouladen zu machen, von denen ich gelesen hatte. Ich habe den Kohl zu lange kochen lassen, und es wurde leider nur klebrige Kohlsuppe daraus. Trotzdem habe ich probiert, das Hackfleisch in den Kohlmatsch einzurollen. Als Mama nach Hause kam, gab es nur sirupartige Kohlpampe zu essen, auf dem ganzen Stockwerk stank es nach Kohl, und ich hatte die Hälfte unseres wöchentlichen Essensbudgets verpulvert. Mama hat mehrere Tage nicht mit mir gesprochen. Das heißt, außer wenn sie mich wegen irgendwas angeschrien hat.

Nein, bloß nicht loben, niemals ermutigen. Dann könnte die Tochter ja auf die Idee kommen, sie wäre etwas Besonderes, und das muss man in jedem Fall verhindern. Platz, Therese, schön auf dem Teppich bleiben! Herzlichen Glückwunsch, Mama, deine Erziehung ist wirklich gelungen! Ich käme niemals auf die Idee, etwas Besonderes zu sein, ich versuche nicht, mich interessant zu machen, und ich bleibe immer schön auf dem Teppich.

Ein Typ im Kapuzenpulli mit kläffendem Schäferhund klopft an die Scheibe.

»Zwei Hundertfünfziggrammburger zum Mitnehmen.«

»Wird gemacht.«

3. Kapitel

Tausche französische Poesie gegen erfrischende Teamentwicklung

Hat man die Position des Schwächeren inne, ist es erstaunlich leicht, jemanden in die Irre zu führen. Wer hält schon Kinder für clever? Und wer glaubt denn, dass Kinder ganz genau wissen, was sie tun, und dass sie durchaus einen Schritt Vorsprung haben könnten? Die Wahrheit ist, dass Kinder einen ganzen Marathon Vorsprung haben können, ohne dass einer der Erwachsenen das Geringste vermutet.

Bror hat einen Plan. Und dieser Plan ist wasserdicht. Er hat sogar schon eine To-do-Liste erarbeitet.

1. Alles für das Segelcamp organisieren.
2. Eine interessante Sommerunterkunft für mich finden.
3. Mama und Papa ohne mich in die USA schicken.
4. Das Abenteuer meines Lebens erleben und ein Buch darüber schreiben.
5. Leicht sonnengebräunt nach Hause kommen und Mama und Papa vom Segelcamp erzählen.
6. Mama und Papa hören auf, sich zu streiten, und verlieben sich wieder ineinander.

Die To-do-Liste steht auf der ersten Seite seines in Leder gebundenen schwarzen Tagebuchs. Danach folgen lauter leere Seiten. Seiten, die während seines Abenteuers gefüllt werden sollen. Denn so ist es – wenn man Schriftsteller werden will, gibt es nichts, worauf man warten sollte. Man muss springen, mitten ins Leben hinein. Wie Serge Gainsbourg. Schon als Elfjähriger hat er geraucht und Aktbilder von Verkäuferinnen gemalt. Wären ebenso phantastische Lieder entstanden, wenn er um neun Uhr abends artig ins Bett gegangen wäre und immer das getan hätte, was die Erwachsenen ihm vorgeschrieben haben? Nein, eben. Und Bror ist viel zu lange viel zu brav gewesen.

So, Moment ... Ruhig und systematisch liest Bror den Text in seinem Computer durch. Doch, jetzt dürfte er alles berücksichtigt haben, was seine Eltern sich für ihn erträumen. Wie man sich eine eigene Website baut, hat er schon in der Fünften im Informatikunterricht gelernt, und was das Aussehen dieser Seite betrifft, reicht das allemal. Seine Eltern würden ohnehin keinen größeren Unterschied bemerken. Sorgfältig listet Bror die Namen und Telefonnummern von allen Betreuern auf. Doppelnamen klingen vertrauenerweckend. Lars-Inge. Maj-Lis ... Und Östen. Östen ist gut, ein richtiger Seglername. Dazu die Telefonnummern. Seine Eltern würden sowieso nicht anrufen. Aus drei Gründen: Sie sind zu gestresst, sie leiden beide an einer leichten Form von Telefonphobie, vor allem aber vertrauen sie Bror blind. Sie würden niemals einen der Betreuer anrufen, sie würden Bror fragen. Und sich auf seine Antwort verlassen.

In Brors Magen brennt es ein klein wenig vor schlechtem Gewissen, aber dann liest er seinen Text noch einmal durch und spürt, dass er es genau richtig macht. Gemeinschaftsgeist, Teamentwicklung, Musik, soziales Miteinander. Sie werden keinen Moment zögern. Bror wird ganz bestimmt in das Segelcamp fahren dürfen, das es gar nicht gibt – zumindest nicht außerhalb der Phantasie seiner Eltern. Ein perfektes Camp für ihren dysfunktionalen Sohn, in dem er all das lernen wird, was ihm ihrer Meinung nach fehlt. Frische Luft bekommt er obendrein, und das Ganze findet in den Stockholmer Schären statt, zusammen mit lauter Kindern aus reichem Hause. Dem kleinen Akademikerknaben aus Lund werden die neuen erfolgreichen Freunde guttun. Und Mama und Papa können ruhigen

Gewissens nach Stanford fahren und ihre Beziehung reparieren. Einen ganzen Monat lang müssen sie sich keine Sorgen um ihn machen.

Bror wird brav Ansichtskarten schreiben, E-Mails verschicken und simsen, wie gut es ihm die ganze Zeit geht. Wie viele neue Freunde er gefunden hat, wie braun gebrannt er ist – und womöglich wird er auf diesem Segelcamp sogar eine Freundin finden. Das ist eine gute Idee. Denn im Innersten glauben seine Eltern vermutlich, dass er homosexuell ist. Bror merkt es an den Suggestivfragen seiner Eltern, ob er sich vielleicht verliebt habe, und an ihren Beteuerungen, dass es völlig in Ordnung sei, sich in jemanden vom selben Geschlecht zu verlieben. Unglaublich, wie sie ihn mit all ihren Erwachsenenbegriffen behelligen. Bror ist dreizehn. Er ist nach wie vor ein Junge. Seine Sexualität hat noch keine bestimmte Richtung. Er ist frei.

Entschlossen klickt Bror auf »Drucken«, zieht das Blatt aus dem Drucker und geht mit festen Schritten in die Küche.

Herzlich willkommen beim sommerlichen Segelmonat auf Sandhamn! The Magic Month! Jetzt ist wieder die Gelegenheit, auf der Ostsee segeln zu lernen. Vollpension in der Jugendherberge Gammelgården. Das Abendessen am Wochenende genießen wir natürlich im altehrwürdigen Restaurant Sandhamn. Selbstverständlich üben wir im Magic Month nicht nur Segeln, sondern auch soziales Miteinander, wir lernen, auf eigenen Beinen zu stehen, und am abendlichen Lagerfeuer machen wir viel Musik. Bring unbedingt dein Lieblingsinstrument mit! Wir organisieren Karaoke-Abende und Comedyshows mit jeder Menge guter Laune, aber auch eher sportliche Abendaktivitäten. Die Fußballspiele zwischen den Kursteilnehmern und den erwachsenen freiwilligen Helfern machen immer wieder Spaß. Viel Teamentwicklung und ein angenehmer Gemeinschaftsgeist! Tagsüber segeln wir, abends essen wir gut und amüsieren uns königlich. Willkommen zu The Magic Month!

Kosten für einen Monat: 15 000 Kronen – Barzahlung zu Beginn des Kurses.

Haben Sie noch Fragen? Dann melden Sie sich bitte bei Maj-Lis, Lars-Inge oder Östen – wir helfen Ihnen gern weiter! Die jeweiligen Telefonnummern finden Sie unter »Kontakt«.

Papa Ivan und Mama Jenny tauschen Blicke aus (allein schon so was, das haben sie seit ewigen Zeiten nicht mehr getan – eins zu null für den Jungen im Anzug da drüben). Schweigend kaut Bror an seinem geschmacklosen Quinoa mit Mango und Lachs. Ivan schiebt sich die Brille auf die Nasenspitze, legt die Serviette aus der Hand und mustert seinen Sohn auf der gegenüberliegenden Seite des Tisches.

»Bror, willst du denn wirklich an so etwas teilnehmen?«

»Ja.«

»Klar, es klingt ausgesprochen nett, aber … Ich bin wohl einfach nur etwas schockiert. Ein Segelcamp?«

Ivan legt das Blatt beiseite und nimmt einen Schluck Mineralwasser. Jenny schnappt sich den Zettel und liest ihn ein weiteres Mal aufmerksam durch.

»Ein ganzer Monat? Ein bisschen zu lang für meinen Geschmack.«

Schweigend schluckt Bror ein etwas zu großes Stück Lachs hinunter. »Das ist doch gerade das Gute. Ich bekomme die Chance, neue Menschen kennenzulernen. Und zwar richtig, nicht nur für eine Woche. Im Lauf eines ganzen Monats hat man wirklich Zeit, einander näherzukommen.«

Bror zupft die Leinenserviette auf seinen Knien zurecht. Es wäre schade, ausgerechnet diesen Anzug zu bekleckern, ein tadelloses Original von einem der besseren französischen Herrenausstatter der Fünfzigerjahre.

»Teamentwicklung?« Ivan sieht wieder seinen Sohn an.

»Na ja, man lernt eben, als Gruppe zusammenzuarbeiten. Das ist es doch, was mir Probleme bereitet, darüber haben wir doch immer wieder gesprochen. Es wird mir guttun, mich selbst in genau diesem Punkt herauszufordern.«

»Karaoke? Fußball?«

Vielleicht hat er doch ein bisschen dick aufgetragen. Erst jetzt, als er die gelinde gesagt verblüfften Mienen seiner Eltern sieht, spürt Bror, wie schwierig es ist, sie davon zu überzeugen, dass er es wirklich ernst meint. Es ist Zeit, schwereres Geschütz aufzufahren.

»Ich habe es satt, anders zu sein. Aber hier zu Hause fällt es mir so schwer, mich zu verändern, denn hier glauben alle schon zu wissen, wer ich bin. In den Sommerferien kann alles Mögliche passieren, das kann man doch in jedem Jugendroman nachlesen. Bitte, gebt mir diese Sommerferien, um normal zu werden. Ich bitte euch darum.«

Jetzt tauschen sie wieder Blicke aus. Mama und Papa. Jenny und Ivan. Das am Ende war ein Schlag unter die Gürtellinie. Dessen ist er sich voll bewusst. Aber es ist Brors einzige Chance.

Das Esszimmer, in dem sie sitzen, ist wirklich hübsch, der Diamant ihrer wunderschönen Jugendstilvilla. Das Haus würde in eines dieser eleganten Einrichtungsmagazine passen. Jenny hat sich durchaus bemüht, hat sogar einen Innenarchitekten beauftragt, der zu ihnen nach Hause gekommen ist und Floskeln gemurmelt hat wie: »Es ist immer richtig, Antiquitäten und modernes Design zu mischen … Ein Kristallkronleuchter ist eine gute Investition … Bücher symbolisieren Klugheit und Wärme … Eine französische Landküche kommt nie aus der Mode …« Zusammen haben Jenny und der Innenarchitekt ein in jeder Hinsicht gemütliches Heim geschaffen. Nur schade, dass die Bewohner sich trotzdem nicht wohlfühlen. Es spielt leider gar keine Rolle, wie groß oder anheimelnd die französische Landküche ist, wenn die Menschen, die dort essen sollen, am liebsten woanders wären.

»Aber willst du denn nicht mit uns nach Stanford fahren, Bror? Wir haben uns doch schon so lange darauf gefreut, wir drei. Oder etwa nicht?« Jenny legt ihre schmale, blasse Hand auf Brors. »Und du hast dir sogar einen Kurs ausgesucht, den du besuchen wolltest. Der ist längst gebucht und bezahlt. Zwei Wochen über französische Poesie. Freust du dich denn gar nicht darauf?«

Ivan wischt sich den Mund mit der Leinenserviette ab und betrachtet seinen Sohn, der sich räuspert, um sich an einer Erklärung zu versuchen.

»Ich will nicht nach Stanford. Ich will am Segelcamp teilnehmen und beim Karaoke-Abend mitmachen. Mit Gleichaltrigen. Ich will ohne meine Eltern ein Abenteuer erleben, das genau richtig für mich ist, ich will meinen ersten Kuss bekommen, ich will etwas über Teamentwicklung lernen. Ich will die französische Poesie aufgeben.«

Durchschauen sie ihn? Merken sie, dass er lügt? Oder mögen sie seine Lüge so sehr, dass sie beschließen, sie nicht zu sehen? So funktioniert es normalerweise bei Eltern. Wie sonst sollten sich Jugendliche sinnlos betrinken können, ohne Ausgangsverbot zu bekommen?

»Aber fünfzehntausend Kronen in bar, klingt das nicht unseriös?«

»Nein, Papa, ganz im Gegenteil. Ich habe mich informiert. Der Grund dafür, dass sie das Geld bar haben wollen, ist, dass es schon immer so war. Dieses Segelcamp gibt es seit fünfundsiebzig Jahren, also lange vor der Erfindung der Kreditkarte. Immer sind die Kinder mit einem Umschlag angereist, in dem sich die Kursgebühr befand. Außerdem bedeutet das auch eine Garantie gegenüber dem Kunden. Damit der Kunde nicht betrogen wird. Die Barzahlung basiert also ebenso auf Tradition wie auf reiner Ehrlichkeit.«

Jenny lacht ein bisschen. »Mein Gott, Bror, du bist doch erst dreizehn. Musst du denn so … so feierlich reden? Außer uns dreien sitzt hier doch keiner. Nur du, deine Mama und dein Papa.«

»Seine Sprache zu pflegen ist ein bisschen wie Schuhpflege. Sie lässt darauf schließen, wie dein Inneres aussieht. Oder zumindest darauf, wie du sein willst.«

»Mag sein, aber es gibt doch wohl irgendwelche Grenzen, was die Redegewandtheit betrifft.«

»Nein, das finde ich nicht. In dieser Hinsicht bin ich ziemlich grenzenlos.«

Schweigend essen sie weiter. Das Silberbesteck stößt klingend gegen die Porzellanteller. Jenny nimmt einen letzten Bissen und tupft sich den Mund ab.

»Was meinst du, Ivan? Ich weiß nicht so recht, wie ich das einschätzen soll. Ein ganzer Monat ohne einen Erwachsenen, mit dem du vertraut bist, Bror. Ob das wirklich so gut ist?«

Ivan steht auf und beginnt den Tisch abzuräumen. Er stapelt die Teller systematisch und legt das Besteck auf dem obersten ab. Auf dem Weg vom Esszimmer in die französische Landküche hört Bror ihn rufen: »Wenn der Junge in ein Segelcamp fahren und neue Freunde kennenlernen will, dann darf er das natürlich. Seinem Wortschatz könnte das auch ganz guttun.«

Aus der Küche ertönt ein leises Lachen, während Ivan die Spülmaschine öffnet und das Geschirr einräumt. Mit einem vorsichtigen Lächeln sieht Bror seine Mutter an, die von der anderen Seite des Tisches zurücklächelt. Als er schluckt, kommt es ihm so vor, als würde es im gesamten Esszimmer widerhallen. Hilfe, sie sind drauf reingefallen. Jetzt gibt es kein Zurück.

4. Kapitel

Gibt es ein Leben jenseits des Kleiderschranks?

Was machst du da eigentlich? Hast du sie nicht mehr alle?« Freddy schlägt an die Tür des begehbaren Kleiderschranks. Tessan hört, wie er da draußen mit Matte redet. Matte und Freddy, zwei echte Kumpel. Wie Zwillinge. Durchtrainiert, über und über tätowiert, Dreimillimeterschnitt, weiße enge Muskelshirts zu ausgebeulten Trainingshosen, gepiercte Augenbrauen, Ohrloch auf der einen Seite, ausgetretene Sneakers. Der einzige Unterschied ist, dass Freddy ein ziemlich breites Kinn hat und Matte gar keins.

Kratz, kratz. Mattes Pitbull, von seinem Herrchen nur »der Chinese« genannt, kratzt mit seinen Krallen an der Tür. Seinen Spitznamen hat er bekommen, weil er als Welpe mal alle frittierten Krabben aufgefressen hat, die Matte auf dem Tisch hinterlassen hatte.

»Wie lange will die denn noch da drinnen bleiben?«

Tessan hört, wie Matte sich beim Sprechen eine Zigarette anzündet.

»Wie soll ich das wissen? Tessan – wie lange willst du da drinnen bleiben?«

Keine Antwort aus dem Kleiderschrank. Matte flüstert: »Soll ich Katta holen?«

»Nein, das klärt sich schon irgendwie.«

»Ey, Freddy, hast du wieder Scheiße gebaut?«

»Nein, nein, alles im grünen Bereich.«

»Sicher?«

Schweigen vor und hinter der Tür. Gemurmel von Freddy und Matte.

»Tess, wir gehen auf ein Bier in die Krypta. Komm nach, wenn du den Pulli gefunden hast oder was du da drinnen suchst.«

Der Chinese läuft eifrig seinem Herrchen und Freddy hinterher. Aus dem Flur ist leises Gequatsche zu hören, Schuhe werden angezogen, Hundekläffen, die Sicherheitskette wird geöffnet, eine Tür schlägt zu. Ruhe.

Stimmt, was suche ich eigentlich in dem begehbaren Kleiderschrank? Einen Weg nach draußen, glaube ich. Genau wie die Kids im Narnia-*Film, die in einen alten Kleiderschrank klettern und dann in einer ganz anderen Welt landen. Mal angenommen …*

Tessan schiebt ihre glänzenden Blusen beiseite, bahnt sich einen Weg zwischen den tief ausgeschnittenen Sommerkleidern, den engen Jeans und Freddys Anzug für besondere Anlässe, den er nie trägt. Sie schließt die Augen und geht geradeaus, durch die Kleider hindurch bis zur Wand. Mit den Fingerspitzen tastet sie die kühle Fläche ab. Drückt vorsichtig dagegen. Aber da ist Schluss, die Wand öffnet sich nicht zu einem neuen Land. Sanft klopft Tessan an.

»Hallo, Narnia? Bist du da?«

Sie drückt ein bisschen stärker. Presst die Schulter gegen die Wand und versetzt ihr einen Stoß. Wer weiß, vielleicht liegt auf der anderen Seite doch Narnia? Sie klopft wieder. Lauter. Schlägt gegen die Wand.

»Hör auf zu klopfen, verdammt noch mal! Aus!«

Wütend brüllt der Löwe Aslan von der anderen Seite herüber und haut mit seiner enormen Tatze zurück. Die Wand wirkt stabil, und auf der anderen Seite wohnt noch immer diese gestörte Frau, die Milchpackungen sammelt. Genau wie immer schon. Das war kein Löwe, das war die Milchpackungsoma.

Tessan lässt sich auf den Boden sinken. Lehnt sich gegen einen Beutel mit weichen Trainingsklamotten. Das Herz klopft schnell, wahnsinnig schnell. Mein Gott, wie bescheuert ist sie eigentlich? Jetzt ist es passiert. Jetzt ist sie eine von denen, die es nicht gepackt haben, sondern den Rest ihres Lebens in einem begehbaren Kleiderschrank verbringen und glauben, dass sie durch die Wand hindurch mit dem Löwen Aslan reden. Sie spürt irgendwas Hartes im Rücken, eine alte Zigarettenschachtel mit einem Feuerzeug drin. Tessan fummelt eine Zigarette heraus, zündet sie sich an, nimmt einen tiefen Lungenzug und bläst den Rauch zwischen die Kleider, die von oben herabbaumeln.

Jetzt sitzen Freddy und Matte unten in der Krypta und reden über Bizepse, Trizepse und alle anderen Zepse, die man trainieren könnte. Während ich ganz hinten in unserem begehbaren Kleiderschrank hocke und versuche, nach Narnia zu gelangen. Was ist passiert? Wie bin ich hier gelandet? Eigentlich war alles wie immer. Ich bin gegen acht nach Hause gekommen, habe die nach Frittierfett riechenden Klamotten ausgezogen und ein bisschen mit Freddy gequatscht, der in seiner Muckibude anscheinend einen richtigen Scheißtag hatte. Und was habe ich noch mal gesagt? Genau, dass er aufhören soll, in diesem Laden zu jobben, weil da nur Anabolikaaffen rumhängen. Stimmt schon, das war fies von mir, aber manchmal hat man genau den Eindruck. Und dann hat er angefangen herumzumeckern, dass ich lieber ein bisschen öfter ins Studio gehen solle und dass ein paar Anabolika gar nichts schaden würden. Ob ich wütend geworden bin? Ja, schon. Ein bisschen. Er soll einfach damit aufhören, sich zu beschweren, weil ich nicht mehr aussehe wie eine Zwanzigjährige.

Tessan nimmt einen der Turnschuhe, die auf dem Boden herumliegen, und feuert ihn mit voller Wucht gegen die Wand. Der Löwe reagiert umgehend. Ein Knurren von der anderen Seite.

»Hör auf zu klopfen, verdammte Scheiße noch mal! Aus!«

Tessan seufzt und haut noch einmal extra dagegen.

Dann habe ich geduscht, mich überall rasiert und mich mit dieser Kokoslotion eingecremt. Hinterher hab ich meine Kuschel-

klamotten angezogen. Da habe ich Freddy und Matte in der Küche sitzen sehen, wie sie rauchen und sich die Hamburger reinstopfen, die ich ihnen von der Imbissbude mitgebracht hatte. Dann habe ich die Augen geschlossen, glaube ich. Plötzlich hatte ich das Gefühl, als hätte mich jemand in eine Zeitmaschine gesetzt. Als würde ich zwanzig Jahre in die Zukunft reisen und dann die Augen öffnen. Und obwohl zwanzig Jahre vergangen waren, sah alles genau gleich aus. Matte und Freddy in der Küche, Hamburger essend. Sie waren nur ein bisschen dicker, ihre Haare waren dünner, und sie sahen etwas verbrauchter aus. Ich selbst roch wie immer nach Kokoslotion, um den Frittiergestank zu überdecken. Am Tisch saß auch noch ein Junge. Wie alt mochte er sein? Vierzehn vielleicht. Er rauchte, aß Hamburger, lachte über Mattes versaute Witze. Irgendwann sah er mich an und sagte etwas, was sich anhörte wie: »Ey, Mama, haste mal zweihundert Kronen für mich?« Das war also mein Sohn. Herzlichen Glückwunsch, Tessan. Man schreibt das Jahr 2030. Nichts ist passiert. Mal abgesehen von ein paar weiteren Kindern auf der Welt und der Tatsache, dass alle verlebter aussehen als heute. Ansonsten – nada. Der reinste Albtraum. Und das war der Moment, in dem ich im Kleiderschrank verschwunden bin. Ich habe etwas von einem Pulli gemurmelt, bin geradewegs in den begehbaren Schrank marschiert und habe von innen abgeschlossen. Und ich weiß wirklich nicht, ob ich jemals wieder rauswill.

Tessan nimmt einen letzten Zug von ihrer Zigarette und drückt sie auf dem Kunststoffboden aus. Es bleibt ein schwarzer Brandfleck. Ihr Kopf sinkt in den Beutel mit den Trainingsklamotten, die Kleider hängen über ihr, und ein leichter Duft nach Weichspüler schwebt in der Luft.

Arbeiten, arbeiten, arbeiten, von Montag bis Freitag. Würste braten, bis die Grillplatte wackelt. Nach Hause gehen, mit Freddy fernsehen oder in der Krypta rumhängen. Sich freitags ein bisschen besaufen. Bevor sich Freddy am Samstag so richtig zudröhnt. Kumpel, die vorbeikommen und auch bestenfalls fünfzehn Meter weiter nach rechts oder links gezogen sind. Entweder sitze ich da und höre mir das Gequatsche der Mädels an – über Entbindungen, Stillen, Beikost, die Elternzeit, die bald vorbei ist, die neuesten Nachrichten aus der Promiwelt, über Jobs, die alle scheiße finden, an denen sie aber nichts ändern, über die Krankenversicherung, Big Brother, Vorabendserien und Dammrisse. Oder ich sitze bei den Typen und höre mir ihr immer gleiches Gequatsche an über Bizepse, Trizepse, Autorennen, Hockey, die englische Premier League, Urlaubstage, die große Zeit von Oasis, fiese Gehaltsverhandlungen, Firmenwagen, das letzte Bandyspiel, den blöden Schiedsrichter, Hooligans und wie schwer es ist, einen guten Job zu kriegen (und an dem Punkt verkneife ich mir, dass es schon ein guter Anfang wäre, sich überhaupt mal zu bewerben).

Fünf Wochen Ferien habe ich nach der ganzen Wurstbraterei. Da drängelt man sich am winzigen Strand unterhalb der Hochhäuser mit Kleinkindern, der Kacke von den Kanadagänsen und schreienden Teenies, man trinkt Cidre und holt sich in der Sonne einen ordentlichen Hautkrebs. Vielleicht noch eine Woche Malle, wenn das Geld reicht. Dann die übrigen siebenundvierzig Wochen wieder arbeiten. Über Dammrisse, die Premier League und Krankenversicherungen reden und neununddreißigmal am Tag die Grillplatte säubern.

Nein, eine Veränderung muss her! Das Leben wird doch wohl mehr zu bieten haben als das hier, oder? Auf in die Krypta!

5. Kapitel

In dem Bror genau das findet, was er sucht

Es ist ruhig im Schlafzimmer von Brors Eltern. Es ist exakt vier Minuten nach elf, und das ist genau die Zeit, zu der sie sich normalerweise am heftigsten streiten, aber jetzt ist es still. Oder zumindest beinahe. Bror lehnt seinen Kopf gegen die Wand, presst das Ohr fest dagegen und lauscht gespannt. Er hört sie dort drinnen. Ganz leise.

»Jenny, das ist doch etwas Positives, spürst du das nicht? Genau das, worauf du gewartet hast. Er hat selbst gemerkt, dass dieser komische Kurs, den er fährt, nicht mehr funktioniert. Er streckt eine Hand aus.«

Gemurmel. Was sagt sie? Wieder Papa. Mit sanfter Stimme.

»Ein Monat ist perfekt. Und zwar genau in der Zeit, in der wir in Stanford sind, mehr kann man sich doch nicht wünschen. Und jetzt mach kein Problem daraus, Jenny, ja? Mach es nicht kompliziert, ich bitte dich.«

Ein bisschen lauteres Gemurmel. Wieder Papa, nicht mehr ganz so sanft.

»Es ist doch positiv, wenn er mit Gleichaltrigen zusammen ist. Wie oft kommt das schon vor?«

Gemurmel.

»Ganz genau. Ich nehme ihn morgen mit in die Stadt und kaufe ihm Segelkleidung. Wie ist es mit der Schwimmweste, passt ihm die noch?«

Gemurmel.

Bror lächelt vor sich hin. Sie sind nicht einmal losgefahren nach Stanford, und schon haben sie aufgehört zu streiten. Er wusste, dass seine Idee fabelhaft ist, geradezu perfekt.

Sorgfältig knöpft er seinen Pyjama zu, ein Seidenteil in Kognakbraun mit Medaillonmotiven aus dem Jahr 1963. Dann schaltet er vorsichtig seinen Plattenspieler an, steckt das Kabel für die Kopfhörer ein und lauscht, wie sich die Stimmen von Serge Gainsbourg und Brigitte Bardot im Song *Bonnie and Clyde* vereinen. »Bönni ände Claide«, wie es auf Frenglisch klingt.

Ein ganzer Stapel von Zeitungen liegt auf dem Tisch, sämtliche Exemplare des *Sydsvenska Dagbladet* der vergangenen Woche. Jetzt ist Bror beim zweiten Teil seines Plans angelangt. Der erste Teil war es, Mama und Papa ohne seine Begleitung auf den Weg nach Stanford zu bringen. Abgehakt. Jetzt muss er auch noch sich selbst auf den Weg bringen. Bror hat schon im Vorfeld entschieden, total offen zu sein.

Er wird alle Zeitungen durchblättern, im Internet suchen, und plötzlich wird er etwas sehen, was in ihm eine Reaktion auslöst. Was ihm verrät, wo er sein Abenteuer beginnen soll. Einen Hinweis. Vielleicht ein Zeichen.

Bror beginnt zu blättern. Liest die Inserate. Haus an der Westküste mit Wäschetrockner und Waschmaschine zu vermieten. Ein Mann, der seit fünfundzwanzig Jahren Vinylschallplatten verkauft. Ein armer Chinchilla, den niemand haben will. Echte Perserteppiche werden gekauft und verkauft. Gentleman sucht literaturliebende Frau in reiferem Alter … Nein danke.

Die Hochzeitsanzeigen. Vielleicht sollte er als kleines Adoptivkind bei einem frisch vermählten Paar auftauchen. Einfach mit seiner Tasche vor der Tür stehen und fragen, ob er reinkommen darf. Bror schlägt die Hochzeitsannoncen der Samstagszeitung auf. Hübsch zurechtgemachte Menschen lächeln ihn an, sie bedanken sich bei allen, die an diesem besonderen Tag für sie da waren, einige sind von einer Schar Kinder umgeben, andere stehen allein an einem Strand ganz weit weg, eine Braut balanciert ein Krönchen hoch oben auf dem Kopf. Nein, keine frisch verheirateten Paare.

Vielleicht sollte er sich als Mädchen verkleiden? Das wäre doch was. Oder besser nicht. Er lebt ja nicht im Mittelalter. Als Mädchen eröffnen sich einem im 21. Jahrhundert keine neuen Türen, die Welt steht beiden Geschlechtern auf vergleichbare Weise offen.

Zerstreut beginnt Bror im Internet zu surfen. Er gibt als Suchwort »Abenteuer« ein, um sicher zu sein, dass er sich auf dem richtigen Weg befindet.

Ein Abenteuer ist eine Aktivität, die Risiken oder einen unsicheren Ausgang beinhaltet und die oft besondere Anforderungen an die Teilnehmer stellt. Allen Abenteuern gemeinsam ist, dass sie starke Erlebnisse positiver oder negativer Art bereithalten. Ein Abenteuer kann eine geplante Aktivität sein, wie eine Reise in die Natur außerhalb von angelegten Wegen, oder aber ein Besuch in einer fremden Kultur.

Bror klickt auf »Drucken«. Das Gerät scheppert, und schon wird der Text über Abenteuer ausgespuckt. Sorgfältig faltet Bror das Blatt zusammen und legt es in sein schwarzes Tagebuch. Schön, jetzt hat er immerhin eine Definition. Doch die große Frage lautet nach wie vor: Wo auf der Welt wird er diesen magischen Monat verbringen?

»Sieht das nicht prima aus?«

Stolz bewundert Papa Ivan seinen Sohn, der vor ihm steht und einen sportlichen blauen Regenanzug, Südwester, weiße Jollenstiefel und eine Schwimmweste in Regenbogenfarben trägt. Als i-Tüpfelchen hat man ihm eine Sonnenbrille auf die kleine Nase gesetzt.

Brors erster Reflex ist, sich zu übergeben. Er hat noch nie alberner ausgesehen. Oder sich unbehaglicher gefühlt. Aber er unterdrückt den Brechreiz und zwingt ein Lächeln hervor.

»Doch, das ist großartig. Danke.«

Der braun gebrannte Verkäufer nickt zustimmend und zupft an der einen Seite der Schwimmweste herum.

»Also, eine bessere Qualität als die hier gibt es nicht. Klar, es kostet ein bisschen mehr, aber das ist es wert. Wenn man draußen ist und segelt, spürt man weder die Sonne noch den Regen oder den Wind. Man kann sich ganz aufs Segeln konzentrieren. Und das ist ja schließlich der Sinn von …«

Ja, ja, lass ihn reden. Bror schließt die Augen hinter der Sonnenbrille. Mit dieser Ausrüstung spürt man also weder die Sonne noch den Regen oder den Wind. Dann kann man doch gleich zu Hause bleiben, oder? Ist es nicht gerade der Clou für Segler, so viel Sonne und Wind wie möglich zu spüren? Bemerkenswert ist auch, dass der Verkäufer diese Ausrüstung als »ein bisschen teurer« bezeichnet. Man könnte sich fragen, wie viel denn »viel teurer« wäre.

Leichte Bauchschmerzen bereitet es Bror schon, dass Papa elftausend Kronen für eine Ausrüstung hinblättern will, die Bror niemals tragen wird. Aber er weiß, was eine Paartherapie kostet. Mama hat mal den Preis genannt, gegen halb zwölf nachts, jenseits der Wand. Eintausendzweihundertfünfzig Kronen pro Sitzung. Summa summarum macht das, wenn man nachrechnet, Moment … Mama und Papa sparen sich zehn Therapiesitzungen, das sind zwölftausendfünfhundert Kronen. Außerdem müssen sie weder Brors Reise in die Staaten zahlen noch seinen Kurs über französische Poesie. Man könnte also sagen, dass es aufs Gleiche hinausläuft. Mit den Kosten für den Segelkurs und diese obszön teure Ausrüstung landet man bei plus/minus null – und einer geretteten Ehe. Was auf Dauer der gesamten Familie zugutekommen wird. Die vielen Therapiestunden, die Bror nicht machen muss. Ganz zu schweigen von den potenziellen Kosten für ein weiteres Haus, für doppelt so hohe Essensausgaben, für Internetdating und Karten fürs Fitnessstudio.

Bror schluckt sein schlechtes Gewissen hinunter, öffnet die

Augen und zieht die Schleife seines Südwesters auf. Ohne auch nur einen Augenblick zu zögern, marschiert Ivan zur Kasse und schiebt seine Kreditkarte in den Kartenleser. Bror stellt sich neben ihn, lehnt sich gegen die breite, sichere Schulter seines Vaters. Papa streicht ihm über das dunkle, weiche Haar.

»Ich muss noch schnell in die Klinik, es gibt ein paar Unklarheiten bei einigen Krankenakten, dauert maximal eine Viertelstunde. Vielleicht kannst du mit hochkommen und solang im Wartezimmer was lesen?«

Bror nickt und drückt seine Nase gegen Ivans Strickpullover. Es riecht nach Papa. Und das riecht gut.

Nein, besonders lustig ist es nicht gerade, im Wartezimmer der Krebsklinik zu sitzen. Aber Bror ist der Geruch nach Handdesinfektionsmittel, Angst und Krankheit ebenso vertraut wie das Geräusch der weichen Gummischuhe, in denen das Pflegepersonal umherschleicht. Zerstreut blättert er in den uralten Zeitschriften. Sortieren die hier denn nie aus? Modezeitschriften aus dem Winter 2008 – wer will die noch lesen? Zerfledderte Donald-Duck-Hefte, ein Einrichtungsmagazin mit Tipps, was im Sommer 2009 voll im Trend lag.

Bror schnappt sich ein Jagdmagazin. Auch Menschen, die auf die Jagd gehen, bekommen Krebs. Und dann sollen sie hier sitzen und bei der Lektüre dieser Zeitschrift ein Gefühl dafür entwickeln, dass das Leben tatsächlich weitergeht und dass sie nach Abschluss der Chemotherapie wieder in den Wald hinausmarschieren, den Duft von Moos wahrnehmen und sich ein prächtiges Bündel Kaninchen schießen können. Bror blättert weiter, ohne sich darauf zu konzentrieren, worum es eigentlich geht. Werbung für schnelle Gewehre, die niemals versagen, ein Artikel über die Bedeutung von Tweedkleidung bei der Vogeljagd, dazu Ratschläge, wie man sich den perfekten Jagdhund erzieht …

Ganz hinten ein paar Seiten Kleinanzeigen. Alles Mögliche wird verkauft, gekauft, vermietet und getauscht. Eine Jagdhütte kann für nur zweitausend Kronen pro Woche gemietet werden, mit dazugehörigem Jagdrevier. Aha. Ein Herr in Falun verkauft alle seine alten Gewehre, ja, sogar der Waffenschrank ist im Preis inbegriffen.

Aber … was ist denn das? Bror spürt, wie plötzlich seine Sinne geschärft sind. Zweimal liest er die Anzeige durch. Perfekt. Das klingt ganz perfekt. Bror reißt die Seite heraus und steckt sie ein.

Jetzt weiß er, wohin er diesen Sommer fahren wird.

6. Kapitel

Freddys Umzugsgedanken

Die Krypta oder »Krischan's Pizzeria«, wie es auf dem rostigen Schild steht, liegt mitten in dem kleinen Zentrum. Einen Steinwurf entfernt von der Videothek, dem ICA-Supermarkt und dem Vorortzug. Alles ist grau, öde und in Beton gegossen, und wenn der Frühling richtig loslegt und die grünen Blätter ausschlagen, erzeugt das beinahe ein schizophrenes Gefühl. Das harte, kalte Grau gegen das wilde, lebensfrohe Grün.

Tessan geht mit raschen Schritten auf die Krypta zu. Der Kokosnussduft wirbelt hinter ihr her, und die Absätze ihrer Stilettos klappern, während sie voranprescht. Der Aufbruch war ziemlich überstürzt. Sie muss jetzt mit Freddy sprechen, jetzt sofort. Ehe der Gedanke verschwindet und alles wieder so wird wie immer. Keine Zeit zum Nachdenken, keine Zeit, um andere Schuhe zu suchen. Also nähert sich Tessan der Pizzeria jetzt in Jogginghose, Kapuzenpulli und Stilettos.

Vor dem Lokal fläzen Matte und Freddy in den weißen Plastikstühlen herum. Sie haben zwei volle und vier leere Biergläser vor sich stehen und außerdem einen Aschenbecher mit einem beachtlichen Haufen an Zigarettenstummeln. Der Chinese liegt zu ihren Füßen und schläft brav.

»Wow, dann bist du ja doch noch rausgekommen.«

Freddy nimmt einen letzten Zug von seiner Zigarette, drückt sie im Aschenbecher aus und winkt Tessan zu, die die kleine Pforte zum Biergarten öffnet.

»Haha, sie ist aus dem Schrank gekommen. Ist sie jetzt lesbisch geworden, oder wie?«

Matte wiehert zufrieden über seinen Witz, macht eine laszive Zungenbewegung und nimmt einen großen Schluck von seinem Bier. Dann wischt er sich den Schaum von der Oberlippe. Tessan hat den Witz gar nicht beachtet, sie setzt sich einfach auf einen der klebrigen weißen Stühle. Fixiert Freddy. Legt los.

»Können wir nicht woanders hinziehen?«

»Freddy zieht weg! Haha, zusammen mit seiner Lesbe!«

Matte grinst vor sich hin, während Freddy Tessan mit leeren Augen anstarrt.

»Wie jetzt? Wegziehen?«

»Wegziehen. Es gibt Leute, die so was machen. Die sich vom Fleck rühren. Ich will weg hier. Hattest du nicht mal Kontakt mit diesem Typ vom Fitnessstudio in Flen? Du würdest bestimmt einen Job bei ihm kriegen.«

Freddy zündet sich noch eine Zigarette an, schnippt einen Tabakkrümel von der Lippe.

»Willst du echt nach Flen ziehen? Und diese ganze Sache mit dem Schrank ...«

Tessan unterbricht ihn: »Ich kann überall hinziehen. Egal, Hauptsache, woandershin.«

»Warum das denn? Ich kapier's nicht. Uns geht es hier doch total gut. Ach ja, willst du auch ein Bier?«

Es wird allmählich kühl, Tessan zieht die Kapuze ihres Pullis über den Kopf und lehnt sich über den Tisch zu Freddy.

»Du und ich – wir wohnen schon unser ganzes Leben hier, und zwar genau hier. Du in dem Haus ...« Tessan zeigt auf ein Hochhaus schräg hinter der Krypta und führt dann den Finger ein kleines bisschen nach links. »Und ich in dem Haus ... Du arbeitest in der Muckibude am Bahnhof und ich in der Imbissbude. Du und Matte seid schon seit der Kita befreundet und ...«

Matte unterbricht sie: »Nee, wir kennen uns schon, seit wir auf der Welt sind, da liegst du also falsch.«

Tessan wirft ihm einen müden Blick zu und fährt fort: »Wir wohnen nur zwanzig Kilometer von Stockholm entfernt, aber wir sind niemals da!«

Freddy macht große Augen. »Ja und? Was sollen wir denn in Stockholm, verdammt? Hier gibt's doch alles. Oder etwa nicht?«

Tessan presst die Kiefer zusammen und packt Freddys Hand. Während sie sie festhält, sieht sie ihm geradewegs in die Augen. »Ich wohne zwanzig Kilometer von Stockholm entfernt und bin noch nie in Södermalm gewesen. Ich weiß nicht mal, wie es da aussieht.«

»Was willst du denn da? Wir haben hier doch die gleichen Läden wie in der Stadt. Bier kannst du viel billiger in der Krypta haben, wovon redest du eigentlich? Södermalm?«

»Ach, darum geht es gar nicht. Es geht darum ... dass nichts passiert! Wir sind bald dreißig, und das Leben geht immer so weiter, im selben Trott. In dreißig Jahren wird es genauso sein. Kriegst du keine Panik, wenn du dir das vorstellst?«

»Hör mal, wenn es uns mit sechzig noch so gut geht wie jetzt, gibt's doch keinen Grund zum Jammern. Das wär doch voll cool, oder?«

Freddy entzieht sich Tessans Griff, kippt den letzten Rest Bier und bestellt sich beim Kellner per Handzeichen noch eins. Okay, dann muss sie wohl mit Freddy so sprechen, wie man mit kleinen Kindern spricht. Langsam und mit einer etwas tieferen Stimme. Als würde man ein Geheimnis erzählen, da wird einem nämlich zugehört.

»Ich glaube, ich bin nicht zufrieden. Ich will, dass mein Leben mehr bietet. Verstehst du, was ich meine?«

»Klar kapier ich das, ich bin doch nicht blöd. Aber ich kapier nicht, was das sein sollte. Sag mir, was du gern hättest.«

Freddy steckt sich noch eine Zigarette an und hält auch Matte die Schachtel hin. Doch Matte sieht etwas peinlich berührt aus. Nerviges Gerede. Nervige Frau. Ein bisschen zu schnell steht er auf, weckt den Chinesen, der schläfrig versucht, auf die Füße zu kommen.

»Ich mach mich mal auf den Weg, ich muss … Im Fernsehen zeigen die … Katta kommt nach Hause … glaube ich. Wir reden morgen noch mal wegen dem Bandy.«

Matte und Freddy schütteln sich die Hände, freundschaftlich lässig. Schweigend bleiben Tessan und Freddy sitzen, während Matte im Zickzackkurs zwischen wackligen Plastikstühlen und Plastiktischen davonschwankt. Sie sehen, wie er träge zwischen den Hochhäusern nach Hause geht, den schlaftrunkenen Chinesen im Schlepptau. Tessan legt ihre Hand auf die von Freddy und redet weiter.

»Wir leben seit fünfzehn Jahren genauso wie jetzt. Immer dasselbe, jeden Tag, jedes Jahr.«

»Jetzt übertreibst du aber! Im Frühling waren wir in London und haben uns ein Premier-League-Spiel angeguckt und …«

»Da war ich gar nicht dabei, du warst mit den Jungs da.«

Freddy denkt eine Weile nach, dann wedelt er eifrig mit den Händen. »Jetzt weiß ich! Du, ich, Matte und Katta waren letzten Sommer auf Malle. Da war doch nicht alles wie immer? Eben.«

»Doch, es war genau wie immer. Nur dass wir auf Malle waren statt hier. Aber wir haben über genau dieselben Dinge geredet, haben Bier getrunken, haben uns nicht mit anderen Leuten unterhalten. Nur die Kulissen um uns herum waren anders. Carlos Bodega statt der Krypta, wenn du verstehst, was ich meine.«

»Du hast dich ja sowieso schon entschieden. Ist ja scheißegal, was ich meine. Ich könnte sagen, wir waren gestern auf dem Mond, und du so: Heul, heul, war voll langweilig auf dem Mond, alles war genau wie immer …«

»Ich scheiß doch auf den Mond, es geht mir darum, dass …«

Freddy unterbricht sie. Jetzt wirkt er ziemlich genervt.

»Da siehst du mal! Du scheißt auf den Mond!«

»Du kannst mich nicht mitten im Satz unterbrechen. Ich habe gesagt, es *geht* mir nicht um den Mond.«

»Das hast du *nicht* gesagt. Du hast gesagt, du scheißt auf den Mond.«

Schweigend sinkt Tessan tiefer in den Stuhl, streift die Stilettos ab und zieht die Knie an den Bauch, um sich ein bisschen zu wärmen.

Was hatte ich denn gedacht? Dass ich einen schnellen Abendspaziergang zur Krypta machen könnte, um mit Freddy über einen kleinen Umzug zu sprechen und anschließend nach Hause zu gehen und das ganze Zeug in Bananenkisten zu packen? Freddy ist nichts ohne seine Muckibude, seine Kumpels und seinen Vorort. Das ist in Ordnung, das habe ich schon kapiert, vielleicht bin ich ja auch nichts ohne meine Imbissbude, aber mal angenommen, das stimmt nicht? Mal angenommen, ich bin wirklich etwas? Aber was will ich dann? Will ich etwa Mama werden? Endlich mal frei haben und mit den anderen Mamas rumhängen? Trockene Brownies im Coffeeshop essen und über Dammrisse reden? Vielleicht klärt sich ja alles, wenn ich ein Kind kriege, vielleicht kann ich mir dann nichts Schöneres vorstellen, als endlich über Bindegewebsrisse auf dem Bauch zu reden. Ich brauche keinen Umzug, nein, ich brauche ein Kind, um nicht immer nur mich selbst im Mittelpunkt zu sehen. Das sagen jedenfalls alle meine Freundinnen, mein Gooott, war das toll, als Noel/Liam/Vilda/Engla auf die Welt gekommen ist, da ging es in meinem Leben auf einmal nicht mehr um mich. Ob es sich so anfühlt, wenn diese viel beschworene biologische Uhr tickt?

»Sollen wir stattdessen ein Kind machen?«

Freddy nimmt einen Schluck von seinem frisch gezapften, kalten, schäumenden Bier und sieht nicht so aus, als würde er ganz folgen.

»Ein Kind? Wie, willst du jetzt ein Kind machen?«

»Du kannst es dir aussuchen. Entweder wir ziehen um, oder wir kriegen ein Kind. Aber irgendwas muss passieren. Das steht fest.«

7. Kapitel

Die Brorclique sieht Zeichen und folgt ihnen

Bror beobachtet seine Mitschüler. Sieht, wie sie in Grüppchen über den Schulhof hin und her schlurfen. Da kommt Teil eins der beliebtesten Clique, von Bror auch »die Blonden« genannt. In Teil eins der Beliebtenclique gibt es nämlich nur blonde Menschen. Und wer nicht von Natur aus blond ist, hat bei diesem Detail nachgeholfen. Alle sind sportlich. Sie gehen in Klassen mit Fußballschwerpunkt, sehen aus wie in den Anzeigen der Modezeitschriften, die im Wartezimmer der Krebsklinik ausliegen. Gant-Jugend. Heil, sauber, tüchtig, ordentlich und gut aussehend. Könnten in jedem x-beliebigen Highschoolfilm mitspielen.

Dann gibt es Teil zwei der Beliebtenclique. Alle, die nie Sport treiben, die nie einen Sponsorenvertrag mit der Edelbekleidungsmarke Gant angeboten bekämen. Alle, die schon in der vierten Klasse heimlich geraucht und in der fünften Bier genippt haben und als Vierzehnjährige Vollblutschulschwänzer und hochgradig nikotinsüchtig sind. Wenn sie in einen Film passen sollten, dann müsste es eine eher realistische Arbeiterklassenvariante aus England sein.

Die Leute von der Emoclique sitzen drüben am C-Haus. Sie lesen Manga-Comics, versuchen schwermütig auszusehen und sparen ihr Taschengeld für eine Reise nach Japan, die vermutlich nie zustande kommen wird.

Die stille Gruppe. Die schüchternen, unsichtbaren Menschen, die vielleicht gar nicht so gern Zeit miteinander verbringen, die aber so still sind, dass sie sich damit begnügen. Durchscheinend schleichen sie an den Hauswänden entlang.

Die Brüllclique besteht aus Jungs in verschiedenen Altersstufen, die wie brunftige Rinder herumbrüllen. Wenn sie nicht gerade brüllen, bewerfen sie sich mit Papier oder rennen ohne tieferen Sinn und Verstand kreuz und quer über den Kiesplatz.

Die Abcheckerclique. In erster Linie Mädels, die alle anderen Mädels abchecken und ihre Lippen mit unendlichen Schichten von Lipgloss bepinseln, während sie sich das Maul über andere Leute zerreißen und ihre Energie aus dem Leben der anderen beziehen.

Und dann gibt es noch die Brorclique. Sie besteht aus einer einzigen Person, nämlich Bror. Heute trägt er einen weinroten Sommeranzug aus Leinen, darunter ein weißes T-Shirt und auf dem Kopf einen cremefarbenen Panamahut. Dazu hat er etwas zu große spitze Kalbslederschuhe an, die auf Hochglanz gewienert sind. Die Brorclique findet man in der Regel auf einer Bank unter der großen Birke, beschäftigt mit der Lektüre eines Buchs. Momentan ruht *Haben und Nichthaben* von Hemingway auf seinen Knien. Wenn Bror schon im entsprechenden Alter gewesen wäre, dann hätte er gern einmal an einem Mojito genippt, Ernests Lieblingsgetränk. Doch wäre Bror tatsächlich im entsprechenden Alter gewesen, dann hätte er natürlich nie auf einem Schulhof gesessen, an einem Mojito genippt und über verschiedene Schülercliquen nachgedacht.

Noch zwei Wochen. Dann fangen die Sommerferien an. Bror zieht die Seite, die er aus dem Jagdmagazin gerissen hat, aus der Hosentasche. Er faltet das Blatt auseinander und liest. Wobei er eigentlich gar nicht lesen muss, denn er kann den Text schon auswendig.

Wenn Du ein verwundetes Tier findest oder vielleicht ein verlassenes kleines Kind, dann geh nicht einfach vorüber. Hebe das Tier vorsichtig auf, lege es in einen Karton und ruf mich an. Ich komme und hole es ab! Oder komm einfach selbst vorbei – in die Tavastgatan 2½, Rückgebäude, Stockholm.

Was Du während Deiner Zeit auf Erden tust, hat Auswirkungen. Demjenigen etwas zu geben, der nicht darum bitten kann, das ist das Große am Menschsein.

Genau das war es, wonach er gesucht hat. Die heimliche Nachricht. Das Zeichen. Bror ist ein verwundetes Tier, ein verlassenes kleines Kind. Zumindest wenn man ein bisschen metaphorisch denkt. Vor allem aber sind die letzten Zeilen quasi direkt aus Serge Gainsbourgs Song *Le Sonnet d'Arvers* übersetzt. Wie groß ist die Wahrscheinlichkeit, dass Bror in einer alten Jagdzeitschrift aus dem ewig nicht mehr durchgesehenen Zeitschriftenständer der Krebsklinik blättert und ausgerechnet diese Anzeige entdeckt, die aus irgendeinem Grund in einer Jagdzeitschrift abgedruckt ist und in der Serge zitiert wird?

Die Frau, die die Anzeige aufgegeben hat, heißt Jane. Sie wohnt in Stockholm. Also wird Bror nach Stockholm fahren.

Das Abenteuer kann beginnen.

8. Kapitel

Wie wichtig es ist, tatsächlich die festlichen Kerzen anzünden zu dürfen

Schmeckt ziemlich stark nach Fisch. Sind das wirklich Hackfleischfrikadellen?«

Ann-Kristin stochert in ihrer gebratenen Fischfrikadelle herum, über die geklärte Butter geträufelt wurde und zu der es grüne Erbsen gibt. Neben ihr sitzt Freddy und schaufelt sich das Essen rein, ohne richtig nachzuspüren, wie es schmeckt. Mund auf und rein. Achtung da unten! Tessan unterdrückt ihre große Lust, einfach aufzustehen, den hässlichen Kieferntisch mit der nervös glattgebügelten Decke zu packen und den ganzen Scheiß durchs Fenster zu kippen. Sie versucht, ruhig zu bleiben, während sie ihre Mutter ansieht, die im Essen herumstochert.

»Nein, das sind keine Hackfleischfrikadellen. Das sind Fischfrikadellen auf der Basis von Fisch und Krustentieren. Erst habe ich Krabben zerkleinert und dann mit dem Lachs gemischt, den ich vorher im Mixer …«

»Ja, ja, aber ich finde, es schmeckt zu stark nach Fisch. Normale Hackfleischfrikadellen sind leckerer.«

»Du kannst doch normale Hackfleischfrikadellen nicht mit dem hier vergleichen, Mama. Es ist so … als würde man eine große Portion Eis essen und sich dann darüber aufregen, dass es nicht nach Fischbrötchen schmeckt.«

Mama Ann-Kristin blickt zu Tessan auf. »Ich hoffe, du hast für den Fisch nicht meinen Mixer verwendet. Den nehme ich nämlich nur, um Sahne zu schlagen, und wenn meine Sahne jetzt nach Fisch schmeckt, dann …«

»Wieso sollte ich deinen Mixer nehmen? Ich habe doch das ganze Essen schon zu Hause vorbereitet und mitgebracht, weil ich weiß, dass du es nicht leiden kannst, wenn man deine Küche in Unordnung bringt. Schau mal, kein einziger Krümel auf der Arbeitsplatte.«

Ein Auge auf ihre Hochglanzarbeitsplatte gerichtet, wie ein Hund, der seinen saftigen Knochen bewacht, nimmt Ann-Kristin einen Happen von dem weichen Kartoffel- und Pastinakenpüree.

»Leckeres Püree.«

»Danke! Es schmeckt richtig lecker, wenn man mehrere Sorten Wurzelgemüse mischt, wie neulich, da hab ich nämlich …«

»Aber diese Frikadellen hier, damit komme ich nicht klar, das muss ich sagen.«

Tessan beißt die Zähne zusammen, so fest, dass es im ganzen Kopf knirscht. Immer die Peitsche. Sobald die geringste Anerkennung kommt, muss immer gleich die Peitsche her. Bloß nicht vom Teppich abheben, Mädel. Bleib um Himmels willen unten.

Tessan spießt ein kleines Stück von ihrer knusprig gebratenen Fischfrikadelle auf die Gabel. Fügt Püree hinzu, dann ein paar Erbsen und taucht das Ganze in die geklärte Butter mit den Schnittlauchröllchen. Sie führt die Gabel zum Mund, löst die Kiefer, spürt, wie die Anspannung für einen Moment nachlässt. Mein Gott, ist das lecker! Der salzige Geschmack von den grob zerkleinerten Krabben, die sich mit dem weichen Lachs mischen, Sahne, Eigelb – und alles in ordentlich Butter gebraten. Sie kaut langsam, schließt die Augen, nimmt ein Meer von weichen Geschmacksnuancen im Mund wahr. Wie eine wunderbare Droge, in der man verschwinden könnte. Ja, sie kann sich vorstellen, süchtig nach Wurzelgemüsepüree zu werden. Ein kleines Haus aus Püree bauen, um darin zu verschwinden und sich auszuruhen.

»Satt!«

Freddy lehnt sich nach hinten, klopft sich demonstrativ auf den Bauch und schiebt den leeren Teller von sich. Na ja, ganz leer ist er nicht. Ein Berg Erbsen liegt noch darauf, »Kaninchenfraß«. Ann-Kristin isst noch immer mit verkniffenem Mund. Muss schwer sein, Essen reinzubekommen, wenn sich der Mund kaum öffnet. Freddy klopft Tessan auf den Rücken, erst ein bisschen zu fest, dann sanfter, als hätte er selbst bemerkt, dass er zu grob war.

»Echt lecker.«

»Hast du überhaupt nachspüren können, wonach es schmeckt? Du hast ja alles in … warte mal, zwei Minuten und dreiundvierzig Sekunden aufgegessen.«

Tessan blickt auf die Wanduhr über der Küchentür. Ticktack, ticktack. Die Uhr schlägt, und das Leben vergeht. Diese Wohnung. Drei Zimmer, Küche, Bad.

Das Zuhause meiner Kindheit. Immer sauber, immer ordentlich. Auf dem Küchentisch lila Kerzen mit Plastikmanschetten in Form von Veilchen. Kerzen, die nie angezündet werden durften, denn dann hätte man sie ja zerstört! Gläser für festliche Anlässe, aus denen nie getrunken wurde, Sofas mit Plastikbezügen, auf denen kaum gesessen werden durfte. Immer gleich ein feuchter Lappen zur Hand, immer gleich aufwischen, immer wegräumen, immer alles zusammenlegen. Denn angenommen, es käme unangekündigter Besuch, dann muss doch alles perfekt sein. Damit die Gäste nicht im Sozialamt anrufen. Aber warum sollten die Gäste im Sozialamt anrufen? Und warum sollte überhaupt jemand zu Besuch kommen? Es ist nie jemand unangekündigt vorbeigekommen. Es ist überhaupt nie irgendjemand gekommen. Mama hat immer gearbeitet, und zu mir wollten keine Freunde kommen, weil es bei uns wie in einem Museum war, in dem man nichts anfassen darf.

Natürlich war es die totale Erlösung, als Freddy auftauchte. Zu Hause bei ihm durfte man machen, was man wollte. Seine Mutter rauchte unter der Dunstabzugshaube und trank ein Bier mit uns. Ich durfte bei Freddy übernachten, sooft ich wollte, und am Wochenende lagen er, ich, seine Mutter und alle seine Geschwister auf dem großen Ecksofa und guckten Videos. Alle haben die Couch mit Grillchips vollgekrümelt und Cola verschüttet, aber niemand hat deshalb Ärger gekriegt. Seine Mutter hat das Sofa vermutlich einmal im Monat abgewischt, und damit war die Sache erledigt. Sie mochte mich. Nahm mich in den Arm. Freddy und seine Familie waren der reinste Rettungsring für mich. Ohne ihn wäre ich vielleicht gestorben. An akutem Sauerstoffmangel.

Freddy fixiert seine Schwiegermutter.

»Hast du schon das Neueste gehört, Ann-Kristin?«

Tessans Mama hört auf zu essen, wischt sich den schmalen Mund mit der trockenen Serviette ab. Blickt sofort zu Tessan hinüber.

»Aha, du kriegst ein Kind?«

Freddy lacht laut. »Also, du kannst einem ja echt die Überraschung versauen!«

Ann-Kristin lässt Tessan nicht aus dem Blick. »Du bist also schwanger?«

Sie hat Freddy noch nie gemocht. Vom ersten Tag an gab es einen leisen Krieg zwischen ihnen. Mama hasst es, dass Freddy ständig Trainingsklamotten trägt, dass er tätowiert ist und in einem Fitnessstudio arbeitet. Ich liebe es, dass Mama ihn hasst. In Mamas Phantasien ist es Freddys Schuld, dass ich heute nicht als gut bezahlte Ingenieurin arbeite. Es ist seine Schuld, dass ich miese Noten hatte, dass ich das Fachgymnasium geschmissen habe und stattdessen in einer Imbissbude schufte. Oh, wie sehr sie sich wünscht, dass ich alles in den Griff gekriegt hätte. Dass ich so eine mit guten Zeugnissen wäre, mit einem Mann im Anzug und einem hübschen kleinen Reihenhaus. Was die oberen Schulklassen betrifft, erinnere ich mich vor allem an Mamas Geschrei. Sie hat mich angeschrien, weil ich mich wie eine »Hure« angezogen habe, weil ich geschwänzt habe, weil ich nie zu Hause war. Sie hat mich auch angeschrien, wenn ich mal zu Hause war, wenn ich gekocht habe und wenn ich nicht gekocht habe. Deshalb bin ich mit Freddy zusammengezogen. Da hat sie aufgehört zu schreien. Inzwischen zischt sie eher.

»Nein, ich bin nicht schwanger. Aber wir werden ... na ja, wie sagt man das ... wir werden mal ein bisschen rumprobieren und schauen, ob Kinder dabei rauskommen.«

Tessan lächelt Freddy an, der ihre Hand nimmt. Ihre kleine weiche Hand in seiner großen, groben. Ann-Kristin wischt ihren bereits trockenen Mund mit der Serviette ab, immer und immer wieder. Jetzt ist sie schon ganz rot und schuppig um den Mund vor lauter Wischen.

»Und was ist mit dem Elterngeld? Du verdienst doch so wenig, Therese. Wirst du dir eine richtige Arbeit suchen, Fredrik?«

Freddy legt seinen muskulösen Arm um Tessans Schultern, zieht sie an sich. »Ich habe schon eine richtige Arbeit, das weißt du ganz genau.«

»Ist das etwa eine richtige Arbeit, wenn man den ganzen Tag in Kuschelkleidung herumschlurft?«

»Hör auf, du weißt, dass ich auch andere Sachen mache. Ich halte das Studio in Schuss, stehe an der Kasse und ...«

Here we go. Jetzt können sie stundenlang über Freddys Arbeit streiten. Mal angenommen, ich werde wirklich schwanger, und angenommen, ich bringe dieses Kind zur Welt. Dann arbeitet Freddy weiter in seiner Muckibude, ich gehe ein ganzes Jahr lang Kaffee trinken und rede über Dammrisse, dann kommt das Kind in die Krippe, und ich stehe wieder in der Imbissbude. Vielleicht ziehen wir irgendwann innerhalb des Hauses in eine größere Wohnung, das Kind hängt an der Imbissbude oder im Sportstudio rum. Ich werde mich um alles kümmern müssen. Ich werde arbeiten, abspülen, Wäsche waschen, putzen, mich um das Kind und Freddy kümmern ... Nichts wird sich verändern. Abgesehen davon, dass ich noch härter schuften muss. Und vermutlich die ganze Zeit ein schlechtes Gewissen haben werde. Ich wäre keine gute Mutter. Nicht jetzt. Nicht so. Ich würde herumschreien wie meine eigene Mama. Vor panischer Angst, in etwas hängen zu bleiben ... in etwas, worin ich eigentlich gar nicht festhängen will.

Tessan sieht zu Freddy. Sieht, wie sich sein Mund bewegt. Mama sitzt ihm gegenüber. Der kleine Fischmund, der sich abwechselnd öffnet und schließt. Zischend. Der Teller vor Freddy, mit den übrig gebliebenen Erbsen. Mamas Teller mit der gerade mal angeschnittenen Fischfrikadelle. Niemand sieht sie. Oder doch, ja, sie sehen sie. Aber sie sehen nicht, was in ihr vorgeht. Das sieht auch Tessan nicht. Sie sieht nichts. Es ist einfach komplett schwarz. Oder eklig hellrosa wie in so einer dänischen Wurst. Farblos, geschmacklos, total harmlos.

Irgendwas an diesen Kerzen schnürt mir den Hals so zu, dass die Luft weder hereinkommen noch entweichen kann. Diese Kerzen, genau diese lila Kerzen haben immer auf Mamas Tisch gestanden, kein einziges Mal durften sie angezündet werden. Weder an Weihnachten noch zu Geburtstagen. Niemals war es festlich genug, um Kerzen anzuzünden. Aber ich will ein Leben führen, in dem man Kerzen tatsächlich anzündet, vielleicht sogar jeden Tag. Oder wenigstens einmal im Jahr.

9. Kapitel

Fest schlucken – und in Frieden losfahren

Zwei gepackte Taschen. Eine offizielle und eine inoffizielle. Die offizielle enthält die teure Segelausrüstung, die Papa gekauft hat. Die inoffizielle ist vollgepackt mit den schönsten Sommeranzügen, einigen Krawatten, kurzärmligen Hemden, ein paar neuen Schreibheften, dem schwarzen, in Leder eingebundenen Tagebuch und dem Lieblingsroman *Der Fremde*. Die offizielle Sporttasche steht im Flur, bereit für das Segelcamp Lökholmen und die Teamentwicklung auf Sandhamn. Der inoffizielle Koffer mit Pepitamuster und Ledergriffen befindet sich bereits in einem Schließfach im Hauptbahnhof von Lund.

Morgen früh geht der Zug nach Stockholm. Bror hat diese Jane, die sich um verwundete Tiere kümmert, lieber gar nicht angerufen. Mal angenommen, sie sagt Nein und dass er nicht kommen könne. Dass er zu sehr Mensch sei. Da ist es besser, einfach aufzutauchen, denn dann fällt es schwerer, dem Besuch die Tür vor der Nase zuzuschlagen. Vorausgesetzt, dass er überhaupt hinfindet.

Zweimal ist Bror in Stockholm gewesen. Das eine Mal war er mit seinen Eltern im Vergnügungspark Gröna Lund. Mama und Papa haben versucht, Bror dazu zu bewegen, die verschiedenen Fahrgeschäfte auszuprobieren, aber nein. Bror ist kein Kirmeskind, das ist er noch nie gewesen. Es endete damit, dass Papa Brors Eintrittsarmband für die Fahrgeschäfte übernahm und überall herumfuhr, bis er ganz grün im Gesicht war. Nur um das Gefühl zu haben, dass das Geld nicht ganz zum Fenster hinausgeworfen war. Einen Monat lang war Brors Vater übel. Er musste sogar eine geplante Operation für den darauffolgenden Montag absagen, weil seine Hände zu sehr zitterten.

Das zweite Mal war Bror in Stockholm, als er seinen Vater zu einer großen Konferenz begleiten durfte. Seine einzige Erinnerung an diese Reise ist ein riesiger Hamburger, den er in einem Lokal mit dröhnender Musik und hässlichen Gitarren an den Wänden verspeisen durfte. Vielleicht sollte er lieber nicht davon ausgehen, dass er sich problemlos in der Hauptstadt zurechtfinden wird.

»Woran denkst du, mein Kleiner?«

Jenny streicht ihrem Sohn über den Kopf, spürt das seidenweiche Haar an ihrer Handfläche. Sie lässt die Hand nach unten über seine noch kinderweichen Wangen gleiten, streichelt sie liebevoll.

»Dass es bestimmt spannend wird, dieses Segelcamp.«

Bror sitzt zwischen seinen Eltern auf einem der tiefen Chesterfieldsofas. Zum ersten Mal seit bestimmt einem halben Jahr sitzen sie zusammen vor dem Fernseher. Mama, Papa, Kind. So wie sie immer zusammengesessen haben, als Bror noch klein war. Dicht nebeneinander, eine Wolldecke, die über allen sechs Beinen liegt, versunken im Sofa und die große grüne Teekanne auf dem Tisch. Mama und Papa essen kleine salzige Cracker mit verschiedenen französischen Stinkkäsesorten. Bror hat ein Schälchen mit Eis und Obststücken auf den Knien. Sie sehen sich Brors Lieblingsfilm aus dem Jahr 1953 an, *Die Ferien des Monsieur Hulot*. Je nachdem, in welcher Verfassung man gerade ist, empfindet man den Film als unendlich schwermütig oder als sehr lustig. Momentan fühlt Bror sich eher schwermütig. Vielleicht liegt es daran, dass Mama und Papa sich so bemühen. Sie stellen diesen französischen Stinkkäse hin, den sie schon so lange nicht mehr zusammen gegessen haben. Sie wählen Brors Lieblingsfilm aus und nehmen sich die Zeit, ihn gemeinsam mit ihm anzusehen.

Bror würde in diesem Moment am liebsten wie ein Luftballon an die Decke schweben, wodurch der Platz zwischen seinen Eltern frei würde. Dann klebte er dort oben, äße sein Vanilleeis mit Melonen- und Pfirsichstücken und sähe zu, wie Jenny und Ivan ganz langsam aneinander heranrücken und schließlich nahe beieinander sitzen. Vielleicht würde Ivan seinen Arm um Jennys Schultern legen, und sie ließe es sich gefallen, vielleicht würde sie ihren Kopf an seine Brust legen. Und sie würden einander so liebevoll übers Haar streichen wie ihm.

»Schmeckt dir das Eis denn gar nicht?«

Bror beobachtet das Eis, das langsam im Schälchen schmilzt, während Ivan unüberhörbar in seinen Käsecracker beißt.

»Doch, es schmeckt, vielleicht bin ich nur ein bisschen nervös.«

Ivan tätschelt seinem Sohn das Knie. »Ist es denn sicher, dass du am Stockholmer Hauptbahnhof abgeholt wirst?«

»Ganz sicher, Papa. Es gibt ja noch mehr Kinder, die aus Lund anreisen, gar kein Problem.«

Bror versucht, nicht allzu laut zu schlucken. Dieser Kloß im Hals will nicht so recht nach unten in den Magen rutschen. Bror schluckt und schluckt. Das Melonenstück weiß nicht, wohin es soll, und bleibt auf halbem Weg stecken.

»Und du willst immer noch nicht, dass wir dich zum Bahnhof bringen? Und dir zum Abschied winken?«

Bror schüttelt den Kopf und versucht, das Melonenstück mit ein bisschen Eis hinunterzubringen. Nein. Er will nicht, dass sie ihn zum Bahnhof bringen. Er will allein hingehen. Die Sporttasche gegen den Koffer tauschen, sich umziehen und mit dem Zug nach Stockholm fahren.

»Wir werden dich vermissen, mein Schatz.«

Jenny umarmt Bror. Fest. Sie duftet nach Lavendel von dem Deo, das sie immer schon benutzt. Bror bohrt seine Nase in ihre Achselhöhle, nimmt ein paar richtig tiefe Atemzüge. Um den Duft zu speichern, ihn irgendwo zu lagern und hervorzuholen, wenn es nötig ist. Papa Ivan hat etwas Trauriges im Blick, aber er lächelt breit.

»Du wirst Spaß haben. Und wenn es doch nicht funktioniert, dann rufst du an und sagst es uns. Versprich mir das. Ich komme und hole dich. Garantiert. Es sind nur zwölf Stunden von Stanford hierher. Und ich komme, wenn du mich brauchst, das ist gar kein Problem. Verstanden?«

Bror sieht von Jennys Achselhöhle auf, nickt, schluckt seinen Melonen- und Eiskloß hinunter. Dann stellt er das Eisschälchen auf den Tisch. Nimmt die Hände seiner Mama und seines Papas. So sitzen sie in dem breiten, tiefen Sofa. Hand in Hand, die Wolldecke über den Beinen, die Teekanne auf dem Tisch und jeder mit einem Kloß im Bauch. Bror hält ihre Hände so fest, dass die Handflächen ganz feucht werden. Nein. Es wird keinen Anruf geben. Und keine Rückreise aus Stanford. Sie werden an verschiedenen Orten Urlaub machen, und es wird allen dreien richtig, richtig guttun.

10. Kapitel

Lass die Gefangenen frei! Oder doch lieber nicht …

Tessan sieht wieder auf die Uhr. Zum siebten Mal an diesem Tag. Jetzt ist es Viertel nach zwei. Es ist Zeit, allerhöchste Zeit sogar. Tessan reißt die Schürze herunter, öffnet die Bluse ein wenig, löst die Haare und schnuppert unter ihren Armen. Ein Reflex. Immer unter den Armen schnuppern. Obwohl sie um diese Uhrzeit am ganzen Körper gleich riecht. Sie stinkt nach Hamburger – in den Haaren, unter den Armen, an den Füßen, überall. Tessan sprüht sich *Heat* von Beyoncé auf ihren Ausschnitt und ein bisschen auf die Beine. Jetzt riecht sie nicht nur nach Hamburger, sondern auch noch nach süßem Pfirsich. Sie legt ein Schild mit der Aufschrift »Bin gleich wieder da« hinter die Luke, dann öffnet sie das Türchen der Imbissbude. Schnell schließt sie hinter sich ab und stöckelt in ihren Stilettos auf das Haus ihrer Kindheit zu, das nur wenige Gebäude entfernt liegt. Die Absätze klappern auf dem Asphalt, das lange Haar flattert im Wind, und die quietschengen Jeans strammen wegen der großen Schritte zwischen den Beinen.

Wir Mädels sind manchmal so dumm im Kopf. Wir tragen so bescheuert hohe Absätze, widerlich enge Jeans, kleine Scheißhandtaschen, die man nicht mal über die Schulter hängen kann, und einen Haufen Ketten um den Hals. Ich kann meine Haare nicht schütteln, ohne ein Schleudertrauma zu kriegen von den ganzen schweren Halsketten. Wir können uns ja überhaupt nicht bewegen! Eigentlich könnten wir Mädels uns gleich eine Fußfessel mit so einer großen schweren Kugel ans Bein binden und damit durch die Gegend schlurfen. Damit wir nicht abhauen können. Denn darum geht es doch. Wir sollen uns zusammenreißen und nicht abhauen

Zwei Alkis auf der Parkbank winken ihr freundlich zu.

»Ach, die kleine Therese, hübsch wie immer. Die Hübscheste im ganzen Ort, das weißt du!«

Lächelnd winkt Tessan den beiden betagten Herren zu und lässt sie hinter sich – zusammen mit einem Duft nach Hamburger und süßem Pfirsich, der in der Luft hängen bleibt.

Dass ich jetzt erst darauf komme, dass wir Mädels uns unser eigenes Gefängnis bauen. Ha! So ist es nämlich! Die Jungs latschen den ganzen Tag in locker sitzenden Trainingshosen und Turnschuhen herum und können jederzeit atmen, eine große fettige Pizza essen oder wegrennen, wenn es nötig ist. Nichts hindert sie, alles ist locker und bequem. Warum sollen wir Frauen eigentlich mit Fußfesseln herumlaufen? Ich bin doch keine Gefangene!

Tessan schleudert die Sandaletten mit dem Pfennigabsatz im Laufen von sich, ohne das Tempo auch nur im Geringsten zu senken. Eine silberschwarze Sandalette fliegt davon und landet in einem Dornenbusch am Sandkasten. Bonk. Die andere fällt ein paar Meter weiter weg unter den Abfalleimer für die Tüten mit Hundekacke. Bonk.

Tessan lacht laut vor sich hin. Schüttelt ihr Haar, dass es frei durch die Luft schwingt. Öffnet die obersten drei Knöpfe ihrer Jeans. Spürt, wie der Bauch wie ein gut aufgegangener Hefeteig hervorquillt. Sie ist frei! Sie ist keine Gefangene mehr! Sie kann machen, was sie will!

Das letzte Stück bis zum Hauseingang ihrer Mutter läuft Tessan barfuß über den warmen Asphalt, reißt die Haustür auf und läuft die Treppen hinauf.

Verschwitzt und außer Atem sitzt Tessan wenig später am Küchentisch aus Kiefernholz. Öffnet ihre Bluse und pustet Luft zwischen die Brüste, um sich abzukühlen. Eine kleingeblümte, gemangelte Decke schmückt den Tisch, farblich abgestimmt auf die beiden lilafarbenen Kerzen. Es ist halb drei. Mama Ann-Kristin ist garantiert unterwegs und putzt beim Telekommunikationsunternehmen L. M. Ericsson. Die Wohnung ist leer und still, abgesehen vom monotonen Ticken der Küchenuhr. Ticktack, ticktack.

Aus ihrer pinkfarbenen Kunstlederhandtasche der Marke *Gücci* zieht sie ein Feuerzeug. Zitternd klickt sie, bis eine Flamme entsteht. Sie streckt ihre Hand aus und zündet die erste Kerze an. Erst will der Docht nicht richtig Feuer fangen, aber dann beißt sich eine winzige Flamme fest, und schließlich brennt die Kerze. Dann die andere. Yes. Tessan sackt auf dem Stuhl zusammen, betrachtet die beiden Kerzenflammen. Versucht zu benennen, was sie empfindet. Fühlt sie sich frei? Wild? Erleichtert? Froh? Fühlt sie überhaupt irgendwas, während sie die brennenden Kerzen ansieht? Nein. Nichts. Nicht das kleinste bisschen Euphorie.

Die Seifen! Eifrig erhebt sich Tessan und läuft in Richtung Badezimmer. Auf einem kleinen Regal sind Parfümfläschchen, getrocknete Blumen und vier kleine Seifen in hübschem Papier aufgereiht. Diese Seifen haben schon immer dort in ihrem Papier gelegen. Niemals hat Tessan sie öffnen und sich damit einseifen dürfen. Nein, sie durfte in der Badewanne sitzen und sich die schönen, nach Rosen duftenden Seifen ansehen, während sie sich mit der geruchsneutralen Billigseife von Konsum einseifen musste.

Gierig schnappt sich Tessan zwei der kleinen Seifenstücke, reißt das Papier ab und dreht den Wasserhahn auf. Sie reibt die beiden inzwischen leicht geschrumpften Seifenstücke aneinander, wäscht die Hände, bis es brennt. Ein schwacher Hauch von Rose und Lavendel steigt vom Waschbecken auf, wie Dufterinnerungen aus längst vergangenen Zeiten. Tessan dreht den Wasserhahn zu.

Was habe ich denn erwartet? Dass der Himmel sich öffnet und ein ganzer Engelschor herunterfällt und mit den Flügelchen Beifall klatscht? Toll, Tessan, wie mutig und stark du bist! Du hast die Feiertagskerzen angezündet und dich mit den Duftseifen gewaschen. Als deine Mama nicht zu Hause war, bist du hineinge-

schlichen und hast diese wahrlich anarchische Tat begangen. Nein, in diesem stillen Badezimmer gibt es keinen einzigen Engelsflügel. Nur eine verschwitzte, nach Hamburger und Pfirsich riechende Frau, barfuß, mit aufgeknöpften Jeans und hervorquellendem Bauch.

Ich bin echt gestört, mit mir geht es total den Bach runter. Ob ich gerade so werde wie meine Nachbarin? Werde ich bald Milchpackungen sammeln und damit meine Wände gegen den Atomkrieg isolieren? Ich brauche Hilfe. Ich sollte bei einem Irrenarzt anrufen. Bevor ich ernsthaft damit anfange, Milchpackungen zu sammeln.

Tessan pustet die Kerzen aus, zieht den Bauch ein, knöpft die Jeans zu und geht hinaus, um ihre Sandaletten mit den Pfennigabsätzen einzusammeln, die zwischen Dornenbüschen und Hundekacketüten auf sie warten.

11. Kapitel

Wirf dein altes Leben fort
und such dir ein neues an einem andern Ort,
lass den ganzen Mist zurück
und werd so froh wie ein Schokoladenstück!

Es riecht anders in Stockholm. Ein Gestank oder besser gesagt eine Mischung aus Frittierfett, Abgasen, Parfüm, Stress und Erwartungen. Bror steht in seinem taubenblauen Reiseanzug mit cremeweißem Revers mitten im Menschengewimmel des Hauptbahnhofs. Die schwarzen, etwas zu großen Schuhe glänzen frisch gewienert, und das Hemd ist bis oben zugeknöpft. Menschen laufen an ihm vorbei, mit Taschen, Rucksäcken oder kleinen Hunden. Züge müssen erreicht und Meetings gebucht werden, ein junger Mann ist bekifft und total high, ein paar Erzieherinnen mühen sich ab, einen Haufen Kinder in neongelben Westen einzufangen, die in alle Richtungen davonlaufen. Ansagen dröhnen aus den Lautsprechern, jemand fragt Bror, ob er Mitglied beim Roten Kreuz werden möchte, und ein Penner mit einem schiefgefahrenen Kinderwagen voller leerer Flaschen torkelt vorbei. Bror wischt sich den Schweiß mit einem blassrosa Taschentuch von der Stirn und steckt es zurück in die Brusttasche.

Die Reise ist gut verlaufen. Mama hat geweint, und Papa hat versucht, seine Tränen zurückzuhalten, während Bror in der Morgensonne tapfer zum Hauptbahnhof von Lund marschiert ist, mit der großen Sporttasche über der Schulter. Als er sich ein letztes Mal umdrehte, sah er, wie sich seine Mutter die Tränen abwischte, während sein Vater hilflos danebenstand. Sie hielten sich nicht an den Händen, umarmten sich nicht.

Sie standen einfach da wie zwei verlassene Kinder und sahen Bror hinterher, der zu dem Zeitpunkt noch weiße, flatternde Shorts trug, ein sportliches T-Shirt, Adidassneakers und eine Baseballkappe, die er am Vortag von seiner stolzen Mutter bekommen hatte. Schon zehn Minuten später waren die Sportsachen durch seine eigene Kleidung ersetzt, nachdem sich Bror in der stinkenden Bahnhofstoilette umgezogen hatte. Ein Gentleman kann auf gar keinen Fall in Baseballkappe und Shorts auf den Straßen der Hauptstadt herumflanieren! Mama hatte ihm Proviant eingepackt, Käsebrote mit Sprossen. So saß er dann im Zug, betrachtete die Landschaft, die draußen vorbeidonnerte, und sang leise die selbstgedichtete Übersetzung eines alten Songs von Gainsbourg.

»Wirf dein altes Leben fort und such dir ein neues an einem andern Ort, lass den ganzen Mist zurück und werd so froh wie ein Schokoladenstück! Und fährst du los, dann gib auch auf die Katze acht, sonst wird der Rest deines Lebens schwarz wie die Nacht.«

Und nun ist er angekommen. Am Stockholmer Hauptbahnhof. Bror wischt sich wieder die Stirn ab, mein Gott, ist das warm hier. So, mal sehen. Wie kommt er zur U-Bahn? Und wie funktioniert das System hier? Das letzte Mal, dass Bror U-Bahn gefahren ist, war vor zwei Jahren in Paris. Da löste man einen Fahrschein für gut einen Euro und durfte mehrere Stunden damit herumfahren. In Stockholm müsste es so ähnlich sein.

Bror nimmt seinen pepitagemusterten Koffer und geht mit entschlossenen Schritten zum nächsten Informationsschalter.

Die Sonne brütet über dem Mariatorget. Die kunstvoll geformten gusseisernen Drachen des riesigen Springbrunnens spritzen Wasser in die Luft, das die Besucher des Parks berieselt. Ein paar Männer in den Dreißigern spielen auf dem Kiesweg Boule, während einige ziemlich alkoholisierte Kerle auf einer

Parkbank Wodka kippen. Bror hält seinen Koffer fest umklammert. Das Jackett hat er sich über den Arm gehängt und wischt sich den Schweiß nicht mehr ab, der läuft ohnehin die ganze Zeit hinunter. Er ist jetzt nahe an seinem Ziel. Die freundliche Dame am Informationsschalter hat ihm auf der Karte gezeigt, wo er hinmuss und wie er am besten dort hingelangt. Mit der roten Linie zum Mariatorget, der Hornsgatan folgen, dann nach links in die Bellmansgatan, die schließlich die Tavastgatan kreuzt. Und in der Straße liegt Janes Haus.

Bror muss sich ein bisschen erholen. Sich klarmachen, was er eigentlich gerade anstellt. Noch kann er umkehren. Mama und Papa sind noch ein paar Tage in Lund, er kann zum Stockholmer Hauptbahnhof zurückfahren und den Spätzug nach Hause nehmen. Nach Stanford mitkommen. Den Poesiekurs besuchen. Sich sicher fühlen. Die Zeit mit seinen Eltern verbringen.

Mama und Papa. Sie müssen Zeit zu zweit verbringen. Denk daran, Bror. Sie müssen zueinander zurückfinden, sich wieder ineinander verlieben. Sie dürfen sich nicht scheiden lassen. Einige in der Klasse haben geschiedene Eltern. Sie wohnen jede zweite Woche bei ihrer Mutter und die Wochen dazwischen bei ihrem Vater. Niemals sind sie mit beiden Eltern zusammen. Die Kinder müssen andauernd ihre Taschen packen, einige haben inzwischen Stiefeltern, mit denen sie zusammenleben müssen, ob sie nun wollen oder nicht. Nein, das geht gar nicht.

Pling. Eine SMS.

Bist du gut angekommen? Bitte melde dich.

Papa. Bror simst zurück.

Sitze gerade auf einer großen Fähre und fahre durch die
Schären in Richtung Sandhamn. Es duftet nach Meer und ist
unglaublich schön. Habe mich im Zug mit einem netten
jungen Mann unterhalten, der hier neben mir sitzt.
Wir spielen Poker.

Poker? Woher hat er das denn? Egal, die SMS ist schon rausgegangen.

Erst mal ein Eis. Bror geht über den Kiesweg, schleppt seinen schweren Koffer zu einem der beiden Kioske auf dem Mariatorget und verlangt ein Cornetto Erdbeer. Zweiundzwanzig Kronen will der Mann im Kiosk haben. Bror zieht seinen Umschlag mit den fünfzehn Tausendkronenscheinen hervor, legt ihn auf den Tresen und blättert zwischen den Scheinen herum. Schließlich reicht er einen dem Kioskmann, der ihn skeptisch beäugt.

»Ey, Bruder, pass gut auf den Umschlag auf.«

»Bror. Ich heiße Bror, nicht Bruder.«

Schweigen. Richtig, stimmt ja. Wir sind doch nicht mehr in Lund. Der Mann im Kiosk kann unmöglich wissen, wie er heißt. Und vielleicht spricht man sich ja in Stockholm mit Bruder an? Ein Seufzer vom Kioskmann, der den Tausender in Empfang nimmt und in seiner Kasse nach Wechselgeld kramt.

»Ich habe nur gesagt, dass du gut auf den Umschlag aufpassen sollst. Nicht unnötig damit herumwedeln. Sonst bist du deine Kohle schneller los, als du gucken kannst. Wo kommst du her? Aus Schonen?«

»Lund.«

»Machst du Ferien hier?«

»Ich verbringe den Sommer hier.«

»Hier, auf dem Mariatorget?«

»Nein, in der Tavastgatan.«

»Tavastgatan! Aha, welche Hausnummer?«

»2½.«

Der Kioskmann reicht ihm das Cornetto und eine Menge Wechselgeld. Bror steckt die Scheine sorgfältig in den Umschlag, während der Mann nachdenkt.

»2½. Nein, die Nummer gibt es nicht. Die Straße hat keine halben Nummern. Bist du dir ganz sicher?«

»Na ja … ziemlich.«

Der Mann zuckt die Schultern und winkt den nächsten Kunden heran. »Na, dann mach's mal gut. Man sieht sich, oder? Jetzt, wo du hier wohnst. Adiós!«

»Tschüs … oder adiós, meine ich.«

Bror wickelt sein Cornetto aus, hat aber keine Muße, sich hinzusetzen und sein Eis in Ruhe zu essen. Tavastgatan 2½, da muss er hin. Jetzt.

Mit dem Koffer in der einen Hand, dem Jackett über der Schulter und dem Cornetto in der anderen Hand wandert er die Hornsgatan entlang, folgt der steilen Straße mit dem ungleichmäßigen Kopfsteinpflaster. Die kleinen Läden bieten Tee, Spielsachen, Kunst, Keramik und Antiquitäten feil. Es wimmelt von Menschen. Kaffee trinkende Menschen, rauchende Menschen, schwatzende Menschen, joggende Menschen, Menschen, die einfach nur an der Hauswand lehnen und Sonne tanken.

Bror stellt den schweren Koffer ab, bewegt die Finger, um sich zu vergewissern, dass noch Leben in ihnen ist, knuspert den letzten Rest des Cornettos in sich hinein und wischt mit dem Taschentuch die Schokolade vom Mund. Noch ein paar Hundert Meter, und dann ist er bei Jane. Jetzt den Koffer gegriffen und vorwärts. Er biegt in die Bellmansgatan ab, geht ein Stück weiter und dann – ein moosgrünes Haus, niedrig und klein mit zwei breiten roten Holztüren. Wie eine Sommerfrische mitten in der Stadt. »Tavastgatan 2 a« steht an der einen Tür, »2 b« an der anderen.

Bror streicht sein dunkles Haar nach hinten und öffnet den nächsten Hemdenknopf. Es ist schon später Nachmittag, aber die Hitze ist noch drückend. Bror bleibt stehen und betrachtet das Haus mit der Nummer 2 a. Verstohlen blickt er durchs Fenster. Eine ganz normale Küche. Ein paar benutzte Kaffeetassen auf dem Tisch, eine verwelkte Geranie auf dem Fensterbrett. Nein, das ist es nicht. 2 b vielleicht? Vorsichtig drückt Bror auf den Türgriff. Nein, die breite rote Holztür ist abgesperrt. Bror klopft an beide Türen. Wartet. Der Schweiß tropft herab. Niemand zu Hause, niemand öffnet. Das fühlt sich nicht gut an. Wie alt war dieses Jagdmagazin eigentlich? Älter als drei Jahre? Meine Güte, in drei Jahren kann alles Mögliche passiert sein. Vielleicht ist Jane gestorben. Womöglich ist sie nach Kenia gezogen und betreibt eine Löwenfarm. Vielleicht hat es sie nie gegeben, vielleicht war das alles nur ein Witz, eine verschlüsselte Einladung zu einem Junggesellinnenabschied. Die Braut hieß vielleicht Jane und war Tierliebhaberin. Was soll er jetzt tun? Wo soll er hin? Was hätte Serge getan?

»Määääh.«

Ein Blöken. Ein Schaf? Mitten in der Stadt? Bror sieht sich um. Nirgends entdeckt er ein wolliges Tier. Ein Stück entfernt geht eine ältere Dame die Straße entlang, aber die wird doch kaum wie ein Schaf geblökt haben?

»Määääh.«

Bror nimmt seinen Koffer und folgt dem Geräusch, geht die Tavastgatan weiter, bis er vor einem steilen Abhang steht. Einem richtig steilen Abhang. Vorsichtig trippelt er den Hang hinunter, während der Koffer hinter ihm herschleift. Er geht an einem hohen roten Zaun entlang, in dessen Mitte eine stabile Holzpforte einen Spaltbreit offen steht. Oberhalb der von Zaubernuss überwucherten Pforte hängt eine Wäscheleine mit Vogelflügeln in verschiedenen Größen und Farben: kleine schwarze Flügelpaare, ein größerer weißer Flügel, wollige, graugesprenkelte Exemplare von Raubvögeln und grünmelierte kleinere Flügelpaare. Es sieht gruselig aus. Bror blickt sich auf der Straße um, die vollkommen ruhig und verlassen daliegt. Es gibt nur ihn und die angelehnte Pforte.

Ein leichter Luftzug bringt die Flügel auf der Wäscheleine über der Pforte zum Flattern, wie ein enormer Fächer schicken sie eine kühlende Brise zu Bror herab. Reglos steht er da, hält die Augen geschlossen und genießt die Fürsorge des Fächers.

Dann öffnet er die Augen wieder. Hinter der Pforte gleitet etwas vorbei. Ein Tier, ein großes schwarzweißes Tier.

Und auf einmal sieht er, dass mit kaum sichtbaren Buchstaben »Tavastgatan 2½« in die Holzplanken der Pforte geritzt ist. Er ist angekommen. Hier ist es – was auch immer ihn hier erwarten mag. Bror schiebt mit der Hand die Pforte weiter auf und tritt ein.

12. Kapitel

Trau dich, deine Entscheidungen selbst zu treffen

Der Duft nach Weichspüler ist beruhigend. Der Beutel mit den weichen Trainingsklamotten im Nacken verleiht ihr ein Gefühl von Sicherheit. Tessan nimmt einen kräftigen Lungenzug und bläst den Rauch gegen ihre tief ausgeschnittenen Festkleidchen. Sie hört, wie die Milchpackungstante auf der anderen Seite der Wand in ihren karierten Filzpantoffeln herumrutscht, Sachen hin- und herrückt und laut mit ihren dreiundzwanzig Katzen spricht. Eine Seelenverwandte. Zwei Irre Wand an Wand. Fühlt sich ganz beruhigend an, dass die Milchpackungstante einen Schritt Vorsprung hat, dass es wenigstens eine Person hier im Haus gibt, die noch abgefuckter ist als Tessan.

Alle hochhackigen Schuhe stehen in einer Reihe: goldene, rosa schimmernde, lackglänzende, goldene, goldene, diamantenbesetzte, knallrote. Alle mit mindestens zehn Zentimeter hohen Absätzen. Über den Schuhen hängt die Arbeitskleidung. All die engen Blusen, in die sich Tessan gezwängt hat, die ihre Brüste angehoben und sie wie zwei Vanillewecken hervorgepresst haben, die sie den Kunden auf den Verkaufstresen legen konnte. Das lange, dunkle Haar ist seit achtzehn Jahren blond. Sechs Mal pro Jahr hat sie sich über die Badewanne gebeugt und es mit Wasserstoffperoxid eingerieben.

Tessan nimmt einen tiefen Zug von ihrer Marlboro Gold und lässt perfekte Rauchringe an die Decke steigen. Ihre Hand ist braun. Ihr ganzer Körper ist braun. Das ganze Jahr über.

Ich verkleide mich, als wäre das Leben ein einziger Maskenball. Ich tue so, als wäre ich etwas, was ich eigentlich nie gewesen bin.

Aber ich habe es so lange getan, dass ich nicht mehr weiß, wer ich eigentlich bin. In Wirklichkeit. Als wäre ich jahrelang in einer Polizeiuniform herumgelaufen. Klar denken dann alle, ich wäre Polizistin. Sie fragen mich nach irgendwelchen Polizeiangelegenheiten, bitten mich, Diebe festzunehmen und für Ordnung zu sorgen. Und sogar ich selbst glaube daran, dass ich Polizistin bin! Dabei ist es nur eine Uniform, die ich mir ausgeliehen habe. Ich bin nicht auf die Polizeischule gegangen, habe nur COPS *im Fernsehen geguckt. Aber es wäre ein Problem, plötzlich keine Uniform mehr zu tragen, denn alle denken ja, ich bin Polizistin. Und wenn du dann ohne Polizeiklamotten kommst, wird plötzlich eine große Sache draus, gruselig und irgendwie seltsam. Keiner wird es kapieren. Wie jetzt? Ist sie denn gar keine Polizistin? War das nur eine Mogelpackung?*

Im Grunde genommen bin ich die totale Mogelpackung. Zum Beispiel die Sache, dass ich eigentlich eine Brille trage. Ich habe sie in der Vierten bekommen. Alle in der Klasse haben gelacht, als ich voller Stolz meine neue, schöne Brille aufsetzte. Das war das erste und das letzte Mal, dass ich sie aufhatte. Ich hab es einfach nicht gepackt, in der Schule ausgelacht und zu Hause angeschrien zu werden. Man braucht eine Schutzzone, sonst geht man drauf. Mit zwanzig oder so habe ich einen zweiten Brillenversuch gestartet. Ich habe eine blaue Brille anprobiert, bin nach Hause gegangen und habe sie aufgesetzt, als Freddy und ich ferngesehen haben. Er hat zwar nichts Fieses gesagt, aber sein Grinsen hat mehr gesagt als tausend Worte, und deshalb liegt die Brille noch immer in meinem Nachtschränkchen. Von Menschenhand so gut wie unberührt. Jetzt habe ich stattdessen blaue Kontaktlinsen. Über die macht sich niemand lustig. Eine Schutzzone.

Tessan drückt ihre Zigarette auf dem Boden aus, inzwischen gibt es viele Brandflecken nebeneinander. In ihrem Körper blubbert es wie Kohlensäure. Es kribbelt, brodelt und rumort in ihr. Als wären Spinnen unter der Haut. Sie krabbeln herum, aber man kann sie nicht wegkratzen. Es ist schwierig, still zu liegen, schwierig, sich zu bewegen, alles ist schwierig. Als ob der Körper in Panik wäre. Was passiert da eigentlich?

Tessan tritt gegen die schnurgerade Schuhreihe. Einen Schuh nach dem anderen knallt sie gegen die Wand. Dann packt sie die Sandaletten mit dem durchsichtigen Pfennigabsatz und haut sie mit voller Wucht gegen die Tür.

»Aus jetzt! Aufhören!«

Die Milchpackungstante auf der anderen Seite schreit. Die Spinnen krabbeln unter der Haut, im Hals, Luft ... Sie bekommt kaum noch Luft. Nein, jetzt reicht es. Okay, dass die Nachbarin total gestört ist, das ist das eine, aber Tessan kann doch nicht als Verrückte enden. Sie nimmt ihr Smartphone aus der Tasche, sucht nach Nummern von Beratungshotlines in irgendwelchen Kliniken. Die Spinnen, mein Gott, wie das juckt, sie kann sich nur schwer auf die richtige Nummer konzentrieren. Tessan wählt mit zitternden Fingern. Das Freizeichen ertönt. Mehrmals. Dann knistert es, jemand scheint den Hörer zu verlieren und ihn wieder hochzuheben. Eine heisere Stimme.

»Ja, hallo?«

»Hallo ... Also, ich heiße Therese, und ich sitze in einem begehbaren Kleiderschrank und ...« Tessan verstummt. Wie fängt man eigentlich an?

Die Stimme am anderen Ende hüstelt. »Aha. Und was machen Sie dort? In dem Kleiderschrank?«

Tessan zündet sich noch eine Zigarette an. Denkt ein bisschen nach.

»Ich bin vor allem wütend, glaube ich.«

Die Krankenschwester in der Klinik klingt so, als würde sie einen Schluck von irgendwas trinken.

»Okay, und worauf sind Sie wütend?«

Tja, das ist eine ziemlich gute Frage.

»Ich weiß nicht so genau. Vielleicht bin ich ja auch gar nicht wütend. Ich bin müde. Müde und total gestresst zugleich.

Irgendwie … ungeduldig. Genau, das bin ich, ungeduldig! Als würde ich auf irgendwas warten und könnte nicht länger warten.«

Jetzt klingt es so, als würde die Krankenschwester rauchen. Und wieder an irgendwas nippen. Komisch.

»Und worauf können Sie nicht länger warten?«

»Auf das Leben! Ich arbeite den ganzen Tag in einer Imbissbude, und abends … gucke ich Fußball mit meinem Typ und …«

»Mögen Sie Fußball?«

»Nein!«

»Mögen Sie Ihren Mann?«

Tessan zieht an der Zigarette, und es klingt so, als würde die Krankenschwester dasselbe tun. Darf man in einer Klinik rauchen?

»Ehrlich gesagt weiß ich es nicht. Ich weiß gar nichts mehr. Aber ich glaube, ich werde gerade ein bisschen verrückt.«

»Ein bisschen verrückt? Wie ist man dann?«

»Ich hab mich in unserem begehbaren Kleiderschrank eingeschlossen, und ich hab das Gefühl, als hätte ich ganz falsche Entscheidungen getroffen.«

»Sie haben keine falschen Entscheidungen getroffen.«

»Woher wollen Sie das denn wissen?«

»Keine Ahnung. Aber ich glaube nicht, dass Sie falsche Entscheidungen getroffen haben.«

Tessan drückt ihre Zigarette auf dem Boden aus, zieht ein paar Kleider von den Bügeln. Sie ballt die Hände zu Fäusten, schließt die Augen und ist kurz davor, die selbstgerechte Krankenschwester anzubrüllen.

»Klar hab ich mich falsch entschieden, wenn ich den ganzen Tag rumsteh und Würstchen brate. Und einen Mann hab, der fremdgeht und ansonsten nur Fußball guckt oder seinen Trizeps trainiert, und eine Mutter, die mir lauter fiese Sachen sagt, und eine hässliche Wohnung und Freundinnen, die nur über Dammrisse reden. Und wissen Sie was? Sie sollten sich mal meine Klamotten anschauen! Das sind die reinsten Fußfesselkleider! Und jetzt kriegen wir vielleicht auch noch Kinder, mein Typ und ich. Kinder! Das muss man sich mal vorstellen, eine doppelte Fußfessel. Hören Sie bloß auf zu behaupten, ich hätte die richtigen Entscheidungen getroffen, denn sonst …«

Die Krankenschwester nimmt einen Zug von ihrer Zigarette, hustet und trinkt wieder einen Schluck.

»Ich sage ja gar nicht, dass Sie die richtigen Entscheidungen getroffen haben. Was ich meine, ist, dass Sie sich nie für irgendwas entschieden haben. Sie haben nur versucht zu überleben. Inzwischen wissen Sie, dass Sie überleben werden, und dann fängt man an nachzudenken, wissen Sie. Dann kann man plötzlich über andere Dinge als das reine Überleben nachdenken. Zum Beispiel darüber, was man will und wer man ist – solche Sachen eben. Das ist nicht weiter erstaunlich. Hören Sie damit auf, anderen Menschen Ihre Entscheidungen zu überlassen, und entscheiden Sie selbst. Dann wird alles besser.«

Tessan sitzt aufrecht da, den Kopf zwischen den ganzen Kleidern. Sie ist umgeben von Schuhen, die in einem totalen Durcheinander daliegen, manche mit abgebrochenen Absätzen. Sie hört, wie Matte und Freddy aus dem Wohnzimmerfenster nach draußen grölen. Sie kann nicht beurteilen, ob es bei ihrem Geschrei um Gewinn oder Niederlage geht.

Die Krankenschwester räuspert sich.

»Sie müssen sich nicht in diesem Moment entscheiden.«

»Okay.«

Schweigen. Nur von draußen Freddys und Mattes Gebrüll.

»Haben Sie Hunde?«

»Nein, das sind nur mein Mann und sein Kumpel, die da rumjaulen.«

»Aha. Und was mögen *Sie*?«

»Was meinen Sie damit?«

»Na ja, was würden Sie denn gerne machen, wenn Sie selbst entscheiden könnten?«

Ohne auch nur einen Augenblick zu zögern, antwortet Tessan: »Kochen. Ich liebe Kochen. Nicht Würstchen braten, sondern richtiges Essen! Gutes Essen!«

»Määääh!«

»Was?«

Ein Schaf. Die Krankenschwester ist zu einem Schaf mutiert. Irgendjemand hat da eben ins Telefon geblökt.

»Hallo, sind Sie noch dran? Das war nur Bella, meine Ziege, sie wollte das Telefon fressen. Kochen, haben Sie gesagt?«

»Moment mal. Gibt es Ziegen in Ihrer Klinik?«

»Klinik?«

»Ja, oder Beratungsstelle oder wie das jetzt heißt.«

»Davon weiß ich nichts.«

»Wo bin ich eigentlich gelandet?«

»Bei mir, Jane.«

»Jane?«

Tessan reibt sich die Augen. Jetzt muss sie fragen, ob sie bitteschön in die Irrenanstalt durchgestellt werden kann, denn inzwischen ist sie anscheinend richtig durchgeknallt. Sie dachte, dass sie mit der Beratungshotline einer Klinik spricht, aber in Wirklichkeit redet sie mit einer Ziege über ihr Leben.

Jane unterbricht sie in ihren Überlegungen.

»Hallo? Therese? Jetzt hören Sie mir mal ganz genau zu. Tun Sie das?«

Tessan antwortet nicht, sondern drückt nur das Smartphone ganz fest an ihr Ohr.

»Sie sind eine freie Frau. Sie können gehen, einfach die Wohnung verlassen und nie wiederkommen. Oder Sie können gehen, um eine Weile nachzudenken, und dann wiederkommen. Vorausgesetzt, Sie haben die Entscheidung getroffen, wiederzukommen.«

Tessan beißt sich auf die Lippe, schluchzt auf. Die Tränen beginnen zu laufen. Das kommt nicht oft vor. Tessan ist eine Frau, die die Zähne zusammenbeißen kann, die immer die Zähne zusammenbeißt. Bis die Zähne Risse kriegen. Aber jetzt weint sie. Im Dunkeln, in einem großen begehbaren Kleiderschrank mit einer Ziege am Telefon. Ihre Schultern beginnen zu zittern, ihre Beine zittern, ihre Hände zittern, die Tränen fließen, die Wimperntusche verschmiert, und sie reibt sich fest die Augen, die knallblauen Kontaktlinsen rutschen heraus und gleiten mit der Wimperntusche die Wangen hinunter. Zwischen den Schluchzern versucht Tessan zu flüstern:

»Aber … aber ich hab doch keinen Ort, wo ich hingehen könnte. Keinen einzigen.«

»Natürlich hast du einen. Komm zu mir nach Hause. Und zwar sofort. Tavastgatan 2½.«

13. Kapitel

Der große Auftrag

Krampfhaft hält Bror seinen pepitagemusterten Koffer umklammert, während er spürt, wie die Pforte hinter ihm zufällt. Sie fällt so schnell ins Schloss, als würde jemand sie mit aller Kraft zudrücken. Der Hof ist nicht besonders groß, aber es scheint dort alles zu geben – wirklich alles, wenn Bror es sich recht überlegt. Eine kleine Kiesallee, von üppigen Pflanzen gesäumt, die Bror noch nie gesehen hat, geräumige Volieren mit verschiedensten Vögeln in mehr oder weniger erbärmlichem Zustand. Eichhörnchen in allen Größen springen herum, von buschigen Jungtieren bis zu grau bepelzten älteren Herrschaften, ein grauer Dachs glotzt Bror ruhig an, bevor er sich weiter in seinen Bau hineinbuddelt, zwei Füchse blicken scheu von einem liegenden Baumstamm herüber, ein paar Schweine wühlen in einem Beet herum, und Krähen, Dohlen und Elstern sitzen aufgereiht auf dem Dach eines kleinen alten Backsteinhauses, das tief in all dem Grün ruht.

Irgendetwas schnappt nach seinem Hosenbein, und Bror zuckt zusammen. Hinter ihm steht eine Ziege und würde sich gern seine taubenblaue Hose als Mittagessen einverleiben. Sie starren einander an. Bror ein bisschen erschrocken, die Ziege mit leerem gelbem Blick und mahlendem Kiefer.

Zwei Ahornbäume stehen wie Wächter rechts und links vom Haus, und direkt am Eingang wachsen zwei riesige Eschen. Die Tiere auf dem Hof nehmen nicht weiter Notiz von Bror, sie blicken auf, stellen fest, dass er da ist, und widmen sich dann wieder ihren Angelegenheiten. Abgesehen von der hosengierigen Ziege, die beharrlich an seiner Kniekehle knabbert.

Wo ist er nur gelandet? Jetzt gilt es, sich zu überlegen, was Serge in dieser Situation getan hätte. Wenn nicht Bror, sondern der dreizehnjährige Serge in seinem Sommeranzug auf genau diesem Innenhof gestanden hätte, hinter ihm eine Ziege, die an seiner Hose herumknabbert. Wenn er das Häuschen und den Dachs gesehen hätte, der jetzt zum Komposthaufen hinüberhumpelt. Wenn Serge von zu Hause abgehauen wäre – mit einem pepitagemusterten Koffer voller leerer Schreibhefte. Wäre er etwa wieder nach Hause gefahren? Hätte er sich ins Hemd gemacht und nach seinem Papa gerufen? Nein. Serge hätte sich mit geradem Rücken zu diesem hervorragend ausgewählten Abenteuer gratuliert und wäre geradewegs hineingesprungen.

Bror greift nach seinem Koffer und geht mit zitternden Beinen den knirschenden Kiesweg entlang. Hinter ihm erklingt das alberne Meckern der Ziege. Das Backsteinhaus ist klein, hat aber zwei Stockwerke. Sprossenfenster, alle weit geöffnet. Auch die blaue Haustür steht offen, als würde sie sagen: Herzlich willkommen, du wirst erwartet. Bror zieht sein blassrosa Taschentuch hervor, wischt sich den Schweiß vom Gesicht, so gut es geht. Er muss versuchen, sich ein bisschen herzurichten, ehe er anklopft und sich erkundigt, ob er … Ja, was will er eigentlich? Sollte er einfach fragen, ob er einen Monat hier wohnen darf oder ob es einen Sommerjob für ihn gibt?

Bror sieht auf seine Füße, als ob jemand ihn im Nacken gepackt und seinen Blick nach unten gezwungen hätte. Und dort, genau vor seinen perfekt geputzten Schuhen, liegt eine kleine Schachtel mit Watte. Und mitten auf der Watte liegt ein winziges Vogeljunges. Es fiept. Kleine, leise, herzzerreißende Piepser. Der Vogel ist unruhig, richtet seinen geöffneten Schnabel auf Bror, und die kleinen Augen wissen überhaupt nicht, wohin sie blicken sollen. Deshalb gucken sie in zwei verschiedene Richtungen. Keine Mama, kein Papa, ganz allein in der Welt in einer kleinen Schachtel mit Watte.

»Piep, piep, piep, piiiep!«

Ehe er sichs versieht, ist Bror die drei Stufen der Treppe hinaufgesprungen, die Schachtel vorsichtig gegen seine Brust gedrückt, und hat an die offene Tür geklopft.

»Hallo?«

Keine Antwort. Da drinnen ist jemand, das spürt Bror. Er ruft wieder, diesmal etwas lauter.

»Hallo?«

»Ich bin da!«

Bror tritt sich die Schuhe auf der roten Fußmatte ab und kommt in einen Flur mit tiefroten Samtwänden, Vorhängen, Quasten, düsteren großen Teppichen und lauter Gemälden, die Frauen darstellen. Wie in einem Bordell. Serge Gainsbourg pflegte in jungen Jahren Bordelle zu besuchen, und genau so stellt Bror sie sich vor.

»Miau.«

Eine schwarze Katze hüpft von ihrem Korbsessel herunter und streicht um Brors Hosenbeine, um sich dann zu strecken und träge auf den schattigen Hof hinauszuschleichen. Der Flur führt in eine Art Wohnzimmer mit purpurfarbenen, zerschlissenen Samtsofas und Bücherstapeln – auf dem Fußboden, auf kleinen Tischen, auf großen Tischen, auf den Fensterbänken. Ein altes Grammophon, weinrote Samttapeten, ein paar unterschiedlich lange Stöcke, die an einem der durchgesessenen Sessel lehnen. Die Ziege, die Bror gefolgt ist und sein Hosenbein angeknabbert hat, übernimmt nun die Führung und zeigt ihm den Weg in die Küche. Sie weiß genau, wohin sie will und wo es bessere Leckereien gibt als Vintagehosen.

Auf dem gusseisernen Küchenherd brodelt es in mehreren großen Töpfen. Ein intensiver Geruch nach Gras und Wacholderbeeren erfüllt den Raum. Kochgeschirr hängt an den Wänden, mitten in der Küche befindet sich ein langer Holztisch, und am Herd steht eine Frau.

»Hallo.«

Die Frau grüßt, ehe sie sich umgedreht und Bror wirklich gesehen hat. Komplett graues Haar hat sie, lang und glatt. Rote Lippen in einem großen und fröhlichen Mund, schwarz geschminkte grüne Augen und rosige Wangen. Im Mundwinkel ein Zigarillo. Sie wischt sich die Hände an ihrer bereits schmutzigen Schürze ab, lächelt breit und streckt Bror ihre Hand entgegen.

»Ich bin Jane.«

Bror hält mit der einen Hand die Vogelschachtel fest, während er Jane die andere reicht.

»Bror.«

»Was hast du da gefunden, Bror?«

»Ein Vogeljunges. Es lag hier draußen in der Schachtel, und ich weiß nicht … Ich glaube, Sie müssen ihm helfen.«

Jane blickt hinunter in die Schachtel, nimmt einen Zug von ihrem Zigarillo, bläst den Rauch beiseite.

»Ich glaube, diesem armen Hascherl musst du helfen.«

Bror sieht auf den unglücklich fiependen Vogel und dann wieder zu Jane.

»Nein, das kann ich nicht.«

»Natürlich kannst du das. Es ist ein Schwalbenjunges. Schwalben sind etwas sehr Besonderes, und das bist du auch, oder? Das passt doch gut. Setz dich, willst du was trinken?«

»Ja, bitte.«

Jane holt eine Karaffe mit einem grünen Getränk aus dem Kühlschrank. Die Ziege verfolgt auch die kleinsten ihrer Bewegungen, starrt sie mit ihren schrägen Augen an.

»Minzsaft mit ordentlich Zitrone. Kühlt den gesamten Organismus, versprochen.«

Bror nickt, nimmt einen großen Schluck von dem wunderbar minzigen Getränk und starrt dabei auf Janes seltsame Brüste. Groß sind sie, geradezu riesig, und sehr, sehr knotig. Ein extrem spätes Stadium von Brustkrebs? Sie muss in totaler

Verleugnung ihres wahren Gesundheitszustands leben. Um diese riesigen knotigen Brüste noch zu betonen, hat Jane einen breiten Gürtel direkt unter dem Busen befestigt und zugeschnürt. Bror nimmt noch einen Schluck und betrachtet lieber den Vogel in seiner Schachtel, statt weiter den knotigen Busen anzuglotzen. Jane lächelt schief.

»Du studierst meine Brüste, sehe ich.«

Bror spürt, wie sich die Rosen der Scham auf seinen Wangen und seinem Körper ausbreiten.

»Und es wird noch spannender, wenn ich ein bisschen weiter aufknöpfe. Warte mal.«

»Nein, nein, ist wirklich nicht nötig.«

Jane grinst mit dem Zigarillo im Mundwinkel und beginnt ihr weißes Hemd Knopf um Knopf zu öffnen. Bror hält die Luft an und kneift die Augen zusammen. Es ist ein Bordell, es ist ein Bordell, es ist ein Bordell! Gleich wird er gekidnappt und gezwungen, sein Leben in einem Bordell zu fristen. In fünf Minuten wird er seine Unschuld verlieren, dabei fühlt er sich noch überhaupt nicht dazu bereit. Er ist zu jung dafür, das geht gar nicht. Und Jane ist bestimmt schon hundert, und was mag das Ganze kosten? Für so etwas will er sein Geld bestimmt nicht ausgeben. Er hat mal etwas über Sexsklaven gelesen, ob er so einer werden soll? Und wie soll er den Eltern seine plötzlichen Fertigkeiten auf diesem Gebiet erklären?

»Begrüß mal die Kleinen.«

Bror öffnet die Augen, als Jane gerade den vierten Knopf ihres Hemdes öffnet, den Stoff rechts und links packt und über dem Busen aufzieht. Dort drinnen herrscht ein wahnsinniges Durcheinander. Kleine Stücke von rotem, grünem und blauem Fleecestoff, ein paar Lappen aus Frottee. Und dann gucken erst eins, dann zwei und schließlich fünf Eichhörnchenbabys hervor. Mit zitternden rosa Mäulchen starren sie Bror neugierig an.

»Sie wohnen seit drei Wochen hier drinnen. Noch einen

Monat, dann werden sie ausziehen. Ich muss sie alle zwei Stunden füttern.«

Bror beginnt zu lachen, erst leise, dann lauter und erleichtert. Eichhörnchen. Sie hat das ganze Hemd voller Eichhörnchen. Er muss kein Sexsklave werden. Kichernd streckt Bror seinen Zeigefinger vor und lässt die neugierigen Wichte daran schnuppern, bevor sie eine Sekunde später wieder in den Haufen von Fleece und Frottee eintauchen. Jane knöpft ihr Hemd wieder zu und zieht den Gürtel fest zusammen, damit die Kleinen nicht auf den Boden fallen.

»Jetzt werde ich dir zeigen, wie du dich um deine kleine Schwalbe kümmern musst.«

»Nein, nein, das ist nicht meine Schwalbe. Sie lag hier draußen und ...«

»Das *ist* deine Schwalbe, Bror. Du wirst sie retten. Warte mal, ich hole schnell etwas.«

Jane lässt Bror, die Ziege und das Schwalbenjunge allein in der Küche. Die Ziege knabbert wieder an Brors Hosenbeinen, das Schwalbenjunge fiept unglücklich, und Bror schwitzt. Draußen ist es heiß, aber in der Küche ist es kaum auszuhalten mit den brodelnden Töpfen und dem Feuer vom Holzherd. Er nimmt noch einen großen Schluck Minzsaft, der tatsächlich kühlend wirkt.

»Hier ist was ganz Perfektes.«

Jane poltert mit einem lila Batiktuch in der Hand in die Küche. Geschmeidig setzt sie sich neben Bror auf den Stuhl, sie duftet apart nach Zigarillorauch und Vanille. Routiniert bindet sie ihr graues Haar zu einem Knoten auf dem Kopf und nimmt Brors Hände in ihre. Ihre Hände sind sehr, sehr weich mit langen, tiefroten Nägeln.

»Bror, jetzt musst du dieses kleine Wesen retten. Es hängt von dir ab. Okay?«

»Okay ...«

»Dieses kleine Schwalbenkind ist vielleicht einen Monat alt.

Was bedeutet, dass es in einigen Wochen in der Lage sein wird, allein loszufliegen. Es braucht Wärme und ständige Fürsorge. Verstehst du, was ich meine?«

»Nicht ganz, glaube ich.«

»Beuge den Kopf vor.«

Bror gehorcht sofort und beugt seinen verschwitzten Kopf nach unten. Jane knotet das lila Batiktuch um seinen Hals.

»Hier wird das Schwalbenkind für einige Zeit wohnen.«

»Wie? Hier im Tuch?«

»Ganz genau. Wie in einer kleinen Wiege. Du musst es alle zwei Stunden füttern, und zwar mit etwas Hackfleisch. Das funktioniert immer am besten. Winzig kleine Kugeln Hackfleisch, ungefähr so groß wie Erbsen.«

Bror schluckt.

»Wasser muss es auch kriegen. Genauso oft. Dazu nimmst du ein Streichholz, das du erst in Wasser tauchst und dann ganz tief in den Hals der kleinen Schwalbe schiebst, hinunter in den Kropf.«

»Kropf?«

»Das ist eine Art Proviantbeutel, den die Vögel am Hals haben. Sprich beim Füttern mit der kleinen Schwalbe, sing ihr was vor, das mag sie.«

»Und dann? Wenn das Vogelkind groß geworden ist?«

»Dann darfst du es losschicken. Aber das ist eine Kunst für sich, musst du wissen. Schwalben sind etwas ganz Besonderes. Sie haben nur eine einzige Chance.«

»Wie – nur eine Chance?«

»Nun ja, wenn das Vogeljunge fliegen soll, dann musst du es mit solcher Kraft hochwerfen, dass es ordentlich Luft unter die Flügel bekommt. Wenn es auf den Boden fällt und du es nicht wiederfindest, dann stirbt es. Das Schwalbenkind kann von der Erde aus niemals genug Tempo entwickeln. Aber wenn die Schwalbe Luft unter die Flügel bekommt, dann schwebt sie für immer. Dann wird sie den Rest ihres Lebens hoch oben in der Luft verbringen, ohne jemals wieder den Boden zu berühren.«

Bror betrachtet das fiepende Wesen in der Schachtel. Seinen Vogel. Seine eigene Schwalbe. Der er das Fliegen beibringen soll. Und die er bis dahin füttern soll.

»Ich werde mich um die Schwalbe kümmern. Da ist nur eine Sache.«

»Und zwar?«

»Ich kann unmöglich dieses Batiktuch tragen. Das geht einfach nicht. Aber ich habe einen cremefarbenen Seidenschal im Koffer. Meinen Sie, mit dem könnte es auch funktionieren? Er ist von Hermès.«

»Natürlich funktioniert es mit dem. Aber der Schal wird später nicht mehr funktionieren, wenn du verstehst, was ich meine. Vogelkacke und Essensreste – den kannst du nur noch wegwerfen, wenn der Vogel ausgezogen ist. Hermès hin oder her.«

Bror nickt. Er wird seinen Seidenschal opfern. Aber lieber den als seine Würde. Jane tätschelt sein Knie und steht auf, um in den Töpfen zu rühren. Weißes Hemd, schwarze Frackhose und barfuß mit roten Zehennägeln. Was ist sie eigentlich? Wer ist sie?

»Ach ja, richtig, du wirst natürlich hier wohnen. Irgendjemand hat diese kleine Schwalbe auf meine Treppe gestellt, und auch wenn du die Verantwortung für die Schwalbe übernommen hast, könnte man sagen, dass ich die Verantwortung für die Gesamtsituation trage. Du wohnst hier und kümmerst dich um die Schwalbe. Und ich kümmere mich um dich. Bis die Schwalbe davonfliegt. Dann seid ihr beide frei. In jeder Hinsicht.«

14. Kapitel

Auf der Autobahn aus dem Kleiderschrank

Tessan wühlt eine große Tüte hervor und beginnt Blusen und Kleider von den Bügeln zu reißen. Ein Paar hochhackige Sandaletten wirft sie auch in den Plastikbeutel. Sie sieht alles unscharf, weil sie sich eben die Kontaktlinsen aus den Augen geheult hat. Die Linsen müssen irgendwo in dem Durcheinander auf dem Boden liegen. O Mann, wie verschwommen alles ist! Tessan steckt den Kopf tief in die Tüte, um zu erahnen, was sie überhaupt hineingeworfen hat.

Mal ehrlich, warum will ich diese Kleider eigentlich mitnehmen? Was soll ich damit? Fußfesselhölle! Falsche Polizeiuniformen! Jetzt ist Schluss damit.

Tessan knallt die Tüte gegen die Wand, öffnet die Tür des begehbaren Kleiderschranks und geht raus zu ihrem Nachtschränkchen. Sie zieht die oberste Schublade auf, tastet ganz hinten – und da ist sie. Die Brille, die sie vor über zehn Jahren gekauft hat. Für damals einigermaßen okay, für heutige Begriffe ziemlich hässlich. Ein kobaltblaues Kunststoffgestell. Tessan atmet tief durch und setzt die Brille auf. So. Jetzt sieht sie wieder. Ihr Herz klopft. Es klopft und klopft in ihrer Brust. Komisch eigentlich, dass man nicht von außen sehen kann, wie sich der Brustkorb hysterisch bewegt.

Es ist ganz still in der Wohnung. Freddy und Matte sind wahrscheinlich im kleinen ICA-Laden, um noch mehr Bier und Chips zu kaufen.

Tu es jetzt, Tessan. Geh einfach. Denk nicht zu lange nach, sonst schaffst du es nie. Ja, ich weiß, die Füße sind schwer wie Blei, aber das ist reine Kopfsache. Nichts mitnehmen, einfach loslaufen.

Sie geht in den kleinen Flur, steckt ihre nackten Füße in die ausgelatschten Turnschuhe, schließt die Tür auf. Das war's. Jetzt ist sie frei. So einfach war das. Und so schwer.

Draußen sieht Tessan gerade noch, wie Freddy und Matte im ICA-Laden verschwinden. Den Chinesen haben sie vor dem Geschäft an einen Laternenpfahl gebunden. Jetzt aber, verdammt.

Rasch geht sie auf den Laden zu. Tätschelt im Vorübergehen dem Chinesen den Kopf und tritt die Eingangstür auf. Lara Croft. Stell dir vor, du bist Lara Croft.

Die Kassiererinnen Lena und Camilla blicken zu Tessan hinüber, die sich den Weg in den Laden bahnt. Sie kennen sich ein bisschen. Lena isst seit mehreren Jahren Wraps mit extra scharfem Senf in Tessans Imbissbude, und Camilla hängt ziemlich oft in Freddys Muckibude herum. Jetzt sehen sie sie verwundert an. Sie scheinen sich zu fragen, was da für ein hysterischer Reisighaufen zur Tür hereingekommen ist.

Lena hat ihr superblondiertes Haar zu einem Zopf mitten auf dem Kopf gebunden. Jetzt sitzt sie in ihrer roten ICA-Synthetikbluse an der Kasse und stottert: »Bist du das, Tessan?«

»Yes!«

ICA-Lena sieht sie misstrauisch an. »Alles ... alles okay bei dir?«

Tessan denkt ein bisschen nach und betrachtet Camilla, die andere Kassiererin, die sich die Lippen mit Kirschlipgloss einschmiert, während sie mit geübter Hand die Waren über den piepsenden Scanner laufen lässt. Trotz ihrer schmutzigen Brille fixiert Tessan sie und antwortet laut: »Nein, gar nichts ist okay. Ach ja, und danke auch für die Filzläuse.«

Kassen-Camilla lässt die Waren weiter über den Scanner laufen, aber jetzt zittert ihre Hand. Der ältere Herr, der seine Einkäufe aufs Band legt, starrt Tessan mit wässrigem Blick an und hält sich die Hand hinters Ohr.

»Wie bitte?«

»Nein, ich habe nicht mit Ihnen gesprochen. Es sei denn, Sie haben auch mit meinem Kerl gevögelt. Ich habe Camilla gemeint, die Frau an der Kasse.«

Der Kunde sieht verständnislos von Camilla zu Tessan, die jetzt weiterredet: »Denn mir ist gerade eingefallen, dass ich mich nie für die Filzläuse bedankt habe, die sie vor einigen Jahren netterweise verbreitet hat.«

Pieps, pieps, pieps, noch mehr Kirschlipgloss.

»Aber eigentlich bin ich gar nicht wütend auf dich, Camilla. Habt ihr Freddy gesehen?«

Verunsichert zeigt Camilla nach drüben zu den Regalen mit den Tacos.

Mit entschlossenen Schritten marschiert Tessan durch den Laden. Lauter lokale Größen zwischen den Regalen. Eine Freundin von Mama, zwei Handwerker von der Baustelle, ein Bahnangestellter … Und dort, am Tacoregal: Freddy und Matte. In Muskelshirts und Baseballcaps drehen und wenden sie verschiedene Sorten von Guacamole im Glas. Ohne weiter nachzudenken, geht Tessan zu ihnen und klopft Freddy auf die Schulter.

»Es ist Schluss.«

Freddy und Matte sehen gleichzeitig auf.

»Tess?«

Tessan schiebt ihre Brille zurecht, starrt Freddy an und fährt mit lauter Stimme fort: »Mit wie vielen hast du schon geschlafen? Von den Frauen, die in diesem Moment hier im Geschäft sind, meine ich?«

Freddy streckt die Hände in einer hilflosen Geste aus.

»Was ist denn mit dir los, verdammt? Du siehst … echt scheiße aus.«

Nervös tritt Matte den Rückzug an und bewegt sich von den Tacoshells und Nachochips in Richtung Fleischtheke. Er mag keine Auseinandersetzungen, und jetzt blinken bei ihm alle Alarmlämpchen, weil eindeutig Streit im Anzug ist.

»Ich bin im Kleiderschrank gewesen und habe ein bisschen nachgedacht.«

»Das sieht man. Voll die krasse Frisur, wie bei einem verrückten Professor. Wo ist denn Matte abgeblieben? Matte!«, ruft Freddy zur Fleischtheke rüber, aber Matte ist schon bei den DVD-Sonderangeboten und den Süßigkeiten.

Tessan redet weiter, ihre Brille ist beschlagen von der Hitze, die ihr Körper produziert.

»Weißt du was? Es kann dir scheißegal sein, wie ich aussehe. Du musst auch nicht mehr rumnölen, dass ich Sport machen sollte, damit ich sexy bin, dass ich die Bluse weiter aufknöpfen soll oder was auch immer. Ich bin nämlich nicht mehr deine Gefangene. Ich bin freigelassen worden. Von höchster Instanz.«

Es knistert im Lautsprechersystem des Ladens.

»Annelie, bitte zur Kasse! Annelie, bitte!«

Knister, knister. Aus dem Augenwinkel erhascht Tessan einen Blick auf Filzlaus-Camilla, die heulend hinter der Kühltheke verschwindet.

»Wieso freigelassen? Wovon redest du eigentlich? Mit wem warst du im Bett? Mit Ahmed, oder?«

»Ich bin nicht so wie du.«

Freddy knallt ein paar Dosen mit Mais auf den Boden. Peng!

»Worum geht's eigentlich? Wie jetzt – *du* willst Schluss machen? Weißt du was, *ich* mache Schluss! Du bist doch total langweilig! Stinkst nach Hamburgern, arbeitest nur, willst nie Sex und siehst scheiße aus.«

»Was soll ich denn machen? Du verdienst ja nichts, sondern vögelst mit anderen rum!«

»Hör mal zu, natürlich verdien ich was, wir haben beide eine Gratiskarte fürs Fitnessstudio. Und ich hab keinen Sex mit anderen Frauen. Jetzt jedenfalls nicht.«

»Nein, jetzt stehst du ja auch hier im Laden. Du kannst ja nicht vögeln und gleichzeitig Guacamole einkaufen. Oder doch, das könntest du bestimmt auch.«

»Du bist echt gestört! Neulich hast du noch vom Kinderkriegen geredet, und jetzt stehst du hier und brüllst rum. Was ist eigentlich los?«

Knister, knister. »Klas, bitte zum Tacoregal. Klas!«

»Tschüs, Freddy. Du kannst unser ganzes Zeug behalten. Ich brauche nichts davon.«

Tessan dreht sich um und lässt Freddy stehen, während sie ICA-Klas zum Tacoregal rennen sieht. Ihr Herz klopft. Oh, wie es klopft. Und jetzt kommen die Tränen. Nein, die müssen warten, bis sie im Zug sitzt. Schnelle Schritte durch die Gänge, vorbei an den Kassen, mit erhobenem Kopf, die Blicke der Kassiererinnen meiden. Über den Vorplatz, durch die Unterführung, hoch zum Bahnsteig, über die Sperre springen, los, Zug, komm schon. Es weht ein leichter Abendwind.

»Tessan! Warteee!«

Sie hört Freddys Stimme hinter sich. Die Anzeige oben auf den Bildschirmen: Zug zum Stockholmer Hauptbahnhof in zwei Minuten. Sie rennt am Bahnsteig entlang und steht auf dem letzten kleinen Stück Betonstreifen, als sie Freddy sieht, der über die Sperre hüpft, die Türen aufdrückt und sich umsieht. Jetzt hat er sie entdeckt. Sie kann nur noch die Augen schließen und hoffen, dass die beiden Minuten bald vorbei sind. Doch dann hört sie Schritte, und jemand atmet direkt vor ihr. Sie spürt den Duft von Freddys Parfüm.

»Entschuldigung. Ey, tut mir leid. Ich bin echt ein Arschloch. Aber ich werde kein Arschloch mehr sein.«

Tessan öffnet die Augen. Vor ihr steht Freddy. Seine Stirn ist voller Schweiß, und die Tränen laufen ihm die Wangen hinab.

»Was soll ich denn sagen? Sag mir, was ich sagen soll! Du riechst ja gar nicht nach Hamburgern. Du riechst echt total lecker. Hör mal, ich liebe dich doch.«

Tessan schluckt und reißt sich zusammen.

»Weißt du, ich muss irgendwas mit meinem Leben anstellen. Irgendwas anderes. Und das geht nicht hier. Nicht in der Imbissbude, nicht hier und nicht mit dir.«

»Wovon redest du eigentlich? Ich check es nicht.«

»Ich rede vom Leben! Es verschwindet, einfach so! Ich könnte Hamburger braten und in der Krypta Bier trinken, bis ich tot umfalle, und dann wäre das Leben vorbei. Piff, paff, puff, für immer und ewig.«

»Und was willst du machen?«

Donnernd fährt der Zug ein und bremst laut am Bahnsteig.

»Keine Ahnung.«

»Und ich? Was soll ich machen?«

»Keine Ahnung.«

Tessan springt in den letzten Wagen, während Freddy mit hängenden Armen stehen bleibt. Sobald sie sich gesetzt hat, kommen die Tränen. Tränen, die salzig und süß zugleich schmecken. Trauer und Erleichterung. Leben und Tod. Der salzigsüße Geschmack der Veränderung.

Niemand hat sie erkannt, als sie durchs Zentrum gerannt ist. Die Alkis auf der Bank haben nicht gegrüßt, die Kellnerinnen von der Krypta haben nicht gewinkt, Tarek von der Videothek, der draußen stand und sich eine Prise Abendluft genehmigte, hat gar nicht bemerkt, dass die Hübsche von der Imbissbude nur wenige Meter von ihm entfernt vorbeigelaufen ist. Als wäre Tessan unsichtbar. Als wäre sie vollkommen frei. Mit ihrer großen kobaltblauen Brille, ungeschminkt, ohne BH, mit bequemer Kuschelhose und Turnschuhen ist sie jemand anders. Nur der Duft nach Kokos würde sie verraten. Nichts sonst.

Nach Södermalm will sie. In die Tavastgatan 2½.

15. Kapitel

Die neue Herde ist versammelt

Nein, du musst es noch tiefer hineinstecken. Du tust ihm nicht weh, versprochen.«

Bror führt das nasse Streichholz noch weiter in Serges sperrangelweit geöffnetes Schnäbelchen. Die kleine Schwalbe, die wie ein winziger Daunenball mit pochendem Herzen in Brors Hand liegt, schmatzt dankbar. Der Vogel hat sich beruhigt. Nach zwei Portionen Hackfleisch und Wasser. Mit zitternden Händen bettet Bror sein Schwalbenbaby in den cremeweißen Vintageschal.

Hinter dem Haus sitzen Bror und Jane in den knarzenden Korbsesseln unter der Eiche. Der Himmel hat eine kräftige rosa Färbung angenommen und erleuchtet die Stadt zu ihren Füßen. Die Aussicht auf das Stockholmer Sommerglitzern ist hinreißend.

Die Fuchswelpen schlafen fest, der Dachs ruht sich in seinem Bau aus, die Ziege hat Abendessen bekommen und glotzt vor sich hin, während sie an Brors Korbsessel nagt. Eines der Schweine liegt zu Janes Füßen und grunzt ab und an zufrieden. Zwischen den Obstbäumen auf dem Hügel sind lange Wäscheleinen gespannt, auf denen blaue Stoffbahnen zum Trocknen hängen. Die Krähen, Dohlen und Elstern schwatzen miteinander. Eine Krähe scheint sich zu ärgern, fliegt zu Jane hinunter und landet schwer auf ihrer Schulter.

»Frasse, hallo!«, ruft Jane und macht einen Kussmund. Die Krähe krächzt zurück.

»Frasse will einfach nicht ausziehen. Mamas kleine Krähe …«

Jane beugt ihren Kopf zu Frasse, der seinen kleinen Schädel an ihrem reibt. Gleichzeitig füttert sie eines der Eichhörnchen in ihrer Hand. Ein bisschen Milch läuft aus dem gierig saugenden Mäulchen.

»So, und jetzt sind meine Eichhörnchen satt.«

Jane legt die Milchpipette vor sich auf den runden Tisch, lässt das Eichhörnchen zurück in die Wärme und knöpft ihr Hemd wieder zu. Es rumort dort drinnen, als hätte Jane ein Alien unter ihrer Kleidung.

»Wie geht es Serge?«

»Gut, ich glaube, er schläft jetzt.«

Bror zupft an seinem Seidenschal und blickt auf das Schwalbenkind, das sich mit geschlossenen Augen aufgeplustert hat und ruhig atmet.

»Und deine Eltern glauben also, dass du in einem Segelcamp bist?«

»Ja.«

»Und du willst Schriftsteller werden?«

»Ja.«

»Und du willst, dass deine Eltern zusammenbleiben?«

»Ja.«

Eine Weile herrscht Schweigen. Jane beruhigt eines der Eichhörnchenjungen, das zwischen ihren Brüsten hochschaut und nicht einschlafen will.

»Meine Eltern haben ihr Leben lang zusammengelebt.«

»Sind sie tot?«

»Mein Vater ist tot, aber meine Mutter lebt noch. Glaube ich zumindest, wir haben keinen Kontakt mehr. Es ist zwanzig Jahre her, dass wir zuletzt miteinander zu tun hatten.«

»Und warum hast du zwanzig Jahre lang nicht mit deinen Eltern gesprochen?«

»Erzähl lieber von deinem Buch. Worüber willst du schreiben?«

»Aber zwanzig Jahre sind eine lange Zeit, Jane.«

»Ich glaube, da kommt jemand. Warte mal … Hinter dem Haus, meine Liebe, wir sind hinter dem Haus!«, ruft sie.

»Mit wem redest du?«

»Mit Therese. Sie weiß nicht, wo es langgeht. Genau wie du.«

Es knirscht im Kies, und um die Ecke kommt eine Frau mit blondem, zerzaustem Haar, verschwitztem Oberteil und einer abgewetzten und ausgeleierten grauen Jogginghose. Sie trägt eine große blaue Brille und blickt unsicher.

Jane winkt ihr zu. »Wie schnell du gekommen bist. Sehr gut. Setz dich doch.«

Sie klopft auf den Hocker neben ihrem Korbsessel, füllt ein großes Glas mit Minzsaft und reicht es der Frau, die vom Gehen rosig und erhitzt ist.

»Das hier ist Bror, und das ist Therese.«

Tessan streckt dem komischen Jungen in dem viel zu großen Seidenpyjama die Hand hin. Er hat einen seltsam verbeulten Seidenschal um, und seine glatten braunen Haare sind mit Wasser gekämmt und seitlich gescheitelt. Grüne Augen unter den kräftigen dunklen Augenbrauen, komplett glatte Jungenhaut.

»Nenn mich Tessan. Das fühlt sich mehr an … wie ich. Oder, na ja, im Grunde weiß ich gar nicht mehr, wer ich bin. Sag Therese, wenn du willst, oder Tessan. Tess ist auch in Ordnung.«

»Therese ist ein schöner Name. Französisch-griechisch, bedeutet Jägerin.« Der komische Junge lässt Tessan nicht aus den Augen.

»Tatsächlich? Das wusste ich nicht. Jägerin … Woher weißt du das?«

»Ich liebe französische Namen.«

Wie ein altes Ehepaar sitzen die ältere Frau und der Junge da und betrachten den Sonnenuntergang. Das Minzgetränk schmeckt himmlisch. Säuerlich, süß und erfrischend. Es geht direkt ins Hirn, räumt auf und pustet durch.

»Was machen wir jetzt?«

Tessan blickt fragend zu dem ungleichen Paar unter der Eiche. Jane lehnt sich bequem im Korbsessel zurück.

»Nichts. Wir sehen uns den Sonnenuntergang an, und dann geht ihr ins Bett. Morgen legen wir los.«

16. Kapitel

Mal angenommen, ich wäre jemand ganz anderes?

Hier ist es ungeheuer schön. Von meinem Fenster aus sehe ich, wie das Meer spiegelglatt daliegt und auf uns wartet. Gestern Abend haben wir von einem Steg aus gebadet. Mein Zimmergenosse Arvid schläft noch. Wir beide werden heute lernen, wie man auf einem Opti die Segel setzt. Das ist eine Art Teamübung, und das fühlt sich gut an. Wir wohnen in einem kleinen Hotel, mit zwei gemütlichen Betten pro Zimmer. Das Essen gestern Abend war ausgezeichnet (gegrillter Barsch, den die Betreuer geangelt haben – einzig und allein für uns!), und bald gibt es Frühstück (ich habe ein weichgekochtes Ei bestellt, Arvid hat sich für Omelett entschieden). Heute Abend werden wir Kennenlernspiele am Lagerfeuer machen. Die Schwimmweste sitzt perfekt, und die Shorts, die ich von Mama bekommen habe, sind angenehm kühl. Sobald ich richtig gute Bilder geschossen habe, schicke ich Euch welche. Liebe Grüße!

Bror klappt sein Smartphone zusammen. Na ja, vielleicht hat er doch ein bisschen übertrieben. Dass die Betreuer für alle Kinder im Segelcamp Barsche angeln, ist wohl nicht so richtig glaubwürdig. Und ein abendliches Bad im Meer … Dabei ist schon lauwarmes, kniehohes Wasser zu viel für ihn. Aber er weiß auch, dass es genau das ist, was seine Eltern lesen wollen und deshalb glauben werden. Wenn sie wissen, dass ihr Sohn Freunde gefunden hat, dass die Sonne scheint und dass er mit einer perfekt sitzenden Schwimmweste segelt, dann können sie ohne schlechtes Gewissen nach Stanford reisen. Und genau das will Bror – dass Mama und Papa ihren Aufenthalt auf der anderen Seite des Erdballs ohne Grübelei genießen können.

Zufrieden schlummert Serge im Seidenschal unter Brors Kinn. Er selbst sollte auch ein bisschen mehr schlafen. Die ganze Nacht hat es alle zwei Stunden aus dem Hermèsschal gepiepst, und ein weit geöffneter Schnabel hat Wasser gefordert, Hackfleisch, Wasser, Hackfleisch. Serge ist offenbar nie richtig satt geworden. Oder vielleicht wollte er nur sicher sein, dass beim geringsten Piepsen Essen angeliefert wird. Aber jetzt schläft er. Leicht aufgeplustert, mit kleinen, gleichmäßigen Atemzügen.

Bror lässt den Kopf in das große Daunenkissen sinken. Dann sieht er sich im Dachzimmer um, das für einen Monat seins ist. Die Wände sind mit kleingeblümtem Stoff verkleidet, als würde er in einem hübsch drapierten Kleid oder in einem Puppenstubenzimmer für sehr geblümte kleine Mädchen schlafen. Abgesehen vom ziemlich breiten, knarrenden Bett, dessen vier Ecken mit mattgoldenen Kugeln verziert sind, gibt es eine kleine weiße Kommode mit drei Schubladen und ein Waschschränkchen mit einem alten Nachttopf. Mehr passt nicht ins Zimmer. Bror sieht durch ein rundes Fenster nach draußen und spürt, wie allmählich der Schlaf zu ihm kommt.

Stockholm badet in der frühen Morgensonne. Die Kirchtürme glänzen um die Wette mit den weißen Wölkchen, die über den eisblauen Himmel schweben. Möwen fliegend kreischend über das Wasser, und wenn Bror genau lauscht, dann hört er auch Schiffe und Busse, die ihre frühen Morgenfahrten begonnen haben. Er schließt die Augen und schlummert wieder ein. Mit seinem warmen Vögelchen in der Halsbeuge.

Tessan erwacht mit einem Ruck. Sie sieht sich um. Und sieht … alles ganz klar! Also scharf. Ein Wunder! Gott hat ihr das Sehvermögen zurückgegeben, als Belohnung dafür, dass sie aus ihrem bisherigen Leben ausgebrochen ist! Tessan hebt ihre Hände zum Gesicht und spürt … Aha, nein, doch kein Wunder, sondern einfach nur eine Brille. Was ist gestern eigentlich passiert?

Verspannt richtet sie sich ein wenig aus dem tiefen Plüschsofa auf, in dem sie geschlafen hat. Sie fährt mit der Hand durch das zerzauste lange Haar, bleibt mit den Fingern irgendwo mitten im Gewirr hängen, und es dauert eine Weile, bis sie sie wieder befreit hat. Dann zupft sie den Slip und die Jogginghose zurecht, die nachts zwischen ihre Pobacken gerutscht sind.

Überall im Zimmer stehen große Figuren herum, allerdings ohne Köpfe. Kleider wie fluffige Windbeutel. Stoffrollen, Nähmaschinen und mitten im Raum eine Puppe in einer Art männlicher Volkstracht. Freddy … Freddy. Wie spät ist es eigentlich?

Tessan sieht an sich hinab. Ihr verschwitztes Oberteil, ihre Jogginghose, ihre nackten Füße, die Brüste, die schwer auf ihrem weichen Bauch ruhen. Die Brille, die ein bisschen an der nicht brillengewöhnten Nase drückt.

Sie schiebt ihre Füße in die Turnschuhe, die vor dem Sofa auf dem Boden liegen. Leise schleicht sie durch das Nähatelier, öffnet die Tür zum Wohnzimmer. Das Haus ist ruhig. Vermutlich schlafen die anderen noch. Tessan tapst auf Zehenspitzen zwischen Bücherstapeln, Samtsesseln und schlafenden Katzen herum. Ganz langsam drückt sie die Türklinke zum Flur hinunter.

»Määäääh!«

Die ganze untere Etage vibriert wegen einer schwachsinnig glotzenden Ziege, die aus voller Kehle durch den Flur »Guten Morgen!« brüllt. Oder was auch immer sie da vor sich hin meckert.

»Halt den Mund. Oder schschsch, meine ich. Oder määäh. Kapiert?«

Tessan hält ihren Zeigefinger vor den Mund und versucht

der Ziege verständlich zu machen, dass sie nicht so unglaublich fordernd »Guten Morgen« meckern muss.

Jetzt hört sie, wie es draußen auf dem Hof scheppert und klappert. Wasser wird in einen Behälter gefüllt. Die Ziege meckert beleidigt, macht kehrt und geht mit steifen Beinen auf den Hof hinaus. Tessan folgt ihr.

Draußen steht Jane in einem samtroten Morgenmantel. Sie hat den knotigen Busen in eine Art Bustier verpackt und kämmt sich die langen Haare. Vor ihr auf einer Holzbank stehen zwei Blechwannen mit Wasser, Seife liegt auch da. Jane hat sich gewaschen. Ihre Haare glitzern in der Sonne wie Silber. Sie zieht die Finger über den Kamm und wirft ein paar Haare hoch in die Luft.

»Komm, Frida, für dich!«

Verwundert blickt sich Tessan um. Frida? Da sieht sie eine Schwalbe aus dem Nichts heranfliegen. Sie hält sehr zielstrebig auf Janes Haare zu, die abwärts schweben. Der Vogel greift mit seinen kleinen Füßen das Haarbällchen und fliegt weiter. Jane reckt sich und dreht ihr langes Haar zu einem Knoten, als sie Tessan entdeckt.

»Guten Morgen. Willkommen!«

»Weißt du, wie spät es ist?«

»Ich könnte mir vorstellen, dass es halb sieben ist. Wie geht es dir?«

»Ich bin total erledigt.«

Jane steckt ihr Haar ordentlich zusammen, damit der Knoten hält.

»Dann leg dich doch wieder hin. Schlaf dich aus, bis du fit bist.«

Tessan lacht verlegen. »Nein, es ist doch ein ganz normaler Tag. Ich muss aufstehen und ...«

»Quatsch. Nichts musst du, nur schlafen. Es gibt im Dachgeschoss ein kleines Gästezimmer. Schlaf gut.«

»Aber ...«

»Aber was?«

»Ich muss ... ich muss mich doch zumindest ... irgendwie melden. Bei meiner Arbeit und bei meiner Mutter vielleicht und ... Ich meine, ich hab alles zu Hause gelassen. Mein Handy, meine Klamotten, die Kontaktlinsen ... alles. Ich habe nicht mal einen BH dabei!«

»Alles ist gut. Ich habe noch ein bisschen was zu erledigen. Schlaf einfach solange.«

»Oh, sorry.«

Tessan sieht erstaunt den komischen Jungen an, der im Bett liegt und sie schlaftrunken anblinzelt. Im Beutel unter seinem Hals piepst es. Ist es wirklich das richtige Zimmer? Doch ... Tessan dreht sich um, es gibt nur eine einzige Tür hier oben.

»Kein Problem, tritt ein.«

Tritt ein? Wann hat jemand zuletzt »Tritt ein« gesagt? Das muss irgendwann in den Fünfzigerjahren gewesen sein. Aber damals war dieser kleine Junge noch nicht auf der Welt. Oder ist er ein Zwerg? Oder so ein Liliputaner mit richtigen Proportionen. Und ohne Falten.

Tessan macht einen Schritt ins Zimmer und schließt die Tür vorsichtig hinter sich. Sie sieht, wie der Junge ein Streichholz in ein Glas Wasser taucht und dieses piepsende Tier in seinem Schal füttert. Sein Seidenpyjama sieht so groß aus, als hätte jemand ihn darin eingewickelt. Komisches Kind.

»Wie geht es dem Vogel? Wie heißt er noch mal?«

»Serge. Nach Serge Gainsbourg.«

»Serge wie?«

»Serge Gainsbourg, ein französischer Künstler – sogar einer der bedeutendsten, wenn du mich fragst.«

Der Junge streichelt das Tier im Schal mit seinem Zeigefinger, jetzt hat es aufgehört zu piepsen. Nervös fährt sich Tessan mit der Hand durch ihr zerzaustes Haar.

»Also, ich wollte mich eigentlich nur hinlegen und ein bisschen schlafen. Jane hat gesagt, dass ich hochgehen soll, aber irgendwie muss sie sich geirrt haben, ich sollte besser...«

»Was für eine schöne Brille du hast. Die ist ja richtig kornblumenblau. Yves Saint Laurent hatte mal eine ähnliche, aber nicht in dieser Farbe. Weißt du, wie Yves eigentlich hieß?«

»Nein?«

»Yves Henri Donat Mathieu-Saint-Laurent. Ist das nicht ein vollendeter Name?«

Schweigen.

»Du passt hier auch noch hin. Es ist beinahe ein Doppelbett. Zwei Kissen und zwei Decken. Und ich wollte ohnehin aufstehen. Serge braucht bald ein bisschen Fleisch.«

»Aber nur, wenn es für dich okay ist. Ich meine, ich will nur ein paar Stunden schlafen. Was machst du überhaupt hier? Seid ihr verwandt, oder was?«

Bror steht vorsichtig auf, während er mit einem Auge Serge beobachtet, der ruhig unter seinem Kinn schaukelt. Dann steckt er die Füße in seine ochsenblutroten Lederpantoffeln.

»Ich bin auf der Flucht, könnte man sagen.«

»Auf der Flucht?«

»Ja, für einen Monat.«

Tessan steigt aus ihren Turnschuhen, wippt ein bisschen mit den Zehen.

»Warum ausgerechnet für einen Monat?«

»Danach kommen meine Eltern wieder nach Hause. Sie glauben, ich bin in einem Segelcamp, aber eigentlich bin ich hier.«

»Und warum?«

»Ich will, dass meine Eltern sich wieder verstehen und sich nicht scheiden lassen. Jetzt bekommen sie einen Monat in den USA und dürfen sich in der Gewissheit wiegen, dass ich währenddessen in geordneten Formen segeln lerne. Damit sie sich ganz in Ruhe aufeinander konzentrieren können.«

»Bitte entschuldige, dass ich frage, aber warum redest du

eigentlich wie … wie ein alter Opa? Nicht dass es mich stört, ich wundere mich nur.«

Bror macht eine einladende Geste. »Willst du die kurze oder die lange Version hören?«

»Nimm die kurze, ich bin müde und würde bei der langen Version mittendrin einschlafen.«

»Meine Eltern sind beide Oberärzte und Forscher und haben schon immer viel gearbeitet. Deshalb habe ich als kleiner Junge viel Zeit mit meinen Großeltern väterlicherseits verbracht. Wir haben uns Filme angesehen, haben Bücher gelesen und sind zusammen verreist. Alle Erwachsenen fanden es putzig, wenn ich so gesprochen habe, und ich habe festgestellt, dass es eine einfache Art war, positive Aufmerksamkeit zu bekommen. Alle lieben ein altkluges Kind. Aber jetzt bin ich so. Und zwar wirklich. Und glaub mir, bei einem Teenager kommt das nicht mehr so positiv an. Aber ich bin, wie ich bin. Was soll's?«

»Na ja, es ist fast ein bisschen spooky. Oder, na ja, nicht wirklich spooky, aber man fragt sich, wie alt du bist. Ob du erwachsen bist oder … eigentlich noch ein Kind.«

Tessan setzt sich auf das weiche Bett, das ein bisschen knarrt. Bror lächelt.

»Du musst es nicht erklären. Ich verstehe schon. Aber ich bin dreizehn. Nicht mehr und nicht weniger. Und wie alt bist du?«

»Neunundzwanzig. Aber ich werde bald dreißig, und das ist echt spooky, das sag ich dir. Altklug daherreden, das ist auf der Spookyskala wie das kleine Gespenst. Aber dreißig zu werden, das ist mehr wie der Exorzist.«

»Warum bist du hier?«

Tessan denkt eine Weile nach, während Bror sie betrachtet. Es piepst schwach in seinem Schal. Tessan zupft ein bisschen an ihrer verwaschenen Jogginghose herum.

»Ich bin auch auf der Flucht, irgendwie.«

»Irgendwie?«

»Nein, nicht irgendwie. Ich bin auf der Flucht.«

»Wovor?«

»Gute Frage. Vor meinem alten Leben vielleicht. Oder vor mir selbst. Eigentlich vor allem. Vor meinem Zuhause, vor meinem Typ, vor meinem Job, vor meiner Mutter, vor der Frau, die ich wirklich bin… Weißt du, ich bin sogar vor meinem Kleiderschrank geflohen.«

»Ich könnte nie, unter gar keinen Umständen, vor meinem Kleiderschrank fliehen.«

Bror zieht seinen pepitagemusterten Koffer unter dem Bett hervor. Öffnet ihn zärtlich, klappt den Deckel hoch und zeigt einige seiner Kostbarkeiten, die eingewickelt in Seidenpapier daliegen. Tessan setzt sich in den Schneidersitz, schiebt ihre Brille zurecht. Als wären sie aus zerbrechlichstem Porzellan, hebt Bror die Anzüge hoch, einen nach dem anderen.

»Das hier ist … mein Lieblingsstück für den Sommer.«

Auf einem wattierten kleinen Kleiderbügel hängt ein zitronengelber Leinenanzug mit glänzendem taubenblauem Revers.

»Und das hier ist ein Klassiker vom Anfang der Fünfzigerjahre. Siehst du, wie schön die Knöpfe im Licht glänzen?«

Tessan blinzelt die Glasknöpfe an, die in zwei dichten Reihen an dem leuchtend blauen Sakko hängen.

»Rennst du immer so rum? In solchen Sakkos?«

»Ja.«

»Auch in der Schule?«

»Ja.«

»Wirst du nicht total fertiggemacht von den anderen?«

»Nein. Ich werde eher … Eigentlich passiert gar nichts. Ich werde weder gemobbt, noch begegnet man mir besonders freundlich. Ich bin nur außen vor. Und allein.«

»Als ich in die Schule ging, habe ich alles getan, um genau so zu sein wie alle anderen. Es wäre der totale Abschuss gewesen, in so einem … Sommeranzug in die Schule zu kommen.«

»Aber ich bin so. Dagegen kann ich nichts machen.«

»Natürlich kannst du was dagegen machen! Geh doch einfach zu H & M und kauf dir neue Klamotten. Das können sich deine Arzteltern ja wohl leisten?«

»Dann verkleide ich mich aber.«

»Na und? Dafür musst du nicht allein sein.«

»Dann wäre ich ja doppelt einsam, wenn Menschen nur mit mir reden, weil ich Jeans von H & M trage. Soll ich auch meinen Musikgeschmack ändern und Fußballtabellen lesen statt Hemingway? Das geht doch nicht. Jetzt habe ich immerhin mich selbst. Da bin ich wenigstens nie allein.«

»Als ich zur Schule gegangen bin, wusste ich noch gar nicht, wer ich bin. Meistens habe ich mich einfach an die anderen rangehängt. Wobei ... das weiß ich immer noch nicht, wenn ich es mir genau überlege. Also, wer ich eigentlich bin. Ich bin immer allein, egal wie viele Leute ich um mich herum habe.«

Immer wütender piepst es aus Brors Seidenschal. Vorsichtig und mit flinken Händen wickelt er die Anzüge wieder ins Seidenpapier, klappt den Koffer zu, schiebt ihn unter das Bett und betrachtet Tessan.

»Stell dir vor, du wärst jemand ganz anderes. Und gar nicht so wie alle anderen.«

Tessan denkt über das nach, was der komische Junge eben gesagt hat. Das Schwalbenbaby piepst.

»Schlaf gut. Ich muss Serge füttern.«

Leise zieht er die Tür hinter sich zu, und Tessan hört, wie er in seinen Lederpantoffeln die schmale Treppe hinunterschleicht. Jetzt hört sie auch das grelle »Määääh« der Ziege. Heißt das etwa »Guten Morgen« auf Ziegisch?

Was hat er eigentlich gesagt, dieser Junge? Dass ich vielleicht jemand ganz anderes bin? Angenommen, es wäre so. Angenommen, ich wäre aufgewachsen, ganz ohne irgendwo ... hineinpassen zu müssen. Was wäre dann aus mir geworden? Wie hab ich die ganze Zeit gekämpft! Erst gegen Mama, um mich ihr anzupassen.

Ständig habe ich versucht herauszufinden, was sie von mir wollte. Ich habe mich bemüht, die Wohnung, mich selbst und meinen Kopf sauber zu halten. DanKlorix – immer und überall. Alle gefährlichen Bakterien vergiften und töten. Und dann meine Freunde. Ich wollte ihre Blicke deuten und den richtigen Platz in der Hackordnung einnehmen. Bei Freddy wusste ich, was für ein Mädel er wollte, und dann bin ich so geworden. Oder vielleicht war ich sowieso schon so. Oder … ach, ich weiß nicht. Ich habe alles getan, um den anderen zu gefallen. Das ist ja auch am leichtesten. Einfach nur mitlaufen. Aber wohin soll ich jetzt gehen?

Tessan hebt die Decke an, die noch ein bisschen Wärme von Brors Körper gespeichert hat. Sie krabbelt darunter. Schließt die Augen. Und schläft sofort ein.

17. Kapitel

Werde deine eigene Schweinemama!

Komm, frühstücke mit mir!«

Bror zuckt beim Klang von Janes Stimme zusammen. Gerade hat er die aufdringliche Begrüßung der Ziege überlebt, und es ist ihm gelungen, Serges hungriges Piepsen zum Verstummen zu bringen.

Jane kommt in die Küche. Sie hat das lange Haar mitten auf dem Kopf zu einem großen Knoten hochgesteckt. Als hätte sie auf ihn gewartet oder genau gewusst, in welchem Moment er die Treppe runterkommen würde. Der rote Morgenmantel ist über dem Bauch zusammengebunden, und ihre Zehennägel leuchten in derselben hübschen Farbe. Sie trägt ein Tablett, auf dem zwei Tassen mit dampfendem Kaffee, ein Kännchen mit Sahne, ein Korb mit frisch getoastetem Brot und ein paar Marmeladengläser stehen.

»Wir essen im Atelier, das wird dir gefallen.«

Bror folgt Janes geschmeidiger Gestalt durch die pistaziengrünen Doppeltüren ins Nähatelier. Als würde man das Himmelreich betreten. Ein Duft nach Stoff, Samt, Seide, Garn, Holz, Nadeln, Bändern, Pompons, Baumwolle und Lavendel schlägt ihm entgegen.

»Hier ist mein Arbeitsplatz. Ich nähe Kleider für Grafen, Baronessen und Theaterbühnen.«

Jane stellt das Tablett auf einen kleinen Tisch. Er steht an einem der offenen Fenster, die zur Stadt und zum Meer hinausgehen. Dann klopft sie auf den Korbsessel, der ihrem eigenen gegenübersteht. »Komm, setz dich. Du kannst dir später alles ansehen, versprochen.«

Bror geht zum Korbsessel, während sein Blick über all die herrlichen Textilien wandert.

»Dein Schlafanzug ist wirklich elegant. Ist er von Bernard Lacoste?«

Bror betrachtet sein Pyjamaoberteil und zupft ein bisschen an dem Seidenärmel. »Keine Ahnung. Es steht zumindest nichts drin.«

»Aber ich sehe das. Lacoste hat zu Beginn der Fünfzigerjahre mit Schlafanzügen herumexperimentiert. Später hatte er genug damit zu tun, die Firma seines Vaters zu übernehmen. Schade. Seidenpyjamas sind viel schöner als Polohemden. Ein Beweis dafür, dass man immer seinen eigenen Träumen folgen sollte, nicht denen der Eltern. Du trägst eine Rarität, Bror. Darin wirst du richtig gut schlafen.«

Bror streicht über den Stoff seiner Pyjamajacke. »Bernard Lacoste …«

Jane gießt ein bisschen Sahne in Brors Kaffee. Wie kann sie wissen, dass er den Kaffee am liebsten mit einem Schuss Sahne trinkt? Neben den Toasts steht sein Lieblingsaufstrich, Lemon Curd. Verwundert verteilt Bror ein wenig von der süßen Marmelade auf dem Brot. Es steht keine Butter auf dem Tisch, aber das macht nichts, denn Bror mag keine Butter. Jane nimmt einen ordentlichen Bissen von ihrem Brot, trinkt einen Schluck Kaffee und blickt Bror in die Augen.

»So! Jetzt werden wir ein bisschen reden, du und ich. Jetzt, wo du dich von der Reise erholt hast und Serge ruhig ist.«

Bror nickt vorsichtig, und Jane nimmt Anlauf.

»Was willst du?«

Die Frage klingt nicht böse, sondern eher nach freundlichem Interesse.

»Was meinst du?«

»Ich meine: Was willst du mit deinem Abenteuer erreichen?«

Bror schlürft den heißen Kaffee.

»Ich will, dass meine Eltern sich wieder ineinander verlieben.«

Jane pflückt einen Krümel von ihrer Lippe.

»Das kannst du nicht beeinflussen, Bror. Vergiss das. Es ist völlig egal, was du tust oder lässt. Die Liebe zwischen deinen Eltern ist so, wie sie ist. Oder auch nicht ist.«

Bror kaut schweigend vor sich hin.

»Das Einzige, was du beeinflussen kannst, bist du selbst. Deshalb frage ich dich noch mal: Was willst *du*?«

»Natürlich kann ich ihr Leben beeinflussen.«

»Inwiefern?«

»Sie haben Probleme mit mir gehabt und sich Sorgen gemacht. Du siehst es doch selbst, ich bin nicht normal. Kein anderer Dreizehnjähriger ist wie ich. Ständig haben sich meine Eltern meinetwegen gestritten. Ich habe sie nachts gehört, das Wohnzimmer liegt direkt neben dem Kinderzimmer. Seit Jahren schon streiten sie sich. Meinetwegen. Jetzt bin ich weg, und sie haben Zeit miteinander, ohne sich Sorgen machen zu müssen. Wenn ich normal wäre, dann wären sie noch immer glücklich. Jetzt haben sie einen Monat Zeit ohne mich. Du siehst, ich kann etwas beeinflussen.«

Jane denkt eine Weile nach.

»Habt ihr Eichen in eurem Garten?«

Bror denkt nach.

»Nein.«

»Das wäre aber gut.«

»Warum?«

»Warte mal kurz.«

Jane steht auf und geht durch Atelier und Küche hinaus in den Garten. Woher will sie wissen, was er beeinflussen kann? Das weiß er doch am besten selbst. Wenn überhaupt jemand weiß, was in seiner Familie Sache ist, dann doch er. Jetzt steht Jane auf einem kippligen Hocker direkt an der Pforte, Bror sieht sie durchs Fenster. Sie fummelt an den Federn herum, die an der Wäscheleine über dem Eingang hängen. Bror nimmt noch einen Schluck von dem heißen Kaffee und beobachtet Jane. Der Morgenmantel fließt wie ein roter Wasserfall von den Schultern bis zu den Waden. Jetzt steigt sie vom Hocker und kommt zurück zum Haus. In der Hand hält sie eine lange Feder und ein paar Blätter.

»So, mein Junge. Bitte schön.«

Ein wenig außer Atem setzt Jane sich in den knarrenden Korbsessel. Bror nimmt die Feder und das Laub in Empfang. Verwirrt berührt er das Geschenk, weiß nicht so recht, was er damit anfangen soll. Jane räuspert sich.

»Sieht vielleicht albern aus, aber es kann funktionieren. Ich glaube daran, dass es immer einen Versuch wert ist.«

»Danke, aber …«

»Es ist die Feder eines Seeadlers. Im Grunde geht es mit jedem beliebigen Raubvogel, aber der Seeadler ist besonders geeignet. Man könnte sagen, dass die Feder des Seeadlers dein Sehvermögen ein bisschen verbessert. Sie öffnet dir die Augen. So was ist immer gut.«

Bror streicht über die lange, cremeweiße Feder mit der schokoladenbraunen Spitze. Weich ist sie. Sanft und stark.

»Aber die solltest du auch nicht unterschätzen.« Jane zeigt auf die Eichenblätter. »Die Eiche ist unser stärkster Baum. Sie schenkt Geborgenheit und ist ein ziemlich geduldiges Wesen. Besonders gesprächig ist sie nicht, aber das ist ja verständlich, wenn sie vierhundert Jahre lang stillstehen und wachsen soll. Das Beste ist natürlich, sich ein paar Stunden an eine Eiche zu lehnen, aber wenn man keine hat, kann man sich auch Eichenblätter unters Kopfkissen legen. Ich habe eine ganze Schachtel davon in meinem Schlafzimmer. Es ist an der Zeit, sie mit neuen Blättern zu füllen, die anderen werden allmählich alt und funktionieren nicht mehr so gut. Oder sie haben noch nie funktioniert, wer weiß. Auch den Placeboeffekt sollte man nicht unterschätzen. So! Jetzt hast du eine klare Sicht, Geduld und Geborgenheit im Gepäck. Und wir können mit der Arbeit beginnen.«

Bror starrt seine Feder und die Eichenblätter an und dann Jane.

»Die Frage mag sehr infantil klingen, aber ich muss sie dir trotzdem stellen. Bist du eine Art … Hexe?«

Jane lacht laut und wirft ein paar Brotkrümel in ihren BH. Sofort bewegt es sich darin, es piepst und keckert. Sie zieht ihr goldenes Etui aus der Tasche des Morgenmantels und nimmt ein Zigarillo heraus, das sie sich anzündet. Es ruht dekorativ zwischen ihren langen, perfekt manikürten Fingern.

»Tja, Bror, was ist denn in deinen Augen eine Hexe?«

»Ich weiß nicht so genau. Vielleicht eine, die Raubvogelfedern sammelt und in ihrer Küche komische Dinge kocht?«

»Was koche ich denn für komische Dinge?«

»Die großen Töpfe, in denen es so vor sich hin köchelt. Und ausgesprochen merkwürdig riecht.«

»In diesen Töpfen färbe ich Stoffe, mein Lieber. Bestimmt weißt du, dass Rainfarn und Frauenmantel Baumwollstoffen eine ganz phantastische gelbe Farbe verleihen, oder? Du wirst es sehen, wenn ich sie zum Trocknen aufhänge.«

»Woher wusstest du denn, was ich gern zum Frühstück esse? Du hast genau das gebracht, was ich mag. Und was ich zu Hause fast nie bekomme.«

Jane nimmt einen Zug von ihrem Zigarillo. »Alle Kinder mögen Toast. Den Lemon Curd habe ich selbst gemacht, und Kaffee trinke ich jeden Morgen. Aber es freut mich, dass dir das Frühstück geschmeckt hat. Was isst du denn zu Hause?«

»Naturjoghurt mit Nüssen. Knäckebrot mit gekochtem Schinken und rohes Gemüse. Mama brüht mir jeden Morgen grünen Tee auf. Das ist gesund für den Darm und senkt das Krebsrisiko.«

»Pfui Teufel, wie deprimierend. Nimm dir noch eine Scheibe Toast, armes Kind.«

Bror lächelt, nimmt sich eine weitere Scheibe Toastbrot und bestreicht sie mit einer extradicken Schicht Lemon Curd.

»Und die Tiere? Wo kommen die alle her?«

»Ach, von überall. Menschen, die versehentlich einen Dachs überfahren haben, bringen ihn her, wenn er noch atmet. Vogeljunge, die aus dem Nest gefallen sind. Manche Tiere finden von selbst hierher. Wie Bella, die Ziege. Sie ist einfach gekommen. Keiner weiß woher. Die Mutter der Fuchswelpen wurde auf der Jagd angeschossen, die Jäger haben sie und ihre Jungen hergebracht. Ich weiß eben, wie man sich um Tiere kümmert. Sie wohnen hier, bis sie so weit sind, dass sie wieder ausziehen können. Dann bringe ich sie zurück in den Wald, aber einige kommen wieder. Wie die Krähen, die kommen immer wieder zurück.«

»Sprichst du mit den Tieren?«

»Na klar. Ich rede mit den Bäumen, dem Gras, den Steinen und mit dir. Aber das hat nichts mit Hexerei zu tun, sondern mit Kommunikation und ein klein wenig Offenheit. Ich hasse verschlossene Türen.«

Jane trinkt einen Schluck Kaffee und drückt ihr Zigarillo kurz entschlossen auf der leeren Brotplatte aus.

»Hab keine Angst vor dem, was anders ist, Bror. Anderssein ist gut. Sieh dich selbst an! Du bist etwas Besonderes.«

»Nein, ich bin merkwürdig.«

»Merkwürdig ist anders, besonders. Gewöhnlich ist langweilig. Hast du eigentlich eine ruhige Hand?«

Jane streckt ihre Hände vor und greift nach Brors kleiner, warmer Hand.

»Perfekt. Ganz und gar perfekt. Genau wie du.«

Tessan öffnet die Augen und richtet sich noch im selben Atemzug auf. Barfuß, mit Schlaffrisur und verschmierter Brille, tapst sie die steile, schmale Treppe hinunter. Sie hört die Ziege laut meckern, ignoriert aber das glotzende Tier und geht in die

Küche. Niemand da. Sie folgt den Stimmen ins Atelier, wo sie frühmorgens schon mal aufgewacht ist. Entschlossen öffnet Tessan die Doppeltür und tritt ein.

Mitten auf dem Fußboden steht eine Frau in Unterhose und Büstenhalter. Sie ist stabil gebaut und hat eine Oberweite und einen Hintern, die auch dem kräftigsten Sturm standhalten würden.

Jane hat die Arme voller Bettlakenstoff, den sie von einer Rolle zu ihren Füßen abwickelt. Die Frau steht ganz still, während Jane den Stoff liebkosend um sie hüllt und Bror, der mit einer Dose Stecknadeln herumschleicht, Anweisungen gibt.

»Siehst du die Taille? Jetzt müssen wir so fest zuziehen, wie es nur geht. Ich halte, und du steckst ab, ja? Marja, bitte zieh kurz dein Bäuchlein ein.«

Jane zieht den Stoff an der Taille der Frau zusammen, Bror hantiert rasch und konzentriert mit den Stecknadeln. Er steckt sie genau dorthin, wo Jane sie haben will, befestigt sie im Stoff, wartet auf Janes gutheißendes Nicken.

Tessan räuspert sich. Jane, Bror und die füllige Dame blicken auf.

»Ach, wie gut, dass du aufgewacht bist. Ich muss dir was zeigen!«

Mit einer Geste gibt Jane Bror zu verstehen, dass er warten soll, dann nimmt sie Tessan an der Hand und zieht sie aus dem Haus und hinüber zu den Schweinen, die ihnen neugierig entgegengrunzen.

»Warte hier!«

Tessan bleibt stehen und studiert die neugierigen Ferkel, die um sie herumtollen. Sie grunzen, schnaufen, wälzen sich im Gras und laufen zu ihrer Mutter zurück, die ein wachsames Schweinsauge auf sie hat. Und auf Tessan.

»So, jetzt!«

Jane kommt mit einem Eimer Futter zurück. Die Schweine

grunzen laut und drängeln sich mit ihren Rüsseln vor, sobald sie den roten Eimer bemerken.

»Ab sofort solltest du dich wie eine richtige Schweinemama benehmen. Schau sie dir an!«

Jane zeigt zu dem großen Muttertier hinüber, das zärtlich seine Jungen umsorgt. Tessan streckt die Hand aus, um eines der Ferkel zu streicheln, aber Jane schiebt sie schnell beiseite.

»Pass auf! Sie kann nämlich beißen! Guck mal, was sie tut, um ihre Jungen zu beschützen. Denn genau das solltest du auch tun.«

»Meine Jungen beschützen?«

»Dich selbst beschützen, als wärst du ein kleines Ferkel.«

Jane kippt die Essensreste vom Vortag zusammen mit Trockenfutter und ein paar Eierschalen in den Schweinetrog. Gierig stürzen sich die Tiere auf ihr Fressen und schlagen sich glücklich den Bauch voll.

»Sie beschützt ihre Jungen, ohne zu zögern. Eine Muttersau ist sogar in der Lage, jemanden zu töten, der ihren Ferkeln zu nahe kommt. Dabei gibt es keine bessere Mutter als eine Schweinemama. Wenn du wüsstest, was sie alles für ihre Kleinen tut! Und sie spürt, wenn es an der Zeit ist, sie aus dem Nest zu werfen. Sobald ein kleines Ferkel bereit ist für das große Abenteuer, ist seine Mutter da und schubst es in die richtige Richtung. Und genau da liegt die Lösung. Du musst deine eigene Schweinemama werden!«

»Meine eigene Schweinemama?«

»Richtig. Du musst dich selbst schützen und verteidigen. Mit Klauen, Hufen und Rüssel.«

Jane spült den Eimer mit einem Wasserschlauch aus und wischt sich über die Stirn.

»Hege und pflege dich selbst, so gut du kannst, sei lieb zu dir, aber schubs dich auch vorwärts. Und denjenigen, der es wagt, deine Selbstständigkeit anzutasten, den beißt du kräftig in die Wade. Okay?«

Tessan nickt. »Okay. Aber bevor ich so richtig saumäßig stark werde, muss ich … muss ich noch eine Runde heulen, glaub ich. Das war alles ein bisschen …«

Jane legt einen Arm um Tessans bebende Schultern.

»Na klar musst du heulen. Im Wohnzimmer ist niemand, leg dich hin und grunze so laut du willst. Wenn du mich brauchst, bin ich für dich da. Allen Schweinemamas tut es gut, sich mal richtig auszuheulen!«

18. Kapitel

Das Bahnhofsgebäude am Ende der Straße

Stehst du auf Jungs oder auf Mädchen?«

Jane hängt die gelben Stoffbahnen auf die Wäscheleine hinter dem Haus. Im angenehm kühlen Schatten sitzt Bror in einem Korbsessel. Er hält die kleine Schwalbe in der Hand, die ihren Schnabel weit aufsperrt und dankbar das Hackfleisch schluckt, das ihr serviert wird.

»Wie?«

»Na, verliebst du dich in Jungen oder in Mädchen?«

Bror zupft die Bügelfalten seiner taubenblauen Hose zurecht.

»In Mädchen.«

»Gut, dann weiß ich das.«

»Inwiefern?«

»Es ist gut, wenn ich das weiß. Welchen Mädchentyp magst du?«

Bror gibt Serge ein letztes Stück Hackfleisch, streichelt den kleinen Vogel und blickt zu Jane auf.

»In wen verliebst du dich denn?«

Jane lächelt breit, zieht die Stoffbahn auseinander, bis sie richtig glatt hängt, klatscht ein paarmal mit der Hand dagegen.

»In Männer, die so wortkarg sind, dass es nur so dröhnt. Einmal war ich in Lappland mit dem Hundeschlitten unterwegs. Wir haben abends ein Lager aufgeschlagen, und mitten in der Nacht musste ich raus zum Pinkeln. Und da stand Matti, der andere Hundeführer, splitterfasernackt mitten im Schnee und zischte: ›Ich könnte Stacheldraht fressen, um dich zu kriegen.‹«

Jane lacht laut vor sich hin, während Bror die Stirn runzelt.

»Wie unangenehm. Und was hast du getan?«

Grinsend hebt Jane die Augenbrauen.

»Na, was denkst du? Ach, ist das eine schöne Erinnerung. Der Matti.«

Lachend hängt sie noch eine gelbe Stoffbahn auf die Leine.

»Hast du schon mal jemanden geküsst?«

»Ich bin doch erst dreizehn.«

»Ja, ja, aber vielleicht bist du ja ein richtiger Casanova, was weiß ich?«

Jane setzt sich in den zweiten Korbsessel und trinkt einen Schluck von dem eiskalten Minzgetränk.

»Ich liebe große, haarige Kerle, weißt du? Sie dürfen gern ein bisschen zu laut sein. Dabei sollen sie auf gar keinen Fall die ganze Zeit quatschen, aber wenn sie mal was sagen, dann ruhig laut. Und wenn sie gern Baumstämme heben, dann gefällt mir das auch.«

»Warum hast du keinen Mann?«

»Herrje, würdest du es aushalten, ständig so einen großen, haarigen Kerl zu Hause zu haben? Der zu laut ist und die ganze Zeit nur schwere Sachen heben will? Nein danke, sage ich. Die kann man ab und zu mal woanders treffen. Ich habe einen gleich hier um die Ecke. Aber jetzt erzähl mal, was für Mädchen du magst.«

Ein kleines Eichhörnchen schaut hervor, schleicht über Janes Brust auf ihre Schulter, den Arm hinab und in die Tasche der dünnen Jacke. Mit einer Haselnuss zwischen den Pfoten läuft es denselben Weg zurück und hinein in die Geborgenheit der Brustwärme.

»Catherine Deneuve ist wunderschön.«

»Mensch, Bror, die ist ja älter als ich.«

»Ich weiß. In ihren frühen Filmen, meine ich. Oder Audrey Tautou, wenn du etwas Moderneres willst.«

»Meinst du die in diesem Montmartrefilm?«

»Ja, unter anderem.«

»Vielleicht stehst du ja gar nicht auf Mädchen? Sondern auf Frauen? Oder auf reifere Damen?«

»Ich weiß nicht, was ich mag. Darüber habe ich noch nicht nachgedacht. Aber ich glaube, es sind Mädchen. Keine reiferen Frauen.«

Jane gluckst vor sich hin.

»Ich glaube, du magst Sachen, die es nicht gibt. Träume. Träume sind ungefährlich. Sie werden nie Realität. Du kannst doch nicht Mädchen in deinem Alter mit einer französischen Schauspielerin aus den Sechzigerjahren vergleichen. Dann wirst du ewig auf den ersten Kuss warten müssen. Denk mal ein bisschen nach. Wenn es eine in deinem Alter wäre – wie sollte sie sein?«

»Was ist denn an Träumen so verkehrt?«

Jane öffnet die Augen, dreht sich zu Bror.

»An Träumen ist gar nichts verkehrt, mein Lieber. Außer dass sie nicht real sind.«

Bror beißt die Zähne zusammen, steckt seine beinahe schlafende Schwalbe in die Hermès-Hängematte und richtet seinen Blick auf Jane.

»Ich will, dass du erzählst, wer du bist. Wenn du das tust, dann erzähle ich, was für ein Mädchen ich mögen würde.«

»Na ja, wenn man so alt ist wie ich, dann ist man schon viele verschiedene Personen gewesen. Aber ich kann dir erzählen, wer ich früher war, vor langer Zeit. Es dauert eine Weile, hast du genug Ruhe dafür?«

In seiner Hosentasche liegt das Eichenlaub, das er vorhin bekommen hat. Bror steckt seine Hand hinein und drückt die Blätter zusammen.

»Ich habe Geduld, und ich will hören, was du zu erzählen hast.«

»Wer weiß, vielleicht kannst du ja ein Buch darüber schreiben?«

Bror nickt und streichelt ganz sanft durch den Seidenschal hindurch Serges zitternden Körper. Zwei Fuchswelpen haben sich zum Ausruhen unter die Korbsessel gelegt. Jane zündet sich ein Zigarillo an und blinzelt.

»Ich fange von vorne an. Es gibt eine Eisenbahnstrecke am Ostufer des Vänersees. Früher hielt der Zug an jedem kleinen Bahnhofsgebäude. Heute ist es nicht mehr ganz so, aber es kommen immer noch Züge dort vorbei, ziemlich oft sogar, allerdings halten sie nicht mehr in meinem Dorf. Dort wurde ich geboren, und dort bin ich aufgewachsen – in einem Bahnhofsgebäude zwischen Hällekis und Schloss Råbäck auf dem Kinnekulle. Eigentlich heißt das Dorf Hällekleva, aber alle nennen es Rosenhecht. In der Bucht gab es immer enorme Mengen an Hechten, und aus irgendeinem Grund wachsen viele Wildrosen in dem Dorf. Na ja, was heißt schon Dorf. Es waren ein paar Häuser, ein größerer Bauernhof, eine Tankstelle, unser Bahnhofsgebäude, jede Menge Hechte und Wildrosen und ein Stück entfernt eine Druckerei, wo die Lokalzeitung der Gegend gedruckt wurde. Ich war Einzelkind, genau wie du, Bror. Von außen betrachtet habe ich vermutlich wie eine traurige Einzelgängerin gewirkt, aber in meinem Inneren war jede Menge los. Na ja, um mich herum war natürlich auch viel los, aber nichts, was andere Menschen gesehen hätten. Nur ich konnte das sehen. Ich konnte mit allen und mit allem reden. Mit Tieren zum Beispiel. Ich habe das Gefühl, als könnte ich ihnen direkt in den Kopf schauen, genau so ist es übrigens auch bei Menschen. Wenn ich richtig Langeweile hatte, dann habe ich mich hingesetzt und mich mit einem Feldstein unterhalten. Es hat eine Weile gedauert, aber irgendwann hatte auch der was zu erzählen. Davon abgesehen können Feldsteine sehr gut zuhören. Tiere hingegen sind redseliger. Ich hatte eine Katze, die mir wirklich ein Ohr abgekaut hat. Mit meinen Eltern habe ich desto weniger gesprochen. Sie waren ohnehin nicht so fürs Reden zu haben. Ihr Restaurant, in das die Angestellten von der Druckerei zum Mittagessen kamen, haben sie schweigend betrieben. Es war kein besonders leckeres Essen, aber es war das einzige, was in ganz Rosenhecht serviert wurde, und deshalb kamen die Leute. Ich war so einsam, Bror. So fürchterlich einsam. Ich glaube, Einsamkeit ist eine gute Voraussetzung dafür, mit Bäumen und Tieren sprechen zu können. Wenn man viel Ablenkung um sich herum hat, hört man sie nicht.«

»Warum haben deine Eltern nicht mit dir gesprochen?«

Bror hat es sich in seinem Korbsessel gemütlich gemacht.

»Tja, warum reden Leute nicht? Sie waren introvertiert. Anders gesagt, ich konnte mit allen möglichen Tieren und Bäumen sprechen, aber mit meinen Eltern habe ich nie reden können. Sie haben immer solche Angst gehabt. Angst davor, aufzufallen, Angst vor Misserfolgen, Angst davor, Fehler zu machen, Angst vor allem! Angst ist wirklich Mist, Bror. Und dann haben die mich gekriegt. Eine ganz andere Sorte Mensch.«

»Wie konnten sie denn ein Restaurant betreiben, wenn sie so ängstlich waren?«

Jane drückt das Zigarillo aus, nimmt ein Eichhörnchen aus dem BH und gibt ihm einen Kuss.

»Angst kann Menschen dazu bringen, sich möglichst perfekt zu verhalten, da es ihr schlimmster Albtraum ist, Fehler zu begehen. Weißt du, sie waren so verschüchtert, dass sie nie gewagt haben, die Speisekarte zu ändern. Haha, es klingt verrückt, aber sie haben jahrelang immer dieselbe Speisekarte gehabt. Sieben verschiedene Gerichte. Jeden Montag dasselbe Essen, jeden Dienstag und so weiter, du verstehst schon. Das ganze Jahr. Als ich mit fünfzehn von zu Hause abgehauen bin, hatte ich 780 Portionen Gulasch, 780 Teller Erbsensuppe und ebenso viele Pfannkuchen und Vänernhechte mit Eiersoße gegessen. Jede Woche dasselbe.«

Jane lacht vor sich hin, während Bror einen Schluck Minzsaft trinkt.

»Aber hattest du jemanden, mit dem du reden konntest? Einen Menschen, meine ich?«

Jane denkt nach. »Ehrlich gesagt, ich habe wohl erst angefangen, richtig zu sprechen, als ich von zu Hause weggelaufen bin. Dafür habe ich dann umso mehr geredet, wie ein Fluss im Frühling, der so kräftig ist, dass er Häuser und halbe Wälder mit sich reißt. Jedenfalls habe ich mir mit fünfzehn ein bisschen was aus der Wechselkasse des Restaurants gemopst und bin in den Zug gestiegen. Seitdem verkehre ich nur noch mit merkwürdigen Menschen, und du weißt, dass ich damit gute Menschen meine. Außerdem habe ich eine Art Phobie gegen Angst entwickelt. Und ich tue, was ich kann, um ängstlichen Menschen und Tieren zu helfen.«

»Aber deinen Eltern willst du nicht helfen?«

Jane legt ihre Beine auf einen Hocker und lächelt müde.

»Auch ich komme irgendwann an meine Grenzen. Ein paar Jahre nachdem ich abgehauen bin, haben wir uns noch mal gesehen. Es war zu Beginn der Siebzigerjahre, und ich bin auf diese alternative Bewegung aufgesprungen, und natürlich haben meine Eltern Schluckauf vor Schreck bekommen, als ich zurückkam – Haare bis zum Hintern, barfuß und in Begleitung meines dunkelhäutigen Freundes. Sie haben herumgebrüllt, dass es schlecht für den Ruf des Restaurants sei, wenn mein Freund und ich dort essen. Die Sache ist völlig entgleist. Sie verstehen meine Lebensentscheidungen nicht und ich nicht ihre. Man könnte sagen, dass wir einander fremd sind. Dieses ganze Gequatsche darüber, dass Blut dicker als Wasser ist, kapiere ich nicht. Deshalb habe ich mich von meiner Heimat ferngehalten. Das ganze Haus macht mir Angst. Und von Ängsten habe ich genug abbekommen in meinem Leben.«

Vertraulich lehnt sich Bror über den kleinen Tisch und sieht Jane an. »Ich habe ein paar Sitzungen bei einem Psychotherapeuten hinter mir, weil ich meinen Eltern ein bisschen zu merkwürdig vorkam. Der Therapeut hat gesagt, man solle sich dem stellen, wovor man Angst hat. Ein bisschen wie Tiere, die in Richtung Feuer laufen, wenn es brennt, weil das die einzige Möglichkeit ist, heil davonzukommen. Das Feuer holt dich immer ein, aber wenn du dich ihm entgegenstellst und einfach durchrennst, hast du eine Chance, auf der anderen Seite herauszukommen.«

»Psychologen können behaupten, was sie wollen. Und jetzt musst du sagen, von welchem Mädchentyp du träumst. Das hast du versprochen.«

Richtig, ja. Aber wie soll Bror von etwas erzählen, was er gar nicht weiß? Eines dieser modernen, coolen und normalen Mädchen ist völlig ausgeschlossen. Sie würden ihn nie haben wollen, und er versteht sich nicht auf solche Mädchen. Es muss eine sein, die in ihrem Leben schon Widerständen begegnet ist und die weiß, was das bedeutet. Keine, die nur gelacht und alles auf einem Silbertablett serviert bekommen hat. Sportliche Mädchen kann er auch vergessen. Und er liebt alles Französische. Auf eine infantile und übertriebene Art, dessen ist sich Bror vollkommen bewusst. Aber es ist einfach so.

»Ich glaube, es muss ein Mädchen sein, das so ist wie ich. Oder zumindest anders als andere. Eine, die kämpfen musste. Die das Schöne sieht und die es wagt, ihren eigenen Weg zu gehen. Und sie sollte nicht zu sportlich sein.«

»Gut, dann weiß ich Bescheid. Jetzt füttern wir die Krähen.«

19. Kapitel

Smoke on the Water

Was für ein Glück, dass ihr bei mir aufgetaucht seid, weil ich jetzt wirklich Hilfe brauche. Bror, ich wäre dir dankbar, wenn du dich um meine Kunden kümmerst. Abstecken kannst du, aber du darfst auch sticken. Ich habe eine Dala-Floda-Tracht in der Mache, die in einer Woche fertig sein soll. Stimmt, da fällt mir ein, dass Svante morgen vorbeikommt, um sie anzuprobieren, das darf ich nicht vergessen …«

Jane nippt an ihrem Portwein und streichelt die beiden Katzen, die sich auf ihrem Schoß räkeln. Ein leichter Sommerregen schlägt gegen die Scheiben, während der letzte Rest Abendsonne hinter der Stadt verschwindet. Auf einem der roten Samtsofas liegt eine verheulte Tessan, auf dem anderen sitzt Bror und füttert Serge mit einer Pipette. Jane zeigt auf Tessans leeres Glas.

»Nimm dir noch Portwein, der wird dir guttun.«

Schniefend beugt sich Tessan zur Kristallkaraffe mit dem Portwein und füllt ihr Glas bis zum Rand. Ihr langes Haar gleicht mehr und mehr einem Elsternnest. Lautstark schnäuzt sie sich in das rosa Taschentuch, das sie von Jane bekommen hat.

»Am besten heulst du dich heute Abend richtig aus, denn morgen brauche ich dich. Meinst du, dass du morgen ein schönes Mittagessen kochen könntest? Für uns drei, für Svante und für seine Tochter? Am liebsten ohne Hamburger.«

Jane lächelt und zieht ein Zigarillo aus ihrem goldenen Etui. »Der Garten ist voller Nesseln, Walderdbeeren und Kartoffeln, nimm dir, was du brauchst. Eier gibt es drinnen bei den

Hühnern. Und dann ist noch allerhand in den Schränken – bedien dich einfach.«

»Stell dir vor, es schmeckt nicht, dann habe ich dir das Mittagessen verdorben.«

Mit zitternder Hand kippt Tessan den Portwein, zieht eine Grimasse und stellt das Glas auf den Tisch zurück.

»Warum sollte es denn nicht schmecken? Du kannst doch kochen.«

»Das schon, aber …«

Jane wedelt streng mit dem Zeigefinger in der Luft und nimmt einen Zug von ihrem Zigarillo.

»Nichts ›aber‹. Du wirst ein wunderbares Mittagessen kochen, davon bin ich überzeugt. Und auf meine Überzeugung kannst du dich verlassen. Was hast du eben gesagt?«

Jane sieht Tessan an, die verständnislos schaut und Bror einen fragenden Blick zuwirft.

»Ich habe nichts gesagt.«

Zerstreut zuckt Jane mit den Schultern und ascht in die Palme neben ihrem Sessel.

»Offenbar war es die Katze, die zu laut gedacht hat, egal. Mittagessen morgen um zwölf!«

Sie teilen sich das Bett oben in der Dachkammer. Bror liegt an der Wand mit dem schlummernden kleinen Serge im Hermèsschal und knisternden Eichenblättern unterm Kopfkissen. Neben ihm schnieft Tessan in ihr Taschentuch, das schon ganz nass ist. Auf dem Nachttisch brennt eine Kerze, und eine leichte Brise zieht durchs offene Fenster herein.

»Warum hast du ihn verlassen? Du siehst traurig aus, finde ich.«

»Weil ich musste.«

»Und warum musstest du?«

»Na ja, er hat mich irgendwie festgehalten. In einer bestimmten Sorte Leben, könnte man sagen.«

»Als wärst du ein Ballon, der fliegen will, und dein Mann wäre der Stein, der den Ballon daran hindert?«

Tessan lacht, und die Tränen brennen auf den Wangen.

»So ähnlich, ja. Vielleicht bin ich ein Ballon, aber ein schlecht aufgeblasener, der kaum fliegen kann. So ein schrumpliges Etwas, das eigentlich nur Müll ist.«

Bror denkt weiter.

»Woher weiß man, dass man verliebt ist?«

»Das merkt man. Oder, na ja, so genau weiß ich es auch nicht.«

Bror dreht sich vorsichtig um, wobei er Serge mit der Hand stützt, damit er nicht aufwacht. Dann kann er Tessan ansehen.

»Das musst du doch wissen. Du warst doch verliebt. In deinen Mann.«

Tessan schnäuzt sich. »Ach, ich weiß gar nicht, ob ich ihn wirklich geliebt habe. Oder doch, das habe ich getan, aber nicht so … Wie soll ich sagen … Nicht wie in irgendwelchen Filmen, wenn du verstehst, was ich meine. Zuerst habe ich ihn geliebt, weil er gut aussah und so, und dann, weil er eine Alternative zu meiner Mutter war. Aber jetzt bin ich erwachsen. Oder sollte es zumindest sein. Wenn ich meinen Mann ansehe, habe ich das Gefühl, dass es irgendwie nicht reicht. Stell dir vor, jemand fragt dich, warum du willst, dass genau dieser Mann für immer dein Begleiter und der Vater deiner Kinder wird? Und du antwortest: Na ja, weil ich bei ihm wohnen kann, damit ich nicht bei meiner Mutter leben muss.«

»Das würde mir auch nicht reichen. Es muss echt sein, auf Leben und Tod.«

»Auf Leben und Tod … Ach, du. Ist es okay, wenn ich rauche?«

Bror nickt. »Serge Gainsbourg war Kettenraucher. Er hat auch immer im Bett geraucht. Also rauch einfach.«

Tessan wühlt in den Kleidungsstücken auf dem Boden, findet ihre zerknitterte Zigarettenschachtel, nimmt eine Marlboro heraus und zündet sie sich an. Bror studiert sie genau. Mit einem müden Lächeln macht Tessan ein paar perfekte Rauchringe, die Richtung Decke schweben. Bror ist beeindruckt.

»Das würde ich auch gern können. Rauchringe machen.«

»Rauchst du?«

»Nein, leider nicht.«

»Freu dich. Ich habe in der Fünften mit dem Rauchen angefangen. Total sinnlos.«

Tessan schickt weitere Rauchringe los, die Bror fasziniert betrachtet.

»Bitte, kannst du mir das beibringen?«

»Vergiss es. Dann rufst du mich in zehn Jahren an und machst mich zur Schnecke, weil ich dich zum Rauchen verführt habe.«

Bror richtet sich auf und lehnt sich gegen die Wand. Er versucht, entschlossen auszusehen.

»Ich bin dreizehn und auf der Flucht. Wir sind beide auf der Flucht. Man könnte sagen, wir befinden uns in einer gesetzlosen Zone. Ich bitte dich, bring mir bei, wie man Rauchringe macht.«

»Warum willst du das denn?«

Tessan grinst ein bisschen und bläst zwei perfekte Ringe in die Luft und anschließend eine Art Pfeil, der zwischen den Ringen schwebt. Mit offenem Mund verfolgt Bror die Vorführung.

»Bring mir auch das bei! Ich zahle, ich habe Geld.«

Lächelnd setzt Tessan sich hin.

»Okay, aber scheiß aufs Geld, du kriegst das umsonst. Du darfst nur keine Lungenzüge machen, versprich es mir. Keine Lungenzüge – und kein verdammtes Gespräch in zehn Jahren.«

»Keine Lungenzüge. Kein verdammtes Gespräch.«

»Nur paffen, sprich es mir nach.«

»Nur paffen.«

»Willst du damit bei den Mädels Eindruck schinden?«

»Keine Ahnung. Ich finde Rauchringe einfach schön. Sie stehen für Paris, für dunkle Gassen, Männer mit Hut, Eleganz.«

»Okay, du willst also Eindruck schinden. Als Erstes musst du dich entspannen. Du darfst nicht angespannt wirken, sonst verschwindet das ganze Coole daran. Ich habe eine Freundin, die echt geile Rauchringe macht, aber ihr Gesicht sieht dabei total unentspannt aus, und dann kannst du es gleich lassen. Entspann dich und öffne den Mund.«

»Kriege ich denn keine Zigarette?«

»Erst mal Trockenschwimmen.«

Bror lacht und sperrt so cool wie möglich den Mund auf.

»Prima! Du musst auch gut aussehen dabei, am besten die Augen zusammenkneifen, das ist wichtig. Sag ›öh, öh, öh‹, wenn du den Mund öffnest. Warte mal, ich zeig es dir.«

Tessan begibt sich in den Schneidersitz, sperrt den Mund auf und sagt: »Öh, öh, öh, öh. Fühl mal mit den Händen am Hals! Es muss im Hals klicken, dann machst du es richtig.«

»Öh, öh, öh, öh, öh.«

»Gut, weitermachen.«

Tessan reicht Bror die Zigarette und gibt ihm zu verstehen, dass er weiter »öh« machen soll.

»Jetzt darfst du ein bisschen daran ziehen. Aber nur paffen! Okay?«

Bror nickt erwartungsvoll. Es ist ein Ritual am Ende der Kindheit. Er ist auf dem Weg – in Richtung Hemingway und Gainsbourg! Unterwegs ins Erwachsenenleben. Jetzt passiert es. Tessan reicht ihm die Zigarette. Mit zitternder Hand führt Bror sie an seine Lippen, sie schmeckt nach Aschenbecher. Ganz leicht saugt er am Filter und spürt, wie der warme Rauch seinen Mund füllt.

»Und jetzt ganz weich. Öh, öh … Probier mal.«

»Öh, öh …«

Bror beginnt zu husten.

»Nicht in die Lungen, hab ich gesagt! Jetzt musst du üben. Das schaffst du nicht an einem Abend. Es ist wie mit allem, Übung macht den Meister.«

Bror nimmt wieder einen Zug, lehnt den Kopf an die Wand und kneift die Augen zusammen.

»Öh, öh, öh.«

»Gut! Noch keine Ringe, aber du siehst verdammt cool aus, das muss ich sagen. Gib mir die Kippe zurück, genug trainiert für heute.«

Tessan nimmt die Zigarette und geht zum Fenster. Sie öffnet es sperrangelweit und bläst den Rauch hinaus auf die schlafende Stadt. Bror folgt ihr mit dem Blick, während er den Mund wie ein O formt und nachfühlt, ob es im Hals klickt.

»Öh, öh, öh … Meinst du, dass du noch nie jemanden echt geliebt hast?«

Tessan nickt vorsichtig und ascht in die Hand. Sie fröstelt, es ist kühl draußen.

»Ich weiß es wirklich nicht. Wie traurig ist das eigentlich?«

Bror steht auf und geht zu seinem Koffer. Er öffnet ihn und blättert zwischen den perfekt zusammengelegten Kleidungsstücken herum. Schließlich entscheidet er sich für eine weinrote Mohairstrickjacke, die er Tessan reicht.

»Was soll ich damit machen?«

»Sie dir um die Schultern legen, du frierst.«

»Aha … danke.«

Die weiche Strickjacke duftet schwach nach Sandelholz, und Tessans nackte Schultern schaudern vor Dankbarkeit über die Wärme. Schon ein komischer kleiner Mensch, dieser Bror.

»Danke. Ganz ehrlich. Nett von dir.«

Bror lächelt schüchtern und stellt sich neben Tessan an das offene Fenster.

»Ich habe auch noch nie jemanden auf romantische Art geliebt.«

»Du redest wirklich wie ein alter Opa. Romantik. So was gibt es nur in Büchern. Nicht in Wirklichkeit.«

»Natürlich gibt es Romantik.«

»Du liest zu viele Bücher. Guck dir lieber die Wirklichkeit an. Ist die etwa romantisch?«

»Ich glaube trotzdem an die Romantik. Darf ich noch mal probieren?«

Bror nickt in Richtung Zigarette. Tessan reicht sie ihm.

»Öh. Öh, öh, öh.«

Kleine, wacklige Rauchwölkchen entweichen aus Brors Mund.

»Rauchwölkchen könnten vielleicht dein Ding werden.«

Grinsend nimmt Tessan die Zigarette wieder in die Hand und saugt den letzten Rest heraus.

»Wir können ja sagen, wenn du richtig coole Rauchringe machen kannst, bist du mir etwas schuldig.«

»Was denn?«

»Keine Ahnung. Irgendwas, was du kannst, aber ich nicht.«

20. Kapitel

Besuch in der Tavastgatan 2 ½

Lehn dich weiter nach hinten! Ich sehe noch immer die Häuser … Perfekt! Und jetzt stillhalten!«

Tessan lehnt sich so weit über den Zaun zurück, wie sie kann, unter ihr liegen die Altstadt, Slussen, der Mälarsee und das Meer. Bror macht ein paar Schnappschüsse mit seinem Handy.

»Danke!«

»Darf ich mal sehen?«

Bror hält sein Smartphone hoch und zeigt die Fotos von Tessan mit ihrem wilden, im Wind flatternden Haar, der Brille, die ein bisschen schief sitzt, und mit Sonnenreflexen auf der Nase. Nur blauer Himmel im Hintergrund, das Foto könnte auch irgendwo auf See aufgenommen sein.

»O Mann, seh ich scheiße aus.«

»Wieso das denn? Du bist total hübsch. Wie willst du heißen?«

»Ich sehe aus wie eine Barbro. Tauf mich Barbro.«

Tessan dreht die Haare zu einem Knoten, nimmt den Korb und pflückt weiter Brennnesseln, die am Zaun wachsen. Routiniert zupft Bror die Aufschläge seines zitronengelben Hemdes zurecht und vergewissert sich mit der Hand, dass das Haar seitlich glatt anliegt.

Das ist Barbro. Sie ist die beste von allen Betreuerinnen. Tüchtig und zuverlässig. Sie legt großen Wert darauf, dass wir rechtzeitig ins Bett gehen, und unsere Schwimmwesten begutachtet sie so genau, als wären es die Sicherheitsgurte in einer Achterbahn. Nichts wird dem Zufall überlassen, wenn Barbro dabei ist. Ansonsten geht es mir gut. Gestern habe ich etwas Neues gelernt. Barbro hat mir beigebracht, wie man Fisch räuchert! Ich hoffe, bei euch ist alles in Ordnung. Ich fühle mich jedenfalls wohl wie ein Räucherfisch im Wasser!

Und jetzt senden. Hm, der letzte Satz war vielleicht doch nicht so gelungen. Ob sich ein Räucherfisch im Wasser wohlfühlt? Wohl kaum, der ist doch tot. Na ja, hoffentlich sehen Mama und Papa das als Witz.

»Bror? Kannst du bitte Svante die Tür öffnen? Sie müssten jeden Moment kommen.«

Jane steckt den Kopf aus einem Fenster im Obergeschoss.

»Kein Problem.«

Es zwitschert aus dem Hermèsschal. Serge führt eine Art Monolog. Worüber mag eine kleine Schwalbe nachgrübeln? Er wird Jane fragen. Sie kann vielleicht dolmetschen? Bror geht in seinem zitronengelben Hemd und weißer Bügelfaltenhose auf dem beinahe zugewachsenen Pfad hinter dem Haus entlang. Die Schweine ruhen sich träge in der Sonne aus, und die Ziege Bella läuft ihm hinterher und würde sich gern seine Hosenbeine als Zwischenmahlzeit einverleiben.

Bror denkt an den Ballon, über den er sich gestern mit Therese unterhalten hat. An den Vergleich, dass ihr Mann ein Stein sei und sie ein nach Freiheit dürstender Ballon. Genau so war es bei Jane und ihren Eltern: Jane war der Ballon, der wegfliegen musste. In Brors Familie hingegen ist Bror der Stein, und die Eltern sind zwei Ballons, die fliegen müssen. Jetzt hat er endlich das Band durchtrennt. Jetzt dürfen sie frei vor sich hin schweben, ohne Schuldgefühle.

»Määääh!« Hinter ihm beschwert sich Bella.

»Öh, öh, öh.« Bror dreht sich zur Ziege um und tut so, als würde er perfekte Rauchringe ausstoßen. Zigaretten! Er muss sich eigene Zigaretten kaufen. Wo gibt es wohl französische Gitanes, diese starken goldfarbenen Zigaretten? Die muss er haben! Und dazu ein hübsches Zigarettenetui. Marlboro ist eigentlich unter seiner Würde. Zumindest rein ästhetisch.

Bror hört Stimmen von der Tavastgatan. Er öffnet die Pforte und guckt hinaus. Zwei Personen kommen die Kopfsteingasse entlang. Ein Mann in moosgrüner Cordhose, knittrigem Hemd und einer Strickweste, die an der Brust mit Füchsen bestickt ist. Das Haar ist dunkel, lockig und sieht nach Wildwuchs aus – eher längere Zeit nicht geschnitten als eine kalkulierte Langhaarfrisur. Überhaupt sieht der ganze Mann ziemlich undurchdacht aus. Er unterhält sich in starkem Dalarnadialekt mit jemandem, der direkt hinter ihm geht. Es ist ein Mädchen. Ein …

Bror schluckt.

Sie kommt den Abhang herab. Ein Wesen. Ein Geschöpf. Eine Beinahefrau. Eine kleine Dame. Mit langen, dunklen, glänzenden Haaren, die seitlich mit einer dramatischen schwarzen Tüllschleife hochgesteckt sind. Große braune Augen, ein schwarzes Kleid und ein gestärkter Unterrock. Nackte Beine und rote Schuhe mit kleinen Absätzen. Lackglänzend. Ein bisschen Rot auf den Lippen.

Wie aus einer anderen Zeit. Wie aus einer anderen Welt. Bror schluckt wieder. Aber der ganze Speichel ist verschwunden. Stattdessen spürt er, wie es unter den Lidern brennt. Als müsste er gleich weinen.

»Hallo, du musst Bror sein. Jane hat erzählt, dass du hier bist.«

Der Mann mit der Fuchsweste und den wirren Haaren streckt ihm freundlich die Hand hin. Während ihm die Tränen weiter unter den Lidern brennen, gelingt es Bror, seine Hand aus der Tasche zu ziehen und die des Mannes zu schütteln.

»Was für ein fesches Hemd du anhast!«

»Danke. Ihre Weste sieht auch … interessant aus.«

»Nicht wahr? Meine Tochter hat die Füchse daraufgestickt, ich liebe sie. Chantelle, komm mal her und sag Bror guten Tag.«

Das Märchenmädchen lächelt vorsichtig. Ein Windstoß bringt ihre Haare zum Flattern. Rosenduft tänzelt Brors weit geöffneten Sinnen entgegen. Jetzt kommt ihre Hand. Sie bewegt sich langsam aufwärts, sie ist seidenweiß mit perfekten kleinen roten Nägeln. Um das schmale Handgelenk baumelt ein Perlenarmband.

»Chantelle.«

Bror nimmt dieses kleine weiße Etwas in seine Hand. Als er die weiche Haut des Märchenmädchens spürt, kommen ihm die Tränen. Direkt und ohne Vorwarnung. Sie laufen ihm die Wangen hinunter, während er seinen Namen stammelt.

»Bror.«

»Bist du traurig?«

»Nein. Ich bin ...«

Stille. Kein Speichel. Nur Tränen. Der Fuchspapa und das Märchenmädchen Chantelle betrachten ihn, warten freundlich auf das, was er sagen wird.

»Ich bin allergisch. Gegen Ziegen.«

»Määääh.«

Bella versucht, einen Bissen von Brors Hosenbein zu erwischen.

»Dann nehme ich Bella mit hinein und bitte Jane, sie auf die Weide zu bringen. Du sollst doch nicht mit tränenden Augen herumlaufen müssen. Jane!«

Der Fuchspapa packt entschlossen die Ziege, die gar nicht mitkommen will, und zieht sie in Richtung Haus. Chantelle sieht Bror neugierig an, es wirkt so, als wollte sie etwas sagen, doch dann lächelt sie und folgt ihrem Vater.

Nur Bror bleibt stehen. Und auf einmal versteht er jedes Liebeslied, das er jemals gehört hat.

Tessan betrachtet den Esstisch. Ein großer Korb mit frisch gepflückten Brennnesseln, frische Eier direkt von den Hühnern, eine Schüssel mit leuchtend roten Walderdbeeren, der restliche Portwein, Janes selbst geschleuderter Honig, Knoblauch, Schalotten …

Jetzt setz dich nicht unter Leistungsdruck, Tessan. Vergiss die Grillplatte, vergiss die Hundertfünfziggrammburger, erinnere dich an Omas altes Kochbuch, und denk daran, dass du eine starke Schweinemama bist. Brennnesselsuppe – an das Rezept erinnere ich mich noch. Als Kind fand ich, dass es ein bisschen komisch klang, ein bisschen so, als würde man Distelkekse knabbern. Warum sollte man Sachen essen, die brennen? Aber eine Brennnesselsuppe werde ich schon zusammenkriegen. Mit etwas Knoblauch und Schalotten … Vielleicht ein verlorenes Ei dazu! Ich fühle mich wie ein verlorenes Ei. Brennsuppe mit einer verlorenen Frau on the top.

Tessan schiebt die Brennnesseln, die Zwiebeln und die Eier beiseite. Mittagessen – abgehakt!

Ein kleines Dessert brauchen wir noch. Eier. Portwein. Walderdbeeren. Was hat der Italiener im Nachbarhaus immer gemacht? Wie ein Verrückter hat er irgendwas gerührt … im Wasserbad … bis es himmlisch fluffig war und meine Mama gesagt hat, ich dürfe nicht zu viel davon essen, denn sonst würde ich fett. So was werde ich machen! Und ich werde viel zu viel davon essen. Zucker? Es muss doch irgendwo Zucker geben.

Tessan zieht ein paar Schubladen auf. Holzspießchen, Gläser mit getrockneten Pilzen, Schürhaken, Steine, Pfefferkörner, eine Schachtel mit Schnüren in verschiedenen Längen und Farben und dort, ganz hinten im Vorratsschrank: Zucker. Dessert – abgehakt.

Ihr Herz klopft. Ganz fest. Ein bisschen wie beim Verliebtsein. Angenehm und ein bisschen schmerzhaft zugleich. Sie spürt, wie sich die Röte auf ihren Wangen ausbreitet und etwas Kribbelndes durch ihre Adern strömt. Es macht Spaß! In diesem Augenblick, wenn sie vor den Zutaten steht und gleich loslegen wird, ist alles Komplizierte aus ihrem Kopf verschwunden. Es gibt nur das Hier und Jetzt, und das macht Spaß. Eifrig dreht sie ihr Haar hoch und steckt es in einem nachlässigen Knoten mitten auf dem Kopf fest. Sie starrt die Brennnesseln an.

»Mit euch fange ich an, meine Herren!«

Tessan nimmt das Messer und will gerade anfangen, die Brennnesseln zu hacken, als sie innehält. Handschuhe! Muss man nicht Handschuhe tragen, auch wenn die Nesseln schon eine Weile gelegen haben? Oder verschwindet das Brennen, sobald man sie gepflückt hat? Hm, eher nicht ... Nein, sie will keine Brandschäden haben, wenn sie zum ersten Mal Freudenkribbeln in ihren Adern spürt. Sie muss Handschuhe finden!

Tessan wühlt wieder in den Küchenschubladen. Sie sucht zwischen getrockneten Pilzen und Schnüren. Moment, hat man Gummihandschuhe nicht unter der Spüle? Tessan öffnet den Unterschrank – und siehe da, dort hängen zwei rosa Gummihandschuhe. Außerdem stehen Eimer, Putzmittel und Bücher herum. Ein ganzer Stapel von alten Kochbüchern. Staubig und ziemlich klebrig. Schnell schnappt sich Tessan die Handschuhe und streift sie über, dann kniet sie sich hin und zieht eines der Bücher hervor, wischt die oberste Staubschicht ab.

Klassische Gerichte für Großküchen.

Großküchen? Warum liegt dieses Buch hier? Neugierig schlägt Tessan es auf und blättert aufs Geratewohl darin herum. Seite um Seite mit Gerichten, die sich gut in großen Mengen zubereiten lassen. Kaninchenragout, Dillfleisch, eingelegter Hering, einfache Weihnachtsessen ... Das Buch ist mit fürchterlichen nachkolorierten Bildern aus dem Jahr 1952 illustriert. Tessan entstaubt noch ein Buch, wischt es ab und betrachtet den Umschlag. *Restaurantküche heute* von 1949. Heute, aha. Dick ist es, mindestens dreihundert Seiten, voll von Rezepten und Zeichnungen, wie alles zubereitet werden muss. Schweine zerlegen, Blutpudding kochen, Kohl säuern ...

Ein zusammengefaltetes Blatt fällt heraus, segelt herunter und legt sich auf Tessans Schoß. Es ist vergilbt. Sie zieht die Handschuhe aus und faltet vorsichtig den Zettel auseinander. Eine Speisekarte…und ein Foto. »Restaurant Rosenhecht« steht in ausgeblichenen roten Buchstaben oben auf der Speisekarte. Tessan hebt das Schwarzweißfoto hoch und betrachtet es eingehend. Ein Haus … ein sehr ungewöhnliches Haus mit Zinnen, Türmen und großen Fenstern. Kreuz und quer vor der Eingangstür verlaufen jede Menge Gleise. Ein altes Bahnhofsgebäude? Ein kleines Mädchen steht auf der Vortreppe mit einem Kätzchen in den Armen. Das Mädchen lächelt nicht, es sieht eher traurig aus. Ein trauriges Mädchen mit einer Katze vor einem echt krassen Haus. Ja, es sieht total abgefahren aus. Tessan liest die Speisekarte.

RESTAURANT ROSENHECHT
Öffnungszeiten: Mo – Fr von 10.30 bis 13.00 Uhr
Mittagstisch: 27 Kronen, inkl. ein Glas Milch oder Bier
Montag: Gulasch mit eingelegten Roten Beten
und Salzkartoffeln
Dienstag: Gekochter Hecht mit Eiersoße, Möhrensalat
und Salzkartoffeln
Mittwoch: Bauernfrühstück mit eingelegten Roten Beten
und Spiegelei
Donnerstag: Erbsensuppe mit Pfannkuchen, Himbeermarmelade und Schlagsahne
Freitag: Kohlpudding mit Salzkartoffeln, Gurkensalat
und Preiselbeeren

Sonst nichts. Kein Willkommensgruß, kein freundliches Blabla. Einfach nur eine Speisekarte. Tessan betrachtet noch mal das Foto. Jetzt sieht sie es. Über den großen Doppeltüren des Bahnhofsgebäudes steht »Restaurant Rosenhecht«. Vorsichtig steckt sie die Speisekarte und das Foto in das Buch über die

Restaurantküche zurück. Und dann wieder die Handschuhe übergestreift – jetzt werden Brennnesseln gehackt!

»Und demnächst ist also Tanzen angesagt?«

Jane zupft an den Hosenbeinen aus hellem Elchleder, die zu Svantes Volkstracht gehören. Vielleicht sollte sie sie noch etwas einnähen. Er scheint seit dem letzten Treffen abgenommen zu haben. Wird er denn nie glücklich werden und vernünftig essen?

»Richtig, wir werden zu Mittsommer unten in Västergötland tanzen. Bei einem reichen Typ, der uns angemietet hat. Er scheint großen Wert auf ein traditionelles Mittsommerfest zu legen. Und für Geld lässt sich ja alles kaufen, oder?«

»Nicht alles, das weißt du genau. Hoffentlich bekommst du ausnahmsweise ein gutes Honorar. Ich brauche mehr Stecknadeln. Bror, kannst du mir welche besorgen? Chantelle weiß, in welchen Laden ich immer gehe, nämlich den am Mariatorget. Geld liegt in der roten Schachtel im Flur. Geht zusammen, das ist doch viel netter.«

Chantelle sitzt auf einem hohen Hocker neben ihrem Vater und lässt die Beine baumeln, während Bror dasteht und so tut, als würde er Stoffreste zusammenlegen. Meine Güte, wie eifrig er Stoffreste zusammenlegt! Genau genommen versucht er nur, das Gefühl in seinen Körper, den Speichel in seinen Mund und die Gedanken in seinen Kopf zurückzubekommen. Chantelle rutscht vom Hocker und geht zu ihm.

»Kommst du?«

Bror hört auf, so zu tun, als würde er Stoffreste zusammenlegen. Er nimmt Chantelles Rosenduft wahr und nickt stumm. Ohne zu zögern trabt Chantelle mit Bror im Schlepptau aus dem Atelier, schnappt sich weltgewandt einen Hunderter aus der roten Schachtel und geht in Richtung Pforte. Von der Weide ist Bellas Gemeckere zu hören. Chantelle hält Bror die Pforte auf.

»Wie alt bist du?«

»Dreizehn.«

Schön, auch mit akut trockenem Mund kann er sprechen.

»Ich bin auch dreizehn. Hatte im Januar Geburtstag. Aber eigentlich spüre ich keinen Unterschied.«

Unterschied wozu?, würde Bror gern fragen. Wenn er nur könnte.

»Alle behaupten ja, dass die Pubertät so umwälzend ist, dass die Hormone im Körper herumsausen und dass man sich mit seinen Eltern streitet. Ich streite mich nie mit meinem Vater.«

Bror schluckt. Durch den fehlenden Speichel kratzt es viel zu sehr, er kann wirklich nicht sprechen. Deshalb versucht er zu lächeln und zu nicken und ihr damit zu vermitteln, dass auch er sich nicht mit seinen Eltern streitet.

Chantelle geht mit entschlossenen Schritten die steile Kopfsteingasse hinauf. In ihrem Körper steckt eine ganz andere Kraft, als ihr zartes Äußeres vermuten lässt. Eine selbstsichere Energie.

»Wo hast du eigentlich dein Hemd gekauft? Es sieht wirklich toll aus.«

Bror öffnet seinen trockenen Mund und räuspert sich.

»In einem Secondhandladen in Malmö.«

»Ich kaufe meine Kleider bei Emmaus, dem Secondhandshop da drüben. Die haben auch schöne Herrenkleidung, Papa kauft seine ganzen Sachen da.«

Chantelle zeigt schräg nach hinten. Was auch immer schräg dort hinten liegt – Bror hat keine Ahnung. Seit er hergekommen ist, hat er seinen Fuß nicht vor die Pforte gesetzt.

»Warum bist du bei Jane?«

Jetzt geht es um alles: Er muss sich geheimnisvoll geben. Zeigen, wer er ist. Chantelle dazu bringen, seine Größe zu erkennen oder zumindest seine zukünftige Größe. Erzählen, dass er auf der Flucht ist, dass er ein Schriftsteller auf der Jagd nach einer Geschichte ist, die es wert ist, erzählt zu werden. Räusper, räusper.

»Ich ... meine Eltern glauben ...«

Mein Gott! Jetzt bring es schon raus!

»Bist du durstig?«

Chantelle blickt ihn mit ihren großen braunen Augen an. Die schwarzen Wimpern flattern wie Schmetterlingsflügel, wenn sie blinzelt. Und da ist dieser kleine rote Mund mit den weißen Zähnen direkt hinter den Lippen.

»Komm.«

Chantelle nimmt Brors Hand. Sie nimmt Brors Hand! Er geht Hand in Hand mit einem Mädchen! Dann beschleunigt sie ihre Schritte. Ihre roten Lackschuhe klappern auf dem Kopfsteinpflaster, und sie gehen eine Gasse hinunter, über eine große Straße, hinein in einen 7-Eleven-Laden. Chantelle lässt seine Hand nicht los, sondern hält sie die ganze Zeit fest, während sie eine Flasche Wasser aus einem Kühlschrank nimmt und mit dem Hunderter bezahlt.

»Bitte sehr.«

Bror nimmt die Flasche in Empfang und trinkt mit großen Schlucken. Sie setzen sich auf eine Parkbank vor den Drachenspringbrunnen. Chantelle unternimmt einen neuen Versuch.

»Hat es irgendwas mit Geistern zu tun?«

»Was denn?«

»Dein Aufenthalt bei Jane! Hast du Probleme mit Geistern? Oder brauchst du Hilfe bei irgendwas? Vielleicht möchtest du mit einem Geist in Kontakt treten?«

»Nein... Wieso sollte ich?«

»Jane kann doch so was. Ich habe schon mehrmals mit meiner Mutter gesprochen. Sie ist tot, aber wir begegnen uns manchmal – bei Jane. Ehrlich gesagt weiß ich nicht, ob Jane wirklich mit den Toten spricht oder ob sie nur so tut. Sobald meine Mutter mit meinem Vater spricht, und zwar mit Jane als Medium, sagt sie Sachen wie: ›Svante, dein Leben muss weitergehen! Svante, öffne dich wieder für die Liebe. Svante, ich will, dass du wieder mit einer Frau zusammen bist.‹ Also Sachen, von denen ich weiß, dass Jane sie befürwortet. Aber es ist auf alle Fälle schön – egal ob ich in Wirklichkeit mit Jane oder mit meiner Mutter spreche.«

Bror trinkt noch einen Schluck Wasser. Jetzt ist sein Mund wieder so trocken. Eine tote Mutter?

»Jetzt erzähl mal von dir. Ich bin neugierig.«

»Ich bin auf der Flucht, könnte man sagen.«

»Wovor?«

Bror denkt nach. Betrachtet den Springbrunnen, spürt Chantelles Rosenduft ganz in der Nähe.

»Vor meinen Eltern, vor Lund, vor meiner Einsamkeit, vor der Tristesse. Ich möchte Schriftsteller werden. Und da muss man sich selbst herausfordern.«

Chantelle lächelt breit mit ihrem roten Mund.

»Klingt spannend. Schreibst du denn gerade was?«

»Nein, ich bin noch nicht soweit. Ich habe mein Schreibbuch dabei, aber ich muss erst ein paar Sachen erleben. Weißt du, was ich gestern probiert habe?«

Chantelle schüttelt eifrig den Kopf.

»Rauchringe zu machen. Ich habe vorher noch nie geraucht.«

»Ich auch nicht. Ist es schwierig?«

»Ich übe noch. Aber ich muss mir Zigaretten kaufen. Ich hätte gern Gitanes, diese französischen goldfarbenen Zigaretten.«

»Ich verstehe. Es muss etwas Elegantes sein, oder?«

Bror nickt und spürt, wie der Speichel wieder zu fließen beginnt.

»Wir kaufen die günstigsten Stecknadeln für Jane, und dann besorgen wir Zigaretten. Ich kenne einen kleinen Tabakladen, der garantiert das hat, wonach du suchst. Aber nur unter einer Bedingung.«

»Und zwar?«

»Dass du mir zeigst, wie man Rauchringe macht.«

»Jetzt erzähl mal, was du gekocht hast, bevor wir mit dem Essen anfangen. Es sieht großartig aus.«

Jane bewundert die Gerichte, die auf dem runden Tisch im Schatten der Obstbäume stehen.

»Wir haben uns noch gar nicht begrüßt. Ich heiße Svante.« Er hält Tessan die Hand hin.

»Tessan.«

Sie lässt rasch ihren Blick über die bunte Gesellschaft am Tisch schweifen. Svante in Elchlederhosen mit bestickten Hosenträgern, Jane in ihrem schwarzen Herrenanzug, Bror in einem gelben Sommerhemd und Bügelfaltenhose, die merkwürdige kleine Chantelle in ihrer schwarzen Kreation. Und Tessan selbst, deren Schlaffrisur womöglich noch zerzauster wirkt als am Vortag und deren Brille mal wieder beschlagene Gläser hat.

Die Gerichte auf dem Tisch leuchten so schön. Das Eier-Portwein-Zucker-Zeug hat sie wirklich ewig rühren müssen. Nach zwanzig Minuten Schlagen mit dem Schneebesen im Wasserbad ist ihr der Schweiß den Rücken hinuntergelaufen.

Die Brennnesselsuppe duftet nach Knoblauch, und die verlorenen Eier schweben weiß an der Oberfläche. Die Walderdbeeren leuchten rot in der schaumigen Zabaione.

Stolz nimmt Tessan Anlauf. »Ich habe eine Brennnesselsuppe gekocht, wie ihr sehen könnt. Und es gibt Zabaione, ein Dessert aus Portwein und Ei, wobei ich fast glaube, dass wir mit dem Nachtisch anfangen sollten, sonst wird er nämlich kalt.«

Jane nimmt Platz und schnappt sich ein Schälchen Zabaione.

»Das klingt perfekt. Man weiß nie, wann man stirbt, deshalb ist es immer richtig, mit dem Dessert zu beginnen.«

Tessan will gerade nach ihrem Stuhl greifen, um sich zu setzen, als Svante ihr zuvorkommt und den Stuhl hervorzieht. Leicht verwirrt sieht Tessan ihn an.

»Ich dachte, das wäre mein Stuhl.«

»Ganz genau. Bitteschön, setz dich.«

»Aha, so hast du das gemeint. Danke.«

Verlegen nimmt Tessan auf dem Stuhl Platz, während Svante ihn zurechtschiebt.

Um den Tisch herum wird geschlürft – erst die seidenweiche Zabaionecreme, dann die Brennnesselsuppe.

»Unglaublich lecker. Das Beste, was ich seit langer Zeit gegessen habe.« Svante lächelt Tessan anerkennend zu. »Du kannst das wirklich gut.«

»Ach, ich weiß nicht. Aber es hat mir total Spaß gemacht, für das Mittagessen zu sorgen.«

Jane lehnt sich zurück. Sie hat einige Knöpfe ihrer schwarzen Weste geöffnet.

»Bror, Chantelle und ich müssen jetzt ins Atelier und eine Runde sticken. Wir sollten die Armbänder bis Mittsommer fertig haben. Svante, hilfst du Tessan beim Abspülen?«

»Selbstverständlich.«

Routiniert macht Svante den Abwasch in der engen Küchenspüle, während Tessan auf einem der stabilen Esszimmerstühle sitzt und nervös an ihrer Zigarettenschachtel herumspielt.

»Bist du sicher, dass ich nicht wenigstens abtrocknen soll?«

»Nix da. Du hast was Leckeres gekocht, dann kann ich doch den Rest übernehmen.«

»Weißt du, ich bin es gewohnt, alles selbst zu machen. In einer Imbissbude ist immer was zu tun.«

»Dann ist es an der Zeit, dass du dir das abgewöhnst, oder?« Svante lächelt Tessan freundlich zu.

»Und du machst so eine Art Volkstanz?«

»Ja, schon, aber vielleicht nicht die Art von Volkstanz, die du kennst.«

»Ich weiß kaum, was Volkstanz ist, wenn ich ehrlich sein soll. Ist das nicht einfach Volk, das tanzt? Im Kreis, oder?«

Tessan lacht, während Svante einen Teller ins Abtropfgestell stellt.

»Volkstanz kann so vieles sein, da ist es gar nicht leicht zu definieren, was jeweils gemeint ist. Man könnte sagen, dass es etwas ist, was ganz normale Menschen seit dem 19. Jahrhundert tanzen. Wir sind eine Truppe von zehn Tänzern. Wir haben den Volkstanz weiterentwickelt und gestatten uns einige Freiheiten. Zum Beispiel, wenn wir Quadrille tanzen, da gibt es nämlich viele Arten.«

»Quadrille?«

»Ja, das ist eine Art Gruppentanz, der sich in den verschiedenen Teilen Schwedens stark unterscheidet. Wir haben uns eine eigene Version ausgedacht, in ziemlich hohem Tempo. Na ja, ich gehe jetzt nicht auf Details ein, das interessiert dich bestimmt nicht, aber es ist ein schöner Tanz.«

»Das interessiert mich aber! Klingt witzig, euer Tanz. Und du lässt dir hier eine Tracht dafür nähen?«

Svante spritzt Reinigungsmittel auf den Herd und reibt mit einem Lappen darauf herum, während er weiterspricht.

»Jane ist die Beste, wenn es um Volkstrachten geht. Und die Tracht, die sie gerade näht, habe ich selbst entworfen. Und was ist mit dir, tanzt du?«

»Na ja, mit dem entsprechenden Alkoholpegel tanze ich schon mal. Aber leider nicht so eine Kadralle, sondern mehr so mit den Armen wedeln und auf- und abspringen. Und laut mitsingen, ohne den Text zu können … In der Disziplin bin ich am besten!«

»Klingt ein bisschen nach Volkstanz. Vielleicht wird Volkstanz in zweihundert Jahren genau so aussehen. Denn das, was das Volk früher getanzt hat, ist ja heute der Volkstanz.«

Tessan lacht laut und legt die Füße auf den gegenüberstehenden Stuhl.

»Volkstanz im Jahr 2200: Leute, die hysterisch im Kreis um einen Haufen Handtaschen herumhopsen und laut und falsch mitgrölen.«

»Siehst du, da kannst du ja Volkstanz!«

Svante wischt das Becken ein letztes Mal ab, spült den Lappen aus und setzt sich mit einem kleinen Seufzer zu Tessan.

»Aber was ist mit deiner Imbissbude? Wer kümmert sich darum, während du hier bist?«

Tessan steht auf. »Gute Frage. Der Besitzer, nehme ich an. Aber ich bin austauschbar. Er findet innerhalb von wenigen Stunden eine neue Tessan.«

»Das glaube ich nicht. Du warst bestimmt eine gute … wie sagt man? Imbissbudenfrau?«

»Oder so. Na ja, ich war bestimmt gut. Nur was heißt schon gut? Man steht rum und grillt Würstchen und Hamburger und fragt, ob jemand starken oder normalen Senf will. Ich hab das ganz gut hingekriegt, vielleicht ist es aber auch das Einzige, was ich kann.«

Svante fährt sich mit der Hand durch seine komische Frisur, rollt die Ärmel hinunter, knöpft sorgfältig die Manschettenknöpfe seines Hemdes. Seine Augen leuchten in einem klaren Blau, während das Haar, die Augenbrauen und die Wimpern dunkel sind, dunkelbraun. Die Nase ist groß und breit. Eine verdammt große Nase hat er.

»Ich fahre Bus. Aber nur weil ich Bus fahre, denke ich noch lange nicht, dass es das Einzige ist, was ich kann. Ich kann ja tanzen. Ich kann meine Tochter erziehen. Und außerdem kann ich gut Bus fahren. Ich halte den Fahrplan ein, bin nett zu den Fahrgästen, schließe die Türen nicht direkt vor einem Kinderwagen. Mach dich nicht kleiner, als du bist. Jeder muss ab und zu eine gute Grillwurst essen.«

Tessan berührt ihr verfilztes Haar und versucht, die Strähnen und auch die Gedanken ein bisschen zu entwirren. Sie lehnt sich gegen die Spüle.

Habe ich mich gerade kleingemacht? Reine Routine. Ja, es stimmt. Das tue ich nämlich die ganze Zeit. Sage schlechte Dinge über mich selbst. Natürlich kann ich mehr als Würstchen grillen. Warum muss ich mich dafür entschuldigen? Ich entschuldige mich ständig, denn ich will nicht den Eindruck erwecken, als wäre ich was Besonderes. Oder besser gesagt, die Leute dürfen zwar gerne denken, dass ich was Besonderes bin, aber sie sollen nicht glauben, dass ich *denke, ich wäre was Besonderes.*

»Du bist bestimmt ein guter Vater.«

Ein stolzes, aber scheues Lächeln breitet sich in Svantes Gesicht aus.

»Mag sein, ja.«

Tessan droht Svante scherzhaft mit der Faust.

»Hallo! Mach dich nicht kleiner, als du bist!«

»Haha, richtig. Ja, ich bin ein guter Vater.«

»Wohnst du mit Chantelles Mutter zusammen?«

»Nein. Sie ist vor vier Jahren gestorben, ich bin also Witwer. Aber es geht uns gut.«

Schweigen. Plötzlicher, tragischer Tod. Schwierig, schwierig. Nervös macht sich Tessan an einem Fleck auf dem Herd zu schaffen, den es gar nicht gibt. Energisch rubbelt sie mit dem Finger darauf herum. Svante räuspert sich.

»Kein Problem, ich kann darüber sprechen. Camille hatte Magenkrebs, es ging ganz schnell. Drei Monate nach der Diagnose war sie … tot. Dann waren nur noch Chantelle und ich übrig. Es war sehr traurig, vor allem natürlich für meine Tochter. Aber wie gesagt, wir kommen gut zurecht. Ich habe fast alles über Kinder gelernt. Waschen, kämmen, Häuser für kleine Tiere bauen, Barbieschuhe anziehen, immer genug Zeit haben, wenn man ein Kind ins Bett bringt.« Svante lacht auf. »Weißt du, wie schwer es ist, diese Schuhe mit den hohen Absätzen über winzig kleine Puppenfüße zu streifen?«

»Ehrlich gesagt nicht. Ich habe nicht so viel mit Puppen gespielt, als ich klein war.«

»Warum nicht?«

»Ach, ich habe überhaupt nicht viel gespielt. Zumindest kann ich mich nicht daran erinnern. Meine Mutter hat es gehasst, wenn es unordentlich war, und außerdem hat sie ständig gearbeitet. Deshalb habe ich meistens geputzt und versucht, Ordnung zu halten. Und Mama nicht zu ärgern. Gekocht habe ich auch. Aber ich durfte nichts schmutzig machen, dann wurde sie böse. Was Barbiepuppen betrifft, kenne ich mich nicht besonders gut aus. Aber ich habe massenhaft eigene Schuhe! Du solltest mal meinen Kleiderschrank sehen.«

Svante hört zu. Wartet auf eine Fortsetzung. Tessan lacht verlegen.

»Oder auch nicht ... Wenn ich ehrlich sein soll, und das kann ich ja sein, oder?«

Svante nickt. »Na klar.«

»In der letzten Zeit zu Hause habe ich sozusagen in unserem begehbaren Kleiderschrank gewohnt. Ich habe darin herumgelegen und geraucht, hatte Angst. Oder, na ja, im Kleiderschrank selbst hatte ich keine Angst, aber außerhalb. Deshalb habe ich geraucht, geraucht und geraucht und ... versucht, die Situation in den Griff zu kriegen.«

»Und? Hast du sie in den Griff gekriegt?«

»Haha, nein, ich bin abgehauen. Von der Arbeit, von meinem Typ und von der Wohnung. Von allen meinen Sachen. Ich habe nicht mal mein Handy dabei. Oder mein Portemonnaie. Nada.«

Tessan lacht ein bisschen zu laut, will das leere Gefühl in ihrem Körper einfach weglachen. Hört sich komisch an. Svante stimmt nicht ein, er betrachtet sie nur.

»Klingt anstrengend.«

»Ach, geht schon. No problem!«

Beiß die Zähne zusammen, beiß die Zähne zusammen, jetzt!

»Mag ja sein, dass es geht, aber es klingt anstrengend.«

Tessan will etwas Witziges sagen, will das Gefühl vertreiben, dass sie gleich zusammenbrechen wird, aber sobald sie den Mund öffnet, bleibt ihr alles im Hals stecken. Sie zieht komische Grimassen, beißt sich auf die Lippe, reibt sich die Augen, aber die Tränen kommen trotzdem. O nein, Mitleid ist so schwer zu ertragen. Und nette Menschen sind so fordernd.

»Kann ich dir irgendwie helfen? Soll ich dich nach Hause begleiten, damit du deine Kleider und dein Handy holen kannst? Vielleicht ein Paar von deinen schönen Schuhen?«

Tessan schüttelt den Kopf, reißt ein Stück von der Haushaltsrolle ab und schnäuzt sich.

»Nein ... Ich brauche wirklich nichts davon. Wenn ich zurückfahre, bleibe ich womöglich da. Ich will nicht dort hängen bleiben. Und wenn ich mein Handy zurückhabe, dann wird mich mein Freund, ich meine mein Ex, die ganze Zeit anrufen, und wer weiß, vielleicht gebe ich dann doch nach. Deshalb bleibe ich hier.«

Die Doppeltüren werden aufgestoßen, es ist Jane.

»Svante, komm her und probier die Weste an.«

»Du musst die Stiche dichter setzen, es sollte keine Lücken geben. Warte mal, ich zeig es dir.«

Chantelle nimmt das breite Armband aus Walkstoff, an dem Bror stickt, und zeigt ihm, wie es geht. Ihre Finger arbeiten schnell, elegant und perfekt. Die gelben Fäden legen sich genau nebeneinander und bilden eine lückenlose Lilie, die sich über den Stoff ausbreitet.

»Lieber langsam und perfekt als schnell und mit Lücken. Wo hast du eigentlich die Zigaretten versteckt?«

Chantelle gibt Bror das Armband zurück und macht mit ihrem eigenen weiter. Sie sitzen an einem Fenstertisch ganz hinten im Nähatelier. Das Fenster steht weit offen, und vom

Meer bläst ein frischer Wind herein. Die Tüllschleife in Chantelles Haar flattert, und Brors Hals ist so trocken, dass er nicht einmal auf diese einfache Frage antworten kann. Die Zigaretten sind in der Brusttasche seines weinroten Anzugs.

Ein paar Schritte entfernt steht Svante und probiert seine Volkstracht. Sie besteht aus einer cremeweißen Elchlederhose, blauen Strickstrümpfen aus Wolle, einer dunkelblauen, doppelreihigen Weste mit Messingknöpfen, einem Seidentuch, gewebten Bändern, die die Strümpfe an ihrem Platz halten, und einem schwarzen Filzhut mit Seidenband. Unter der Weste befinden sich breite Hosenträger mit wilden bunten Stickereien.

»Ich werde die Weste noch ein bisschen einnähen, dann fehlen eigentlich nur die Armbänder. Bror und Chantelle arbeiten gut. Und wenn alles fertig ist, kannst du lostanzen. Was siehst du flott aus! Du hast wirklich einen gut aussehenden Papa, kleines Fräulein«, ruft Jane aus ihrer Ecke des Ateliers, während Svante verlegen lächelt. »Es ist nur an der Zeit, dass du das selbst begreifst, mein Lieber. Du läufst schon ein bisschen lange ungeküsst herum. Übermorgen ist die Nacht vor Vollmond, vielleicht sollten wir einen Versuch starten und was trinken gehen?«

Svante lacht und pellt sich aus der Weste. »Danke, nein. Ich fahre bis frühmorgens auf der Linie 94.«

Chantelle stupst Bror in die Seite und flüstert: »Wollen wir uns dann treffen? Übermorgen? Mein Vater arbeitet die ganze Nacht, und es ist beinahe Vollmond. Wir könnten Rauchringe üben.«

»Beinahe Vollmond?«

»Ja! Da sollte man die Gelegenheit nutzen und Dinge tun, bei denen man ein bisschen Glück braucht. Der Mond ist dann besonders großzügig. Vielleicht glaubt man das auch nur, aber das reicht meistens. Jane glaubt vielleicht nicht an Gott, aber sie glaubt an den Placeboeffekt.«

Die Trockenheit kratzt in Brors Hals. Wenigstens gehorchen ihm seine Muskeln noch, deshalb nickt er und versucht zu lächeln.

»Sagen wir um elf Uhr? Vor der Pforte?«

Bror nickt wieder, so heftig, dass der kleine Serge in seinem Seidenschal erwacht und anfängt zu piepsen, mit den Flügeln zu flattern und den Schnabel aufzusperren. Bror hört in seinem Inneren den großen Serge Gainsbourg singen: »Je t'aime, je t'aime. Oh oui, je t'aime! Moi non plus. Oh, mon amour.« Oh, mon amour Chantelle.

21. Kapitel

Nächtliche Begegnungen

Will Jane denn gar nichts essen?«

Bror sieht sich in der Küche um, am großen Esstisch ist nur für zwei gedeckt.

»Nö, offenbar ist heute beinahe Vollmond und viel zu tun, deshalb isst sie später.«

Bror sieht zu Tessan hinüber, die mit den Schultern zuckt.

»Sie hat sich ziemlich aufgebrezelt.«

»Ich weiß, dass sie einen haarigen Mann hat, der gern schwere Sachen hebt. Der wohnt ganz in der Nähe. Vielleicht will sie zu ihm. Anscheinend ist es sehr gut, Dinge in der Nacht vor Vollmond zu tun. Chantelle hat mir davon erzählt.«

Tessan nickt und kaut nachdenklich.

»Wie meinst du das?«

»Ich weiß nicht so genau, aber anscheinend funktioniert es. Wenn du arm bist und mehr Geld brauchst, solltest du dir in einer solchen Nacht mehr Geld wünschen. Denn der Mond füllt den Geldbeutel auf. Das nennt man Placeboeffekt. Und laut Jane funktioniert das.«

Tessan lacht und schüttelt leicht den Kopf.

»Ich habe heute Rote Bete im Gemüsegarten gefunden und jede Menge Kartoffeln. Und Eier! Hast du schon mal versucht, im Hühnerstall Eier zu sammeln?«

»Nein.«

»Dann musst du das mal machen! Sie sind noch ganz warm. Total angenehm. Und weißt du was? Bei einem Pauschalurlaub auf Mallorca hab ich mal Frittata gegessen. Wie Rührei, nur mit jeder Menge Kartoffeln und Zwiebeln, superlecker. So eine hab ich jetzt gemacht, mit Roten Beten und ganz viel Dill. Probier mal. Zum Nachtisch gibt es Rhabarbercreme. Hast du eigentlich die Füchse gefüttert?«

»Eben gerade, und die Schweine auch.«

Bror setzt sich, während Tessan eine halbe Frittata auf seinen Teller schiebt. Es duftet von den Roten Beten und dem Dill. Serge wühlt im Schal herum, flattert mit seinen Flügelchen, es kitzelt an Brors Hals.

»Therese, du musst mir helfen.«

Bror nimmt sich mit der Gabel ein Stück Frittata, kaut aufmerksam und lächelt. Es schmeckt wunderbar.

»Schmeckt es dir?«

»Himmlisch.«

Tessan, die noch immer dasselbe Oberteil trägt und inzwischen ein Tuch um ihr Vogelnesthaar gebunden hat, steckt sich ein großes Stück in den Mund. Es ist wirklich gut! Nächstes Mal wird sie mehr Salz nehmen. Und vielleicht eine Soße dazu machen. Anchovis und Crème fraîche, ein bisschen feingehackte Zwiebel dazu. Allmählich sollte sie sich zum Supermarkt wagen, anstatt sich auf das zu verlassen, was Jane in ihrem Garten hat.

Bror legt sein Besteck hin, wischt sich mit der Serviette den Mund ab.

»Es geht um Chantelle.«

»Okay?«

Bror schluckt. »Ich liebe sie.«

Tessan lacht. »Mein Gott, bist du dramatisch! Du liebst sie? Ihr habt euch doch erst ein paar Stunden gesehen. Oje, Bror, du gehst ja wirklich aufs Ganze.«

Bror stochert wieder in seinem Essen herum.

»Tut mir leid. Sorry, sorry, war nicht so gemeint … Ich war nur … ein bisschen geschockt. Aber wie schön für euch. Ihr seid euch ein bisschen ähnlich, finde ich. Sogar ziemlich ähnlich. Sie ist richtig niedlich.«

»Sie ist das Niedlichste, was ich überhaupt jemals gesehen habe.«

»So tell me, wofür brauchst du meine Hilfe? Tessan ist bereit!«

Bror trinkt einen Schluck Wasser, wischt sich wieder den Mund ab.

»Was soll ich denn jetzt machen?«

»Tja, was willst du denn?«

Bror denkt nach.

»Keine Ahnung. Ich will reden, aber meine Kehle wird ganz trocken, sobald sie in der Nähe ist.«

»Das ist gar nicht so schlecht, weißt du das? Dann wirkst du ein bisschen geheimnisvoll, mach weiter so.«

»Ich wirke eher grenzdebil. Sie fragt mich die einfachsten Dinge, und ich nicke nur oder schüttle den Kopf. Das wirkt doch nicht besonders geheimnisvoll.«

Tessan schiebt ihren Teller beiseite, macht es sich in ihrem Stuhl bequem und fixiert Bror.

»Es geht immer nur darum, seine Gaben optimal einzusetzen. Ich habe von der Natur große Brüste bekommen, ganz umsonst. Weißt du, was die kosten, wenn man sich die in einer Klinik machen lässt? Bestimmt sechzigtausend Kronen. Glaub mir, ich habe gar nicht viel sagen müssen. Hoch die Brüste – und schon hat sich fast alles von selbst erledigt.«

»Und so hast du auch deinen Mann bekommen?«

»Yes.«

Schweigen.

»Okay, es ist dämlich, seine Brüste vorzurecken, sobald man nicht weiß, worüber man sich unterhalten soll. Und was mich betrifft, ist damit jetzt Schluss. Aber du, du hast hübsche Augen. Oder *aparte* Augen, wie du vermutlich sagen würdest. Du hast aparte Augen. Weißt du das?«

Verlegen sieht Bror auf den Teller.

»Komm schon, du weißt, dass du klug bist. Du bist klug und redest wie ein alter Opa im Fernsehen. Aber du bist nicht nur ein großes Gehirn, das durch die Gegend latscht. Du bist auch noch hübsch! Entspann dich ausnahmsweise mal ein bisschen. Halt den Mund und verlass dich auf deine Augen. Und später, wenn du keinen trockenen Mund mehr hast, kannst du anfangen zu reden. Warte mal!«

Tessan steht auf und läuft ins Dachgeschoss hinauf. Sie wühlt in ihren Sachen, kommt wieder nach unten und legt Bror einen Taschenspiegel hin.

»Hier. Guck dich mal selbst an.«

Kichernd hält Bror den Spiegel hoch. Sieht die grünen Augen, die viel zu schwarzen Augenbrauen, die kleine Nase, den Mund. Sein dunkles Haar, glatt, glänzend, ordentlich zu einem Seitenscheitel gekämmt.

»Sieh dir mal deine Augen an. Also, ich hab noch nie so grüne Augen gesehen. Du kannst Chantelle hypnotisieren, wenn du willst.«

Bror guckt. Grüne Augen, ja, die hat er. Wenn er ganz genau hinschaut, dann sind sie ... hellgrün, ein bisschen wie ein pistaziengrüner Cadillac aus dem Jahre 1953.

»Außerdem hast du einen richtigen Kussmund. Küss sie, dann muss keiner von euch reden.«

Bror errötet und legt den Spiegel auf den Tisch.

»Du meinst also, ich soll einfach still sein und sie ansehen? Ich will es ganz genau wissen.«

Tessan denkt ein bisschen nach.

»Zumindest solltest du so anfangen. Damit du nicht ständig über deine trockene Kehle nachdenken musst. Du kannst nicken, den Kopf schütteln und blinzeln. Und wenn es unangenehm still wird, kannst du sie immer noch küssen.«

»Nein, nein, das mache ich nicht. Ich muss sie erst mal kennenlernen. Wir reden von meinem ersten Kuss überhaupt, da will ich doch nicht das Risiko eingehen, gleich abzublitzen. Danke für das leckere Essen, es war ganz wunderbar. Du bist wirklich eine gute Köchin.«

»Ach, ich bin doch keine Köchin. Zumindest keine richtige.«

Tessan steht auf und räumt die Teller ab, während Bror für den Abwasch Wasser auf dem Herd heiß macht.

»Aber vielleicht kannst du ja eine werden?«

»Ich weiß gar nicht, wie man Zwiebeln richtig hackt oder einen Lachs häutet. Ich mach es einfach. Auf meine Art.«

»Und was ist der Unterschied? Wenn du es machst, dann kannst du es. Wer hat gesagt, dass nur ausgebildete Köche kochen können? Ich würde in dein Restaurant zum Essen gehen. Mit welcher Technik du vorher die Zwiebeln gehackt hast, interessiert mich nicht die Bohne.«

Tessan hebt ihren Arm und schnuppert an der Achselhöhle.

»Oje ... Ich sollte vielleicht mal duschen.«

»Es gibt im Haus keine Dusche, aber ich habe die Außendusche hinter dem Hühnerstall probiert. Es war nicht ganz einfach, das Shampoo aus dem Haar zu spülen, aber sie funktioniert.«

Therese riecht unter dem anderen Arm und rümpft die Nase.

»Was für ein Glück, dass nicht ich zu einem Date muss.«

Eine trockene Kehle wie immer. Seine Zunge fühlt sich an wie eine holzige Papageienzunge. Aber er hat seinen schönsten Anzug angezogen, den nachtblauen aus Samt mit schwarzem Revers, und dazu gewienerte schwarze Lackschuhe. Serge ruht satt und ruhig im Seidenschal unter Brors Kinn. Ein Döschen mit Hackfleisch und eines mit Wasser für den Fall, dass Panik aufkommen sollte. Man weiß nie bei so kleinen Schwalbenbabys.

Es ist fünf Minuten vor elf, und der Vollmond lässt sich am sommerlich hellen Nachthimmel erahnen. In fünf Minuten wird sie kommen. Die Zigaretten brennen in der Brusttasche. Die Stadt ist ruhig, zumindest in der Tavastgatan 2½, abgesehen von dem nachtaktiven Dachs, der im Garten herumschleicht. Von Weitem hört man Gelächter, Autos, das Klirren von Biergläsern und Gespräche von den Balkons der Umgebung. Aber genau hier, wo Bror an der roten Gartenpforte lehnt, genau hier ist es still. Auf einmal ist das Klappern von Schuhen zu hören, die sich auf dem Kopfsteinpflaster nähern. Die Trockenheit in seiner Kehle ist spürbar, jeder Atemzug kratzt.

Jetzt sieht er sie. Chantelle trägt eine große schwarze Melone, die sie bis zu den Augen heruntergezogen hat, einen schwarzen Bolero mit knallrotem Kleid und dieselben roten Schuhe wie neulich. Ihre braun glänzenden Haare fallen über ihre Schultern. In der Hand hält sie eine kleine rote Lacktasche. Sie lächelt breit, obwohl sie noch ein Stück von Bror entfernt ist. Winken tut sie auch. Bror versucht, an seine grünen Augen, seine schönen grünen Augen zu denken. Vergiss das nicht. Du bist nicht hässlich und verkehrt, Bror. Du hast schöne Augen und einen Mund, den zumindest Tessan für küssenswürdig hält. Chantelle weiß nichts über dich. Sie weiß nicht, wie einsam du bist, wie wenige Freunde du hast, wie merkwürdig du in deinen zu großen Anzügen auf dem Schulhof wirkst. Sie weiß nur, dass du schöne grüne Augen und eine Schachtel Gitanes in der Tasche hast.

»Guten Abend, Bror.«

Wie schön sie lächelt. Was für ein Mund, so viele Zähne. Aufgrund seiner akuten Papageienzunge nickt Bror nur, lächelt freundlich und blinzelt mit seinen grünen Augen. Er streckt seinen Arm aus, damit Chantelle ihren darunterschieben kann, und dann wandern sie eingehakt die Tavastgatan hinauf.

»Papa hat keine Ahnung. Ich hatte meinen Schlafanzug an, als er gegangen ist, und habe Tee getrunken. Stell dir vor, er würde mich jetzt sehen …«

Bror lächelt.

»Ich dachte, wir könnten uns irgendwo an den Monteliusvägen setzen, da haben wir die beste Aussicht auf die ganze Stadt. Klingt das gut?«

Bror nickt.

»Was für einen schönen Anzug du trägst. Ich habe noch nie jemanden in meinem Alter gesehen, der sich so elegant kleidet wie du. Alle latschen in Jeans und Kapuzenpullis herum, keine Ahnung, warum. Wollen die sich etwa nicht schön machen und gut aussehen? Wie findest du eigentlich meinen Hut? Ich habe ihn heute im Secondhandladen der Heilsarmee gefunden.«

Stolz beugt Chantelle ihren Kopf, damit Bror sich die Melone genauer anschauen kann. Bror lächelt so breit er kann, seine Mundwinkel zittern fast, so breit lächelt er, um ihr zu zeigen, was er von ihrer hübschen Kopfbedeckung hält.

»Bist du schon wieder durstig?«

Chantelle betrachtet beunruhigt ihren Kavalier, der den Kopf schüttelt.

»Ach, manchmal ist man einfach so. Ein bisschen still eben. Ich kann auch ganz leise sein. Aber mit dir kann ich gut reden. Keine Ahnung, warum. Mit dir … fühlt es sich einfach gut an. Hast du die Zigaretten dabei?«

Bror nickt und klopft auf seine Brusttasche.

»Und Streichhölzer?«

Bror nickt wieder. Er durfte sich die von Therese ausleihen und musstc dafür versprechen, keinen Lungenzug zu machen und nicht seine schönen Augen zu vergessen.

»Meine Mama hat Gitanes geraucht, wenn sie auf Partys gegangen ist. Sie war Französin.«

Gleich wird ihm schwarz vor Augen, akute Ohnmachtsgefahr. Natürlich ist Chantelle französischstämmig. Natürlich ist das Mädchen, in das er sich Hals über Kopf verliebt, Französin. Er will sie alles fragen! Woher stammt ihre Mutter? Ist Chantelle schon oft in Paris gewesen? Isst sie Croissants zum Frühstück?

»Mama?«

Mama. Mehr kann er nicht hervorkrächzen. Männlich, sehr männlich.

»Sie hieß Camille. Meine Eltern haben sich hier in Stockholm kennengelernt. Damals haben sie beide an der Ballettakademie studiert.«

»Svante? Ballett?«

Es wird allmählich. Zwei Wörter hintereinander.

»Na ja, das kann man sich heute nicht mehr so gut vorstellen. Meine Mutter ist so schnell schwanger geworden, dass sie es nicht mal geschafft haben, ihr Studium abzuschließen. Und als ich auf der Welt war, konnte nur einer von ihnen aufs Tanzen setzen, denn sie wollten mich nicht jeden Abend von einem Babysitter betreuen lassen. Meine Mutter hat das große Los gezogen, sie durfte weitertanzen. Aber Papa sagt immer, dass er eigentlich den Hauptgewinn gezogen hat, weil er mit mir zu Hause bleiben durfte. Papa war so verliebt in Mama und wäre wohl lieber gestorben, als dass er sie unglücklich gesehen hätte. Deshalb hat er mit dem Busfahren angefangen, um Geld zu verdienen und mit mir zu Hause bleiben zu können. Aber du solltest ihn beim Volkstanz sehen, er macht es richtig gut. Und auf eine ganz eigene Art. Und deine Eltern, wo haben sie sich kennengelernt?«

»Universität. Sind beide Ärzte.«

Vier Wörter! Die Blockade löst sich!

»Aha, kein Wunder, dass du so begabt bist. Gute Gene!«

»Begabt?«

»Ja, du leuchtest so von innen heraus. Man sieht, dass du klug bist.«

»Du leuchtest auch von innen.«

Fünf Wörter! Sein Hals ist schrecklich trocken. Aber sie findet, dass er klug ist, begabt. Niemals hat jemand so etwas zu ihm gesagt, abgesehen von seinen engsten Verwandten.

»Du gehst wie eine Balletttänzerin.«

Chantelle lacht.

»Danke. Oder, na ja ... Balletttänzerinnen gehen doch meistens wie kleine Enten: die Füße nach außen und mit viel zu geradem Rücken.«

»Aber bei dir sieht es gut aus. Nicht wie bei einer Ente. Eher wie ein ... Schwan.«

Puh. Er hat es herausgebracht. Chantelle lächelt und drückt Brors Arm.

»Hast du Geschwister?«

Bror schüttelt den Kopf.

»Ich auch nicht. Du könntest mein Bruder sein. Es fühlt sich so an. Du heißt sogar Bror, wie Bruder. Vielleicht ist das ja ein Zeichen, was glaubst du? Deshalb kann ich so gut mit dir reden, ohne nervös zu sein. Weil wir wie Geschwister sind.«

Bror stockt das Blut in den Adern. Sein Herz hört auf zu schlagen, die Hände gefrieren zu Eis, und das Gehirn verliert plötzlich an Gewicht.

Er will doch nicht ihr Bruder sein! Er will ihr Seelenfreund sein, ihr Herzallerliebster, Chantelles süßester Traum. Alles – nur nicht ihr Bruder. Denn ein Bruder wird und darf seine Schwester nicht küssen.

Schweigend gehen sie weiter zum Monteliusvägen.

»Ein bisschen Portwein?«

Tessan nickt, während Jane aus einer Kristallkaraffe Wein einschenkt. Sie sitzen in den roten Samtsofas im Wohnzimmer. Jane öffnet ihr Hemd und pustet ein bisschen Luft hinein.

»Mein Gott, ist mir warm. Es wird einem ein bisschen heiß, wenn man Olle besucht.«

Jane leert ein ganzes Glas Portwein in einem Zug. Tessan nippt nur an ihrem Glas.

»Olle?«

»Ja, das ist ein Mann, der in der Timmermansgatan wohnt. Wir treffen uns ab und zu, wenn du verstehst, was ich meine.«

»Wenn beinahe Vollmond ist?«

Jane lacht heiser, während sie eine der Katzen auf ihren Schoß hebt.

»Was? Nein, wenn ich Lust auf ein bisschen Spaß habe. Die Mondphase hat damit nichts zu tun.«

Verlegen blickt Tessan in ihr Portweinglas.

»Määääh!«

Bella steht meckernd vor Tessan, starrt sie mit ihren gelben Augen gekränkt an und möchte mit aufs Sofa. Tessan rutscht zur Seite, damit Bella hochklettern und es sich gemütlich machen kann.

»Wie fühlt es sich an?«

Jane sieht Tessan an und wirft ein paar Nüsse in ihren BH, um die Eichhörnchen zu beruhigen.

»Was denn?«

»Hier zu sein. Und nicht zu Hause.«

Vorsichtig nippt Tessan an dem übel schmeckenden Gesöff. Jane leert schon ihr zweites Glas und zündet sich gleich anschließend ein Zigarillo an.

»Ich habe ein schlechtes Gewissen. Ich meine, ich bin ja einfach abgehauen.«

»Stimmt, du bist abgehauen.«

»Und normale Menschen hauen nicht einfach ab.«

Ein kleines Eichhörnchen klettert aus Janes BH und setzt sich auf ihre Schulter.

»Schau dir mal diesen kleinen Kerl hier an. Es war ihm zu eng zwischen den anderen, da ist er herausgeklettert, um ein bisschen Kraft zu sammeln und seine Ruhe zu haben. Auf normale Menschen pfeifen wir hier, Tessan. Mir ist es völlig egal, was all die anderen Menschen machen, ich finde es total uninteressant. Und verwirrend. Oder?«

»Wie meinst du das?«

»Stell dir mal vor, man müsste den Überblick über all das behalten, was die sogenannten normalen Menschen tun. Und dann sollte man auch noch versuchen, sich innerhalb dieses eng gesteckten Rahmens zu halten. Zum Glück darf jeder seinen eigenen Rahmen haben. Vielen Dank! Man würde doch völlig durchdrehen, wenn man versuchen wollte, überall hineinzupassen. Du hast deinen Mann verlassen, weil er dich nicht gesehen hat. Oder vielleicht hat er dich ja gesehen, zumindest zwei hübsche Brüste, einen Hamburger am Abend, er hat eine Frau gesehen, die immer da war und schön auf dem Teppich geblieben ist. Und außerdem hat er eine Menge anderer Frauen gesehen und sich fröhlich bedient. Heute ist beinahe Vollmond, genau wie du eben gesagt hast. Siehst du, wie schön er ist?«

Jane zeigt auf den Mond, der über der Stadtsilhouette schwebt.

»Der Beinahevollmond ist großzügig. Und wenn er sich zeigt, dann gibt es alles im Sonderangebot. Greif zu, kann man getrost sagen. Was brauchst du denn?«

»Was ich brauche?«

Tessan starrt Jane an, die sich ein drittes Glas einschenkt.

Angenommen, sie ist einfach nur gestört? Eine besoffene Frau, die mit dem Mond redet und mit haarigen Kerlen herumvögelt. Ich hab ja gedacht, meine Nachbarin mit den Milchpackungen wäre verrückt, aber verglichen mit Jane war die echt harmlos. Hier haben wir eine echt Gestörte. Vielleicht sollten Bror und ich uns so schnell wie möglich verziehen, bevor wir zerstückelt und in kleine Plastiktüten verpackt in ihrer Gefriertruhe landen.

Eifrig spricht Jane weiter.

»Du kannst richtig gut kochen. Das hast du schon mehrmals bewiesen. Aber ich glaube, du könntest mehr Selbstvertrauen gebrauchen. Nichts soll dich aufhalten. Und wenn du nur an dich selbst glaubst, wird alles von ganz allein gehen. Und mit Selbstvertrauen kann man weit kommen!«

Na klar, natürlich kann man vom Mond Selbstvertrauen kriegen. Warum habe ich noch nie daran gedacht? Liebling, schreib mal einen Liter Milch, Tiefkühlspinat und Selbstvertrauen auf den Einkaufszettel, ich gehe heute zum Mondsupermarkt.

Tessan nickt unsicher, während Jane fortfährt: »Selbstvertrauen – sollen wir das mal probieren? Und wenn wir schon dabei sind, können wir Bror gleich noch ein bisschen Mut wünschen. Den würde er schon heute Abend brauchen, aber so schnell geht es leider nicht. Noch Portwein?«

Nein, Tessan schüttelt den Kopf, und Jane gießt sich fröhlich weiter ein, während ihr Zigarillo im Mundwinkel hängt.

»Also, wenn der Mond fast voll ist, sollte man die Gelegenheit nutzen, sich von bestimmten Dingen ein bisschen mehr zu wünschen. Das Umgekehrte gilt, wenn der Mond am dünnsten ist, also einen Tag vor Neumond. Dann rede ich immer über das, wovon ich gern weniger hätte. Das funktioniert zwar nicht immer, da bin ich ehrlich, aber manchmal haut es hin. Es geht um Plus und Minus, um Zunehmen und Abnehmen. Eigentlich ganz einfach. So, und jetzt kommt das Mondopfer!«

»Das Mondopfer?«

Jane gießt etwas Portwein in Tessans Glas.

»Ja, trink einen Schluck und tu einfach so, als würdest du ihn dem Mond opfern.«

»Okay.«

Jane leert ihr Glas in einem Zug.

»Jetzt wünschen wir uns was! Ich wünsche mir etwas für Bror, dann kannst du dich auf dich selbst konzentrieren.«

Tessan nimmt ihr Glas, starrt das ziemlich merkwürdig aussehende Getränk an.

Lieber Mond oder Herr Placebo oder mit wem auch immer ich gerade rede. Puh, fühlt sich das albern an. Aber es ist bestimmt am besten, es jetzt zu tun, schlimmer kann es ja kaum noch werden. Ich wünsche mir …

Tessan kneift die Augen ganz fest zusammen.

Ich wünsche mir, ich könnte … darauf pfeifen, was alle anderen

Leute denken, und nur das tun, was ich selbst will. Letztlich geht es um Selbstvertrauen, das ist es, was ich mir am meisten wünsche. Und Essen. Ich liebe es zu kochen, wenn du also ... Nein, das fühlt sich zu blöd an, ich kann nicht ...

Jane klopft Tessan auf die Schulter.

»So, jetzt ist es genug.«

»Wie kommt es eigentlich, dass du immer Portwein trinkst? Ich meine ... es gibt ja so viele andere Getränke, die vielleicht besser schmecken.«

Jane lacht heiser, lehnt sich zurück und zieht an ihrem Zigarillo.

»Ich komme aus einem kleinen Ort namens Rosenhecht. Meine Eltern haben das Bahnhofsrestaurant betrieben, und wir hatten einen ganzen Schrank voller Portwein. Es wurde nämlich immer Portwein serviert. Eines Abends, ich muss etwa vierzehn gewesen sein, habe ich eine Flasche aus dem Schrank geholt und sie ganz allein ausgetrunken – und seit diesem Tag weiß ich, wie gut es sein kann, ein bisschen Portwein zu trinken.«

Rosenhecht? Tessan denkt nach. Moment mal ...

»Also, ich habe neulich in der Küche etwas gesucht und bin auf einen Stapel Kochbücher unter der Spüle gestoßen, und in einem davon lag auch eine Speisekarte ... aus Rosenhecht! Bist du das Mädchen vom Foto, auf der Vortreppe? Das musst du sein!«

»Ja, das war ich wohl.«

»Aber warum liegt das alles unter der Spüle? Und die Speisekarte ist doch schön, willst du sie nicht einrahmen?«

Jane nimmt einen tiefen Zug und atmet langsam den Rauch aus.

»Glaub mir, dieses Foto und diese Speisekarte passen perfekt unter die Spüle. Lass sie dort rumliegen und verschimmeln.«

Nachdenklich betrachtet Tessan Jane, die sich wieder Portwein einschenkt.

»War es … war es nicht so gut da in Rosenhecht?«

Jane lacht trocken.

»Gut? Das kann man nicht gerade behaupten.«

»Es sah aber so schön aus.«

»Mein Herz, glaub mir, weder das Foto noch die Speisekarte sollen an irgendwelche Wände gehängt werden. Ihr Platz ist unter der Spüle. Rosenhecht mag schön klingen und aussehen, aber mich erinnert es eher an eine Beerdigung als an etwas, was mit Leben zu tun hätte.«

»Komm, wir setzen uns hierher.«

Chantelle zeigt auf eine grüne Bank, die von Fliederbüschen umgeben ist. Nein, er kann nicht einen ganzen Abend neben der Geliebten seines Herzens sitzen, wenn sie ihm eben so deutlich erklärt hat, dass er für sie wie ein Bruder ist. Das geht einfach nicht.

Unter ihnen liegt Stockholm. Die Altstadt glitzert, die U-Bahn, die an dieser Stelle über der Erde fährt, rattert die Schienen entlang, und ein bisschen weiter weg blinken Neonschilder. Chantelle setzt sich auf die Bank, nimmt den Hut ab und legt ihn sich auf die Knie.

»Setz dich doch. Es ist die beste Bank auf dem ganzen Berg.«

»Ich muss nach Hause.«

»Nach Hause? Warum denn das?«

Bror starrt auf seine Füße, auf die Lackschuhe, die so hoffnungsvoll glänzen. Auch Bror glänzt vor lauter Hoffnung. Oder besser gesagt, er hat geglänzt. Denn jetzt fühlen sich der Anzug, die Schuhe und Serges Sonderration in der Sakkotasche nur noch unangebracht an.

»Einfach so.«

»Habe ich was Falsches gesagt? Was habe ich verkehrt gemacht? Sag es mir!«

Bror schüttelt den Kopf.

»Es ist nicht deine Schuld… Hier, du kannst die Zigaretten haben.«

Chantelles große braune Augen blicken zu ihm auf. Die Schmetterlingswimpern flattern unsicher.

»Aber…«

Bror hat stets seine Überzeugungen verteidigen müssen. Hat sich dafür rechtfertigen müssen, der zu sein, der er ist. Das zu fühlen, was er fühlt. Jetzt fühlt er in seinem ganzen Körper, dass er für dieses schönste Wesen auf der Erdoberfläche nicht wie ein Bruder sein kann. Er überlässt ihr seine Schachtel Gitanes und die Streichhölzer, dreht sich um und geht davon.

Chantelle bleibt ganz allein sitzen, mit ihrer Melone und einer Schachtel Goldzigaretten auf den Knien.

»Du hast sie einfach da zurückgelassen? Auf einer Parkbank? Mitten in der Nacht?«

Bror nickt mit gesenktem Blick, während er seinen gierigen, mit den Flügeln flatternden Serge per Pipette füttert. Er sitzt neben Tessan im Bett, und die Tränen laufen ihm die Wangen hinab. Er hat solch ein Heimweh, dass es richtig in ihm zieht. Er sehnt sich nach seinen Eltern, nach seinem Haus, seinem Bett, nach allem. Aber das Haus ist leer, und seine Eltern sind verreist. Das hier ist jetzt sein Zuhause.

»Ich will nicht ihr Bruder sein. Und wenn Chantelle schon jetzt weiß, dass sie so für mich empfindet, dann gibt es keinen Grund, sich weiter zu sehen. Ich kann nicht einfach nur mit ihr befreundet sein. Dafür liebe ich sie zu sehr.«

Tessan setzt sich in den Schneidersitz. Serge hüpft ein bisschen herum, flattert mit den Flügeln und macht seinen Schnabel auf und zu.

»Bror, hör mir bitte zu. Du musst Geduld haben. Du hast doch diese Eichenblätter von Jane bekommen, her damit. Nur weil Chantelle sagt, dass sie sich wie deine Schwester fühlt, heißt das noch lange nicht, dass für dich alles gelaufen ist. Meine Güte, hast du noch nie einen romantischen Film gesehen? Alle merken, dass die beiden füreinander gemacht sind, nur das Mädel checkt es nicht. Also muss der Typ richtig dran arbeiten. Und am Ende kriegen sie sich.«

»Arbeiten?«

»Ja! Du musst ihr zeigen, dass du mehr bist als ein Bruder. Kapierst du? Ein bisschen Romantik, was weiß ich … Wenn du nicht so ein vorbildliches Kind wärst, hättet ihr ein bisschen was trinken können, dann hätte sich alles von selbst gelöst.«

»Wir sind doch erst dreizehn, Therese.«

»Ja, ja, ich weiß, aber trotzdem. Du kannst ihr ja auf Facebook eine Freundschaftsanfrage schicken und …«

»Ich bin nicht bei Facebook.«

»Natürlich nicht.«

Bror schnäuzt sich und wischt sich die letzten Tränen ab.

»Vermutlich hasst sie mich jetzt, weil ich sie habe sitzen lassen – ohne zu erklären, warum.«

»Mach jetzt kein Drama daraus. Natürlich hasst sie dich nicht, aber sie ist vielleicht ein bisschen sauer. Damit solltest du rechnen. Aber wollte sie nicht ohnehin morgen mit ihrem Vater herkommen und irgendwas an dieser Tanztracht fertig machen?«

»Volkstracht heißt es.«

»Ja, ja, aber du weißt, was ich meine.«

Bror nickt und steckt sein Taschentuch in die Brusttasche seines Pyjamas.

»Dann legst du morgen los. Ich kann vielleicht mit Svante reden und ein gutes Wort für dich einlegen.«

Bror hebt den hüpfenden Vogel hoch, streichelt ihn, bis er ruhig ist, und steckt ihn dann in den Hermèsschal.

»Soll ich dir den Rücken kraulen?« Tessan zeigt ihm ihre langen Fingernägel. »I'm good at it!«

Vorsichtig nickt Bror und dreht sich um. Tessan schiebt

sein Pyjamaoberteil hoch und krault ihm den Rücken. Seine Atmung beruhigt sich ein bisschen. Es ist angenehm.

»Jane und ich haben dem Mond Portwein geopfert, ein echt abgefahrenes Ritual war das. Und sie hat sich für dich mehr Mut bei den Mädels gewünscht. Dabei hat sie wohl Chantelle gemeint.«

Bror dreht sich zu ihr um. »Wirklich? Meinst du, sie hat eine Art Trick angewendet, damit ich mehr Glück habe?«

»Glück weiß ich nicht, aber ein bisschen mehr dürfte schon passieren, nach dem ganzen Portwein, den sie geopfert hat.«

»Gut. Sehr gut.«

22. Kapitel

Wenn der Mut die Sorgen überschattet oder:
Warum man bei einem Überraschungsbesuch immer eine Pralinenschachtel mitbringen sollte

Was für eine verdammt mickrige Dusche! Tessan steht hinter dem Hühnerstall auf einem wackligen Holzpodest und versucht, sich von der Angst, dem Schweiß und den Essensgerüchen der letzten Tage zu befreien. Als Duschvorhang dienen ein paar gelbe Stoffbahnen, aus dem Duschkopf dringt stoßweise ein jämmerlich dünner Wasserstrahl, und das Shampoo läuft ihr in die Augen und in den Mund.

»Määäääh.«

Bella ist von der Weide abgehauen, steht jetzt neben Tessans Bein und meckert auffordernd. Ein paar Meter weiter weg buddelt der Dachs eine Grube in den Rasen, während die Fuchswelpen herumtollen und wenig Angst vor dem Dachs zu haben scheinen. Das Shampoo schäumt immer weiter, und Tessan reibt mit dem Duschkopf gegen die Kopfhaut, um den Schaum endlich wegzubekommen.

»Määäääh!«

Bella glotzt mit ihren schräg stehenden gelben Augen vor sich hin und lockt mit ihrem Gemecker die Fuchswelpen an, die jetzt mit den Wassertropfen spielen.

»Was ist das denn? Glaubt ihr, ich bin eine Art Schneewittchen, oder was? Und wir singen ein Lied zusammen, wollt ihr das? Heiho, heiho, wir sind vergnügt und froh … Aber was zum Teufel … Los jetzt, Dusche, komm schon!«

Es raschelt hinter dem Vorhang, ein Schatten türmt sich auf, die Fuchswelpen wetzen davon, nur Bella bleibt stehen.

»Entschuldigung, aber brauchst du Hilfe?«

Tessan erkennt sofort den Dialekt aus Dalarna, es ist Chantelles Vater.

»Ach, ich kriege den Schaum nicht aus den Haaren.«

»Stimmt, der Wasserdruck ist ziemlich schwach. Aber weißt du was? Wickle dich ins Handtuch und komm raus, dann helfe ich dir.«

»Wie das denn?«

»Komm einfach raus, ich krieg das schon hin.«

Tessan stellt die Tröpfeldusche ab, wickelt sich ins Duschhandtuch, setzt die beschlagene Brille auf und schleicht Richtung Garten. Bella folgt ihr meckernd. Die Vormittagssonne scheint durch das Laubwerk der Bäume auf eine niedrige Bank. Svante steht da und schraubt an einem Gartenschlauch herum. Heute trägt er eine verwaschene rote Latzhose und ein T-Shirt, das am Halsausschnitt ziemlich ausgeleiert wirkt. Seine dichten Haare mit der komischen Frisur sind frisch gewaschen.

»Leg dich auf die Bank, dann spüle ich den Schaum weg.«

»Aha ... Auf den Bauch oder auf den Rücken?«

»Auf dem Rücken ist prima.«

Tessan legt sich auf die niedrige Bank, die etwa so lang ist wie sie selbst.

»Wenn du den Nacken ein bisschen mehr zum Rand schiebst, hängen die Haare runter, und ich kann sie besser auswaschen.«

Tessan rutscht ein Stück, während Svante das schaumige Haar festhält.

»So, jetzt. Bist du bereit? Das Wasser ist ein bisschen kalt, fürchte ich.«

»Leg einfach los.«

Mit geschlossenen Augen liegt Tessan auf der Bank und spürt, wie die Sonne ihre nackten Beine wärmt. Sie hört, wie Svante den Wasserschlauch aufdreht und versucht, einen möglichst weichen Strahl zu erzielen. Seine Hand legt sich auf ihre Stirn, warm und groß. Das eiskalte Wasser strömt über ihre Haare. Die warme Hand streicht den Schaum aus ihrem Gesicht.

»Diese Haare brauchen ein bisschen Spülung, glaube ich. Bleib liegen.«

»Aber du musst wirklich nicht …«

Tessan hört, wie Svante in Richtung Dusche davonstapft und zwischen den Plastikflaschen sucht, die dort herumstehen.

»So, jetzt. Wenn ich keine Spülung in Chantelles Haare tue, lässt es sich überhaupt nicht kämmen. Und deine Haare sehen richtig wild aus.«

»Aber du musst das nicht machen, ich kann …«

»Ja, das kannst du selbst, das habe ich schon verstanden. Aber ich kann dir helfen, und das mache ich gern. Wenn es für dich in Ordnung ist.«

»Okay.«

Ein lustiges Geräusch dringt aus der Flasche, als Svante ein bisschen Haarbalsam herausdrückt, und Tessan schließt wieder die Augen. Seine Hände arbeiten die Spülung sorgfältig in ihre Haare, vor allem in die Spitzen. Svantes Finger pressen sich angenehm gegen ihre Kopfhaut, massieren routiniert und entschlossen.

Meine Güte, wann habe ich zuletzt von jemandem die Haare gewaschen bekommen? Außer bei der Friseurin natürlich. Muss in meiner Kindheit gewesen sein … Aber Mama war immer so grob und ungeduldig. Es war kein Genuss. Nicht so wie jetzt. Freddy hat manchmal angeboten, meine Haare zu waschen, aber das hat immer damit geendet, dass er meine Brüste eingeseift hat, und dann war es vorbei mit der Haarwäsche, um es mal so zu sagen.

Die Hand an der Stirn und noch mehr Wasser, das den Haarbalsam wegspült. Es spritzt, als das Wasser auf das Gras unter der Bank trifft.

»So, das war's. Rein und klar.«

Svante stellt das Wasser ab und rollt den Schlauch zusammen. Schläfrig richtet sich Tessan auf, schiebt ihre Brille zurecht und beobachtet Svante, der neben ihr auf der Bank Platz nimmt. Er hat ein hübsches Gesicht. Aber unter der verrückten Frisur, die ihm wie Gestrüpp aus dem Kopf wächst, sieht man wenig davon.

»Danke. Man merkt, dass du in deinem Leben schon oft Haare gewaschen hast. Aber du … darf ich dich was fragen?«

Svante nickt und wirft den Schlauch hinter den Hühnerstall.

»Fass es bitte nicht falsch auf, aber hast du schon mal darüber nachgedacht, dir die Haare schneiden zu lassen?«

Verlegen lacht Svante und fährt sich mit seiner nassen Hand durchs Haar.

»Doch, schon, aber ich komme nicht dazu.«

»Ich kann sie dir schneiden! Hast du eine Schere? Ich bin echt gut darin. Ich habe schon fast allen meinen Freunden die Haare geschnitten.«

Svante lächelt schüchtern und fährt sich noch mal durchs Haar.

»Du musst dich aber nicht dafür revanchieren, dass ich dir die Haare gewaschen habe. So war das nicht …«

»Hör auf. Du hast mir geholfen, und jetzt helfe ich dir. Gib mir eine Schere, dann legen wir los.«

»Wirklich?«

»Na klar!«

»Ist wirklich gut geworden, deine Frisur, jetzt kann man dich endlich wieder sehen!«

Jane schließt die Knöpfe an Svantes Weste und studiert sie eingehend. Perfekt. Svante fährt sich durchs Haar und lächelt.

»Ja, fühlt sich auch klasse an. Sie kann das richtig gut.«

»Tessan kann eine Menge Sachen richtig gut. Ist Chantelle heute nicht mitgekommen?«

»Nein, sie hatte Bauchschmerzen. Sie sah wirklich krank aus. Aber ich bringe ihr die Stickerei mit, dann kann sie zu Hause daran weiterarbeiten.«

Drüben am Fenstertisch sitzt Bror ganz allein und stickt. Er muss schlucken, denn er wird sie nie wiedersehen. Weder als Bruder noch als Geliebter. Eine ewig unbeantwortete Liebe und eine ewig unbeantwortete Frage. Was wäre passiert, wenn er geblieben wäre und nicht wie ein jämmerlicher Feigling abgehauen wäre? Wie konnte er sie nur dort alleinlassen? Der Anblick von Chantelle mit dem schönen Hut auf den Knien, ganz allein in der Nacht, lässt seine Brust so sehr schmerzen, dass Bror die Hand heben und sie gegen sein Herz drücken muss. Er muss zu ihr gehen und ihr ganz genau erzählen, was er empfindet. Kein Feigling sein. Ein Mann sein. Ein aufrichtiger, ehrlicher Mann.

»Ich kann ihr die Stickerei nach Hause bringen.«

Svante und Jane drehen sich zu Bror um.

»Ich mache das gern. Wo wohnt ihr denn?«

Es fühlt sich ungewohnt an mit dem großen Kaftan, der bis zu den Waden reicht. Tessan schleicht in dem ockerroten Kleidungsstück, das sie sich von Jane geliehen hat, in der Küche herum, gart Spargel im Dampfkochtopf und pochiert Eier. Oh, sie ist total süchtig danach geworden, Eier zu pochieren – das ist ihr neues Hobby! Pochieren probieren! Heute früh hat sie im Flur ein paar Werbeblätter gefunden, die dort herumlagen. Darunter auch ein Rezeptheftchen von der Supermarktkette ICA. Darin wird erklärt, wie man Eier Benedikt zubereitet. Und jetzt macht sie pochiertes Ei, dampfgegarten Spargel und Sauce hollandaise. Das Ganze kommt am Ende auf ein Stück gebratenes Brot.

Die erste Sauce hollandaise ist total den Bach runtergegangen, sie ist geronnen und sah schrecklich aus. Eine einzige Pampe. Ihr erster Impuls war, alles sauber zu machen und sich nie wieder an so einer niederländischen Soße zu versuchen. Aber dann hat sie eine Weile in der Küche herumgesessen und in das Rezeptheftchen gestarrt, und sie hatte das Gefühl … Natürlich würde sie eine Sauce hollandaise hinkriegen!

Mit hundertprozentiger Konzentration hat sie die Eier mit einem Schneebesen im Wasserbad geschlagen, und vor ihren Augen haben sich die rohen Eier in eine cremige Sauce verwandelt. Chemische Hexerei! Die Sache, dass man sie nicht kochen lassen darf, ist offenbar extrem wichtig, wenn es um Eier geht. Tessan musste laut lachen, als die Sauce Gestalt annahm.

Jetzt blickt sie fasziniert in den Kochtopf mit siedendem Wasser, etwas Essig und drei Eiern, die langsam fest werden. Das Eiweiß beginnt zu gerinnen, und Tessan steht mit der Schaumkelle bereit. Die Brotscheiben hat sie schon in Butter, Knoblauch und Petersilie gebraten, sie liegen auf den Tellern bereit. Jetzt ist das Eiweiß fest und das Eigelb weich. Schnell erwischt Tessan eines davon mit der Schaumkelle, schiebt es auf die gebratene Brotscheibe, legt ein Bündel knackig gegarten Spargel obendrauf und träufelt ein bisschen von der leuchtend gelben Sauce hollandaise darüber.

Als die drei Teller fertig sind, betrachtet Tessan nachdenklich ihr Werk und geht dann in den Garten. Barfuß schleicht sie hinter das Haus zu den Mohnblumen, die unten am Zaun prangen. Sie pflückt einen kleinen Strauß aus gelben, orangenen und roten Blüten. Zurück in der Küche, dekoriert sie ihre Eier Benedikt mit den leuchtend bunten Blumen. Wie hübsch es geworden ist! Echt cool.

Zufrieden stellt Tessan die drei Teller auf ein großes Silbertablett, richtet den Rest der Mohnblumen in einer Vase her und geht stolz ins Atelier, um ihre Gäste zum Essen zu rufen.

Bror mustert den Stadtplan, den er in der Hand hält. Ja, er muss jetzt auf dem richtigen Weg sein. Ymsenvägen 1 in Årsta. Das siebenstöckige Haus steht ganz oben auf einem Hügel mit einem kleinen Spielplatz davor. Umgeben von Wald und Wasser, darüber nur der Himmel. Zum zweiten Mal in seinem Leben ist Bror ganz allein U-Bahn gefahren, und es ist auch diesmal gut gegangen. Er tippt den Code ein, öffnet die Haustür und nimmt den Duft von frisch geputztem Treppenhaus wahr. In den ersten Stock muss er. Erster Stock rechts, dort wohnt Chantelle. Die Hand mit der Garntüte zittert. Die andere zittert noch mehr, falls eine Steigerung überhaupt möglich ist. In der hat Bror nämlich eine Tasche mit einer großen Pralinenschachtel, einem Strauß roter Rosen und einer Thermoskanne mit Café au Lait, den Tessan für ihn gekocht hat, ehe er losgefahren ist.

Bror muss eine kleine Pause einlegen. Seine Truppen sammeln wie Karl Martell vor der Schlacht bei Poitiers. Dabei ist er ja nur ein Junge in einem Treppenhaus in Årsta. Aber das Herzklopfen ist bestimmt dasselbe. Schwer lässt sich Bror auf die Treppe sinken, legt die Pralinen und die Rosen neben sich, räuspert sich. Jetzt ist es egal, dass seine Kehle trocken ist wie die Sahara. Er wird über alles reden, erzählen, was er empfindet. Soll es doch pfeifen und röcheln.

Heute ist seine Wahl auf den hellblauen Leinenanzug gefallen, mit rotem Polohemd darunter. Eine rote Mohnblume im Knopfloch, dazu der Strohhut. Tessan hat ihn in die Wangen gekniffen, ehe er ging, und jetzt sieht er ganz rosig aus oder, genau genommen, nicht nur rosig, sondern fast so, als hätte er Ausschlag.

Als Ernest Hemingway seine Elizabeth traf, wusste er sofort, dass sie die Richtige war. Er sah sie mit seinen eisblauen Augen an, und in derselben Sekunde war ihm klar, dass er diese Frau heiraten würde. Und das tat er auch. Sie zogen nach Paris und führten ein Bohemeleben im Quartier Latin. Oder wie damals, als Serge seine Jane traf. Seit dem Tag nach ihrer ersten Begegnung waren sie unzertrennlich. Natürlich geschah auch das in Paris.

Entschlossen greift Bror zu Pralinenschachtel und Rosenstrauß und geht zu Chantelles Wohnungstür.

Svante nimmt ein Stück Brot und stippt damit den letzten Rest Sauce vom Teller.

»Das war vorzüglich.«

Jane kaut mit halb geschlossenen Augen ihren letzten Spargel und nickt versonnen.

Tessan lächelt. »Findet ihr das wirklich?«

Tessan bittet um noch mehr Lob, dabei spürt sie es selbst: Es war wahnsinnig lecker. Und sie allein hat es gemacht! Tessan von der Imbissbude, die zur Hollandaise-Tessan mutiert ist. Oder vielleicht Therese Benedikt? Posh-Tessan. Aber posh wie in pochiertem Ei, wirklich nichts anderes. Ganz allein hat sie in einem hässlichen Kaftan in der Küche gestanden und hat nicht aufgegeben. Sie hat in dem Topf gerührt, bis ihr Gesicht ganz rosig war, bis sie sich zum richtigen Geschmack vorgearbeitet hatte.

Jane tätschelt ihr die Hand.

»Du bist unerhört begabt, was Kochen angeht und auch was Frisuren betrifft. Unglaublich, wie gut seine Haare jetzt aussehen! Wisst ihr, ich muss eben rein und die letzten Kleinigkeiten an Svantes Tracht richten. Aber bleibt doch hier sitzen und genießt die Sonne. Vor allem du, Tessan, du kannst stolz auf dich sein. Ich freue mich schon aufs Abendessen, was mag es da wohl geben?«

»Brennnesselpesto und selbstgemachte Pasta! Ich habe in einer deiner vielen Küchenschubladen eine Nudelmaschine entdeckt. Ich hab noch nie Nudeln selbst gemacht.«

Jane hebt den Daumen, nimmt ihren Teller und geht ins Haus. Tessan und Svante bleiben sitzen und halten ihre Nase in die Sonne, die ihnen großzügig entgegenstrahlt. Die Sommerinsekten summen, und ein Stück entfernt meckert Bella vor sich hin.

»Ist sie von ihrer Weide abgehauen?« Svante zeigt auf Bella. »Ob das so gut für Brors Allergie ist?«

»Ach, der ist gar nicht allergisch, das hat er nur so gesagt. Er hatte einfach Panik.«

»Panik?«

Moment … Soll ich Svante erzählen, dass Bror unsterblich in Chantelle verliebt ist? Oder hat er mir das nur im Vertrauen erzählt? Nicht petzen, Tessan. Halt den Mund, und sei lieber ein bisschen clever.

»Er ist etwas dramatisch veranlagt, aber allergisch ist er nicht. Manchmal wird er nervös, wenn er neue Menschen kennenlernt. Und dann kann leicht etwas schiefgehen.«

Schweigend und mit geschlossenen Augen sitzen die beiden in der Sonne.

Vielleicht sollte ich ihn irgendwas zu Chantelle fragen, was ich später Bror erzählen kann. Damit er ein bisschen mehr Infos hat. Aber ich bin so schlecht im Fragenstellen. Ich habe keine Ahnung, wie ich anfangen soll. Ich habe zwar in Frauenzeitschriften gelesen, wie man das coolste Smalltalkgirl der Party wird und wie man intelligente Fragen stellt, aber so was bleibt bei mir nicht hängen. Es ist immer einfacher, die Bluse ein bisschen aufzuknöpfen, dann muss man nicht so viel quatschen. Aber damit ist es jetzt vorbei. Und diesen verdammten Kaftan kann ich sowieso nicht aufknöpfen – nicht mal, wenn ich wollte.

»Chantelle, deine Tochter … Wer … wer ist sie denn? Oder wie ist sie, meine ich?«

Intelligente Frage! Und so geschmeidig und elegant formuliert! Passt auf, ihr coolen investigativen Journalisten – Tessan is in town!

»Sie ist etwas altklug. Das hat vielleicht damit zu tun, dass ihre Mutter gestorben ist, als sie noch klein war. Dadurch hat Chantelle so viel Trauer und Verlust erlebt, wie es Kindern erspart bleiben sollte. Sie ist gern zu Hause, und wir verbringen viel Zeit miteinander. Ich ermutige sie immer, Freunde mit nach Hause zu bringen, aber sie hat wohl noch nicht die richtigen gefunden. Nicht dass sie schüchtern wäre, sondern eher, weil sie lieber allein ist, als sich mit jemandem abzugeben, mit dem es sich nicht richtig anfühlt. Ein bisschen wie ich.«

»Und Bror«, wirft Tessan ein.

Svante nickt. »Ja, in dieser Hinsicht ähneln sie einander. Ich habe mich gewundert, dass sie heute nicht mit hergekommen ist. Sie hat gestern beim Abendessen die ganze Zeit von Bror gesprochen. Aber heute sah sie sehr ... müde aus. Vielleicht freut sie sich, wenn Bror sie besucht und die Stickereien abgibt.«

»Er wollte ihr auch eine Pralinenschachtel kaufen.«

»Aha?« Svante lacht.

»Und Rosen.«

»Rosen? Was für ein Junge. Warum denn das?«

Tessan streckt ihre Beine aus und legt sie auf einen Korbsessel.

»Bror ist ein richtig guter Typ. Ich glaube, ich habe noch nie einen so mutigen Jungen getroffen. Er will ihr einfach eine Freude machen.«

»Das wird ihm bestimmt gelingen. Und du, was macht dich froh?«

»Kommt drauf an. Vor einer Woche haben mich jedenfalls noch ganz andere Sachen froh gemacht als heute.«

»Was zum Beispiel?«

»Na ja, vor einer Woche habe ich mich gefreut, wenn ich einen Doppelburger mit Käse und Bacon unter drei Minuten hingekriegt habe. Jetzt freue ich mich, wenn mir eine Sauce hollandaise gelingt, ohne dass sie gerinnt, selbst wenn es zwei Stunden dauern sollte.«

»Lieber zwei Stunden auf eine perfekte Hollandaise warten als einen Hamburger in drei Minuten schaffen. Und sonst?«

Tessan denkt nach.

»Das Problem ist wohl, dass ich mich früher nie richtig

gefreut habe. Da gab es einfach nichts, worüber ich mich hätte freuen können. Aber heute habe ich mich gefreut – und zwar wegen dieser Sauce. Ich glaube, es hat in meinem Leben einfach zu wenig Soße gegeben!«

»Das ist schön! Möchtest du eigentlich einen Kaffee?«

»Gern, aber ich habe keinen aufgesetzt.«

Svante steht auf, räumt das Geschirr zusammen und stellt es aufs Tablett.

»So habe ich es nicht gemeint, ganz im Gegenteil. Wollen wir in ein nettes Café hier im Viertel gehen? Ich lade dich ein.«

»Nee, ich sehe im Moment so scheiße aus. Wir trinken lieber hier Kaffee.«

Svante stellt das Tablett zurück auf den Tisch und sieht Tessan an.

»Warum sagst du so was? Du siehst wirklich gut aus. Komm schon.«

Svante nimmt Tessan an der Hand und zieht sie hoch.

»Und selbst wenn du ... nicht so toll aussehen würdest, dann wäre das doch egal, oder? Man darf doch wohl trotzdem einen Kaffee trinken gehen.«

Oje, ist das nervig. Allein schon die Vorstellung, in diesem Goa-Outfit durch die Stadt zu rennen. Nicht weil sie irgendjemandem begegnen könnte, den sie kennt. Aber trotzdem ...

Nein. Schluss damit. Let's go! Schluss mit der Unterdrückung! Tessan schiebt ihre Füße in Janes selbstbemalte Holzpantinen und folgt Svante klappernd in Richtung Pforte.

Bror hört, wie es sich dort drinnen bewegt. Wie Chantelle sich der Tür nähert, an der er eben geklingelt hat. Mit verschwitzten Händen umklammert er die Pralinenschachtel und die Rosen. Jetzt wird er seine Stimme zwingen, Laut zu geben. Niemand wird ihn stoppen. Es klickt im Schloss, und die Tür wird einen kleinen Spalt geöffnet, aus dem zwei braune, geschwollene Augen hervorgucken.

»Ich bin's, Bror.« Seine Stimme mag wie die eines zotteligen alten Ziegenbocks klingen, aber immerhin dringt überhaupt etwas aus seinem Mund! Seine Worte hallen durchs Treppenhaus. Die Tür wird noch ein bisschen geöffnet, aber nicht mehr, als dass man zwei braune Augen und eine Nase erahnen könnte. Bror nimmt Anlauf, jetzt gilt's.

»Ich liebe dich, Chantelle. Das klingt hochtrabend, ich weiß. Es klingt auch dumm, wie ich gerade merke. Wir haben erst wenig Zeit miteinander verbracht, aber du sollst wissen: In dem Moment, als ich dich gesehen habe, wie du bei Jane die Straße herabgetanzt bist, da wusste ich es. Es hat in meiner Brust geknallt, wie von einer Steinschleuder, die mein Herz erwischt hat. Das ist der Grund, weshalb ich geschwiegen habe. Was hätte ich sagen sollen? Alle Wörter haben sich wie Floskeln angefühlt im Vergleich zu dir und ...«

Hinter ihm ist Lärm zu hören. Aus der gegenüberliegenden Tür kommt eine Mutter mit zwei Kindern, einem Zwillingswagen und bellenden Hunden. In dem vorher so ruhigen Treppenhaus hallt es jetzt vor lauter Krach. Bror erhebt seine Stimme, er kann jetzt nicht aufhören, nicht jetzt, wo er endlich Speichel im Mund hat.

»Und deshalb war ich völlig niedergeschmettert, als du gesagt hast, dass du dich wie meine Schwester fühlst, weil ich dich doch liebe. Aber eben nicht wie ...«

»Sorry, kann ich mal bitte vorbei zum Fahrstuhl? Maja! Hast du eigentlich noch Pipi gemacht?«

Bror drückt sich an die Wand, während die Mutter ihre Hunde und Kinder in den Fahrstuhl scheucht.

»... nicht wie ein Bruder. Ich würde das gern zurücknehmen! Gestern Abend war ich so traurig, und heute früh, als du nicht aufgetaucht bist, bin ich noch trauriger geworden. Ich habe dich vermisst! Du bist die Erste, mit der ...«

»Alfons! Vergiss jetzt den Teddy und komm! Der Bus geht in fünf Minuten, und wenn du nicht...«

Eine kleine Hand schiebt sich aus der Öffnung der Lifttür. Chantelle packt Brors Jackett, zieht ihn in den Wohnungsflur und schließt die Tür hinter ihm.

»Weiter.«

Vor ihm steht Chantelle, in einem weißen Nachthemd, rosaseidenem Morgenmantel und Schlaffrisur. Bror räuspert sich.

»Du bist die Erste, mit der es sich richtig anfühlt. Davon abgesehen bist du sehr, sehr schön. Ich liebe deine Melone. Ja … Das war alles, was ich sagen wollte, glaube ich. Hier sind ein paar Pralinen.«

Bror reicht ihr ein bisschen sehr schnell die Schachtel mit den französischen Trüffeln.

»Und das hier sind Rosen, die hatte ich ganz vergessen.«

»Komm erst mal rein.«

Chantelle nimmt die Pralinen und die Rosen in Empfang und tapst damit in die Küche. Die Wohnung duftet schon nach Rosen, genau wie seine Geliebte, genau wie der Blumenstrauß, den er für sie gekauft hat. Bror schaut sich ein bisschen um, während Chantelle nach einer passenden Vase sucht. Die Küche ist klein, mit rosa gestrichenen Wänden und kleinen Wandschonern, die überall angebracht sind. Gestickte Sprüche, Kissen mit Häkelbezügen auf dem kornblumenblauen Sofa, eine Küchenlampe mit besticktem Schirm und ein großer Quilt an einer der kurzen Seiten des Raums. Vor dem Küchenfenster stehen zwei Birken und rascheln im Wind, der vom Årstaviken heraufzieht.

Routiniert zupft Chantelle die untersten Blätter von den Rosen, schneidet die Stängel an und richtet sie dekorativ in einer Vase her.

»Danke. Ich liebe Rosen.«

»Was für hübsche Wandbehänge. Hast du die gemacht?«

»Ja. Ich sticke ständig. Und wenn ich nicht sticke, dann nähe, häkele und stricke ich. Papa findet die Sachen so schön, deshalb hängt er alles auf, was ich mache. Manche von meinen

Handarbeiten finde ich gar nicht mehr so gut, aber Papa weigert sich, sie abzunehmen.«

Chantelle lächelt und zuckt mit ihren schmalen Schultern. Schweigend bewundert Bror die Kunstwerke.

»Du bist wirklich geschickt«, sagt er schließlich.

»Danke. Der einzige Sinn des Alleinseins: Du kannst richtig gut in Handarbeiten werden.«

»Da fällt mir ein: Ich habe auch noch Café au Lait mitgebracht.«

Bror läuft in den Flur hinaus und holt die Thermoskanne. Er ruft ihr zu: »Ich habe Tassen und alles andere mitgebracht. Setz dich aufs Sofa.«

Gehorsam nimmt Chantelle auf dem Küchensofa Platz, knotet den alten Morgenmantel ihrer Mutter an der Taille etwas enger. Eifrig kommt Bror zurück, packt die kleinen Kaffeetassen aus, die er vorsorglich in Papier gewickelt hat. Füllt sie mit dampfendem Kaffee.

»Wie schön du alles vorbereitet hast.«

Lächelnd öffnet Chantelle die Pralinenschachtel, nimmt sich einen Trüffel und trinkt einen Schluck Kaffee dazu. Bror hängt sein blaues Leinenjackett über den Stuhl und setzt sich. Schweigend knabbern sie Pralinen und trinken winzig kleine Schlucke Kaffee. Chantelle kichert.

»Eigentlich mag ich gar keinen Kaffee.«

»Mir schmeckt er nur, wenn ich Sahne dazu bekomme. Sonst nicht, ehrlich gesagt.«

Bror lächelt verlegen und nimmt noch einen Schluck.

»Aber irgendwie fühlt es sich trotzdem gut an, Kaffee zu trinken.«

»Ein bisschen erwachsen.«

»Ja, genau. Und weltgewandt!«

»Als würde man Rauchringe machen.«

Wieder rumort es in Brors Bauch, ein Schmerz, der über das Zwerchfell ausstrahlt.

»Ich weiß nicht, wie ich dich um Verzeihung bitten soll, damit du verstehst, wie sehr ich mich selbst hasse, weil ich dich allein auf der Parkbank habe sitzen lassen. Das ist gar nicht meine Art. Oder, na ja, ich weiß nicht, was meine Art ist, aber ich werde dich nie wieder allein lassen. Außer natürlich, wenn du mich darum bittest, dann gehe ich sofort!«

Chantelle beißt in eine weitere Praline.

»Ich bin so froh, dass du gekommen bist. Und was das betrifft, was du da draußen im Treppenhaus …«

»Du musst das gar nicht kommentieren! Ich empfinde es so, aber du musst überhaupt nicht dasselbe empfinden. Versprochen.«

»Ich habe noch die Zigaretten. Wollen wir einen Spaziergang machen?«

Tessan mustert Svante, der ihr gegenüber auf dem wackligen Stuhl eines Straßencafés sitzt. Es liegt an einer steilen Gasse, die in eine der brausenden Hauptstraßen von Södermalm mündet. Seine großen blauen Augen, die etwas wehmütig nach unten zeigen und von langen schwarzen Wimpern umgeben sind. Die große Nase, die entschieden den Weg nach vorn zeigt, der empfindsame Mund. Der neue Haarschnitt lässt ihn auf merkwürdige Art noch verletzlicher wirken.

Tessan nippt an ihrem Kaffee, hat die Beine im Schneidersitz gekreuzt und schaukelt mit dem einen Holzpantinenfuß.

»Woran denkst du gerade?« Svante lächelt Tessan an, die weiter vor sich hin starrt.

»Oh, sorry, ich habe einfach so dagesessen und … Ich weiß nicht, woran ich gedacht habe.«

»Was machst du abends, jetzt wo du bei Jane wohnst?«

»Nichts Besonderes. Ich plane das Essen für den nächsten Tag, quatsche ein bisschen mit Bror. Denke darüber nach, was ich bisher im Leben gemacht habe und was ich in Zukunft tun werde. Und du?«

»Meistens bin ich mit meiner Tochter zu Hause, wenn ich nicht gerade Nachtbus fahre. Oder ich tanze. Wir trainieren öfter mal. Heute Abend zum Beispiel.«

»Was trainiert ihr denn?«

»Na ja, viele verschiedene Tänze. Es sind auch Sprünge dabei, und die müssen klappen. Vor allem jetzt, wo wir zu Mittsommer eine Aufführung haben. Komm vorbei und schau es dir an, wenn du magst.«

»Mal sehen ... Hast du immer schon Volkstanz gemacht?«

»Zu Hause in Dalarna haben meine Eltern beide getanzt, deshalb war es klar, dass ich als Kind mit einsteige. Ich habe auch eine Menge Ballett getanzt, aber inzwischen mache ich nur noch Volkstanz. Es gefällt mir. Volkstanz ist viel weicher als Ballett, das ist ja eher streng. Ich mag die Rhythmen, die Wehmut, die Energie – irgendwie steckt da unsere Geschichte drin. In deinen Ohren klingt das bestimmt lächerlich.«

Tessan trinkt den restlichen Kaffee aus und schüttelt den Kopf. »Weißt du was? Ich habe früher viele ... wie soll man sagen ... Vorurteile gehabt, was lächerlich ist und was nicht. Wie in der Schule. Da war ich davon überzeugt, dass meine Clique und ich die Coolsten von allen waren. Oder besser gesagt, ich war vielleicht nicht so überzeugt davon, dass gerade ich besonders cool war, aber ich wusste, dass meine sogenannten Freunde es waren. Wir haben geraucht, wir haben Party gemacht, wir sind Auto gefahren, obwohl wir keinen Führerschein hatten. Jemanden wie Bror oder wie deine Tochter hätte ich total lächerlich gefunden. Damals. Weil ich es nicht besser gewusst habe. Verstehst du, was ich meine?«

Svante rührt in seinem Cappuccino, wickelt das kleine Schokoladenstück aus, das auf der Untertasse liegt.

»Ich bin mir nicht sicher, ob ich ganz mitkomme.«

»Noch mal: Eigentlich bin ich die Lächerliche! Ich habe irgendwelche Rollen gespielt, habe mich verkleidet und gefährliche Sachen gemacht, nur um mich anzupassen. Ich meine, kann es was Lächerlicheres geben? Bror und Chantelle sind eigentlich die Coolsten von der Welt. Sie pfeifen drauf, was andere finden, und machen ihr eigenes Ding. Koste es, was es wolle. Mit meinem Gehirn von heute finde ich Volkstanz überhaupt nicht lächerlich. Genau genommen ist es das Coolste, was es gibt.«

Svante lacht und betrachtet die Frau, die so eifrig von ihren neuen Erkenntnissen erzählt, dass sie beinahe abhebt und ihre Brille ein bisschen verrutscht.

»Du bist witzig. Weißt du das?«

Tessan hebt die Augenbrauen und lächelt verunsichert.

»Ich meine das ernst. Du bist witzig. Und klug. Auf deine ganz eigene Art.«

Svante lächelt Tessan an, blinzelt gegen die Sonne und nippt an seinem Cappuccino. Tessan zieht den Kaftan ein wenig hoch, damit die Sonne auch ihre Beine erreicht. Sie lehnt sich zurück und schließt die Augen.

»Witzig und klug. Das hat noch nie jemand zu mir gesagt. Für die meisten Männer war ich immer nur das Betthäschen. Witzig und klug und kochbegeistert …« Tessan unterbricht sich in ihren eigenen Gedanken. »Svante, ich komme gern vorbei und gucke zu, wenn du tanzt.«

»Sicher? Willst du das wirklich?«

»Aber hallo!«

»Öh, öh, öh.«

Bror bläst ein paar ziemlich wacklige Rauchringe in den blauen Himmel. Neben ihm liegt Chantelle in einem marineblauen Seemannshemd und tut dasselbe. Nur sind ihre Ringe dick und deutlich. Auf ihrer Brust hüpft Serge herum, bewegt die Flügel und lässt den Wind in seine Federn. Das Ruderboot, in dem sie liegen, schaukelt sacht in den Wellen.

»Du musst den Mund weiter öffnen und die Ringe richtig ausstoßen. Sieh mal.«

Chantelle öffnet ihren Mund sperrangelweit und entlässt perfekte Ringe. Bror ist beeindruckt.

»Wie hast du das nur so schnell gelernt?«

»Ich habe gestern Abend heimlich geübt ... Wie gesagt – Einsamkeit erzeugt ungeahnte Talente.«

Elegant blinzelt sie gegen die Sonne und lässt die Ringe aus dem Mund steigen. Ach, sie ist perfekt. Dieser Mensch, der in diesem Moment direkt neben ihm liegt, ist vollkommen. Ihre Wimpern sind vollkommen, ihr Hals, ihre Schultern, Arme, Hände. Ihr Seemannshemd, der kurze Rock, die schwarzen Lackschuhe, das glänzende braune Haar, das ihren Kopf wie ein Heiligenschein umgibt. Die roten Lippen, die Rauchringe erzeugen können, als hätten sie in ihrem dreizehnjährigen Leben nichts anderes getan. Zum Glück schließt sie die Augen und sieht nicht, wie Bror sie hingerissen betrachtet. Wüsste Bror, dass sie dasselbe für ihn empfindet wie er für sie, dann würde er sie küssen. Sich hier und jetzt in diesem Boot das erste Mal zu küssen, das wäre genau wie Chantelle: ganz und gar perfekt. Bror hat noch nie jemanden küssen wollen. Küsse, Mädchen und alles, was damit zu tun hat, war bisher in Dunkelheit gehüllt. Der Gedanke ist höchstens mal an ihm vorbeigeschwebt, als eine junge Catherine Deneuve in einem Schwarzweißfilm auftauchte, aber nicht mehr. Doch jetzt schmerzt es in ihm drin. Er muss seine Hände zu Fäusten ballen, damit sie nicht davonflattern und ihr Haar streicheln.

»Wir sind fast nie mit dem Boot unterwegs. Es liegt hier, Sommer und Winter. Nur ich komme ab und zu her.«

»Wir können doch jetzt rudern.«

»Jetzt?«

»Ja. Bleib liegen, rauch deine perfekten Ringe und behalt Serge im Auge, dann rudere ich.«

Bror zieht seine Schuhe aus und krempelt sorgfältig die hellblaue Leinenhose hoch. Schwankend geht er zum Bug, löst die Leine vom klapprigen Steg und schiebt das Boot ein Stück ins Wasser hinein. Chantelle lächelt und nimmt einen Zug (der nicht gerade nach Paffen aussieht) von ihrer Goldzigarette. Serge ist unter ihr Kinn gehüpft und bleibt da sitzen, während er die Rauchringe betrachtet, die über ihm dahinschweben.

Bror setzt sich zurecht und hebt die Ruder, von denen schon der Lack abblättert, vom Boden des Boots. Dann rudert er. Mit zitternden, untrainierten Armen rudert er hinaus in den Årstaviken. Hinter ihm befindet sich sein altes Leben in Lund, mit streitenden Eltern, einsamen Schulpausen und dem Traum von etwas ganz anderem. Vor ihm liegt die schönste Dreizehnjährige des Universums und lächelt ihn an – genau ihn.

23. Kapitel

Von allen Formen der Vorsicht ist die Vorsicht in der Liebe wohl am verhängnisvollsten für das wahre Glück

Tessan spaziert die Hornsgatan entlang. Die Abendsonne brennt vom Himmel, und sie blickt zu den vielen Wohnungen hoch. Zwischen den Gebäuden lässt sich immer wieder ein Blick aufs Wasser erhaschen. Die Geräusche aus den Straßencafés klingen fröhlich und anheimelnd. Tessan faltet den Zettel mit der Wegbeschreibung auseinander. Sie muss in die Verkstadsgatan. Noch ein paar Straßenecken und dann in die Bergsundsgatan. Zum Glück hat sie nicht mehr die Holzpantinen an, sondern ihre alten Sneakers. Sie schwitzt, und der Schweiß läuft aus den Haaren und zwischen den Brüsten hinunter. Irre, wie warm die Brüste werden, wenn sie frei hin- und herpendeln. Sie muss sich Geld von Bror leihen, damit sie sich einen BH und neue Slips kaufen kann. Janes Unterhosen in allen Ehren, aber sie will nicht ewig bei ihr schmarotzen. Vielleicht kann sie sich ja auch ein Kleid kaufen.

Verkstadsgatan! Hier ist es. Es soll ein Kellerraum sein. Tessan hört die Musik, noch bevor sie den Raum gefunden hat. Es wird in die Hände geklatscht, laut und fest im Takt. Jemand juchzt. Geigen, Akkordeon, eine enorme Energie – in dieser Musik steckt etwas Trauriges und zugleich Lebensfrohes. Tessan folgt den Tönen, den Geigen, dem rhythmischen Klatschen und steht schließlich vor einem Kellerraum. Mehrere leere Tische sind zu sehen, Papierstapel und Aktenordner. »Buchhaltung – Ordnung im Büro« steht an der Tür. Falsch.

Ein Stück weiter gibt es noch einen Raum mit niedrigen Fenstern, die vom Bürgersteig aus einzusehen sind. Die Haustür steht dank einer zusammengerollten Zeitung einen Spaltbreit offen, damit sie hereinkommen kann. Unten im Probenraum wird gelacht. Tessan beugt sich hinunter und sieht durch die Kellerfenster. Wie viele mögen es sein? Sie zählt zehn Tänzer. Außer Atem, in T-Shirts und Jogginghosen. Dann entdeckt sie Svante. Er trägt ein ärmelloses Shirt, hat starke Arme, breite Schultern. Sein lockiges Haar ist nass und zurückgestrichen. Er steht da und diskutiert mit einer jüngeren Frau. Sie hat Lachgrübchen und lächelt ihn an, ihre roten Haare sind zu einem Pferdeschwanz gebunden. Jemand wechselt die Melodie.

Tessan kniet sich hin und schaut weiter zu. Svante zeigt mit der Hand in eine Richtung und erklärt etwas, die anderen nicken. Dann fangen sie an. Erst gehen sie im Kreis, drehen sich, ergreifen die Arme der anderen Tänzer und ziehen einander irgendwie vorwärts. Das Tempo der Musik steigert sich, der Rhythmus wird schneller, die Geigen spielen so wild, dass die Ohren kaum mitkommen. Sie beobachtet Svante. Er ist hochkonzentriert, hält die Hand der rothaarigen Frau fest. Sie lächeln einander an. Er hebt sie hoch, als würde sie gar nichts wiegen. Dann setzt er sie auf seine Schulter, sie drehen sich im Kreis. Sie springt ab, klatscht in die Hände. Svante nimmt Anlauf, macht eine Radwende. Und noch eine. Es sieht aus, als flöge er auf Händen durch den Raum, als wäre er eine geschmeidige Katze. Er *ist* eine geschmeidige Katze. Die anderen Männer tun dasselbe, aber Svante macht es anders. Mit totalem Einfühlungsvermögen.

Jetzt umfasst er wieder die Taille der Rothaarigen und schwingt sie im Kreis herum, wieder und wieder. Sie legt ihre Hände um Svantes Nacken. Sein Shirt klebt an seinem sehnigen Oberkörper. Es kommt ihr so vor, als wäre er ein ganz anderer Mensch als der, mit dem sie vorhin im Café gesessen hat.

Tessan steht auf und lehnt sich an die kühle Betonwand.

Wischt sich den Schweiß von der Stirn. Ihr Herz klopft heftig. Warum klopft ihr Herz? Was passiert da eigentlich?

Tessan beugt sich wieder hinunter, blickt verstohlen durchs Kellerfenster. Sie haben die Musik ausgestellt, Svante trinkt Wasser aus einer Plastikflasche, reicht sie der Rothaarigen, die auch einen Schluck nimmt. Ein paar andere Männer kommen zu ihm, fragen irgendwas. Er denkt nach, stellt die Flasche auf dem Boden ab und tanzt ihnen verschiedene Sprünge vor. Einer macht ein paar ähnliche Sprünge, und Svante nickt bestätigend. Sie verlassen den Probenraum, vermutlich wollen sie draußen Pause machen.

Tessan erhebt sich. Fühlt sich auf merkwürdige Art ertappt. Als dürfte sie eigentlich nicht dort sein, trotz der zusammengerollten Zeitung im Türspalt, die sie willkommen heißt. Deshalb geht sie. Beschleunigt ihre Schritte, sie läuft die Straße entlang und biegt an der nächsten Ecke ab. Selbst von dort sind sie noch zu hören. Sie reden laut und lachen. Tessan bleibt stehen, mit pochendem Herzen.

Heute war ich wirklich draußen auf dem Meer. Ich würde sagen, ich war noch nie so mutig wie heute. Chantelle, eine neue Freundin von mir, und ich mussten die ganze Insel Sandhamn umrunden. Ich hatte Angst. Todesangst. Aber ich habe weitergemacht. Es war ein Kampf. Aber wir haben es geschafft. Ich habe es geschafft. Nach diesen Strapazen sind Chantelle und ich uns sehr nahegekommen. Hoffe, es geht Euch gut da, wo Ihr seid. Ich genieße das Leben in vollen Zügen. LG Bror

Bror hängt ein Foto von sich und Chantelle an. Sie liegen breit grinsend vorn im Boot und knipsen sich selbst von oben, es ist ein perfektes Foto, weil zu beiden Seiten das Meer zu erahnen ist. Aber am allerperfektesten an dem Bild ist, dass es Bror und Chantelle zeigt. Zusammen. Serge liegt in seinem Schal, und wenn man das nicht weiß, würde man wohl nie vermuten, dass sich dort ein Vogel befindet. Seine Eltern jedenfalls werden sich bestimmt nicht wegen der Schwalbe wundern. Bror sendet die Nachricht, klappt sein Handy zusammen und lässt sich zufrieden auf sein Kissen sinken.

Neben ihm blättert Tessan hektisch in einem Rezeptheftchen, das sie sich in einem Supermarkt mitgenommen hat. Auf ihrem Bauch liegt ein ganzer Stapel von Gratisbroschüren. *Wurstvarianten für sieben Tage, Preiswert kochen, Mittsommerbüfett für alle.*

»Määäääääääh!«

Vor der Schlafzimmertür steht Bella und meckert auffordernd. Genervt schmeißt Tessan das Rezeptheft auf den Boden.

»Verdammte Scheißziege!«

Bror sieht Tessan erstaunt an.

»Lass sie doch rein, sie ist ganz angetan von dir. Sie kann ja auch hier liegen.«

»Du findest also, ich soll das Bett mit einer Ziege teilen?«

»Ich teile mein Bett mit einer Schwalbe, das geht prima.«

Fluchend steht Tessan auf, reißt die Tür auf und lässt Bella hereinklappern. Die Ziege bleibt vor dem Bett stehen und starrt hinein.

»Vielleicht musst du ihr hochhelfen.«

Bror blickt abwechselnd zu Bella und zu Tessan. Ein bisschen zu grob legt Tessan der Ziege eine Hand auf den Hintern, damit sie hochklettern kann. Dann steht Bella mit ihren knochigen Beinen mitten auf dem Bett und meckert fragend. Als wollte sie sich vergewissern, dass Tessan auch im Bett liegen wird. Wütend reißt Tessan die Decke hoch und legt sich wieder hin, rückt ihre Beine zur Seite, damit Bella es sich bequem machen kann. Bror tätschelt Bellas Kopf, krault sie unterm Kinn und blickt verstohlen zu Tessan hinüber, die mit genervtem Blick von den positiven Seiten der Fleischwurst liest.

»Wie geht es dir? Du wirkst sehr genervt.«

»Aha.«

Tessan liest weiter. Offenbar kann man Fleischwurst in der Wokpfanne braten.

»Ist irgendwas passiert?«

»Nein.«

Bella klettert vorsichtig zu Tessan hoch, schiebt sich an ihrer Seite entlang und legt den Kopf an ihre Schulter. Sie meckert, knabbert an Tessans Haaren und schließt die Augen.

»Wie war eigentlich Svantes Tanztruppe?«

»Gut.«

»Hat er irgendwas über Chantelle erzählt?«

»Nein.«

»Hast du irgendwas über mich erzählt?«

»Nein.«

Tessan liest weiter, ohne wirklich zu lesen. Fleischwurst ist ihr egal, ehrlich gesagt. Hitzig schleudert sie die Broschüre auf den Fußboden.

»Ich habe mir das Tanzen nur durchs Fenster angesehen, ich bin gar nicht reingegangen.«

»Warum nicht?«

Tessan dreht sich um und umfasst Bellas warmen Leib. Beruhigt sich ein bisschen.

»Du hättest ihn tanzen sehen sollen. Du weißt ja, wie er ist. Ruhig, ein bisschen schüchtern, fast ... ein bisschen harmlos. Aber getanzt hat er wie ein ... wie ein König. Er war saugut.«

»Warum bist du nicht hineingegangen und hast ihm das gesagt? Er hätte sich bestimmt gefreut.«

»Kann sein ... Aber er hat mit einer Frau getanzt, einer richtig hübschen. Ich hatte das Gefühl, als ... als sollte ich besser nicht stören.«

»Aber er hat dich doch eingeladen. Da stört man nicht, wenn man kommt.«

Bella schmatzt und erwischt den Spaghettiträger von Tessans Oberteil. Zufrieden nagt sie daran.

»Aber irgendwie hat mich der Mut verlassen, als ich gesehen habe, wie er tanzt. Jetzt weiß ich plötzlich, wie ich das Gefühl beschreiben soll. Es war so, als wäre er ein supercooler Typ mit seinen supercoolen Freunden und einer total geilen Braut, mit der er total coole Sachen macht. Und ich stehe draußen, mit hässlichen Haaren, hässlicher Brille, im Kaftan und voll daneben. Ich kann doch gar nicht tanzen und solche Sachen machen.«

Bror stützt Serges kleinen Körper mit der Hand und stupst ihn ganz sacht, bis er sich beruhigt.

»Genau so habe ich mich gefühlt, als ich Chantelle zum ersten Mal gesehen habe. Dass alles an ihr richtig war und ich komplett verkehrt. Wer weiß, vielleicht hast du dich ja verliebt! So Hals über Kopf.«

Tessan lacht auf.

»Ganz sicher nicht. Ich habe doch eben erst meinen Kerl verlassen, und Svante ist nicht mein Typ. Das kannst du voll vergessen. Es war irgendwas anderes. Scheiß drauf.«

»Freddy war auch nicht dein Typ. Wäre er dein Typ gewesen, dann wärst du jetzt nicht hier.«

»Nein, aber du verstehst, was ich meine.«

Bror richtet sich im Bett auf, zupft an seinem kognakfarbenen Lacoste-Pyjama.

»Nein, das tue ich nicht. Ich habe die größten Erzählungen über die Liebe gelesen. Ich weiß, wann es um Romantik geht. Dank der Literatur habe ich gelernt, dass man nicht zögern darf, wenn die Liebe zuschlägt, sondern gleich handeln sollte. Alles oder nichts!«

»Ich lese vor allem Klatschzeitschriften, und da lernt man, dass alle mit allen ins Bett gehen und Paare sich am Ende scheiden lassen.«

»Hast du Bertrand Russell gelesen?«

»Keine Ahnung. Ist das der Bruder von Kurt Russell, der mit Goldie Hawn verheiratet ist? Oder warte, die sind gar nicht verheiratet, die leben nur zusammen.«

»Nein, das glaube ich nicht. Bertrand Russell war ein englischer Philosoph. Ich liebe dieses Zitat: ›Von allen Formen der Vorsicht ist die Vorsicht in der Liebe wohl am verhängnisvollsten für das wahre Glück.‹«

Tessan schüttelt den Kopf.

»Hör auf, Bror. Mein Gott, ich bin nicht in Svante verliebt, er ist wirklich nicht mein Typ.«

»Und das hier mag ich auch: ›Die Liebe zu fürchten bedeutet, das Leben zu fürchten, und wer das Leben fürchtet, ist bereits zu drei Vierteln tot.‹«

»Ist das auch von diesem Russell da?«

»Genau. Aber ich verstehe, was du an Svante magst. In ihm und auch in Chantelle ist Leidenschaft. Und Integrität. Wie sollte man solche Eigenschaften nicht lieben?«

Tessan hebt vorsichtig die Decke an, um Bella nicht zu stören, und geht zum Fenster.

»Meine Fluppen sind alle, hast du noch welche von diesen goldenen?«

Bror nickt, krabbelt aus dem Bett, holt die restlichen Zigaretten aus seinem Koffer und reicht Tessan eine.

»Wollen wir Rauchringe üben?«

»Okay.«

Tessan zündet die Zigarette an, nimmt einen tiefen Zug und reicht sie an Bror weiter.

»Öh, öh, öh.«

Einige ziemlich elegante Rauchringe segeln aus Brors Mund.

»Wow, da hat jemand geübt, sehe ich.«

»Chantelle und ich. Den ganzen Tag. Es war wundervoll.«

»Dieser Russell hätte also auch ein paar schöne Zeilen über deinen Tag schreiben können?«

»Ohne Zweifel.«

Tessan zieht noch mal an der Zigarette und lässt dann Bror mit seinen Rauchringen weitermachen. Bella schnauft zufrieden, und die Geräusche der nächtlichen Stadt umgeben sie. Vorsichtig lehnt sich Tessan aus dem Fenster und atmet tief aus und ein.

»Ich weiß nicht, was es ist, Bror, aber du machst mich froh. Du bist wie ein Freund, obwohl du erst dreizehn bist.«

»Alles ist relativ, auch das Alter.«

»Siehste, du bist eben total clever.«

»Genau genommen war das Zitat von August Strindberg, aber trotzdem danke.«

Tessan versetzt Bror einen liebevollen Stupser, und er stupst unbeholfen zurück. Dann legt Tessan ihren Arm um Bror und zieht ihn an sich. Er lehnt seinen Kopf an ihre Schulter, während er einen vollkommen perfekten Rauchring zu den Sternen schickt.

»Verdammte Scheiße noch mal!«

Jane schleppt zwei große Käfige aus dem Schuppen und den Kiesweg entlang. Der Mond scheint auf sie herab, und es ist still in der Stadt.

»So ein Mist.«

Sie stellt die Käfige an der Gartenpforte ab, geht mit wütenden Schritten zurück zum Schuppen, schleppt noch ein paar Käfige heraus. Die nachtaktiven Fuchswelpen springen ihr um die Beine, während sich die Fuchsmutter unter einem der Korbsessel ausruht. Die hässliche Schusswunde am Bauch ist verheilt, und sie leckt sich sorgfältig die Narbe. Der Dachs schleicht an der Hauswand vor und zurück, sucht nach einem leckeren Abendessen. Die Vögel fliegen unruhig herum und scheinen sich zu fragen, was hier gerade geschieht.

»Mal sehen. Das müssten alle Käfige sein. Eins, zwei, drei … sechs Stück.«

Jane kehrt zum Haus zurück. Sie sieht auf die Uhr, es ist bald zwei, die Nacht ist noch jung. Sie zieht einen Koffer unter dem Bett hervor, wirft ein paar Unterhosen, ihren Frack, ihren roten Morgenmantel, einige weiße Hemden, Hosenträger, einen Schlips, Nagellack und ein Paar frisch geputzte schwarze Herrenschuhe hinein. Ihr Herz schlägt. Es schlägt und pocht und brüllt in der Brust. Jetzt ist es passiert. Jetzt ist es soweit. Sie wusste, dass es jeden Tag passieren konnte. Aber man kann wohl nie richtig vorbereitet sein. Vielleicht kann man sich gar nicht vorbereiten. Und das hier ist ganz sicher das Allerletzte, was sie will. Sie un-will es. Sie un-will es so sehr, dass es in ihrem Körper knackt.

Jane hört auf, Kleider in den Koffer zu schmeißen, lässt sich schwer aufs Bett sinken. Atmet tief durch.

Nein. Sie wird es nicht tun. Es ist ihr egal, was dann passiert. Sie ist eine erwachsene Frau, die über ihr eigenes Leben entscheidet. Und jetzt beschließt sie, dass keine zehn Pferde sie dazu bringen werden, es zu tun.

Jane lässt sich nach hinten fallen, auf ihre knallrote Tagesdecke, schließt die Augen und fällt in einen tiefen Schlaf.

»Jane? Jane, wach auf!«

Bror tippt ihr auf die Schulter. Neben ihm steht Tessan mit erhobenen Augenbrauen, während Bella unruhig an ihrer Jogginghose knabbert. Die kleinen Eichhörnchen, die sonst in Janes BH hausen, haben sich hinausgeschlichen, rascheln in ihren Hemdentaschen herum und nagen an verschiedenen Leckereien, die sie dort versteckt hat.

»Äh, was?«

Mit einem Ruck wacht Jane auf. Sieht sich verwirrt um, blinzelt mit verschlafenen Augen.

»Anscheinend hat es einen Einbruch oder so gegeben, jedenfalls haben wir gedacht, wir sollten dich wecken.«

Jane fährt sich mit den Fingern durchs graue Haar, gähnt und richtet sich auf.

»Wie spät ist es?«

Bror sieht auf seine Armbanduhr.

»Halb elf.«

»Halb elf! Verdammt! Die Tiere! Ich muss die Tiere füttern!«

»Die haben wir schon versorgt.«

Tessan setzt sich auf die Bettkante, Bella trabt hinterher. Routiniert greift Jane nach den kleinen Eichhörnchen, steckt sie in den BH zurück, zieht den Gürtel unter dem Busen enger und wirft ein paar Nüsse ein. Es keckert und raschelt zufrieden da drinnen. Sie seufzt tief und reibt sich mit den Händen das Gesicht, versucht unbeschwert zu lachen, doch es wirkt nicht gerade überzeugend. Tessan steht auf, um in die Küche zu gehen.

»Bleib liegen, Jane, ich bring dir Frühstück ans Bett«, erklärt sie. »Du siehst aus, als könntest du das brauchen.«

»Nein, nein, gar kein Problem. Ich komme schon klar. Ist gestern nur ein bisschen spät geworden. Ein Einbruch, habt ihr gesagt?«

»Ja, draußen stehen jede Menge Käfige und Eimer wild durcheinander, und jemand hat ein paar Säcke mit Trockenfutter herausgeschleppt. Die Sachen stehen an der Gartenpforte. Als würden sie nur darauf warten, dass jemand kommt und sie abholt.«

Jane tastet auf dem Nachttischchen nach ihrem goldenen Etui, schüttelt ein Zigarillo daraus hervor und zündet es sich an.

»Kein Problem. Das war ich, aber wir werden alles wieder zurückstellen. Es war nur ein Missverständnis.«

Piep, piep! Serge fiept laut aus dem Hermèsschal. Bror wiegt ihn leicht und tätschelt ihn rhythmisch durch die kleine Hängematte hindurch, woraufhin das Piepsen verstummt.

»Was für ein Missverständnis?«, fragt Bror erstaunt.

Jane beginnt beim ersten Lungenzug des Tages zu husten.

»Ich habe heute Nacht einen Anruf bekommen. Na ja, es war nichts Wichtiges, aber ich habe kurz gedacht ... ich müsste verreisen, aber dann habe ich beschlossen, doch zu Hause zu bleiben. Die Reise findet also nicht statt.«

Jane lacht auf, versucht den Ernst, der sie umgibt, mit einem Scherz zu vertreiben. Bror setzt sich auf die Bettkante und nimmt Janes Hand.

»Wer hat angerufen?«

Jane nimmt noch einen Zug, ascht versehentlich ein bisschen auf ihre Brust und wischt die Krümel lachend weg.

»Es war eine … eine Nachbarin aus Rosenhecht. Also, eine der Nachbarinnen meiner Eltern. Meine Mutter ist tot. Sie ist gestern Abend gestorben.«

Schweigend sehen Bror und Tessan sie an.

»Ihr müsst nicht so traurig aussehen, meine Lieben. Ich habe meine Mutter schon seit Jahren nicht mehr gesehen, deshalb macht es keinen Unterschied. Und, was liegt heute an? Bror, du musst mit Chantelle die Armbänder für Svantes Volkstracht fertig machen, bald ist Mittsommer, und da müssen …«

Tessan unterbricht sie.

»Moment mal. Deine Mutter ist gestorben.«

»Sie ist schon lange nicht mehr meine Mutter.«

»Was hat denn die Nachbarin gesagt?«

Jane windet sich. Bror legt seine Hand auf ihren Arm.

»Na ja, sie hat natürlich von der Beerdigung geredet. Dass ich die einzige Angehörige bin und … dass es sonst niemanden gibt. Und dann hat sie wegen des Hauses herumgenervt. Aber dafür bin ich wirklich nicht verantwortlich. Ich will es nicht.«

»Das Haus?«

Tessan schiebt Bella beiseite, die ein bisschen zu fest an ihrer Jogginghose knabbert.

»Wie du weißt, hatten meine Eltern ihr Restaurant im Bahnhofsgebäude mitten im Dorf. Das Haus muss natürlich verkauft werden. Oder abgerissen oder was man sonst mit einem alten Bahnhofsgebäude macht, das an einer Zugstrecke steht, die kaum noch befahren wird. Aber dann müsste ich hinfahren und mich darum kümmern. Und das werde ich nicht tun. Ich habe mir geschworen, nie wieder nach Rosenhecht zurückzukehren. Und wenn ich mir etwas vornehme, dann tue ich das auch.«

Bror und Tessan tauschen Blicke. Und dann sehen sie Jane an. Bror räuspert sich.

»Weißt du noch, was ich dir erzählt habe? Von den Tieren, die immer in Richtung Feuer laufen, weil sie nicht vor den Flammen fliehen können? Ihre einzige Chance ist es, das Feuer zu durchqueren und auf der anderen Seite wieder herauszukommen. Vielleicht mit Brandschäden, aber immerhin lebendig.«

»Du kannst mich doch nicht mit einer Herde fliehender Elche vergleichen und ...«

Tessan geht dazwischen.

»Doch, das kann er! Natürlich wirst du hinfahren und das mit dem Haus und der Beerdigung regeln. Dann bist du frei.«

Jane schüttelt den Kopf und steht auf. Geht zum Koffer und beginnt ihn wieder auszupacken. Legt die Kleider zurück in den Schrank und stellt die Herrenschuhe auf den Fußboden.

»Bitte tut nicht so, als wärt ihr meine Therapeuten. Ich fahre nicht zurück nach Rosenhecht. Ich kann es nicht, schaffe es nicht, will es nicht. Verstanden?«

Irritiert knallt Jane den Koffer zu und schiebt ihn wieder unters Bett.

»Als ich diesen Anruf bekam, war ich kurze Zeit wie gelähmt. Versteht ihr? Alle meine Kräfte haben mich verlassen. Dann bin ich wütend geworden, so unglaublich wütend. Und zwar auf meine Eltern, die nie für mich da gewesen sind. Nie! Und jetzt werde ich auch für sie nicht da sein. Warum soll ich nach Rosenhecht fahren und ihren Nachlass regeln? Es gibt nicht den geringsten Grund. Mir geht es hier gut. Also mischt euch nicht in meine Angelegenheiten ein.«

Jane atmet heftig, fährt sich durchs Haar. Jetzt ist es Tessan, die ihre Stimme erhebt und ihre Brille zurechtrückt, während sie Jane mit festem Blick ansieht.

»Du hast mit uns über Angst gesprochen. Darüber, dass man nicht so verdammt ängstlich sein soll. Und jetzt stehst du vor uns und hast totalen Schiss. Ich seh es dir an. Jane, jetzt hast du die Chance, frei zu werden. Indem du hinfährst, alles regelst, das Band ordentlich durchschneidest. Eine letzte Chance, mit deinen Eltern zu sprechen und ihnen zu sagen, was du empfindest. Abrechnen, nicht einfach abhauen.«

»Sie sind doch tot, wie soll ich da mit ihnen reden?«

»Das dürfte doch jemanden wie dich nicht weiter stören. Los, Bror, pack Janes Klamotten wieder in den Koffer. Wir fahren nach Rosenhecht.«

24. Kapitel

Erster Halt: L. M. Ericsson

Tessan schiebt den letzten Käfig auf die Rampe des behindertengerechten Busses. Die kleinen Fuchswelpen fiepsen ängstlich, aber als sie eine Decke über den Käfig legt, beruhigen sie sich. Jane sitzt schon angeschnallt auf einem der Sitze. Schweigend und mit heiligem Zorn. Chantelle gießt alle Pflanzen, die Wasser brauchen, während Bror seine Anzüge in Seidenpapier wickelt und in seinen pepitagemusterten Koffer legt.

Svante führt seinen tierliebenden Freund Artur herum und erklärt ihm, wie die Schweine gefüttert werden sollen, wo die Vögel am liebsten ihre Körner picken und um welche Uhrzeit die Katzen ihr Fressen haben wollen. Außerdem soll er nach den Ringelnattern schauen, die im Misthaufen neben dem Schweinestall hausen.

Tessan zählt die Käfige. Der Dachs ist dabei, die Fuchsmutter mit ihren Jungen ebenfalls, Bella sitzt auf dem Vordersitz des Busses und nagt an einem Handyladekabel. Gut – alle, die mitreisen sollen, sind da. Was für ein Glück, dass Svante ohnehin wegen dieser Tanzaufführung nach Västergötland fahren wollte. Und was für ein Glück, dass er sich von seiner Arbeitsstelle einen ausrangierten Behindertenbus leihen konnte. Erschöpft lässt sich Tessan aufs Kopfsteinpflaster sinken. Sie lehnt sich an den Bus und trinkt einen Schluck aus ihrer Wasserflasche.

Was ist eigentlich passiert vorhin? Wo ich doch sonst solche Angst vor Konflikten habe. Jane hat ganz deutlich gesagt, dass sie nicht fahren will. Aber dann hatte ich das Gefühl, plötzlich kapiert zu haben, worum es geht, als hätte ich direkt in Janes Kopf gesehen.

Genauso wie sie es bei anderen macht. Es war beinahe gruselig. Ich habe gesehen, dass diese Reise das fehlende Puzzlestück in Janes Leben ist. Wie ein großes leuchtendes Neonschild, ja, es hat sogar geblinkt. Sie muss nach Rosenhecht, so einfach ist das. Ich habe auch mich selbst gesehen. Und meine Mutter. Meine Mama lebt noch, aber ich habe nie mit ihr geredet, habe ihr nie gesagt, dass ich wahnsinnig wütend darüber bin, wie sie mich behandelt hat. Ich habe die Zähne zusammengebissen und diese verdammte Wut mit mir herumgetragen. Genau wie Jane. Man trägt und trägt und schleppt, und es ist verdammt schwer. Deshalb werde ich jetzt Jane retten. Genau wie sie mich gerettet hat.

Bror schleppt seinen Koffer herbei, der auf das Kopfsteinpflaster schlägt. Tessan lächelt ihn an.

»Alles klar?«

»Ja.«

Bror, Serge und Chantelle sitzen ganz hinten im Bus. Sie haben genug Platz für ihre Beine, denn der Bus ist für Leute im Rollstuhl vorgesehen. Svante fährt, und Tessan sitzt neben ihm auf dem Beifahrersitz, während Bella vor ihr eingekeilt ist. Bror trägt seinen Reiseanzug, den er an dem Tag anhatte, als er nach Stockholm fuhr. Den taubenblauen mit dem cremeweißen Revers. Und er kann nicht aufhören zu lächeln. Auch wenn er weiß, dass es keine Vergnügungsreise ist, spürt er nichts als pure Freude. Neben ihm sitzt Chantelle. In einer klein karierten Bluse in Rot und Weiß, mit einem Tuch aus demselben Stoff im Haar und einem schwarzen Minirock. Dazu ein bisschen roten Lippenstift und schwarze Schnürschuhe. Bror lächelt sie an, während Serge im Seidenschal mit den Flügeln flattert, er will raus, fiept wütend.

»Wie schön du bist.«

Chantelle lächelt zurück und zeigt ihre weißen Zähne.

»Du auch. Blau steht dir. Bist du schon mal in einer Frauenkommune gewesen?«

»Wie bitte?«

»Eine Frauenkommune. Bist du schon mal in einer gewesen?«

Bror schüttelt den Kopf.

»Wir werden heute in einer Frauenkommune übernachten.«

Bror nickt und tut so, als verstünde er genau, was sie meint.

»Papa und ich haben Jane letztes Jahr dorthin begleitet. Sie entlässt ihre Tiere in die Freiheit, wenn es an der Zeit ist. Offenbar sollen die Füchse und der Dachs jetzt ausgewildert werden. Die Kommune liegt auf dem Weg nach Rosenhecht, hat mein Vater erzählt.«

Wie schön sie aussieht, wenn sie spricht. Ihr Mund bewegt sich perfekt, öffnet und schließt sich. Bror nimmt sich vor, Therese noch mal nach dem Küssen zu fragen. Wie man das macht. Wie man anfängt. Damit er es wagen kann, dieses schönste Wesen zu küssen, das jemals in Lackschuhen auf Erden gewandert ist. Den Mut muss er selbst finden, aber vielleicht kann Therese ihm bei der Technik helfen. So wie bei den Rauchringen. Vielleicht gibt es auch eine Art Kusstechnik. Die müsste es doch eigentlich geben.

»Woran denkst du?«, unterbricht Chantelle seine Gedanken.

»An Frauenkommunen. Sag mal, was ist das genau?«

Svante bremst abrupt an einer roten Ampel. Chantelle zuckt zusammen und hält sich an Brors Oberschenkel fest. Es lodert. Dort, wo ihre Hand liegt, entsteht ein Feuer, das durch Brors Körper wandert. Die wärmste Hand der Weltgeschichte.

»Oh, tut mir leid.«

Lass sie liegen, lass sie liegen, lass mich nie wieder los!

»Kein Problem.«

Serge piepst wütend und will sich mit seinen Füßchen aus dem Schal wühlen. Bror zieht ihn heraus und setzt ihn sich aufs Knie. Zufrieden schüttelt sich Serge, plustert sich auf und hüpft herum, vor und zurück über Brors Oberschenkel, während er glücklich mit seinen Flügeln wedelt.

Svante fährt über die Kopfsteinstraßen vom Mariaberget und fädelt sich in die Hornsgatan ein. Es knirscht im Getriebe des Busses. Die Tiere jaulen, und Jane macht es wie die Füchse: Sie schläft mit einer Decke über dem Kopf. Bror strahlt, Chantelle sieht aus dem Fenster, und im Bus riecht es nach Diesel und Fuchsurin. Tessan lächelt Svante zu.

»Danke, dass du mitmachst.«

»Wir wollten ohnehin morgen losfahren, das ist wirklich kein Aufwand.«

Schweigen. Sein kurzes Haar steht in alle Richtungen ab, als hätte er gestern Abend geduscht und sich mit nassen Haaren zum Schlafen gelegt. Heute trägt er eine braune Weste, ein ausgewaschenes T-Shirt und eine grüne, ebenso ausgewaschene Stoffhose. Tessan denkt an den Mann mit dem starken Körper und der selbstverständlichen Autorität, der gestern getanzt hat. Der Mann, der jetzt neben ihr sitzt, ist ein anderer.

»Ich dachte, du wolltest gestern Abend kommen. Hast du nicht hingefunden?«

Svante sieht Tessan mit seinen blauen Augen an. Er wirkt irgendwie ... enttäuscht. Er hat sich gewünscht, dass sie kommt!

»Äh, nee ...«

»Es war die letzte Probe, zu Mittsommer ist ja der Auftritt.«

»Morgen also.«

»Genau ...«

Svante denkt ein bisschen nach.

»Du kannst ruhig ehrlich zu mir sein. Du hättest einfach sagen sollen, dass du nicht zuschauen möchtest, das wäre völlig okay gewesen. Ich weiß nicht, warum, aber irgendwie bin ich bei solchen Sachen empfindlich. Erst freue ich mich so, dass ... dass du kommst, damit ich dir zeigen kann, wie ich auch noch bin. Also, ich meine nicht ... nicht, dass du denkst … weißt du, es wäre einfach schön gewesen, wenn du gekommen wärst.«

Tessan hört nicht so genau, was Svante sagt. Sie sieht, wie sich sein Mund bewegt, sie sieht in seine ernsten Augen, aber ihre Gedanken rasen in eine ganz andere Richtung. Etwas arbeitet in ihr.

Vorhin habe ich doch etwas Wichtiges zu Jane gesagt. Was war es nur? Es ging um Flucht. Richtig, ja! Dass Jane nicht abhauen soll, sondern dableiben und abrechnen. Abhauen kann jeder. Aber ein fettes Schwert rausziehen und fighten, das ist was anderes. Ich bin abgehauen. Wie ein Oberfeigling bin ich zur Hintertür raus. Jetzt werde ich nach Västergötland fahren, und ich habe keine Ahnung, wann ich wieder nach Hause komme. Ich muss abrechnen. Lara Croft!

Der Bus hält an der roten Ampel von Hornstull, Svante blinkt, um über die Liljeholmsbron zu fahren. Tessan sieht auf die Uhr, es ist bald vier.

»Nein, warte! Nicht da lang. Ich muss erst mit jemandem reden. Es ist lebenswichtig. Fahr bitte in Richtung Kista!«

Svante sieht Tessans entschlossenen Blick, begreift den Ernst der Lage, blinkt in die andere Richtung und lenkt den Bus Richtung Västerbron.

Tessan hält Bror fest an der Hand. Hinter ihnen steht ein behindertengerechter Bus voller Tiere. Vor ihnen ein hohes Haus, auf dessen Dach ein Schild mit dem neonweißen Schriftzug »L. M. Ericsson« prangt. Unruhig sieht Tessan zu Bror.

»Danke, dass du mit reinkommst.«

»Natürlich. Aber, du?«

»Was?«

Tessan ist total aufgeregt, sie kann nicht stillstehen und hört Bror ungeduldig zu.

»Kannst du mir heute Abend beibringen, wie man küsst?«

»Was?«

Bror wiederholt seine Frage mit Engelsgeduld.

»Kannst du mir vielleicht beibringen, wie man richtig gut küsst? Es ist wichtig. Genau so wichtig wie das, was du jetzt tun wirst. Jedenfalls fast.«

Aus dem Bus ist das Jammern unglücklicher Fuchswelpen zu hören.

»Ich kann dich doch nicht küssen, Bror, das ... Ich kann für so was hinter Gitter kommen, verstehst du?«

»Nein, nein, so habe ich es auch nicht gemeint. Mehr wie eine Art Vortrag.«

Tessan nickt. »Klar, kein Problem. Aber jetzt muss ich erst mal das hier hinter mich bringen. Und lass mich bitte nicht allein. Du hast eine beruhigende Wirkung auf mich, ich will dich in der Nähe haben. Wenn das für dich okay ist?«

»Selbstverständlich.«

»Du darfst aber keine Angst kriegen, wenn ich heulen sollte.«

»Besser ist es, sich ordentlich auszuweinen, als ständig zu seufzen.«

Tessan lacht auf.

»Wie alt bist du noch mal? Achtundsiebzig?«

Bror drückt Tessans Hand. Zusammen gehen sie um das große Haus herum, am pompösen Haupteingang vorbei und weiter zu einer kleineren Hintertür, die vom Innenhof aus ins Gebäude führt. Davor sitzt eine ältere Frau auf einem Hocker und schlürft etwas aus einem Plastikbecher. Sie trägt ein Kopftuch und einen Putzkittel. Tessan winkt.

»Hallo, Krystyna. Ist meine Mutter schon da?«

Krystyna nickt freundlich.

»Sie müsste jetzt im dritten Stock sein. Aber wie siehst du denn aus, mein Vögelchen, wie geht es dir?«

Tessan denkt nach.

»Ziemlich gut, glaube ich.«

»Oje, oje, deine Mutter wird einen Herzschlag kriegen,

meine Liebe. Deine Haare – was hast du denn mit deinen schönen Haaren gemacht?«

Tessan hat schon tagelang nicht an ihre Haare gedacht und greift sich an den Kopf. Eine Art Pferdeschwanz hält die zerzausten Strähnen zusammen.

Krystyna winkt ab. »Ja, ja, es ist, wie es ist. Lauf nach oben, solange die Tür offen ist.«

Tessan tätschelt der Kopftuchfrau die Schulter und betritt mit Bror an der Hand das große Bürogebäude. Sie hat nicht die Geduld, auf den Lift zu warten, sondern nimmt die Treppe, immer zwei Stufen auf einmal. Bror keucht hinterher.

»Denk bitte daran, dass ich meinen Reiseanzug trage. Ich kann nicht so rennen, sonst schwitze ich.«

»Ja und?«

»Dann muss ich das Jackett zur Reinigung bringen.«

Tessan wartet auf Bror.

»Immer mit der Ruhe, Therese. Nichts wird besser, wenn du dich so stresst.«

Im dritten Stock sehen sie lauter offene Bürolandschaften. Dumpfes Surren von der Elektronik und ein paar Telefone sind zu hören, aber niemand nimmt ab, weil niemand mehr im Büro ist. Alle sind gegangen, um das Mittsommerfest vorzubereiten. Doch wenn man genau aufpasst, dann hört man, wie jemand einen Wischmopp in einen Eimer taucht, das Wasser herauspresst und den Boden nass wischt.

»Sie ist da drüben.«

Tessan sucht sich einen Weg zwischen den Schreibtischen. Und da ist sie. Tessans Mutter. Ann-Kristin. Sie sprüht Reinigungsmittel auf die glänzenden Tischplatten, hebt Schreibblöcke, Bücher und Bilderrahmen an. Wischt mit dem Lappen nach, rubbelt böse Flecken weg. Reißt den Papierkorb unter dem Tisch hervor, leert ihn in den Sack an ihrem Putzwagen, sprüht ein paarmal in den Papierkorb, wischt ihn mit dem Lappen aus.

»Hallo, Mama.«

Ann-Kristin zuckt zusammen und sieht auf. Starrt ihre Tochter erst erstaunt, dann missbilligend an.

»Wie siehst du eigentlich aus?«

Tessan sinkt ein wenig in sich zusammen und vergisst, was sie sagen wollte.

»Und wer ist das da? Na, immerhin ist er elegant gekleidet. Offenbar hast du mit deinem ständig abgebrannten Fitnessstudiofreund Schluss gemacht und bist jetzt mit einem Kind im Anzug zusammen. Das ist ja erfreulich.«

Bror räuspert sich.

»Ich bin nicht mit Therese zusammen. Wir sind Freunde.«

Ann-Kristin zuckt mit den Schultern und sprüht ein bisschen Reinigungsmittel auf einen Bürostuhl mit Lederbezug, bevor sie ihn abwischt.

Bror stellt sich neben Tessan, nimmt ihre Hand und flüstert: »Therese, du willst nicht dein Leben lang nur seufzen.«

Nein, das will sie wirklich nicht.

»Ich muss mit dir reden, Mama.«

»Über Körperhygiene vielleicht? Wann hast du dich zuletzt gewaschen? Und was meinst du, wie es für mich war, als dein Chef Ahmed mehrmals am Tag angerufen hat, total hysterisch, weil es Chaos in der Imbissbude gibt? Und wenn nicht Ahmed angerufen hat, dann stand Fredrik vor der Tür und fragte unter Tränen, ob du vielleicht wieder bei mir eingezogen bist. Sag mal, bist du verrückt geworden, Therese?«

»Nein, ganz im Gegenteil, ich bin gesund geworden. Setz dich, Mama, denn jetzt will ich mal ein paar Sachen sagen.«

Ann-Kristin zieht den nächsten Papierkorb hervor und leert ihn in den Müllsack an ihrem Wagen.

»Hinsetzen? Glaubst du, ich werde fürs Sitzen bezahlt?«

Immer und immer dasselbe! Was ich auch sage – sie hat immer eine Antwort parat! Und zwar eine, die mich zur Vollidiotin macht. Wie kann man seine Tochter bloß so behandeln?

Tessan spricht lauter. Immer lauter, bis ihre Stimme sich fast überschlägt. Bror sieht sie ängstlich von der Seite an.

»Na, dann bleib eben stehen, verdammt noch mal! Bleib das ganze Leben stehen, wenn du willst. Aber eines will ich dir sagen, nämlich dass du mich nicht mehr unterdrücken kannst. Du kannst nicht bestimmen, wie ich aussehen soll, wie ich leben soll, was ich machen soll. Du hast nie gesehen, wer ich wirklich bin, oder noch schlimmer: Du hast es vielleicht gesehen, aber du hast darauf geschissen. Wie neulich, als ich für dich gekocht hab. Das Essen war gut, verdammt gut sogar! Aber du hast nur gesagt, dass es zu sehr nach Fisch schmeckt. Na klar hat es nach Fisch geschmeckt – es *war* ja auch Fisch! Und weißt du was? Ich kann supergut kochen! In letzter Zeit habe ich total leckere Sachen gekocht. Und ich werde noch mehr kochen. Ich werde herumprobieren, Fehler machen, total peinlich sein, komische Dinge tun. Aber ich werde nicht mehr niedlich sein, in einem Scheißpuppenhaus herumhängen, den ganzen Tag Möbel rücken und Mutter, Vater, Imbissbude spielen. Du hast Freddy ja noch nie leiden können. Ich hoffe, dir ist klar, dass ich einzig und allein deshalb mit ihm zusammengekommen bin, weil ich von dir wegwollte.«

Tessan zittert am ganzen Körper. Ann-Kristin sprüht in aller Ruhe Glasreiniger an die Panoramafenster. Als würden sie über das Wetter sprechen. Bror sieht zu Tessan hinüber, die hochrot im Gesicht ist.

»Soll ich noch was sagen?«, flüstert sie.

Bror starrt sie erschrocken an, während Ann-Kristin konzentriert und gründlich die riesigen Fenster putzt.

»Vergib ihr.«

»Wie?«

»Vergib ihr – dann wird es dir besser gehen.«

Inzwischen hat Ann-Kristin den großen Staubsauger angeschaltet und schiebt ihn auf dem Teppichboden umher. Mit großen Augen starrt Tessan Bror an.

»Du meinst, ich soll ihr vergeben, einfach so? Ich habe sie doch eben noch angeschrien.«

Bror hält seine Hand schützend über Serge, weil der Staubsauger so dröhnt.

»Ich habe mal einen schönen Satz zum Thema Vergebung gelesen: Vergeben heißt, einen Gefangenen zu befreien und dann zu entdecken, dass der Gefangene man selbst ist.«

Tessan fährt sich mit den Händen durchs verfilzte Haar, beißt sich auf die Lippe.

»Wie jetzt? Wenn ich Mama vergebe, werde ich selbst frei, oder was?«

»Genau.«

Tessan denkt noch ein bisschen nach. Betrachtet ihre Mutter, die konzentriert an der Außenwand entlangsaugt. Der Putzwagen steht ein Stück entfernt, beladen mit Reinigungsspray, großen Müllsäcken, verschiedenen Arten von Wischmopps, Scheuerbürsten und Plastikhandschuhen.

Mamas gesamtes Leben hat aus Putzen bestanden. Woanders putzen, zu Hause putzen, ständig alles wegwischen. Immer sauber. Kein einziges Staubkorn. Dabei hat sie auch mich weggewischt. Kinder können ziemlich dreckig und anstrengend sein. Deshalb hat sie mich weggewischt. Sie hat mich zerstört. Mich unterdrückt, mich weggeräumt. Nie hat sie gesagt, dass ich gut bin oder etwas gut gemacht habe. Alles, was ich gemacht habe, war falsch oder klebrig oder total anstrengend. Jane ist einfach abgehauen. Hat ihre gestörten Eltern verlassen. Soll ich Mama einfach verlassen? Dann kann sie ihr ganzes Leben weiter vor sich hin putzen.

»Wie vergibt man denn jemandem? Irgendwie weiß ich nicht, wie …«

»Erst musst du wirklich das Gefühl haben, dass du ihr vergeben kannst. Sich zu entschuldigen, es aber gar nicht zu meinen, hat ja keinen Sinn. Das haben mir schon meine Erzieherinnen im Kindergarten beigebracht.«

Tessan nickt. Das stimmt. Bror setzt sich auf einen der Bürostühle, glättet seinen Reiseanzug und streichelt Serge mit ruhiger Hand. Ann-Kristin hat sich inzwischen mit dem Staubsauger auf die andere Seite der Bürolandschaft vorgearbeitet.

»Okay, ich muss also Entschuldigung sagen und es auch meinen?«

»Genau.«

Tessan zögert und marschiert dann mit entschlossenen Schritten zwischen Schreibtischen, Stühlen, Druckern und Trennwänden zu ihrer staubsaugenden Mutter, packt das Staubsaugerkabel und zieht es aus der Steckdose.

»Kannst du ausnahmsweise mal aufhören zu putzen? Und mich mal ansehen?«

Ann-Kristin streckt ihren Rücken, wischt die Hände an ihrer Schürze ab und sieht ihre Tochter an.

»Hör mal, Mama. Damit ich im Leben ... weiterkommen kann, habe ich das Gefühl ... dass ich dir verzeihen will.«

»Aha.«

Verdammt, jetzt muss Tessan auch noch heulen. Ihre Brille beschlägt von den Tränen. Ann-Kristin starrt sie nur an.

»Mein Gott, bist du aus Stein? Ich stehe doch vor dir. Dein einziges Kind! Und ich bin traurig. Scheiße.«

Tessan wischt sich die Nase am Oberteil ab. Auf dem Putzwagen stehen mehrere Rollen Toilettenpapier, aber Ann-Kristin rührt sich nicht vom Fleck. Tessan heult weiter Rotz und Wasser.

»Weißt du, was ich glaube? Ich glaube, du würdest mich jetzt gern in den Arm nehmen, aber du bist zu stolz, verdammt. Du hast dein Bestes getan, davon will ich jetzt mal ausgehen. Vermutlich hast du irgendwelche Ängste oder so, die dazu führen, dass du ständig putzen musst. Dafür kannst du nichts. Natürlich willst du, dass ich glücklich bin und das tue, was ich will. Oder? Willst du, dass ich glücklich bin?«

Jetzt hält sich Ann-Kristin am Putzwagen fest. Als würde sie sonst das Gleichgewicht verlieren. Beinahe unmerklich nickt sie. Aber sie nickt.

»Dann lass mich los. Lass mich gehen und diejenige werden, die ich werden will. Beschwer dich nicht darüber, wie ich aussehe, tritt mich nicht in den Asphalt, lass mich finden … was ich sein will. Leb deine eigenen Träume und warte nicht darauf, dass ich sie dir erfülle.«

Ohne ein Wort zu sagen, reißt Ann-Kristin ein Stück Toilettenpapier ab und wischt sich damit über die Augen.

Sie weint. Mama weint! Das bedeutet ja wohl, dass sie kapiert, wovon ich rede. Dass sie mir vielleicht sogar zustimmt.

Tessan nimmt ihre Brille von der Nase und wischt sie schnell an ihrem Oberteil ab. Verdammt, jetzt ist auch noch Rotz auf der Brille. Egal. Sie setzt sie wieder auf und konzentriert sich auf ihre Mutter.

»Ich vergebe dir, Mama. Ich lasse diese Scheiße jetzt hinter mir. Bitte tu das auch. Ich werde eine Weile nach Västergötland fahren, und was ich danach mache, weiß ich noch nicht. Aber ich hoffe, dass es dir gut gehen wird. Das tue ich, echt.«

Ann-Kristin steht an ihrem Putzwagen und wischt sich die Augen, bis sie rot sind.

Tessan nickt ihr ein letztes Mal zu, dann dreht sie sich um und geht.

25. Kapitel

Frauenufer: Bitte alle aussteigen!

Der kleine Behindertenbus rumpelt die Straßen entlang. Die Sonne wandert langsam abwärts und hinterlässt einen Himmel in glitzerndem Rosa. Die Füchse, der Dachs, die Ziege, Serge, Svante, Chantelle, Bror, Tessan und Jane fahren an Enköping, Västerås, Köping, Arboga, Örebro, Laxå und Kumla vorbei, bis der Bus irgendwo in der Nähe von Hasslerör abbiegt. Bald taucht ein kleiner Kiesweg auf, von dichtem Nadelwald gesäumt, und führt die Reisegesellschaft zum Frauenufer.

Es ist ein großes, rot gestrichenes Haus, ganz anders als die übrigen roten Häuschen in der Gegend. Die Fassade besteht fast nur aus Fenstern: hohen, niedrigen, abgenutzten, von denen die Farbe abblättert. Sonnenverblichene chinesische Lampions hängen in den Bäumen und schaukeln in der Abendbrise. Es ist bald neun, aber die Sonne ist noch nicht untergegangen. In einer von Fliederbüschen umgebenen Gartenlaube steht eine Hollywoodschaukel voller Kissen, daneben liegt ein Stapel Tageszeitungen.

Svante bremst auf dem Kiesplatz. Tessan wacht auf und sieht sich schlaftrunken um. Das Letzte, was sie gesehen hat, bevor sie eingeschlafen ist, war das große Gebäude von L. M. Ericsson in Kista. Erschöpft hat sie sich in den Bus gesetzt und ist eingeschlafen. Bella meckert leise vor sich hin, Jane schläft noch immer, die Wolldecke über dem Kopf. Hinten im Bus recken sich Chantelle und Bror und betrachten neugierig das Haus. Die Tiere in den Käfigen scheinen ihren Protest aufgegeben zu haben. Svante parkt, der Motor verstummt.

»Da wären wir: am Frauenufer.«

Tessan nimmt sich ein großes Stück vom gedünsteten Lachs. Sie tunkt es in die Dillmayonnaise, spießt eine kleine Kartoffel auf und schiebt alles in den Mund. Doch, es ist lecker. Aber fehlt nicht ein bisschen Zitronensaft? Eine säuerliche Note gegen diesen etwas zu fetten Geschmack? Sie denkt an die vielen Eier zu Hause bei Jane. Und sie denkt an Mayonnaise. Dass sie selbst Mayonnaise machen will, aus ganz frischen Eiern. Rühren wie eine Verrückte. Es macht Spaß, Eier zu schlagen. Es passieren merkwürdige Dinge. Schaumig, cremig oder klumpig. Außerdem will sie jede Menge frischen Dill hacken. Und Zitronen auspressen, um dann alles in ihre Mayonnaise zu rühren.

Tessan trinkt noch einen Schluck Weißwein. Wie viel hat sie eigentlich schon getrunken? Ziemlich viel. Jetzt muss sie bald aufhören, sonst fängt sie noch an, Lieder laut mitzusingen, ohne den Text zu können. Aber der Alkohol hat so gutgetan, irgendwie hat er lauter Knoten in ihr gelöst, damit sie wie lose Bänder herumflattern können. Denn Knoten tun weh, lockere Bänder sind viel angenehmer.

»Noch etwas Wein?«

Sigrid, die große, schlanke Frau neben Tessan, hält eine Weinflasche hoch. Ja, warum nicht? Einfach die Knoten lösen – so ist das in einer Frauenkommune! Tessan nickt fröhlich und sieht zu, wie das Weinglas wieder gefüllt wird.

»Ich habe den Wein selbst gemacht.«

»Wie jetzt, du hast die Trauben selber gestampft, oder was?«

Sigrid lacht und fährt sich mit den Fingern, an denen sie jede Menge Silberringe trägt, durchs kurze blondierte Haar.

»Nein, nicht gestampft. Ich habe Holunderblütensaft von den Bäumen hier auf dem Hof gemacht, dann muss man nur Geduld aufbringen und auf die Gärung warten ... Ist lecker, oder?«

»Das war ein Witz eben, mir ist schon klar, dass man die Trauben nicht selber stampft ... Nur dass du nicht denkst, ich hätte sie nicht mehr alle.«

Sigrid nickt freundlich. Tessan nimmt noch einen großen Schluck, verdammt gut ist er, dieser Wein. Und je mehr man davon trinkt, desto besser wird er. Sie sieht sich in der Küche um. Allein der Tisch dürfte drei Meter lang sein.

Jane kippt Wein in sich hinein, raucht und unterhält sich mit zwei älteren Frauen an der einen Stirnseite des Tischs. Sie wirkt jetzt entspannt. Bror und Chantelle, Moment mal … Ob die auch Wein trinken? Na ja, sie sind wie zwei kleine Rentner, da werden sie schon nicht gleich ausflippen.

Eine Frau in Tessans Alter versucht in Ruhe zu essen, während zwei kleine Kinder vom oberen Stockwerk heruntergelaufen kommen und sich beschweren, dass sie nicht schlafen können. Zwei braun gebrannte Pferdemädchen im Teenageralter haben in kürzester Zeit aufgegessen und sind schon wieder über alle Berge. Auch das Geknatter ihres Mopeds ist längst in der Ferne verklungen.

Tessan beobachtet Sigrid, die in ein Gespräch mit Svante vertieft ist. Ihre Kurzhaarfrisur wirkt feminin und elegant. Sie sieht ein bisschen aus wie die Sängerin Eva Dahlgren, als sie damals das Lied von den Sternen gesungen hat, die jemand anzünden soll. Shit, was hat die für Armmuskeln. Ihr getrübter Weinblick wandert über Sigrids Armmuskeln, während sie mit halbem Ohr die Diskussion zwischen ihr und Svante verfolgt.

»Manchmal fühle ich mich ein bisschen wie Kafka. Verstehst du, was ich meine?«

Svante denkt eine Weile nach. »Meinst du dieses Gefühl, ein Außenseiter zu sein?«

»Ja, genau, und dann die Angst davor, sich zu binden. Ich meine, Kafka hat ja meistens deutsch gesprochen, und damit hat er sich von der tschechischen Kultur ausgeschlossen. Aber auch mit den Deutschen hat er keinen Umgang gepflegt, da er Jude war und …«

»Nicht nur Jude, er war jüdischer Atheist«, ergänzt Svante.

»In der jüdischen Gemeinde war er daher vermutlich auch nicht gerade willkommen und ...«

Tessan berührt Sigrids muskulösen Arm und unterbricht Svante.

»Sag mal, was ist das eigentlich für eine Kommune? Wie funktioniert das?«

»Wie?«

»Ich meine, wie funktioniert diese Kommune? Seid ihr alle Lesben?«

Nein, nein, nein, falsche Frage. Total daneben! Zu viel Wein getrunken – go away. Bad, bad, bad. Am besten gleich wieder ausbügeln.

»Das war nur ein Witz, hahaha.«

Weder Svante noch Sigrid lachen. Tessan plappert eifrig weiter. »Du siehst Eva Dahlgren total ähnlich. Findest du nicht auch, Svante? Dass sie ihr ähnlich sieht, meine ich? Und Eva Dahlgren ist ja lesbisch, und da hab ich mir gedacht ...«

Die beiden betrachten Tessan, und Sigrid spricht jetzt ein bisschen leiser, mit dunkler und entschlossener Stimme.

»Okay, aber man muss nicht lesbisch sein, nur weil man in einer Frauenkommune wohnt.«

»Nein, das ist mir schon klar, aber ich bin eben neugierig.«

Sigrid nickt hinüber zu den beiden älteren Frauen, die sich mit Jane unterhalten.

»Britta und Ingrid sind mit ihren Kindern Mitte der Siebziger hergezogen. Sie hatten die Nase voll vom Patriarchat, unter dem sie vorher gelitten hatten.«

»Patti-was?«

Tessan genehmigt sich noch einen Schluck von dem guten Holunderblütenwein. Sorbet! Sorbet ist was Leckeres. Vielleicht kann man aus diesem Wein Sorbet herstellen. Mit ein paar frischen Himbeeren dazu ...

»Patriarchat bedeutet, dass die Männer in allen Bereichen

die Vorgaben machen. Und dass wir Frauen eine Art niedere Rasse darstellen.«

»Pattiquat?«

»Patriarchat. Britta und Ingrid wollten nicht, dass ihre Kinder unter solchen Umständen aufwachsen, und haben sich deshalb eine eigene Welt aufgebaut. Männer haben auch schon hier gewohnt, aber sie müssen akzeptieren, dass alle gleichberechtigt sind. Apropos hier wohnen, Svante, wann ziehst du eigentlich hier ein? Damit ich nicht wie ein einsamer Kafka herumlaufen muss?«

Eva-Sigrid sieht mit leuchtenden Augen zu Svante hinüber, der seinen letzten Bissen Lachs isst. Verlegen wischt er sich den Mund ab. Tessan beugt sich über den Tisch.

»Aber sag mal, Eva ... Nein, ich meine, Sigrid, warum wohnst du hier?«

»Ich würde es anders formulieren: Warum nicht? Warum nicht in diesem hübschen Haus mit lauter klugen Frauen zusammenleben? Wir angeln im Vänersee, bewirtschaften den Boden, machen eigenen Wein, stellen unsere eigenen Regeln auf. Britta ist Anwältin und arbeitet in Mariestad. Ingrid ist inzwischen pensioniert, aber als Tierärztin kann sie die Tiere auf dem Hof pflegen und auch denen helfen, die Jane herbringt. Sara ist mit ihren kleinen Kindern nur vorübergehend hier. Ihr Mann hat sie geschlagen, und sie wird bleiben, bis sie sich stark genug fühlt, um ihr Leben wieder in die Hand zu nehmen. Ihre Kinder brauchen jetzt besonders viel Liebe und Geborgenheit. Die beiden Mädchen, die vorhin ganz kurz hier waren, sind meine Töchter.«

»Wie das denn? Wie alt bist du eigentlich?«

»Ich habe sie eben früh bekommen. Und wir sind hergezogen, als sie noch ganz klein waren. Ich hatte genug von der Gesellschaft und den eingebildeten Kerlen, die glauben, einen zu besitzen, nur weil man ein Paar ist. Die glauben, man wäre eine Art Haushälterin, Sexsklavin und Mutter in einem. Deshalb bin ich abgehauen. Und genauso ist es hier: Frauen, die Unterstützung brauchen, kommen und gehen wieder. Einige bleiben für immer, andere nur ein paar Monate.«

Tessan schlürft den Rest ihres Weins.

»Und du bist also lesbisch?«

Sigrid schüttelt den Kopf. »Sag mal, was spielt das eigentlich für eine Rolle? Hör auf zu nerven. Ich frage dich doch auch nicht, mit wem du ins Bett gehst.«

Tessan greift nach der Flasche und schenkt sich Wein nach.

»Frag ruhig! Bisher habe ich sowieso nur mit Freddy Sex gehabt. Na ja, vor ihm gab es noch ein paar andere Typen, er war also nicht der Erste, aber seit ich mit ihm zusammen war, gab es sonst niemanden. Und ich sage dir eines …«

Sigrid steht auf.

»Bitte entschuldigt mich, ich gehe nur eben auf die Toilette.«

»Na klar, bis gleich.«

Svante schiebt seinen Teller beiseite, lehnt sich zu Tessan vor und flüstert: »Vielleicht solltest du dich mal ein bisschen entspannen?«

Tessan wispert zurück: »Wie jetzt entspannen? Meinst du, wir sollten raufgehen und ein bisschen kuscheln?«

Lachend wirft sie sich ein Stück Lachs in den Mund.

»Eigentlich habe ich gemeint … Du hast einen ziemlich anstrengenden Tag hinter dir, vielleicht solltest du nicht so viel trinken.«

»Ist doch gar nicht viel. Du hast ja keine Ahnung, wie viel ich trinken kann, wenn ich will. Tess the mess! Oder nein, warte mal, wie haben die mich noch genannt …«

Tessan nimmt wieder einen Schluck Wein und grübelt, wie sie in ihrem Bekanntenkreis genannt wurde. Svante steht auf und stellt die Teller zusammen. Aufmunternd klatscht Tessan in die Hände.

»Wow! Das ist mal ein Mann, der nicht bei diesem Patriarchat mitmacht! Way to go, Svante!«

Die Gespräche am Tisch verstummen. Svante deckt weiter ab, und irgendwann setzt das Gemurmel wieder ein. Sigrid kommt zurück, wirft Svante einen vielsagenden Blick zu und hilft ihm, das Geschirr zur alten Marmorspüle zu tragen. Tessan steht auf und versucht, gerade zu gehen. Sigrid spült die Teller vor, Svante nimmt sie entgegen und stellt sie in die Spülmaschine. Mit dem Weinglas in der einen und der Flasche in der anderen Hand lehnt sich Tessan an einen großen Tisch gegenüber der Spüle.

»Was machst du eigentlich beruflich, Eva … Nein, sorry, Sigrid, meine ich natürlich.«

»Ich bin Gymnasiallehrerin in Religion und Literatur.«

»Meine Lieblingsfächer!« Tessan lacht laut und trinkt noch einen Schluck Wein. »Weißt du, ich habe mein Leben lang in einem Schnellimbiss gestanden und Hamburger gegrillt. Aber ich hab mich in der Würstchenbude ein bisschen wie dieser Kaffa gefühlt, von dem du vorhin geredet hast. Einsam eben. Ist er tot?«

»Wer?«

»Kaffa!«

Sigrid stellt ein paar Schneidebretter zum Abtropfen auf die Spüle.

»Kafka meinst du? Ja, der ist tot.«

»Schade, sonst könnten wir ihn anrufen und fragen, ob er nicht herkommen will. Der klang ja voll einsam. Ein bisschen wie du, Svante.«

Svante schrubbt mit der Spülbürste auf dem Boden eines großen Topfes herum. »Nein, ich bin nicht wie Kafka. Tessan, meinst du wirklich, es ist gut, wenn du noch mehr trinkst?«

Demonstrativ trinkt Tessan ihr Glas leer.

»Mein Gott, sind hier alle langweilig. Können wir nicht irgendwas spielen oder so? Ist ja voll öde, diese Party hier!«

Sigrid sprüht Reinigungsmittel auf die Spüle und wischt energisch nach.

»Na ja, eine Party ist es nicht gerade, sondern eher ein spätes Abendessen. Vielleicht kannst du es ja noch bis Mittsommer aushalten, oder?«

Tessan lacht schrill.

»Haha, der war gut. Bis Mittsommer aushalten! Hört mal zu, was haltet ihr von diesem ›Wer ist‹-Spiel? Wer ist am schlausten, wer ist am hässlichsten, ihr wisst schon. Okay … Svante – wer ist am coolsten, ich, Kaffa oder Eva? Oder nein, ich meine natürlich Sigrid.«

Sie sitzen jeder in einer Ecke der Hollywoodschaukel, Serge hüpft auf Brors Oberschenkel, springt dann auf Chantelles Bauch, flattert ein bisschen und piepst zufrieden. Brors Beine berühren ganz leicht die von Chantelle. Elegant nimmt sie einen Zug von ihrer Zigarette und produziert ein paar noch elegantere Rauchringe. Bror lächelt, hebt sein Glas und nippt an dem weißen Holunderblütenwein. Nein, er schmeckt ihm nicht sonderlich gut, aber es fühlt sich gut an. Ein kicherndes Kribbeln sprudelt in seinem Kopf, als wollten die Mundwinkel einfach nur nach oben, immer weiter nach oben, bis zu den Baumwipfeln und hinaus ins Universum. Chantelle prostet ihm zu und trinkt ebenfalls einen Schluck. Fragend sieht sie ihn an.

»Spürst du etwas?«

»In Bezug auf dich?«

Bror lächelt erwartungsvoll.

»Nein, vom Wein, meine ich.«

Chantelle lacht und stupst den verlegenen Bror mit dem Fuß an.

»Na ja, es kribbelt innen drin.«

Was eine gute Antwort ist – sowohl in Bezug auf Chantelle als auch auf den Wein. Bror freut sich, dass ihm eine so hintergründige Antwort eingefallen ist.

»Schon, oder? Es ist total komisch, ich habe das Gefühl, als wollte ich tanzen oder rennen oder … ich weiß nicht genau. Eben so, als würde der Körper irgendetwas wollen.«

Bror nimmt noch einen kleinen Schluck. Serge flattert eifrig und hebt beinahe ab.

»Er scheint schon ganz scharf darauf zu sein, endlich fliegen zu können.«

Bror nickt, nimmt Serge in die Hand und richtet sich auf. Chantelle rutscht näher. Sie beobachten den kleinen Vogel, der jetzt auf Brors Knien herumhüpft. Chantelle kommt noch näher. Jetzt lehnt sie sich vor, berührt dabei beinahe Brors Wange, ihr Ohr an seinem Mund. Sie duftet nach Rosen, und er könnte jetzt ihre Wange küssen. Sich einfach vorbeugen und sie mit seinen Lippen berühren und …

»Er sieht dich wirklich an, als wollte er sagen: Los jetzt, lass uns ein bisschen fliegen, bitte.«

Bror kommt zu sich und blickt auf seine flugwillige Schwalbe. Erst jetzt fällt ihm auf, wie Serge gewachsen ist. Wie kräftig und dicht seine Federn geworden sind, wie gesund er aussieht.

»Piep.«

Chantelle streichelt den Vogel mit dem Zeigefinger.

»Selber piep, du süßer Piepmatz.«

Ach, wäre er doch ein Vogel und würde von Chantelles rosa Fingerspitzen berührt. Vorsichtig hebt Chantelle den kleinen Serge hoch, der sofort laut zu fiepen beginnt. Sie lächelt, schürzt ihre Lippen und küsst den Vogel zärtlich auf den Kopf. Wie gern würde Bror mit der kleinen Schwalbe tauschen!

Eine Mücke fliegt näher und näher. Sie hören das Sirren. Die Mücke setzt sich auf Chantelles Hand, krabbelt herum, macht sich bereit fürs Abendessen. Erstaunt betrachtet Serge die kleine Mücke. Bror und Chantelle wechseln Blicke. Serge starrt die Mücke an, die jetzt Blut saugt. Langsam füllt sich der Körper des Insekts und wird am Bauch ganz rot. Swooop! Die Mücke ist weg – spurlos verschwunden. Aber sie ist nicht davongeflogen, nein, sie steckt in Serges kleinem Schnabel. Bror klatscht in die Hände.

»Er hat sie sich geschnappt! Er hat die Mücke gefangen!«

»Bravo, Serge, bravo!«

Bror sieht Chantelle an. »Er hat sich zum ersten Mal selbst etwas zu essen besorgt und flattert die ganze Zeit mit den Flügeln ... Meinst du, er ist bereit, davonzufliegen?«

Bror nimmt den kleinen Vogel hoch, küsst ihn an genau der Stelle auf den Kopf, wo eben noch Chantelles Lippen waren, und steckt ihn zurück in die Geborgenheit des Hermèsschals. Serge ist eine Art Vorbild, denkt Bror. Dass er die Mücke gefressen hat, ist ein Zeichen. Bror denkt weiter. Ein Zeichen dafür, dass er selbst nicht zu lange warten sollte. An Mittsommer wird er Chantelle küssen. Tessan muss ihm alles erzählen, was sie zum Thema Küssen weiß, und das dürfte eine ganze Menge sein.

Pling! Eine SMS.

Bror zieht sein Handy aus der Sakkotasche. Die Nachricht kommt von seinen Eltern.

Du ahnst nicht, wie wir dich vermissen, geliebtes Kind. Es ist schon ein paar Tage her, dass wir zuletzt was von dir gehört haben. Die Schwimmweste sitzt hoffentlich da, wo sie sitzen soll? Es fühlt sich gar nicht gut an, auf der anderen Seite der Erde zu sein, während du in Schweden bist. Wir haben uns überlegt, dass wir vielleicht früher zurückkommen. Wir könnten uns ja auf Sandhamn irgendwas mieten und dich abends sehen, wenn ihr nicht gerade segelt! Küsschen von Mama und Papa

Jane, Britta und Ingrid sitzen in dem gigantischen Wohnzimmer, sprechen vertraulich miteinander und nippen an ihrem Whisky. Einige Hängematten baumeln an den Dachbalken und warten auf Besuch, vier breite Sofas bilden ein gemütliches Quadrat mitten im Raum, und die Außenwand besteht fast nur aus Fenstern – vom Fußboden bis zur Decke. Die helle

Sommernacht erleuchtet das Zimmer, hier und da stehen auch Kerzen. Louis Armstrong trompetet von einem alten Plattenspieler.

Tessan wirft sich auf ein Sofa, das dem gegenübersteht, auf dem die drei Frauen sitzen. Sie hält eine Zigarette in der einen Hand und eine Flasche Wein in der anderen. Gläser sind total überbewertet. Sie atmet schwer durch die Nase und versucht, den Blick durch die schmutzigen Brillengläser hindurch zu fokussieren.

»Jane, also, ich muss dir sagen, es ist echt total wichtig, dass du runterfährst und alles klärst. Heute Vormittag, bevor wir hergefahren sind, hab ich mit meiner Mama geredet, weißt du das eigentlich? Das war ...«

Tessan atmet tief durch und bemüht sich, ihre Gedanken zu sortieren, die wie Raketen zwischen ihren Gehirnwänden herumzischen.

»Das war echt krass. Irgendwie hätte ich sie am liebsten umarmt und gleichzeitig geschlagen. Verstehst du?«

Jane nickt, während Britta und Ingrid die junge Frau schweigend mustern.

»Und ich hab es gemacht, weil ich doch zu dir gesagt hab, du sollst damit aufhören, immer abzuhauen. Ich mein, ich kann ja nicht das eine zu dir sagen und selbst das Gegenteil machen. Du hast mir total geholfen, Jane, echt, und jetzt ...«

Tessan macht eine Pause, weil sie Schluckauf hat.

»... und jetzt bin ich für dich da. Vorher war ich ein bisschen wie dieser Kaffa da.«

Jane beugt sich vor und tätschelt Tessans Knie.

»Wenn du für mich da sein willst, solltest du dich aber jetzt hinlegen. Sonst wirst du vom morgigen Tag kaum etwas mitbekommen, glaub es mir.«

Tessan steht auf, schwankt, nimmt noch einen Schluck Wein.

»Warum sagen alle dauernd, dass ich mich hinlegen soll!

Ich bin erwachsen und bleibe so lange wach, wie ich will. Ich mein, das ist doch der Witz daran, wenn man erwachsen ist, dass man aufbleiben kann! Svanteee! Wollen wir tanzen?«

Tessan geht in die Küche. Svante wischt alle Flächen ab, während Eva den Komposteimer füllt.

»Hello, Frauenhaus, tell me how you doing! Wollen wir nicht tanzen? Svante, du kannst uns doch zeigen, wie das geht, du kannst doch tanzen.«

Svante nimmt die Schürze ab und hängt sie an einen Haken am Kühlschrank.

»Aber nicht jetzt.«

»Dohoch! Komm schon! Nur ein kleines Tänzchen. Der allerkürzeste Tanz der Welt, okay? Nur ein ganz kleiner Hopser!«

Tessan hebt die Arme und wackelt mit den Hüften, bewegt den Kopf vor und zurück.

»Schau mal! Jetzt kommt mein Volkstanz! Los, wo sind die Handtaschen? Wir schmeißen sie hier auf einen Haufen, dann kann ich drumherum tanzen!«

Lachend torkelt Tessan in den Flur, wühlt zwischen den Kleidern und Taschen herum und wirft schließlich eine Reisetasche und zwei Handtaschen auf den Küchenboden.

»Ein Kreis! Wir müssen einen Kreis bilden, sonst wird das nicht Tessans Volkstanz. Los, kommt schon!«

Ein bisschen zu fest zieht Tessan an Svantes und Sigrids Händen und singt aus vollem Hals einen alten Hit der Sängerin Carola: »Mitten in einem Abenteuer, tralalalalala, und alles kann passieren, dadadada, du bist das Leben für mich! Hey, los, macht mit, da ist doch echt Rhythmus drin!«

Svante und Sigrid lösen ihre Hände aus Tessans Griff. Tessan muss allein tanzen, schwingt die Hüften hin und her, dass die Jogginghose rutscht und einen Blick auf die von Jane geliehene Unterhose freigibt.

»Denn ich tanze in Neoooon, begeb mich raus in die Nacht

lalalala, ich tanze in Neooon ... Hallo, ihr müsst um die Taschen rumtanzen, damit sie keiner klaut. Wo willst du hin, Eva?«

Sigrid seufzt, nimmt den Komposteimer und geht hinaus. Svante betrachtet geduldig ihre Tanzaufführung.

»Du tanzt wirklich schön. Und du singst genauso, wie du erzählt hast.«

»Bin ich nicht auch ein bisschen sexy?«

Tessan beugt sich vor und schüttelt ihre schweren Brüste.

Svante nickt freundlich.

»Doch, auf jeden Fall. Aber ich werde jetzt nach Chantelle suchen, und dann gehe ich schlafen. Dir wünsch ich noch einen schönen Abend.«

Tessan packt Svantes Hände, schwingt sie vor und zurück.

»Nein! Nicht Kinder suchen! Nicht ins Bett gehen! Mit mir aufbleiben! Du kannst mich doch nicht bei den alten Tanten da lassen. Ehrlich, das geht gar nicht.«

Tessan legt ihre Arme um Svantes Hals, presst ihren Busen gegen seine Brust.

»Wir können ein bisschen kuscheln. Ich glaube, du willst das auch. Du hast schon eeewig nicht mehr gekuschelt, oder?«

Tessan bewegt sich zur Jazzmusik aus dem Zimmer nebenan, so gut es geht, sie drückt ihren Schoß gegen Svante, fährt ihm durch die dichten Locken. Entschlossen packt er ihre Hände, nimmt sie von seinem Nacken und schiebt Tessan ein Stück von sich.

»Ich will nicht. Okay?«

»Hey, natürlich willst du kuscheln. Wie lange ist das her?«

»Es ist doch überhaupt nicht klar, dass ich das will! Du bist total besoffen, und es geht dir nicht gut, das weiß ich doch.«

»Wieso soll es mir nicht gut gehen? Mir geht es total gut! Und ich weiß doch ganz genau, wie ihr Männer funktioniert. Ihr wollt Sex, am liebsten ständig.«

Svante fixiert Tessan mit dem Blick, was nicht ganz einfach ist, weil sie vor- und zurückschwankt.

»Du glaubst also, dass alle Männer genau gleich funktionieren? Funktionieren denn auch alle Frauen genau gleich? Dann frage ich mich, warum du in diesem Moment nicht zu Hause bist und deine Kinder ins Bett bringst, denn alle Frauen wollen Kinder, das weiß doch jeder.«

Tessan versucht zu begreifen, was Svante da sagt.

»Aber ich habe doch keine Kinder.«

»Eben.«

»Warum sagst du das dann?«

Svante seufzt. »Ich habe jedenfalls eine Tochter, die ich ins Bett bringen möchte.«

»Und ich habe einen verdammt attraktiven Körper, zu dem noch nie jemand Nein gesagt hat. Nur damit du's weißt!«

»Das wird perfekt!«

Chantelle schießt mit dem Handy ein Foto von Bror, der im Schlafanzug auf der sommernachtshellen Wiese vor dem Haus steht und sich die Zähne putzt. Dann läuft sie zu ihm und zeigt ihm das Bild.

»Jetzt werden sie total beruhigt sein. Du hast einen Schlafanzug an und putzt dir die Zähne. Wenn ein Teenager sich freiwillig die Zähne putzt, dann muss man doch beruhigt sein. Das würde zumindest bei meinem Vater funktionieren.«

Bror nickt, das Foto ist wirklich beruhigend. Könnte die Wiese vor jedem x-beliebigen Seminarhaus sein. Chantelle nimmt Bror die Zahnbürste aus der Hand.

»Aber jetzt will ich ein Foto von dir schießen, wie du deine coolen Rauchringe machst. Setz dich in den Korbsessel da drüben.«

Kichernd geht Bror zu dem etwas verwitterten Korbsessel hinüber. Er erinnert sich an ein Foto von Ernest Hemingway, auf dem der Dichter tatsächlich mit einem Pyjama bekleidet in einem Korbsessel sitzt, im Mundwinkel eine Zigarre und in der Hand einen Drink.

»Ich hätte gern einen Drink in der Hand!«

»Selbstverständlich.«

Chantelle holt die Weingläser von der Hollywoodschaukel, während Bror sich in den Korbsessel wirft. Der kognakfarbene Seidenpyjama fällt elegant, und Bror versucht, eine machomäßige Haltung einzunehmen, den Rücken durchzustrecken und die Brust vorzuschieben. Konzentriert reicht Chantelle ihm das Weinglas. Ihre Finger berühren sich, ganz kurz nur, aber sie berühren sich!

Sie schüttelt die letzte Goldzigarette aus der Gitanesschachtel und hält sie Bror hin. Er öffnet den Mund, und Chantelle legt ihm die Zigarette in den Mundwinkel, bevor sie das Feuerzeug nimmt und ihm die Zigarette anzündet. Dann geht sie ein paar Schritte rückwärts und sieht ihn aus zusammengekniffenen Augen an. Bror setzt sich in den Schneidersitz, nimmt einen Zug und entlässt ein paar Rauchringe in die Luft, lässt das Weinglas in seiner Hand ruhen. Chantelle klatscht vor Begeisterung in die Hände.

»Wie ein Kunstwerk! Du bist *so* schön, und was für ein Licht!«

Sie macht noch ein paar Fotos, geht wieder zu ihm, ändert seine Handhaltung, füllt Wein nach, richtet seine Frisur. Die ganze Zeit sieht sie ihn an, berührt ihn mit dem Blick oder mit den Händen. Mein Gott. Bror sieht in den Sucher, schickt ihm die Blicke, die eigentlich Chantelle gelten. Sehnsüchtige Blicke, die etwas wollen, beinahe fordernd.

»Du bist großartig. Beug dich vor, blas den Rauch direkt in die Kamera und versuch, dabei die Augen zusammenzukneifen.«

Bror lehnt sich vor, nimmt einen Lungenzug, bläst den Rauch in Form von Ringen in die Kamera, während er das Glas erhebt und mit seinen grünen Augen blinzelt.

Chantelle hält inne. Betrachtet das Foto, betrachtet den realen Bror. Die Vögel zwitschern in den Bäumen, die Blätter rauschen, wunderbare Blumendüfte schlagen ihnen entgegen. Bror bemerkt etwas Neues in Chantelles Blick, etwas Entschlossenes. Sie kommt ihm entgegen, langsam, den Blick auf seine grünen Augen gerichtet. Sie lächelt. Angenommen, jetzt passiert es. Angenommen, sie ist kurz davor, ihn zu küssen. Es sieht beinahe so aus. Sie wirkt so sehnsüchtig. Er hat gerade die Zähne geputzt. Das ist gut, sehr gut sogar. Aber er hat nicht die geringste Ahnung, wie man jemanden küsst. Steckt man gleich die Zunge rein? Oder busselt man erst ein bisschen herum? Und wie fühlt es sich an, die Zunge eines anderen Menschen im Mund zu haben? Er hat nach dem Zähneputzen geraucht! Was hat Mama immer gesagt? Einen Raucher zu küssen ist wie einen Aschenbecher auszulecken. Wird Chantelle jetzt einen Aschenbecher auslecken? Einen ungeübten, wertlosen Aschenbecher? Bror steht rasch auf, versucht den Zauber des Augenblicks zu brechen.

»Wie sind die Fotos geworden? Zeig mal.«

Chantelle zuckt ein wenig zurück, als hätte jemand sie aus einem Traum aufgeschreckt. Mit zitternden Händen hält sie das Handy und blättert in der Fotogalerie. Er kann es selbst sehen. Dass sie gut geworden sind. Und dass er wirklich ... gut aussieht. Nicht in der Realität, aber auf genau diesen Fotos. Das muss an Chantelle liegen. Die Liebe macht ihn schön!

»Die sind wirklich gut geworden. Du solltest vielleicht Fotografin werden.«

»Oder vielleicht solltest du Fotomodell werden?«

Bror lacht verlegen.

»Nein, das glaube ich nicht. Jetzt schicke ich meinen Eltern nur schnell das Zahnputzbild, damit sie sich beruhigen und dort bleiben, wo sie sind.«

Mit zitternden Händen und wild klopfendem Herzen nimmt Bror das Handy und tippt nervös. So nahe an einem Kuss war er noch nie. Und er hat den Zauber gebrochen. Idiot. Der größte Idiot auf der Welt. Vielleicht kommt Chantelle nie wieder in die Stimmung, in der sie heute war. Als sie Bror mit neuen Augen gesehen hat. Vielleicht war das die letzte und einzige Chance.

Mit gehts gut. Bleibt wo ihr seid, wisehn uns ja bald. Wie ihr sehtt putz ich mir sogardie Zähne! Gute Nacht, euer Bror

Die Finger fühlen sich wie Baguettes an, steif und ungeschickt. Da ist das Zahnputzfoto. Prima, Bror drückt auf »Anfügen«, auf den Senden-Knopf und klappt das Handy zusammen.

»Aha, da seid ihr also. Jetzt ist Schlafenszeit. Für euch beide.«

Svante steht am Rand der Wiese und ruft. Chantelle und Bror werfen einen verstohlenen Blick zum Korbsessel mit dem Weinglas und dem Zigarettenstummel. Dann sehen sie einander an.

»Und zwar sofort, meine Herrschaften!«

26. Kapitel

Küsse in der Armbeuge und Scham im Übermaß

Jane und Bror sitzen nebeneinander auf der morgentaubedeckten Wiese, drinnen im Haus schlafen die meisten noch. Alle Käfige sind geöffnet, und die Tiere schnuppern vorsichtig am Gras. Es duftet anders. Und es ist so ruhig. Keine Stadt, die brummt, rauscht und lärmt. Nur Wiese und Wald, und wenn man genau hinhört, erahnt man das leise Wellenplätschern vom Vänersee. Die Fuchswelpen bleiben nah bei ihrer Mutter, während der Dachs zum Haus springt. Jane streicht der Füchsin über den Rücken und versetzt ihr einen leichten Stups, damit sie losgeht.

»Sie werden sich ein paar Tage in der Nähe des Hauses herumtreiben. Wir stellen ihnen Futter hin, damit sie sich sicher fühlen. Aber es dauert höchstens eine Woche, dann sind sie weg. Das Wilde ist die ganze Zeit da, auch wenn die Tiere jetzt noch den Eindruck erwecken, als wären sie zahm.«

Die Fuchsmutter schleicht drei Schritte vor und zwei zurück. Die Welpen folgen ihr.

»Wie geht es Serge?«

»Er hat gestern eine Mücke gefressen!«

»Sehr gut! Kann ich ihn mal sehen?«

Bror nickt und hebt den kleinen Vogel aus dem Hermèsschal. Mit geschickter Hand nimmt Jane ihn in Empfang und streichelt ihn, während sie seine Flügel in Augenschein nimmt, ein bisschen an seinem Bauch herumdrückt und ihn mit der Hand wiegt. Serge bewegt die Flügel und federt vor und zurück.

»Du hast ihn gut gefüttert, Bror. Und siehst du, wie eifrig er ist?«

Serge flattert wie ein Hubschrauber. Hebt ein wenig vom Boden ab. Landet wieder. Hebt ein bisschen ab, fliegt zwanzig, dreißig Zentimeter, bevor er wieder auf dem Boden landet. Bror lächelt stolz, hebt Serge in die Höhe und lässt ihn kurz über dem Boden los. Der Vogel rotiert wie verrückt mit seinen kleinen Flügeln und flattert einen halben Meter weit, dann fällt er ins Gras. Fiept eifrig, als wollte er mehr davon. Jane lacht auf.

»Du bist es, der diesem kleinen Zwerg das Leben gerettet hat. Innerhalb der nächsten Woche wird er ins Leben hinausfliegen können. Das hast du gut gemacht.«

Sie reicht Bror den Vogel, der ihn sorgfältig wieder in seinem Nest verstaut, wo Serge gar nicht liegen will. Wütend piepst und flattert er im Hermèsschal herum.

»Und wie läuft es mit Fräulein Chantelle?«

Jane stupst Bror scherzhaft in die Seite.

»Was meinst du mit laufen?«

»Du weißt schon, wie ich das meine. Liebe. Ich sehe ja, wie du von innen leuchtest. Du bist in sie verliebt, oder?«

»Ich liebe sie. Inbrünstig.«

Jane lacht wieder, doch es klingt beinahe ein wenig traurig.

»Wie gut, dass du lieben kannst. Ich wusste, dass Chantelle zu dir passt. Ist sie genauso verliebt in dich?«

»Nein, ich glaube nicht. Und du? Bist du in jemanden verliebt?«

Jane seufzt. »Ach, kleiner Bror. Ich bin nicht der Typ, der sich verliebt. Du weißt, dass ich diese haarigen Männer mag.«

Bror nickt aufmerksam.

»Ich habe sie aber nie geliebt. Ich glaube nicht, dass ich auf diese Weise lieben kann. Meine Tiere liebe ich. Der Umgang mit ihnen fällt mir leicht. Wenn man sie füttert, nett zu ihnen ist und offen, dann bekommt man Liebe zurück. Reine, einfache Liebe. Nichts Kompliziertes. Da sind Menschen viel schwieriger.«

Ein Stück entfernt poltert es. Der Dachs hat ein paar Eimer entdeckt, an denen er herumschnuppert. Jane streckt die Beine aus, zündet sich ein Zigarillo an und beobachtet die Fuchsmutter, die ängstlich und neugierig, mit ihren Kindern im Schlepptau, in Richtung Wald davonschleicht.

Nein, nein, nein … Tessan zieht sich das Kissen über den Kopf und wimmert. Ihr Mund ist trocken wie Sandkuchen. Neben ihr liegt Bella und schläft wie ein Stein, ermattet nach der gestrigen Autofahrt.

»Ich bin so blöd!«

Bella meckert ein bisschen im Schlaf, ihre Klauen sinken in die Matratze und hinterlassen braungrüne Spuren.

Es klopft an der Tür, und Bror steckt den Kopf herein.

»Bist du wach?«

»Ja, leider.«

Leise schleicht Bror in das kleine Gästezimmer mit den beiden Stockbetten und schließt die Tür hinter sich. Tessan stöhnt unter dem Kissen.

»Darf ich mich Kopf an Fuß mit dir legen?«

Tessan brummt irgendwas. Vorsichtig kriecht Bror unter die Decke und legt sich zurecht. Seine nackten Füße ruhen an Bellas warmem Bauch.

»Du musst mir bei einer Sache helfen.«

Gebrummel unter dem Kissen.

»Weißt du, das mit dem Küssen. Gestern Abend war es kurz davor, aber ich hab es noch abwenden können.«

Tessan hebt das Kissen hoch und starrt mit geschwollenen Lidern den ungeküssten Jungen am Fußende an.

»Abwenden können? Na, dann haben sich ja gestern Abend gleich zwei Leute danebenbenommen.«

»War es dumm von mir?«

»Dumm? Du rennst die ganze Zeit rum und sehnst dich so nach dieser Braut, und dann ziehst du den Schwanz ein, wenn es endlich losgeht. Das kann man doch wohl dumm nennen, oder?«

»Aber ich weiß doch gar nicht, wie es geht! Stell dir vor, ich hätte sie völlig verkehrt geküsst!«

Tessan reibt sich die Augen.

»Was meinst du: Wie viele Leute belegen einen Küsskurs, bevor sie zuschlagen? Ganz genau, keiner. Das ergibt sich doch von selbst.«

»Ich will aber, dass es perfekt ist.«

Sie lacht müde.

»Willkommen in der Wirklichkeit, Baby. Wenn du wartest, bis alles perfekt ist, dann würde es keine Kinder auf der Welt geben, das ist mal klar.«

»Aber ich will doch keine Kinder machen, ich will nur küssen. Sag schon. Wie geht das?«

Tessan sinkt auf ihr Kissen und schließt die Augen.

»Nicht beißen, nicht mit der Zunge Hubschrauber spielen, und probier auf gar keinen Fall dieses Tief-im-Hals-Ding aus.«

Konzentriert fixiert Bror die dösende Tessan.

»Was meinst du mit Hubschrauber spielen?«

»Dass du nicht so wahnsinnig mit der Zunge rotieren sollst. Fang an, sie vorsichtig zu küssen, mit weichen Lippen – und nicht zu fest! Weich und zärtlich und ...«

Tessan dämmert weg, aber Bror stupst sie an.

»... und wenn du sie eine Weile weich und zärtlich geküsst hast, kannst du die Zunge ein ganz kleines bisschen hineinstecken, so, als würdest du den Lutscher von jemand anders probieren. Eine Geschmacksprobe sozusagen.«

Bror fasst zusammen: »Nicht mit der Zunge rotieren, erst ein bisschen zärtlich küssen, dann mit der Zunge probieren. Weiter!«

»Also ... wenn Chantelle mit ihrer Zunge reagiert, dann hast du gewonnen, könnte man sagen. Dann geht's los. Deshalb solltest du den Mund noch lange nicht aufreißen wie ein

Löwe, aber kneif die Lippen auch nicht zusammen, öffne den Mund ganz einfach, als würdest du … als würdest du Erna sagen. Probier es mal.«

Bror öffnet den Mund.

»Erna … Erna, Erna. Ist das gut so? Erna.«

Weich öffnet Bror seinen Mund, hält mitten im E inne.

Müde schaut Tessan zu dem Jungen und seinen Kussübungen hinüber.

»Ganz perfekt. Streck die Zunge ein bisschen raus, zeig mal.«

Gehorsam streckt Bror die Zunge raus.

»Zu viel! Wieder rein damit.«

Schnell zieht Bror die Zunge wieder ein und lässt nur ein kleines Stück herausragen.

»So, ja, gut. Jetzt kannst du in der Armbeuge üben.«

»In der Armbeuge?«

»Na klar. Ich habe meine Armbeuge so viel geküsst, dass ich am Ende Psoriasis oder so gekriegt habe. Jetzt übe mal schön und weck mich später. Oder nein, weck mich gar nicht, ich will schlafen, bis ich tot bin und jenseits von Nangijala aufwache.«

Tessan schließt die Augen, rückt näher zu Bella und schläft wieder ein. Bror bleibt sitzen. Er krempelt den Pyjamaärmel hoch und betrachtet seine Armbeuge. Dann schließt er die Augen und versucht sich vorzustellen, dass er Chantelle vor sich hat. Er sieht sie. Ganz deutlich. Nun beugt er sich vor, berührt ihre Lippen unendlich leicht mit seinen. Noch einmal, jetzt ein bisschen näher, federleicht küsst er sie. Er spürt seine eigenen Lippen an der Haut. Sie sind weich. Küsse wie Schmetterlingsflügel, wieder und wieder. Jetzt öffnet er die Lippen ein wenig, lässt die Zungenspitze vorsichtig hinausschauen. Es kitzelt angenehm. Erna, Erna, Erna. Nicht mehr. Vorsichtig öffnet er den Mund und öffnet den Kuss. Sinnlich kitzelnd und …

»Amour sans amour, amour sans amour. L'amour sans amour et sans visage. Amour sans amour, amour sans amour …«

Mein Gott, jetzt singt auch noch Serge Gainsbourg. Als würden Engel anfangen, Harfe zu spielen. Das ist ein Zeichen! Er kann küssen! Bror küsst so gut, dass Serge ihm von seinem Himmel herab etwas vorsingt und … Moment mal … Brors Handy. Es ist der Klingelton von seinem Handy.

»Amour sans amour, amour sans amour. L'amour sans amour et sans visage. Amour sans amour, amour sans amour …«

Serges Stimme kommt aus dem Handy. »Papa« steht im Display. Warum ruft er an? Hatten sie sich nicht geeinigt, nur zu simsen?

Bella gibt ein quengeliges Meckern von sich. Tessan sieht schlaftrunken auf, streicht Bella über den Rücken und betrachtet Bror, der unbeholfen sein singendes Handy festhält.

»Willst du nicht rangehen? Es ist das erste Mal, dass ich dein Handy klingeln höre.«

»Ich weiß.«

»Amour sans amour, amour sans amour …«

Und dann hört es auf. Einige Minuten später ertönt ein Pling. Papa hat eine Nachricht hinterlassen. Bror tippt die Nummer der Mailbox ein und hört die Stimme seines Vaters.

»Hallo, Bror, hier ist Papa. Wir wollten uns nur vergewissern, dass es dir gut geht. Wir haben das Foto gesehen, das du uns geschickt hast, und … Na ja, uns ist schon klar, dass es ein Versehen gewesen sein muss, aber vielleicht ist es ja ganz gut, dass wir es gesehen haben. Mama hat einen Flug gebucht, wir kommen morgen am Flughafen Arlanda an, dann können wir schon abends auf Sandhamn sein. Ich habe auch versucht, deine Betreuer zu erreichen, aber die Nummern, die wir bekommen haben, scheinen nicht zu funktionieren. Was ist eigentlich los, Bror? Und du weißt, was ich zum Thema

Rauchen gesagt habe. Ruf mich an. Sofort. Wir haben dich lieb.«

Bror scrollt mit zitternder Hand die gesendeten Nachrichten durch, bis er beim Foto angelangt ist, das er mitgeschickt hat. Darauf ist nicht Bror zu sehen, der auf der Wiese steht und sich die Zähne putzt. Stattdessen sitzt er lässig vorgebeugt da, bläst Rauchringe in die Kamera und hält ein Glas Wein in der Hand.

Tessan und Bror hocken nebeneinander auf dem unteren Bett. Bror in seinem Seidenpyjama, Tessan wie immer in ihrem Oberteil und der Jogginghose. Auf dem Boden vor ihnen hüpft Serge vor und zurück und flattert, hebt kurz ab, fällt wieder hinunter, hebt kurz ab, landet auf dem Fußboden. Bella drückt sich gegen Tessan und nagt an ihren Haarsträhnen.

»Ich will nicht rausgehen. Ehrlich, Bror, ich kann nicht rausgehen ... zu Svante, Eva und ...«

»Sie heißt Sigrid. Nicht Eva.«

»Ja, richtig, Sigrid. Sigrid, Sigrid, Sigrid. Ach, Bror, hol mich hier raus. Jetzt bist du an der Reihe, mir zu helfen. Du bist mir das schuldig, weißt du noch? Als ich dir mit den Rauchringen geholfen habe, hast du es mir versprochen.«

Bella knabbert an Tessans Haar. Serge hüpft herum. Bror ist leichenblass.

»Meine Eltern sind auf dem Weg nach Sandhamn. Es gibt gar kein Segelcamp. Zumindest keins, an dem ich teilnehme. Meine Güte, was soll ich tun? Ich muss nach Sandhamn fahren. Oder vielleicht sollte ich lieber ...«

Tessan verbirgt das Gesicht in ihren Händen. Reibt fest, fest, fest.

»Nicht zu fassen! Ich hab einen total peinlichen Kreistanz hingelegt und gesungen und auf sexy gemacht ...«

»Auf sexy?«

»Ja, ja ... Hilf mir, Bror. Du bist doch der klügste Junge der

Welt, sag mir eine schlaue Lebensweisheit, und verrat mir dann, wie ich am besten von hier verschwinde.«

Bror denkt eine Weile nach.

»Hinfallen ist keine Schande, liegen bleiben schon.«

Bror und Tessan starren vor sich hin und grübeln über diesen denkwürdigen Satz nach.

»Ich muss mir wirklich ein paar von diesen schlauen Sprüchen merken. Die sind ja total zutreffend. Jetzt bin ich hingefallen. Und so was passiert eben, shit happens. Wenn ich liegen bleibe und weiter hier rumhänge, ist es nicht gut. Das ist nämlich das wirklich Peinliche. Aber wenn ich aufstehe und weitergehe, ist das Peinliche weg. Glaubst du, so ist das Sprichwort gemeint?«

Bror zuckt mit den Schultern, fixiert Serge, der aufgeregt vor- und zurückspringt. Piepst, flattert und herumwirbelt. Tessan ist jetzt richtig wach.

»Das gilt doch auch für dich. Dass du deinen Eltern etwas vorgelogen hast, ist ein bisschen peinlich – aber auf in den Kampf! Come on, brother!«

Bror legt sich aufs Bett und presst die Hände auf den Bauch. Dort tut es weh. Er hat seine Eltern noch nie angelogen, niemals. Er hat sie nie getäuscht, hat nie ein Versprechen gebrochen. Und jetzt sitzen sie auf der anderen Seite des Erdballs und betrachten ein Foto, auf dem Bror mit einem Weinglas in der Hand raucht und verführerisch in die Kamera blickt. Sie müssen ja die schlimmsten Befürchtungen hegen. Die Tränen laufen Bror die Wangen hinunter. Tessan legt sich neben ihn. Streicht ihm über die Wange, fährt ihm durchs Haar. Krault seinen Arm mit ihren langen Fingernägeln.

»Ich kann sie anrufen und sagen, dass ich diese Barbro bin und dass das Ganze nur ein … lustiger Einfall für eine Show oder so war. Ich könnte behaupten, dass im Glas nichts als Apfelsaft war. Und dass du eine von diesen Kräuterzigaretten rauchst, die gibt es wirklich!«

Bror schluchzt. Tessan nimmt ihn in den Arm. Eifersüchtig will Bella sich zwischen sie pressen.

»Oder du rufst an und sagst, was Sache ist.«

»Das kann ich aber nicht!«

»Na klar kannst du das!«

Bror schnieft und rückt ein Stück, damit Bella sich wie eine weiße Ziegenwurst zwischen sie legen kann.

»Nein. Denn wenn ich sage, was Sache ist, nämlich dass ich mir das alles nur ausgedacht habe, damit sie zu zweit sein können und wieder zueinanderfinden … Ich glaube, dann empfinden sie einen enormen Druck, sich wieder ineinander verlieben zu müssen, und so ein Druck kann die ganze Idee zunichtemachen.«

»Gib mir das Handy. Ich ruf sofort an.«

27. Kapitel

Möge das Essen den Mund und die gekränkten Herzen öffnen!

Der Bacon brutzelt in der Pfanne vor sich hin, während Tessan ein bisschen Schnittlauch über das cremige Rührei schnipselt. Die halbierten Tomaten werden langsam im Ofen gebacken, und zum Glück hat sie ganz hinten im Vorratsschrank eine Dose mit weißen Bohnen in Tomatensoße gefunden. Ein bisschen Tabasco und Salz in die Soße, dann schmeckt es ziemlich okay.

Es ist eine Schande, liegen zu bleiben und sich selbst leidzutun. Eine total gute Lebensweisheit, die werd ich mir auf die Stirn tätowieren lassen. Oder nein, dann kann ich sie ja nicht lesen … Lieber auf den Bauch! Da ist sie gut sichtbar für alle.

Das Haus schläft noch immer, aber im oberen Stockwerk beginnt sich etwas zu rühren. Tessan hat ihren Kopf in eiskaltes Wasser getaucht, dann ist sie hinuntergegangen und hat den Vorratsschrank, den Kühlschrank und den Kräutergarten auf der Jagd nach Wiedergutmachung durchforstet. Sie wird ein schmackhaftes englisches Frühstück anbieten. So gut es mit den vorhandenen Zutaten geht. Sie wird allen zeigen, dass sie keine totale Loserin ist. In einem der Rezepthefte aus dem Einkaufszentrum in Stockholm stand etwas von englischem Frühstück. Tessan hat noch nie englisches Frühstück gegessen, aber sie hat gleich gespürt, dass das ihr Ding ist. Im selben Heft ging es auch um Afternoon Tea. Clotted cream klingt prima – Sahne, die man zwei Stunden kochen lässt, um sie dann auf warme Scones zu streichen. Ist das nicht göttlich? Das kann man bestimmt auch zum Frühstück anbieten.

Tessan blättert das zerlesene Heftchen durch und überfliegt das Rezept. Sie wird es zwar nicht mehr schaffen, die Sahne zwei Stunden köcheln zu lassen, aber sie wird nicht liegen bleiben und sich die Decke über den Kopf ziehen. Tessan verrührt geschlagene Sahne und eine halbe Packung Mascarpone und streut Vanillezucker darüber. Das müsste auch funktionieren. Schnell probiert, den Finger abgeschleckt – es schmeckt saugut.

Ganz hinten im Gemüsefach des Kühlschranks findet Tessan ein paar traurig aussehende Champignons. Schnell schneidet sie die Pilze in dünne Scheiben, reibt eine Bratpfanne mit einer halben Knoblauchzehe ein, gibt ordentlich Butterflocken dazu und lässt die Pfanne richtig heiß werden, ehe sie die Champignons hineingibt. Ein bisschen Salz, etwas Zucker, Pfeffer und gehackte Petersilie aus dem Garten.

Die Scones! Tessan öffnet den Ofen, schiebt die Auflaufform mit den Tomaten zur Seite und nimmt die goldbraunen Scones heraus. So.

Rasch deckt sie den Tisch mit der Marmorplatte. Knusprig gebratener Bacon, weiße Bohnen in Tomatensoße mit leichter Tabasconote, Knoblauchchampignons, cremiges Rührei mit Schnittlauch, ofengebackene Tomaten, warme Scones, Clotted cream, ein paar Marmeladengläser und eine große Kanne Tee. Jetzt können sie kommen. Lara Croft – with a license to make breakfast – ist bereit.

»Jetzt gibt es Frühstück.«

Tessan tätschelt Bror den Kopf. Er liegt im Bett und hat das Gefühl, eine schwere Schreibmaschine auf der Brust stehen zu haben.

»Soll ich es noch mal probieren?«

Bror nickt, reicht Tessan sein Handy und zieht die Decke über den Kopf. Das Freizeichen ertönt, dann raschelt es, und jemand antwortet.

»Mensch, Bror, endlich!«

»Ja, hallo … Nein, ich bin Barbro und melde mich vom …«

Bror reißt die Decke weg und flüstert: »The Magic Month Lökholmen.«

Tessan runzelt fragend die Augenbrauen.

»Also, ich rufe vom Magic Month Lökholmen an.«

»Sehr gut, ich versuche schon seit Stunden, Sie zu erreichen.«

»Ich weiß, aber wir haben ein Problem mit unseren Handys, das kommt manchmal vor hier draußen in den Schären. Aber das Telefon Ihres Sohnes funktioniert. Das ist doch gut, nicht wahr?«

Tessan zeigt Bror, der sein Gesicht in den Händen verbirgt, den erhobenen Daumen.

Brors Vater räuspert sich und nimmt Anlauf.

»Also, wir haben ein SMS von unserem Sohn Bror bekommen und …«

»Ich möchte Ihnen sagen, dass Bror einer unserer besten Schüler ist. Er segelt wie ein Delfin.«

»Aha, ja … Wie auch immer, wir haben eine SMS von ihm bekommen, und er hat vermutlich aus Versehen ein Foto von sich selbst mit Zigarette und einem Glas Wein mitgeschickt. Um ehrlich zu sein, sah er betrunken aus. Und geraucht hat er auch, ganz offensichtlich. Das sieht dem Bror, den wir kennen, gar nicht ähnlich. Wir sind sehr empört und fragen uns, wie Sie eigentlich das Thema Sicherheit in Ihrem Segelcamp handhaben. Dürfen die Kinder nachts herumlaufen, wie sie wollen?«

Tessan denkt ein bisschen nach. Es knistert im Handy.

»Ich finde, Sie sollten sich freuen. Ich weiß, dass Sie sich große Sorgen um Bror gemacht haben, weil er keine Freunde hat, weil er vollkommen in seinem Frankreichding aufgegangen ist und so. Jetzt hat er jede Menge Freunde, ja, sogar eine kleine Freundin. Sie sollten mal sehen, wie er strahlt. Insofern haben Sie bestimmt recht, dass sich gerade ein neuer Bror entwickelt. Er ist kein Kind mehr, sondern ein Teenager. Dann kann man doch wohl heimlich rauchen und ein Glas Wein trinken, ich meine, was haben Sie denn in seinem Alter gemacht?«

Schweigen von der anderen Seite des Atlantiks. Tessan fährt fort: »Das war nur ein Witz, Sie können ganz beruhigt sein, wir beaufsichtigen die Jugendlichen hier im Segelcamp rund um die Uhr. Das auf dem Foto war nur ein Spaß, Bror hat sich mit einer Kräuterzigarette oder so ein bisschen in Szene gesetzt. Und Kräuterzigaretten sind ja so, als würde man Gras rauchen, also völlig ungefährlich.«

»Gras rauchen?«

»Nein, nein, nicht so ein Gras, sondern ganz normales Rasengras. Oder Herbamare, dieses Kräutersalz – als würde man das rauchen! Die reinste Vollwertkost. Und Wein trinkt hier niemand, das muss Apfelsaft gewesen sein. Alle sind um halb zehn im Bett und frühmorgens wieder wach. Den ganzen langen Tag an der frischen Luft, segeln, segeln, segeln und …«

»Ich denke trotzdem, wir sollten kommen. In ein paar Stunden starten wir in New York und sind morgen früh in Arlanda. Ich rufe an, sobald wir gelandet sind, dann geben Sie mir nähere Informationen, wo wir hinmüssen. Später sehen wir uns und besprechen alles noch einmal. Kann ich jetzt bitte mit Bror sprechen?«

Tessan sieht zu Bror hinüber, der abwehrend mit den Händen wedelt.

»Leider nein. Der ist gerade beim Segeln.«

»Um halb acht morgens?«

»Ganz genau. Wie gesagt, wir haben hier alles gut im Griff.«

»Und wie war noch mal Ihr Name?«

»Barbro.«

»Und weiter?«

»Svensson.«

»Barbro Svensson.«

Knister, knister. Brors Vater flüstert seiner Frau zu: »Verdammt, ich hab's doch gesagt. Wir hätten vorher anrufen und mit den Betreuern sprechen sollen, das klingt ziemlich unseriös, das Ganze, ich muss …«

Jenny redet irgendwas im Hintergrund.

»Ja, hallo, da bin ich wieder. Dann melden wir uns morgen im Lauf des Tages. Richten Sie Bror bitte aus, dass er anruft, sobald er wieder da ist. Und wenn wir nicht rangehen, dann sitzen wir schon im Flieger. Ist Ihnen das klar?«

»Natürlich. Bror wird Sie anrufen. Sie können ganz beruhigt sein, ich verspreche, dass …«

»Kein weiteres Gerede jetzt, wir sehen uns morgen.«

Tessan klappt das Handy zu, Bror hebt vorsichtig die Decke und zeigt ein rot geschwollenes Gesicht.

»Sie sind unterwegs, oder?«

Tessan nickt.

»Sie hatten sich schon entschieden. Sie rufen an, sobald sie in Arlanda gelandet sind. Was sollen wir machen? Zu behaupten, du wärst gerade auf Sandhamn, entspricht ja nicht ganz der Wahrheit.«

Unten in der Küche sitzt die gesamte Frauenkommune und genießt Bacon, Rührei, Tee und Scones. Es wird geschwatzt, geschmatzt und mit Besteck geklappert. Tessan und Bror kommen die Treppe herunter, und das Gemurmel verstummt. Ingrid erhebt sich, schlägt sacht mit einem Teelöffel gegen ihr Glas. Die Gesellschaft blickt zu Tessan und Bror hinüber, die an der Treppe stehen.

»Da keine von uns dieses wunderbare Frühstück zubereitet hat, müsst ihr es gewesen sein. Ich danke euch in unser aller Namen. So schmackhaft, so hübsch hergerichtet und so freundlich von euch. Kaum zu glauben, was ihr Leckeres in unserem ziemlich leeren Kühlschrank gefunden habt. Wir haben ja alles für Mittsommer unten im Keller gelagert, da müsst ihr ordentlich gesucht haben.«

Bror steht mit verquollenen Augen in seinem Pyjama da. Neben ihm Tessan in ihrer verwuschelten Out-of-Bed-Frisur. Mit schwacher Stimme ergreift Bror das Wort.

»Therese hat das Frühstück vorbereitet, nicht ich.«

»Dann danken wir dir, Therese. Dabei warst du doch gestern so lange wach! Wie du das nur geschafft hast!«

»Nicht der Rede wert.«

»Doch, das ist sehr wohl der Rede wert.«

Die anderen am Tisch stimmen zu und rufen ein paar dankbare Worte. Schweigend gehen Bror und Tessan die letzten Treppenstufen hinunter, setzen sich neben Jane, die den Daumen hebt.

»Gute Arbeit, Tessan. Du siehst hoffentlich, wie begeistert alle essen? Behalte das mal im Gedächtnis.«

Bror muss essen. Er braucht Energie und Kraft. Entschlossen nimmt Tessan seinen Teller, belädt ihn mit Bacon und weißen Bohnen, schenkt Tee in seine Tasse und streicht ihm zärtlich über den Nacken. Chantelle sitzt ein Stückchen entfernt am Tisch und beobachtet beunruhigt ihren Freund. Sie sieht, wie er im Essen herumstochert und wie ihm die langen Ponyfransen, die sonst immer so perfekt frisiert sind, strähnig in die müden Augen fallen. Neben ihr sitzt Svante und isst schweigend. Er streicht Clotted cream auf sein Scone, nimmt einen Bissen und kaut langsam. Sigrid tätschelt Tessan die Hand.

»Richtig lecker. Wirklich!«

Tessan nickt zurück und schiebt sich eine Ladung Rührei in den Mund.

Mit einem freundlichen Lächeln fährt Sigrid fort: »Du solltest so was machen, anstatt in einer Imbissbude zu arbeiten. Du bist völlig überqualifiziert für Fastfood. Ich weiß, wie es vorher in unserem Kühlschrank ausgesehen hat, und für mich ist es das reinste Wunder, dass du so eine Mahlzeit daraus gezaubert hast.«

»Tut mir leid wegen gestern. Du musst ja denken, ich bin total gestört.«

»Ist schon in Ordnung. Wenn du wüsstest, wie oft ich – übrigens genau in diesem Zimmer – total besoffen gewesen bin und was ich da alles zu Leuten gesagt habe! Im Vergleich dazu bist du eine Anfängerin. Im Übrigen ist Kafka total überbewertet. Lies lieber Simone de Beauvoirs *Das andere Geschlecht.*«

»Simon was?«

Doch das hat Sigrid nicht mehr gehört, denn sie ist mit ihrem leer gekratzten Teller schon auf dem Weg zur Spüle.

Besorgt sieht Tessan zu Bror hinüber, der nur abwesend auf sein Frühstück starrt. Sie flüstert ihm zu: »Es findet sich schon eine Lösung. Es gibt immer eine Lösung. Jetzt iss ein bisschen.«

Bror flüstert zurück: »Ich habe meine Eltern angelogen, Wein getrunken und Zigaretten geraucht. Was soll es da für eine Lösung geben?«

»Weißt du was? Du bist ein völlig normaler Teenager. Herzlichen Glückwunsch! Jetzt hast du dein Ziel erreicht! Alle Dreizehnjährigen machen solche Sachen, das gehört dazu.«

»Nicht in der Welt meiner Eltern.«

»Denk an diesen französischen Chansononkel, den du so toll findest. Serge! Der hat doch schon als Kind geraucht, hast du gesagt. Er ist sogar in den Puff gegangen. Meine Güte, im Vergleich zu ihm bist du ja das reinste Sonntagsschulkind. Du kümmerst dich sogar um ein Vogeljunges. Keine Nutten, so weit das Auge reicht. Also wirklich!«

»Serge hat sich aber nie von seinen Eltern erwischen lassen. Die hatten genug damit zu tun, die Schrecken des Zweiten Weltkriegs zu überleben.«

»Aha … Okay.«

Die Bewohnerinnen der Kommune sind allmählich mit dem Frühstücken fertig, räumen ihre Teller ab, stehen auf, bedanken sich und machen ein bisschen freundlichen Small Talk in der Küche, tauschen sich darüber aus, wo sich die Autoschlüssel befinden und wann die Mittsommerfeier drüben im Dorf anfängt. Svante steht auf und bringt seinen Teller und seinen Teebecher zur Spüle. Er sieht müde aus, die Haare stehen ihm zu Berge, seine Stimme ist rostig.

»In einigen Stunden muss ich am Gut Smörkulla sein. Bitte packt eure Sachen zusammen und macht euch startklar.«

Er bleibt eine Weile schweigend stehen, so als würde es ihm innerlich widerstreben, doch schließlich bringt er das heraus, woran er denkt: »Danke für das Frühstück, es war richtig gut.«

Tessan bleibt allein am Tisch sitzen und hat plötzlich das Gefühl von innerem Frieden.

Ich habe mich total danebenbenommen. Der Klassiker. Weltklasse. Aber wenn ich darüber nachdenke, ist es schon ziemlich cool. Ich habe Frühstück gemacht. Es ging ziemlich schnell und war überhaupt nicht schwierig. Ganz im Gegenteil, es hat total Spaß gemacht. Dann serviere ich das Frühstück, und alle essen. Und genießen. Ich habe gesehen, wie sie sich immer wieder nachgenommen haben. Diese Rechtsanwältin, die bestimmt tausend Jahre studiert hat, konnte gar nicht genug kriegen von meinem Rührei. Und Eva! Nein, ich meine Sigrid. Wie viele Scones hat die sich eigentlich reingedrückt? Mit diesen Kafkatypen kenn ich mich echt nicht aus, aber kochen kann ich. Und nicht nur das. Ich kann Leute mit meinem Essen zu freundlichen Menschen machen. Das kann ich wirklich.

Bror sitzt in der Hollywoodschaukel. Auf seinem Finger sitzt Serge und genießt die leichte Brise in seinen Federn. Der Vogel streckt ein Bein aus und dehnt es. Dann tut er dasselbe mit den Flügeln. Erst dehnt er den einen Flügel, dann den anderen. Ein kleiner Vogel mit Wachstumsschmerzen. Es kribbelt im Körper, wenn eine Schwalbe groß und stark werden soll.

»Wie geht es dir?«

Chantelle taucht an seiner Seite auf. Sie trägt den Morgenmantel ihrer Mutter und einen zitronenfaltergelben Flanellpyjama. Das dunkle Haar hat sie sich hinter die Ohren geschoben.

Bror zuckt mit den Schultern. »Schlecht. Meine Eltern sind auf dem Weg hierher. Oder besser gesagt, nicht hierher, sondern nach Sandhamn. Weil sie glauben, dass ich dort an einem Segelcamp teilnehme.«

Chantelle nickt und setzt sich neben Bror. Sie lächelt über Serge und seine Dehnungsübungen, streicht ihm sacht mit dem Zeigefinger über den Rücken.

»Wäre es nicht besser, du rufst sie an und sagst ihnen die Wahrheit?«

Bror nickt resigniert. »Doch, vielleicht. Es gibt keinen anderen Ausweg. Sie werden herkommen, mich ausschimpfen, und dann muss ich heim nach Lund.«

»Willst du nicht lieber mit uns nach Stockholm zurückfahren?«

Bror lacht auf. »Glaubst du, ich darf das? Keine Chance. Sie werden mich mit nach Hause nehmen.«

Chantelle schaukelt ein bisschen, stellt ihre nackten Füße ins Gras und setzt die Schaukel langsam in Gang.

»Dann verschwindest du also bald?«

»Vermutlich.«

Serge reckt seine Flügel, flattert ein wenig herum. Und dann springt er. Er springt vom Finger und schwebt hinaus in die Luft – energisch flatternd, den Schnabel stolz emporgestreckt. Mehrere Meter schwebt er, um dann auf die Erde zu fallen und glücklich fiepend zurück zur Hollywoodschaukel zu hüpfen. Chantelle sieht Bror verblüfft an.

»Er ist geflogen! Hast du das gesehen? Er ist einfach gesprungen und davongeflogen!«

Bror hat es gesehen. Und jetzt sieht er Chantelle. Wie sie lächelt.

»Ich will nicht, dass du fährst.«

Jetzt lächelt sie nicht mehr. Aber sie nähert sich. Ihr wunderschönes Gesicht kommt immer näher. Bror sitzt in der Hollywoodschaukel, in einem zerknitterten Pyjama, mit ungekämmten Haaren, ungeputzten Zähnen, vom Weinen verquollenen Augen, und nichts ist so, wie er es sich vorgestellt hat. Er begreift, dass er gleich den ersten Kuss seines Lebens bekommen wird. Und nein, diesmal wird er sich nicht wehren. Was hätte Tessan getan? Die hätte zurückgeküsst, ohne Zweifel. Für einen Jungen wie ihn gibt es keine dritte Chance. Deshalb muss es jetzt so kommen, wie es kommen muss. Chantelles braune Augen sind weit offen, sie lässt ihn nicht los mit ihrem Blick. Bror wagt weder zu blinzeln noch zu atmen. Angenommen, sie verschwindet? Angenommen, sie hört jetzt auf? Angenommen, sie macht weiter? Sein Herz setzt aus, um im nächsten Moment so fest zu schlagen, dass es in ihm dröhnt. Wie eine absurde Mischung von Herzstillstand und Herzrhythmusstörung.

»Bror! Brüderchen!«

Tessan ruft so laut, dass es durch den ganzen Garten schallt. Wo steckt er nur? Sie mag es nicht, dass er in diesem deprimierten Zustand einfach verschwindet. Mit gehetzten Schritten geht Tessan in Richtung Gartenlaube und Hollywoodschaukel. Es ist so leise. Nur das Meckern von Bella ist zu hören, die mit klappernden Hufen versucht, Tessan einzuholen.

Mein Gott, angenommen, er bringt sich um! Das würde gut zu ihm passen. Diese französische Dramatik. Sich die Handgelenke aufritzen, in irgendeinem verdammten See. Sich mit einem

Baguette ersticken. Nein, Bror, so was geht gar nicht. Bring dich bloß nicht um, warte ein bisschen …

Da ist die Hollywoodschaukel. Tessan erkennt Brors braune Schlafanzughose.

»Bror! Da bist du ja. Wir müssen los!«

Tessan tritt vor und sieht … Chantelle, die mit Kussmund ein paar Zentimeter von Bror entfernt sitzt.

Chantelle richtet sich sofort auf. Bror wechselt in den Schneidersitz und lächelt ein bisschen albern. Tessan mustert das verlegene Paar.

»Habe ich euch bei was Wichtigem gestört?«

Bror kichert und blickt verstohlen zu Chantelle hinüber, die mit hochrotem Gesicht am Gürtel ihres Morgenmantels nestelt. Serge sitzt auf dem Rasen und gibt wütende Fiepser von sich.

»Mein Kleiner, habe ich dich vergessen?«

Bror beugt sich vor und hebt seinen Vogel hoch, der sich am klopfenden Herzen seines Betreuers schnell wieder beruhigt.

»Wir müssen los. Svante ist total gestresst.«

28. Kapitel

Kanapees und Schampus in Smörkulla

Der kleine Behindertenbus lässt die Frauenkommune hinter sich. Gefolgt von einer Wolke Dieselgeruch fahren sie durch Wälder, leuchtend gelbe Rapsfelder und Äcker. Alte Kirchtürme nicken ihnen leise zu, eine Katze läuft über den Weg, die Windkraftanlagen drehen sich eifrig, Mittsommerkränze werden gebunden, und die schwedische Flagge flattert stolz von allen Fahnenmasten. Der Belag des Weges wechselt von Kies zu Asphalt und wieder zu Kies.

Svante fährt schweigend und mürrisch. Neben ihm sitzt Tessan, frisch geduscht und in einem geliehenen Baumwollkleid aus der Gästegarderobe der Frauenkommune, ebenso stumm wie Svante.

Zum Glück unterhalten sich Bror und Chantelle hinter ihnen. Manchmal sieht Tessan verstohlen zu Svante hinüber und betrachtet sein Profil. Die entschlossene Nase, die Oberlippe, die ein bisschen vorgestülpt ist, die schwarzen Augenbrauen über den blauen Augen, die heute ein bisschen irritiert wirken. Die Haare, die sie neulich geschnitten hat, sind wieder genauso wild. Er ist schön auf seine Art. Sie hat es gesehen, als sie ihn heimlich beim Tanzen beobachtet hat. Es war fast so, als wäre beim Tanzen die Schönheit aus ihm hervorgebrochen. Wie konnte sie nur gestern diesen ganzen Mist zu ihm sagen? Wie soll er ihr jemals verzeihen? Er ist ein Mann, der seine Frau verloren hat und ganz für seine Tochter lebt. Er hat tödliche Angst vor der Liebe, und sie … sie hat ihn verhöhnt, weil er nicht mit ihr ins Bett will. Eine total besoffene Frau in schmutzigen Sportsachen mit schlechtem Benehmen. Die zu allem Überfluss Kreistänze um einen Haufen Taschen veranstaltet … Instinktiv hebt Tessan ihre Hände und verbirgt ihr Gesicht.

Svante fährt schweigend weiter.

Bror und Chantelle sitzen nebeneinander. Bror in seinem schönsten fliederfarbenen Sommeranzug, Chantelle mit ihrer Melone und einem unsagbar hübschen Fünfzigerjahrekleid mit schwarzen Punkten und gestärktem Unterrock. Bror hat sich entschieden. Er wird nicht mehr an seine Eltern denken, denn er kann die Situation ohnehin nicht ändern. Sie werden anrufen, wenn sie in Arlanda gelandet sind, und dann kommt es, wie es kommt. Vielleicht ist das sein letzter Tag mit Chantelle. Vielleicht der letzte überhaupt. Den will er nicht verschwenden. Das Fenster ist heruntergekurbelt, und Chantelles braune Haare flattern im Wind, es duftet nach Raps, Dung und ein bisschen nach Rosen – vom schönsten Mädchen der Welt.

Jane sitzt hinter ihnen. In schwarzem Anzug, weißem Hemd und schwarzer Weste. Ihre Oberweite ist so groß und knotig wie immer von den kleinen Eichhörnchen. Jane tippt Bror auf die Schulter.

»Wollen wir ein Spiel spielen?«

Bror und Chantelle drehen sich um, sehen Jane an und nicken.

»Gut. Ich denke an eine Person, und ihr müsst raten, an wen. Ihr stellt Fragen, und ich darf nur mit Ja oder Nein antworten.«

Chantelle beißt sofort an.

»Ist es eine Frau?«

»Nein.«

»Kenne ich den Mann?«

»Ja.«

Bror denkt nach.

»Ist er eine bekannte Person?«

»Nix.«

»Ist er alt?«

»In seiner Seele vielleicht, aber ansonsten nicht. Die Antwort lautet Nein.«

»Ist er ein Gentleman?«

»Ohne Zweifel: Ja!«

Der Wind zieht und zerrt an Chantelles Melone, und sie legt ihre Hand auf den Hut.

»Sitzt er in diesem Auto?«

Jane nickt.

»Ist er klug?«

»Ja.«

»Ist er auch schön? Und extrem eloquent?«

»Du hast den Nagel auf den Kopf getroffen. Ja.«

»Hat er ein Herz aus Gold und ist gekleidet wie ein König?«

Jane nickt.

»Ist es Bror?«

»Na klar ist er das.«

Jane lächelt, während Chantelle mit leuchtenden Augen ihren Freund betrachtet. Eine tiefrote Farbe wandert von Brors Hals bis zu seiner Stirn. Dann öffnet er den Mund und sieht Chantelle direkt in die Augen.

»Fühlt sich diese Person für dich an wie ein Bruder?«

Das Mädchen mit Melone lächelt breit.

»Nein, völlig anders.«

Der Behindertenbus hält am großen schmiedeeisernen Tor, das sich langsam vor ihnen öffnet. Im Schritttempo fahren sie den schmalen Weg entlang. Neugierige Pferde trotten auf den Weiden am Wegesrand. Ein Stück entfernt thront ein Schlösschen. Es ist umgeben von Statuen, stattlichen Eichen und gepflegten Rasenflächen. Man hat einen mindestens drei Meter hohen Maibaum errichtet, und auf der breiten Treppe, die zum

Schlösschen hinaufführt, stehen zwei schwarzweiß gekleidete Bedienstete.

Chantelle klatscht vor Begeisterung in die Hände.

»Kanapees! Hier gibt es bestimmt Kanapees, Bror.«

Tessan mustert ihr schlichtes kariertes Baumwollkleid, das am Busen ein bisschen sehr eng anliegt. Kanapees, Schampus und Überfluss sind ungefähr das Letzte, worauf sie jetzt Lust hat.

»Määääh!«

Meckernd versucht Bella durch die Fensterscheibe nach draußen zu sehen. Tessan beugt sich vor und gibt der treuen Ziege einen Kuss.

Einer der Bediensteten kommt zum Auto, und Svante kurbelt die Scheibe herunter.

»Herzlich willkommen. Gehören Sie zu den Gästen oder zum Personal?«

Svante denkt eine Weile nach. »Vielleicht eher zum Personal. Ich soll heute Abend tanzen.«

»Aha, dann gehören Sie zur Tanztruppe. Folgen Sie dem Weg zum Parkplatz am linken Flügel. Dort gibt es einen Saal, in dem Sie sich umziehen können. Darin stehen auch Betten, wenn Sie über Nacht bleiben wollen.«

Svante nickt und folgt dem schmalen Weg, während Jane von hinten ruft: »Wir übernachten hier. Auf gar keinen Fall fahren wir heute Abend noch weiter nach Rosenhecht.«

Tessan lehnt am Auto, Bella steht geduldig neben ihr. Die Leute von der Tanztruppe haben sich umgezogen. Fünf Männer und fünf Frauen, alle in bunten Trachten. Konzentriert, aber gut gelaunt sprechen sie noch mal den Auftritt durch. Svante steht in der Mitte, gestikuliert und ermutigt. Das weiße Hemd ist gebügelt und leuchtet als Kontrast zur bestickten Weste. Alles sitzt genau dort, wo es sitzen soll: die Armbänder mit den kunstvollen Blumenstickereien, die helle

Elchlederhose, die hinten geknotet wird, die blauen, bestickten Strümpfe, das schwarze Seidenband am Hals, der schwarze Hut.

Tessan erkennt die rothaarige Frau mit den Lachgrübchen. Sie trägt ein rotweiß gestreiftes Kleid, eine fest geschnürte schwarze Korsage mit Blumenstickereien und ein kleines weißes Kopftuch, das sie sich um das rote, wilde Haar gebunden hat. Konzentriert hört sie Svante zu, manchmal legt sie ihre Hand auf seine Schulter.

»Was meinst du, Bella, mischen wir uns ein bisschen unters Volk?«

Bella meckert zustimmend, und die beiden gehen zusammen zum Park auf der Rückseite des Schlosses.

Jane schließt die Augen. Sie schafft es nicht, aus dem Bus zu steigen. Von Weitem hört sie das Gelächter der Tanztruppe, und noch weiter entfernt erahnt sie Livemusik vom Fest. Aber sie sitzt gut, wo sie sitzt. In einem glühend heißen Behindertenbus. Sie will wirklich nicht nach Rosenhecht. Es ist, als würde sich ihr Körper verkrampfen, je näher sie kommt. Und jetzt ist sie richtig nahe. Nur ein paar Kilometer entfernt liegt das Bahnhofsgebäude. Es muss mittlerweile ziemlich leer sein. Nur die schweren Möbel und die verlassene Großküche sind noch dort. Mal abgesehen von der Mutter im Leichenhaus und dem Vater unter der Erde.

Warum tut es so verdammt weh? Jane legt sich eine Hand auf den Bauch und fährt kreisend darüber, damit er sich beruhigt. Aber es hilft nicht. Sie hatte gelobt, nie wieder nach Rosenhecht zurückzukehren, sich nicht damit zu konfrontieren. Denn das Leben kann ja trotzdem weitergehen. Man kann doch eine Tür schließen und sie verschlossen lassen. Warum soll sie sich um das Haus und den ganzen anderen Kram kümmern? Sie hat sich ihre Eltern nicht ausgesucht. Sie hat sich nicht ausgesucht, in diesem Haus an diesem Ort aufzuwachsen. Warum soll sie hinfahren und die Konsequenzen der Entscheidungen anderer Menschen tragen?

Familie ist eine so seltsame Erfindung. Mama, Papa, Kind. Nein, Jane wollte nie eigene Kinder haben. Kein unschuldiges Kind sollte sie als Mutter haben müssen. Da ist es besser, andere Menschen und Tiere zu retten und dann weiterzugehen. Allein.

Der lange, breite Bootssteg, oder vielleicht sollte man sogar Seebrücke sagen, reicht weit hinaus in das stille Gewässer des Vänersees. Am Ende steht ein langer, mit Leinentüchern gedeckter Tisch, darauf Champagnerkübel, schwedische Fahnen, Platten voller kleiner Kanapees mit allen erdenklichen Heringssorten, Schnittlauch, verschiedenen Renkencremes, Wachteleiern, Graved Lachs aus dem Vänersee und Hechtquenelles. Festlich gekleidete Menschen machen fröhlich Small Talk.

Die Mittsommersonne wärmt die Gäste auf dem Bootssteg, und die Möwen fliegen ungeduldig in der Luft herum, denn auch sie sind begierig auf die Kanapees.

Chantelle hebt blinzelnd ihr Champagnerglas.

»Prost darauf, dass in diesem Moment weder Papa, Jane noch Therese hier sind und wir in aller Ruhe Blubberwasser probieren können!«

Bror kichert und unterdrückt seine spontane Anwandlung, sich hinzuknien und um Chantelles Hand anzuhalten. Auch Bror spürt, dass die Romantik gewisse Grenzen hat.

Nein, er kann ihr keinen Heiratsantrag machen, sie sind ja erst dreizehn. Aber er könnte sie vielleicht fragen, ob sie mit ihm zusammen sein will? Tut man das nicht? Vor ein paar Jahren hat sich bei seinen Klassenkameraden alles darum gedreht, wer mit wem gehen wollte. Diese Frage stellt man vermutlich nicht mehr mit dreizehn. Aber irgendwas muss man doch fragen können! Zum Beispiel, ob die Person, die man liebt, einen auch liebt? Und wann wäre ein passenderer Moment für eine solche Frage als jetzt?

»Woran denkst du?«

Chantelle blinzelt in die starke Sonne, knabbert an einem Kanapee mit Wachtelei und nimmt einen Schluck Champagner. Verlegen blickt Bror auf seine hochglanzpolierten Schuhe.

»An gar nichts.«

»Lüg nicht. Ich habe gesehen, dass du an irgendwas gedacht hast. Sag schon. Es ist Mittsommer, da muss man besonders ehrlich sein, wusstest du das nicht?«

»Ich habe darüber nachgedacht«, sagt Bror, »was man tut, wenn man zu alt ist, um eine Person zu fragen, ob sie mit einem gehen will, aber zu jung, um einen Heiratsantrag zu machen.«

»Gute Frage.«

Mit nachdenklicher Miene kaut Chantelle an ihrem Kanapee. Die Sonne lässt ihre nackten Arme glitzern, Brors Hand bekommt Zuckungen, die er unterdrücken muss. Nein, er kann ihre Arme nicht einfach so streicheln. Chantelle blickt auf, nachdem sie gründlich nachgedacht hat.

»Weißt du was? Ich glaube an alles oder nichts. Meine Vorbilder im Leben sind Romeo und Julia. Shakespeare war in einer sehr traurigen, aber auch sehr schönen Stimmung, als er dieses Drama geschrieben hat. Die beiden waren nicht viel älter als du und ich. Aber sie wussten schon bei ihrer ersten Begegnung, dass genau das der Sinn von allem war. Trotz aller Widerstände, auf die ihre Liebe stieß. Und sie haben geheiratet. Heimlich. Ich möchte nie mit jemandem zusammen sein, wenn es sich nicht so anfühlt. Wenn ich also auf deine Frage antworten soll, finde ich, dass man schweigen sollte – oder einen Heiratsantrag machen. Keine faulen Kompromisse.«

Bror schluckt. Es kommt ihm so vor, als würde sein Schluckgeräusch den Bootssteg erschüttern. Was meint Chantelle eigentlich – dass er einen Heiratsantrag machen oder für den Rest des Lebens schweigen soll?

»Darf es vielleicht ein Glas Champagner sein?«

Ein schwarzweiß gekleideter junger Mann hält ihr ein Tablett voller Gläser hin. Tessan schüttelt freundlich den Kopf.

»Nein, danke. Hätten Sie vielleicht etwas Alkoholfreies? Wasser oder Saft?«

»Määääh.«

Bella, die neben ihr steht, meckert zustimmend und knabbert ruhig an Tessans Sommerkleid.

»Ist das ... Ihre Ziege?«

Der Kellner hebt erstaunt die Augenbrauen und reicht Tessan ein Glas alkoholfreien Cidre.

»Nein, das nicht. Aber sie glaubt, dass ich ihr Mensch bin, könnte man vielleicht sagen. Darf ich mir ein Kanapee nehmen?«

»Selbstverständlich!«

Der Mann führt sie zu einem üppig beladenen Tisch, dann rauscht er weiter mit seinem Champagnertablett. Tessan nimmt sich ein Kanapee mit Felchencreme. Hinter ihr liegt das Schloss, sie hält die Hand vor die Augen, um sie vor der Sonne zu schützen, und blickt über den riesigen Park, den Strand und den imposanten Bootssteg.

Die Kanapees schmecken ... ziemlich langweilig. Zu wenig Salz, keine Säure und ganz einfach uninspiriert. Wachteleier auf ... gegrilltem Tatar? Nun ja ... Warum nimmt man so teure Zutaten, wenn nichts Besseres dabei herauskommt? Zu viel Geld, zu wenig Phantasie.

Tessan probiert sich methodisch durch das Angebot auf dem Tisch. Zuletzt isst sie ein winziges Kanapee mit einer in Safran getränkten Hechtquenelle. O nein, der Safran überdeckt den Geschmack des Hechts. Es schmeckt nur noch nach Safran und erinnert sie an Weihnachtsgebäck. Fröhliche Weihnachten mitten im Sommer. Tessan schließt die Augen und kaut langsam. Sie denkt an Hecht, den sie mit ... genau, mit Krebsfleisch mischt. Wäre das nicht lecker? Zitrone, Salz, dazu etwas weißen Pfeffer, eine Prise Zucker. Dill. Frischen Dill. Die Fischmasse kneten und hübsche, kleine Bällchen formen, die sie in ... Fischbouillon und Champagner kocht! Wow! Das muss sie mal ausprobieren. Vielleicht gibt es ja Krebse im Vänersee?

Der Kellner schwebt mit leeren Gläsern vorbei, um sie gegen mit Champagner gefüllte auszuwechseln. Tessan hält ihn auf.

»Darf ich Sie was fragen? Wer hat die Kanapees für die Feier gemacht?«

Der Mann denkt eine Weile nach.

»Ehrlich gesagt weiß ich das gar nicht. Am besten fragen Sie Gustaf selbst.«

»Gustaf?«

»Ja, den Besitzer. Kennen Sie ihn nicht?«

»Nein, ich bin hier nur ... Ich gehöre sozusagen zur Tanztruppe.«

»Verstehe. Sehen Sie den Mann dort drüben mit dem hellblauen Hemd und den weißen Jeans?«

Tessan späht in den Park hinunter. Sichtet die Gäste, die miteinander plaudern, in wogenden Kleidern, weißen Anzügen, breitkrempigen Hüten, mit Blumenkränzen im Haar und Stilettoabsätzen, die im Gras versinken. Und mittendrin steht ein Mann, vielleicht ein bisschen älter als sie selbst. Hellblaues Hemd, weiße Jeans, halblanges, nach hinten gekämmtes mittelblondes Haar, kreideweiße Sneakers. Gustaf.

»Ich sehe ihn. Danke.«

29. Kapitel

Eine neue Tür öffnet sich

Natürlich brauchst du einen Mittsommerkranz!« Chantelle zieht Bror mit sich auf die Wildblumenwiese, ein Stück vom Strand und vom gepflegten Schlosspark entfernt. Von Weitem hört man klingende Gläser, Gelächter, Musik von den Spielleuten aus einem der großen Zelte und das Geschrei von gierigen Möwen.

Mohn, Kornblumen, Hahnenfuß, Butterblumen, Wiesenkerbel, Rotklee, Glockenblumen und Veilchen bilden ein wahres Blütenmeer. Chantelle lässt Brors Hand los und schwebt hinaus zu den Blumen. Das gepunktete Kleid und das lange braune Haar flattern im Wind. Sie bückt sich, pflückt einige Blumen, sortiert sie in der Hand, sucht weiter, pflückt noch ein paar.

Dieses Bild will Bror für immer im Gedächtnis behalten. Sobald er an nichts anderes denkt, soll genau dieses Bild auftauchen. Chantelle dreht sich um, als würde sie seinen Blick im Rücken spüren, und winkt ihm fröhlich zu. Bror winkt zurück. In seinem ganzen Leben wird er nie wieder einen Menschen treffen, den er mehr lieben wird, der besser zu ihm passt, der schöner oder mutiger ist. Chantelle. So heißt die Frau seines Lebens. Das ist einfach so. Alles oder nichts. Genau so hat sie es gesagt. Heute wird er ihr einen Antrag machen. Ein Mädchen zu fragen, ob es mit einem gehen will, ist etwas für Feiglinge. Bror ist kein Feigling, er ist alles Mögliche, aber kein Feigling.

»Tut mir leid, wenn ich störe. Ich würde nur gern was fragen.«

Tessan steht hinter Gustaf und seinen Gästen. Niemand

reagiert, sie lachen und sprechen womöglich noch lauter als zuvor. Es riecht nach Rasierwasser und Haarspray. Beschämt sieht sie an sich hinunter, begutachtet das schlecht sitzende karierte Baumwollkleid, denkt an ihr struppiges Haar. Zwar frisch gewaschen, aber mehr auch nicht. Die Brille leuchtet blau, und die Turnschuhe passen wohl nicht ganz zum Kleid.

Nein, Tessan! Jetzt lass den Mut nicht sinken, nur weil du die falschen Klamotten trägst! Du bist du. Nein, ich meine, ich bin ich, wie auch immer ich aussehe. Was hat Svante neulich gesagt? Dass man eine Daseinsberechtigung hat, auch wenn man nicht die Allerschönste ist? Vielleicht nicht in diesen Worten, aber so ähnlich. Bror hätte sicher ein total gutes Sprichwort parat. Besser eine Brille auf der Nase als zehn auf dem Dach oder so ähnlich.

»Entschuldigung.«

Tessan tippt Gustaf auf die Schulter. Er dreht sich schnell um, sieht sie freundlich, aber verständnislos an. Seine Gäste sprechen weiter fröhlich miteinander.

»Wie kann ich denn weiterhelfen?«, fragt er in dem klingenden Dialekt dieser Gegend.

Braun gebrannt, kreideweiße Zähne, leuchtend blaue Augen, und sein aufgeknöpftes Hemd gibt den Blick auf eine glatte braune Brust frei.

»Na ja … ich habe eben ein paar von den Kanapees da oben gegessen und …«

Gustaf sieht sie an, wartet.

»… und ich frage mich, wer sie gemacht hat.«

»Määäääh!«

Gekränkt meckert Bella hinter ihr. Erstaunt hebt Gustaf die Augenbrauen.

»War das ein Schaf?«

»Nein, eher eine Ziege.«

Tessan tritt ein bisschen zur Seite und lässt Bella vor. Gleich drückt sie sich an Tessans Bein und knabbert am Saum ihres Kleids.

»Wer bist du? Haben wir uns schon mal gesehen?«

»Nein, ich bin eine Freundin der Tanztruppe. Ich werde auch nicht lange bleiben, versprochen.«

»So habe ich das gar nicht gemeint, natürlich darfst du bleiben, wenn du zur Tanztruppe gehörst. Ist es deine Ziege, oder gehört sie auch zur Tanztruppe?«

Tessan lacht und streicht Bella über den Rücken.

»Nein, sie ist mit mir gekommen. Wir sind beste Freunde, könnte man sagen. Oder zumindest ist sie mit mir befreundet. Ich heiße übrigens Tessan.«

»Gustaf.«

Sie schütteln sich die Hände. Dann herrscht Schweigen, während Tessan sich sammelt.

»Also, ich wollte nur fragen, wer die Kanapees gemacht hat.«

Gustaf lächelt freundlich und nimmt einen Schluck Champagner.

»Die sind von einer Cateringfirma in Mariestad. Warum?«

»Ich kann das besser.«

Gustaf lacht und fährt sich durch sein nach hinten gekämmtes Haar.

»Aha. Was hat denn an denen hier nicht gestimmt, wenn ich fragen darf?«

Tessan denkt eine Weile nach.

»Sie waren uninteressant. Weder richtig lecker noch irgendwie ungewöhnlich. Eher wie … ein Achselzucken. Und das ist doch schade, wenn hier schon so eine pompöse Feier steigt. Ich meine, das hier ist doch die Party des Jahres, oder?«

»Ja, das kann man so sagen. Ich organisiere ziemlich oft Feste, aber die Veranstaltungen zu Mittsommer und Silvester sind die größten hier in der Gegend, das ist schon so. Auf jeden Fall. Aber ich habe noch nie Beschwerden über das Essen bekommen, und ich nehme immer dieselbe Firma.«

»Ach, die Leute beschweren sich ja auch nicht, solange das Essen ganz okay ist, und wenn du schon so großzügig bist, dann klagt man natürlich nicht. Aber ist jemals einer zu dir gekommen und hat gesagt, dass er in seinem ganzen Leben noch nie was Besseres gegessen hat?«

Gustaf denkt nach.

»Nein, ich glaube nicht.«

»Wäre das nicht toll?«

»Doch, na klar wäre das toll.«

»Dann beauftrage mich. Ich garantiere dir das beste Essen der Welt. Und wenn du nicht zufrieden bist, musst du auch nichts bezahlen. Also, die Zutaten schon, aber nicht meine Arbeit. Die ist dann kostenlos. Wann hast du deine nächste Einladung?«

Gustaf lacht nervös und krempelt die Ärmel seines hellblauen, gebügelten Hemdes hoch.

»Du willst es wirklich ganz genau wissen, oder? Vielleicht gibst du mir dein Kärtchen, dann schaue ich mir deine Website an und melde mich bei dir.«

»Nein, so funktioniert das nicht bei mir. Aber ich kann zu dir nach Hause kommen und Probe kochen, und wenn es dir gefällt, dann haben wir einen Deal.«

Was passiert da eigentlich gerade? Es ist so, als hätte mich jemand in Mut getaucht. Wie heißt noch mal der Zauberer bei Asterix? Der in einem großen Kessel einen Zaubertrank herstellt, der übermenschliche Kräfte verleiht? Es fühlt sich so an, als hätte mich jemand da hineingetaucht!

Einer vom Service kommt zu ihnen und wendet sich halblaut an Gustaf: »In ein paar Minuten ist es drei, die Tanzfläche ist bereit, vielleicht wäre es an der Zeit, die Gäste dorthin zu bitten?«

»Natürlich. Gibst du Lotten und Marie Bescheid, damit sie den Gong betätigen und die Gäste in Schwung bringen?«

Der Kellner nickt und saust davon in Richtung Schloss. Entschlossen wendet sich Gustaf Tessan zu.

»Wir reden später weiter. Jetzt ist erst mal Tanzen angesagt!«

Die Tanzfläche ist am Strand aufgebaut. Riesige Lautsprecher sind installiert, und es ist offensichtlich, dass später am Abend eine Party steigen wird, an die man noch lange denken wird. An der Tanzfläche stehen die Gäste mit ihren Champagnergläsern herum, machen Small Talk und warten auf die Show des Jahres. Dem Gemurmel entnimmt Tessan, dass letztes Jahr irgendein hipper DJ aus London da war. Nun fragt man sich, wer wohl heute Abend kommen wird.

Tessan lehnt sich an den Zaun, trinkt den Rest von ihrem Cidre und sieht Chantelle und Bror auf der gegenüberliegenden Seite der Tanzfläche stehen und warten. Sie könnten aus einem alten Film stammen. Bror mit seinem glänzenden dunklen Seitenscheitel und einem Blumenkranz auf dem Kopf, mit seinen grünen Augen und dem lilafarbenen Anzug. Er trägt auch jetzt den Schal, in dem Serge flattert. Chantelle lehnt sich an ihn. Mit der Melone und ihrem Kleid, das so sitzt, als wäre es für sie geschneidert worden. Vielleicht ist es das auch, Chantelle kann ja gut nähen. Sie unterhalten sich ein wenig, lächeln sich schüchtern an. Wenn Chantelle nicht hinsieht, blickt Bror sie verstohlen von der Seite an. Und umgekehrt.

Tessan wünscht sich, dass Bror tatsächlich ihr Bruder wäre. Ein kluger, lieber und gutherziger kleiner Bruder. Der sie liebt. Sie spürt, dass sie und er etwas gemeinsam haben. Bror entdeckt sie und winkt ihr eifrig zu. Tessan winkt zurück und schickt ihm einen Luftkuss.

Jetzt setzt die Musik ein. Sie dröhnt aus den Lautsprechern, das Gemurmel verstummt, und die Gäste konzentrieren sich auf die Tanzfläche. Dann hören sie fröhliche Schreie, verrücktes Gebrüll. Vom Schloss kommen die Tänzer angesprungen, den perfekt gemähten Abhang hinab zum Strand und zur Tanzfläche. Sie johlen, schlagen Räder, machen Radwenden, und die Gäste beginnen zu klatschen und zu pfeifen. Mit rosigen Wangen reichen die Tänzer einander die Hand und laufen unter lautem Beifall auf die Bühne. Geigen, Trommeln und

Flöten erklingen aus den Lautsprechern, und die Tänzer beginnen zu stampfen – so wild, dass die Tanzfläche bebt. Svante konzentriert sich auf seine rothaarige Tanzpartnerin. Zusammen wirbeln sie auf der Bühne herum. Svante lächelt mit dem ganzen Körper, wenn er sie hochhebt. Das lockige Haar ist feucht vor Schweiß, und die blauen Augen funkeln in der Sonne.

Alle auf der Tanzfläche bewegen sich gekonnt, und obwohl die Tänze wild, verrückt und improvisiert wirken, ist jede Bewegung einstudiert. Die Geigen spielen so schnell, dass die Ohren kaum mitkommen. Jetzt steht Svante allein in der Mitte, die übrigen Tänzer in einem Kreis um ihn herum, sie stampfen und klatschen. Eine wilde, ungezähmte Energie steckt in ihnen. Svante knöpft seine Weste auf, wirft sie beiseite. Das Publikum beginnt zu pfeifen. Mit einem breiten Lächeln reißt er sich das Hemd vom Leib und schleudert es ebenfalls von sich, um sich dann mit nacktem Oberkörper hinzuhocken und einen rasenden Kosakentanz hinzulegen.

Es hört gar nicht mehr auf, die Tänze gehen ineinander über, bis die Zuschauer zu einem Teil des Tanzes geworden sind.

Tessan beobachtet Svante. Sie sieht seine vollkommene Hingabe, seine Ehrlichkeit, seinen geschmeidigen, muskulösen Oberkörper, sein glückliches Gesicht, wie oft er Chantelle zulächelt, die ihm mit dem Blick folgt, und wie unendlich zärtlich er seine rothaarige Tanzpartnerin berührt, obwohl der Tanz an sich unkontrolliert und beinahe grob wirkt.

Ich habe noch nie jemanden wie ihn kennengelernt. Keine Ahnung, womit ich ihn vergleichen sollte. Freddy ist ganz weit weg. Alles zu Hause kommt mir wie in Nebel gehüllt vor, auch wenn es noch gar nicht so lange her ist, dass ich von dort weggegangen bin. Ich vermisse nichts. Ist das nicht komisch? Alles zurückzulassen, was man hat, und nichts zu vermissen. Ich vermisse nicht mal meine Facebookseite! Dabei habe ich sonst stundenlang Status-

meldungen gepostet. Habe Fotos von mir und Freddy hochgeladen, wenn wir besonders cool aussahen und besonders tolle Sachen gemacht haben. Auch meine Schminktasche vermisse ich nicht. Und meine Kleider schon gar nicht. Ich fühle mich, als wäre ich einfach umprogrammiert.

Ein heftiger Trommelwirbel, die Tänzer verbeugen sich, und die Musik endet schlagartig. Die Gäste johlen und klatschen, dass es über den ganzen Vänersee schallt. Die Tänzer verbeugen sich erneut. Svantes Locken sind schweißnass. Gustaf springt mit einer großen Flasche Champagner und einem Tablett voller Gläser auf die Tanzfläche. Er pfeift laut auf zwei Fingern, und der Applaus legt sich.

»Wow! Diese Art von Volkstanz haben wir so noch nicht gesehen, oder?«

Das Publikum klatscht und pfeift.

Gustaf verteilt die Gläser und füllt sie mit Schampus.

»Tausend Dank für den abgefahrensten Mittsommertanz, den ich je gesehen habe. Noch einen Riesenapplaus für die Tanztruppe Wollwalker! Auf der Terrasse am Haus steht ein Büfett für alle bereit, bitte esst und trinkt. Die Tanzparty beginnt um acht Uhr. Ein frohes Mittsommerfest – und jetzt geht's los!«

Der Applaus brandet noch einmal auf, die Tänzer verbeugen sich immer wieder, dann setzt das Gemurmel wieder ein, und die Gäste zerstreuen sich. Svante steht mit nacktem Oberkörper da, lacht zusammen mit der Rothaarigen und noch ein paar anderen von der Tanztruppe.

Ich muss mich bei Svante entschuldigen. Das muss ich wirklich. Er darf nicht denken, dass ich so schlimm bin. Ich werde ihm sagen, dass ich ihn mag, dass er gar nicht mit mir Sex haben soll, ich will nämlich …

»Wer kommt mit zum Baden?«

Das war die Rothaarige. Ihr Haar glänzt in der Sonne, und Svante meldet sich. Sonst niemand? Nur die beiden? Ein dumpfes Gefühl breitet sich in Tessans Magen aus, doch da hört sie Gustafs Stimme hinter sich.

»Sag mal, wann kommst du zum Probekochen?«

Der Champagner ist lauwarm, aber Jane trinkt direkt aus der Flasche, bis der Alkohol seine Wärme in ihrem Körper verbreitet. Die Knoten schmerzen zu sehr, der Duft vom Vänersee riecht nach Kindheit, und es ist Mittsommer. Sie sitzt allein im Bus, steckt sich ein Zigarillo in den Mundwinkel, zündet es an und zieht den Rauch ein. Wenige Kilometer entfernt liegt Rosenhecht und lauert auf sie. Wie ein fetter, hungriger Hecht mit spitzen Zähnen. Der schon seit Jahren im Schilf liegt und auf den perfekten Moment wartet, um zuzuschlagen. Jane lauscht in Richtung Wald.

Sie braucht eine Eiche. Eine geduldige Eiche, die Geborgenheit ausstrahlt und an die sie sich jetzt lehnen kann. Mit der Champagnerflasche in der Hand steigt Jane aus dem Bus. Sie streckt sich und sieht sich um. Hinter ihr das Schloss und der See, vor ihr Pferdekoppeln. Und hinter den Pferdekoppeln Wald. Mit entschlossenen Schritten lässt Jane den Bus und das Schloss hinter sich und betritt eine der Koppeln.

Die Pferde kommen neugierig auf sie zu, schnauben zur Begrüßung und stupsen mit dem Maul an ihre Arme. Sie streichelt die warme Haut der Pferde, während sie nebeneinander über die Weide gehen.

»Und du hast alles hinter dir gelassen? Wirklich alles?«

»Yes.«

Tessan nickt und nimmt einen Schluck Mineralwasser, während Gustaf sie mustert. Sie hat es sich in einem Liegestuhl bequem gemacht, hat das Kleid ein wenig hochgezogen und die Sonnenbrille in die Haare geschoben. Das Kleid ist über der Brust aufgeknöpft, und die schwellenden Hefeteiglinge dürfen ein bisschen atmen. Die laue Nachmittagssonne streichelt sie und Bella, die zu ihren Füßen ruht. Gustaf genehmigt sich ein eiskaltes Bier.

»Cool. Und was hast du jetzt vor?«

»Kochen. Ich weiß nicht, wie und wo, ich weiß nur, dass ich kochen will. Zum ersten Mal in meinem Leben habe ich ein Ziel.« Tessan blickt Gustaf an, der mit aufgeknöpftem Hemd im Stuhl neben ihr liegt. »Das ist großartig! Ich habe mich eigentlich noch nie für etwas entschieden. Weder für einen Mann noch für eine Wohnung oder für einen Beruf. Es hat sich immer alles irgendwie ergeben. Aber jetzt habe ich eine Entscheidung getroffen. Ich merke nämlich, dass sich alle freuen, die das essen, was ich gekocht habe. Sie werden nicht nur satt, sie sind auch glücklich. Du wirst es schon noch sehen.«

Tessan blinzelt ihm zu.

»Und dieses Schloss hier? Ist es deins, oder wie?«

»Ja, das könnte man sagen. Meinen Eltern gehört es natürlich auch. Sie wohnen im Hauptgebäude und ich in einem Seitenflügel. Im anderen Flügel lebt meine Schwester mit ihrer Familie. Aber zu Mittsommer ist meine Schwester auf dem Gut ihres Mannes in Südschweden, und meine Eltern machen den ganzen Sommer Urlaub an der Riviera. Deshalb habe ich sturmfreie Bude, kann meine Freunde einladen und eine große Party veranstalten. Dieses Jahr schon zum vierzehnten Mal.«

Tessan nickt.

»Warum besitzt ihr ein Schloss?«

»Es gehört uns schon seit Generationen. Es wird in der Linie meines Vaters immer weitervererbt.«

»Mein Vater hat mir nicht mehr als seinen Nachnamen hinterlassen, und davon habe ich auch nichts gehabt. Von einem Schloss habe ich nie etwas gehört, er hat mir ja nicht mal einen beschissenen Holzschuppen vermacht. Sag mal, hast du eigentlich eine Zigarette für mich?«

»Einen Moment.«

Gustaf steht auf, schließt ein paar Hemdenknöpfe und winkt einem Kellner zu.

»Kannst du bitte mit einem der Körbe vorbeikommen?«

Der wie ein Pinguin gekleidete Kellner nickt aufmerksam und macht sich eilig auf den Weg in Richtung Schloss. Im selben Moment kommen zwei junge, hübsche Frauen herbei, wechseln ein paar Worte mit Gustaf, küssen ihn auf die Wange und wackeln auf ihren hohen Absätzen weiter. Gustaf legt sich wieder auf seinen Stuhl und verschränkt die Hände im Nacken.

Tessan richtet sich auf und setzt sich in den Schneidersitz.

»Was arbeitest du eigentlich? Oder arbeitest du gar nicht?«

»Natürlich arbeite ich. Aber mein Job ist kein gutes Gesprächsthema. Ich verschiebe Geld von einem Ort zum anderen, kaufe und verkaufe Devisen, eigentlich ist alles nur Spiel, könnte man sagen. Ich sehe nie das, womit ich arbeite. Es sind nur Zahlen, die von einem Platz zu einem anderen springen. Essen ist da viel spannender. Was ist deine Spezialität?«

Tessan, jetzt sei mal ein bisschen schlau. Neben dir liegt ein steinreicher Kerl, der dich vielleicht anheuern wird. Jetzt sag bloß nicht, dass du die Königin der Grillplatte bist mit der Sonderdisziplin Hamburger. Damit kriegst du keine interessanten Cateringaufträge. Trag ruhig ein bisschen dick auf, solche Typen stehen auf so was.

»Ich kann alles. Sag, was du essen möchtest, und ich mache es dir.«

»Das klingt ja fast ein bisschen äquivok.«

Äquivok. Was bedeutet das denn? Egg wie Wok. Mag er Eier im Wok?

Ein Kellner kommt mit einem Korb zu ihnen. Darin liegen Zigarettenschachteln der verschiedensten Marken. Tessan klatscht glücklich in die Hände.

»Wie jetzt, darf ich mir eine ganze Packung nehmen?«

»Natürlich.«

Tessan schnappt sich ein Päckchen Marlboro, reißt es auf

und steckt sich eine Zigarette in den Mund, die der Kellner ihr umgehend anzündet.

»Sag mal, was du gerne isst.«

Gustaf denkt nach.

»Auf die Gefahr hin, total albern zu klingen, aber ich liebe Hamburger. Ein richtig gut gemachter Hamburger – ich finde, es gibt nichts Besseres.«

Tessan lächelt breit, nimmt einen tiefen Zug und bläst dann drei perfekte Rauchringe aus.

»Baby, du ahnst ja gar nicht, dass du bei mir genau an der richtigen Stelle gelandet bist.«

30. Kapitel

Der Hunger ist die beste Würze des Lebens

Die Sonne geht unter am Horizont des Vänersees, und ein orangerosa Himmel bleibt, der in den heftigsten Farben sprüht. Die Party ist in vollem Gang. Ein DJ mit schief aufgesetzten Kopfhörern und Igelfrisur wechselt in rasendem Tempo die CDs, während schwere Bässe aufs Wasser hinausdröhnen. Die Tanzfläche ist voller Menschen, viele haben ihre Schuhe ausgezogen, um jetzt glücklich auf- und abzuspringen und die Musik, den Champagner und die berühmt-berüchtigte Partystimmung des Mittsommers zu genießen.

Bror beißt sich auf die Lippe. Jetzt kann er nicht länger warten. Chantelle sitzt neben ihm auf dem noch sonnenwarmen Felsen, und ihre samtweiche Haut färbt sich in den letzten seufzenden Sonnenstrahlen orange. Schweigend blickt sie auf den See hinaus. Er hat immer noch den Kranz im Haar, den sie für ihn gebunden hat. Er piekst ein bisschen, und die Blumen sind etwas zerdrückt, aber er wird ihn auf keinen Fall abnehmen. Mit diesem Kranz wird er sich begraben lassen! Serge weigert sich, im Schal zu bleiben, und spaziert stolz auf seinen kleinen Beinen herum.

Bror hebt seine Hand und legt sie auf Chantelles. Sanft streicht er mit seinen Fingern über ihre. Sie dreht sich zu ihm um. Lächelt so vorsichtig, dass man es kaum sieht. Die Melone hat sie beiseitegelegt, und ihre Haare flattern in der Brise. Bror räuspert sich.

»Ich weiß nicht, wie ich es sagen soll.«

Chantelle lächelt. »Es ist Mittsommer, da muss man ehrlich sein. Sag es einfach.«

Okay. Bror atmet tief ein.

»Ich ...«

Pause. Atmen. Atmen.

»... ich liebe dich.«

Er atmet aus. Jetzt ist es raus. Und er hat es so laut gesagt, dass sich beinahe Kreise auf der Wasseroberfläche gebildet hätten. Chantelle bleibt sitzen. Serge flattert eifrig mit seinen Flügeln.

»Mach weiter.«

Bror sieht Chantelle fragend an.

»Wie weiter?«

»Ich glaube, du wolltest noch was sagen.«

Ohne ein weiteres Wort steht Bror auf, zupft an seinem Sakko, glättet sein Haar mit der Hand. Dann geht er vor Chantelle in die Knie und fasst ihre Hände.

»Ich bin schon dein. Aber willst du auch ... mein werden?«

Chantelles Gesicht leuchtet auf, und wie eine Blume, die ihre Blütenblätter in der Sonne entfaltet, strahlt sie Bror entgegen.

»Ja, das will ich.«

Bror und Chantelle beugen sich beide vor. Unendlich weich begegnen sich ihre Lippen. Kein Atmen, nur Herzklopfen, fest, ganz fest. Ihre Lippen sind so weich wie eine sonnenwarme Aprikose. Vorsichtig setzt sich Bror neben seine Freundin. Endlich darf er sie streicheln, endlich darf er sie berühren. Sie hat Ja gesagt, sie will es. Mit leichten Händen streicht er ihr über die Wangen, hebt ihr Haar an sein Gesicht und schnuppert daran, beugt sich vor und küsst erneut ihre Lippen. Da streckt Chantelle ihre Arme aus, umfasst Bror und presst ihre Lippen an seine.

Jane trinkt den letzten Tropfen Champagner und stellt dann die leere Flasche auf den Kopf, um sich zu vergewissern, dass sie wirklich leer ist. Die Vögel zwitschern noch immer, obwohl es längst Nacht ist. Im Wald rascheln nachtaktive Tiere, die unterwegs sind und sich ihr Abendessen erjagen. Jane lehnt sich an die Eiche, spürt die Kraft und die Geborgenheit des Baums. Sie beißt sich in die Hand. Ganz fest. Sie will nicht, sie wird es nicht tun. Keine einzige Träne hat sie vergossen, seit sie damals abgehauen ist. Sie hat sich selbst versprochen, einfach zu gehen, alles hinter sich zu lassen und nicht zu denen zu gehören, die vergangenem Mist hinterherheulen. Nein, sie ist einfach auf ein neues Pferd gestiegen. Aber sie erinnert sich an all die Düfte, an die Wege und Wiesen dieser Gegend. Vieles ist unverändert, trotz der Jahre, die vergangen sind. Sogar dieses Schloss.

Aber jetzt brennt es so höllisch unter den Lidern. Die Tränen wollen raus, sie drängen voran. Janes Leben flattert vorbei. Sie sieht sich selbst als kleines Mädchen. Als den kleinen, einsamen Menschen, der nie in den Arm genommen wurde. Sie ist heute noch ganz schlecht darin, andere zu umarmen. Ihr fällt es so schwer, ihre Arme zu öffnen und jemanden hereinzulassen. Erotik hingegen klappt ganz gut. Aber da geht es um andere Dinge – zum Beispiel darum, einen Hunger zu stillen. Und wenn sie satt ist, kann sie aufstehen und gehen. Nie bleiben, nie hinterher beieinanderliegen.

Und noch immer wird sie von niemandem umarmt. Ganz so, als würde es keiner wagen. Vermutlich sendet sie keine Umarmungssignale aus. Obwohl sie es sich so sehr wünscht … Jetzt, in diesem Moment. Es blubbert, zittert und bebt in ihr. Verdammt. Sie kann es nicht stoppen. Jane presst sich an den Baum, drückt ihren Rücken fest an den enormen Stamm. Schließt die Augen. Dreht sich um, öffnet ihre Arme und umfasst den Baum. Sie umarmt ihn ganz fest, spürt, wie die Rinde an ihrer Wange kratzt. Der Baum steht da, ruhig und friedlich. Jane schluckt. Dieser arme Baum hat ihr nichts Böses getan. Es ist nicht der richtige Ort, um den Deckel zu öffnen.

Tessan steht an der Tanzfläche und betrachtet die feiernden Gäste. Der DJ wechselt höchst professionell zwischen alten, neuen und zeitlosen Songs. Svante hat sich umgezogen. Weg ist die schöne Volkstracht, stattdessen trägt er ein weites hellblaues T-Shirt mit aufgeschnittenem Kragen, der seine breiten Schultern betont, und eine verwaschene grüne Armeehose. Er tanzt mit der Rothaarigen. Lachend wirbeln sie auf der Tanzfläche herum. Rhythmisch, voller Spannung und mit einer enormen Energie.

Auch Gustaf bewegt sich zur Musik. Er steht mit seinen Freunden im Gedränge, hat sein Hemd ausgezogen und die Sneakers abgestreift und tanzt barfuß in seinen weißen Jeans. Zwei Frauen umkreisen ihn in einer Art peinlichem Paarungstanz. Peinlich für alle diejenigen, die nüchtern sind. Und da gibt es heute Abend wohl nur eine Person. Tessan. Sie nimmt noch einen Schluck aus ihrer Mineralwasserflasche. Nein, sie wird heute Abend nicht mit Svante reden. Denn Svante hat etwas ganz anderes vor. Heute Abend wird er von einer rothaarigen jungen Frau verführt werden, mit Lachgrübchen und pfiffigem Blick.

Das fehlte ja noch, wenn ich ihm jetzt dazwischenfunken würde. Klingt nach einem typischen Tessanfettnäpfchen. Svante steht kurz davor, zum ersten Mal seit vier Jahren Sex zu haben. Er liegt mit dieser Rothaarigen da im Bett und macht rum, und ich komme rein und sage: »Hallo, Svante. Ich wollte mich nur entschuldigen, weil ich dich gestern zum Sex zwingen wollte. So was Verrücktes aber auch. So, und jetzt könnt ihr weitermachen. Bitte entschuldigt die Störung.« Er sieht glücklich aus. Sobald er tanzt, hat man das Gefühl, als würde er von innen heraus leuchten. Jetzt hab ich wieder so ein Gefühl im Bauch. Ein bisschen weh tut es schon. Bin ich eifersüchtig? Nicht so, dass ich verliebt wäre, sondern eher … Er hat sogar ein bisschen geleuchtet, als er von meinem Essen probiert hat. Das habe ich gesehen. Sogar heute Morgen, als er keine besonders gute Laune hatte, gab es ein kleines Schimmern. Das kann mir niemand nehmen. Nicht einmal die süße rothaarige kleine … Tanzmaus.

Gustaf tanzt auf Tessan zu und macht ein bisschen auf sexy. Er wackelt mit den Hüften, schiebt den Brustkorb vor und streckt seine Hände aus.

»Los jetzt, Köchin, das swingt doch total.«

Tessan lächelt, schüttelt aber den Kopf.

»Nix da, ich tanze nicht, wenn ich nüchtern bin.«

Gustaf zieht die Augenbrauen hoch und versucht verführerisch à la James Bond auszusehen.

»Dann sei doch nicht so verdammt nüchtern. Es ist Mittsommer, lass mal locker!«

Gustaf schnappt sich ihre Wasserflasche und wirft sie weit weg auf den Rasen.

»Hoppla.«

Kichernd sieht Tessan der Flasche nach, die ein ganzes Stück durch die Luft geflogen ist.

»So, Schluss mit Wassertrinken. Es ist meine Party, und jetzt tanzt du!«

Entschlossen packt er ihre Hände und zieht Tessan auf die Tanzfläche. Dann umfasst er ihre Taille und führt sie zu der harten Clubmusik in einer Art Walzer herum. Er riecht nach Parfüm, Alkohol und Selbstvertrauen. Ohne Zweifel. Tessan versucht sich zu entspannen und lässt sich von ihm führen. Die eine Hand ruht auf ihrem Kreuz und gleitet langsam über ihre Pobacken, während er sie mit der anderen Hand führt.

»Was für einen tollen Hintern du hast.«

Scherzhaft klatscht er ihr mit der Hand auf den Po.

»Dann ist es ja schade, dass er mir gehört und nicht dir.«

Plötzlich begegnet sie Svantes Blick. Sie sieht, dass er sie sieht. Er sieht Gustafs Hände auf ihrem Körper. Und wie Tessan sie scherzhaft flirtend wegschiebt, ganz so, als wollte sie sie eigentlich doch dort haben. Tessan sieht Svante. Wie er seine Tanzpartnerin um die Taille gefasst hat, wie er sie mit konzentrierter Hingabe rundherum dreht, immer wieder. Sie sieht, was für ein eingespieltes Team sie sind, wie ihre Beine den seinen folgen, wie er sie mit dem Blick verfolgt. Die beiden sind wie ein einziger Körper.

Jetzt sieht Tessan, was das Besondere an Svante ist. Es ist diese Ehrlichkeit. Dass er keine Spielchen spielt. Nicht diese gewöhnlichen Jungs- und Mädchenspiele, aber auch keine anderen Spielchen. Er folgt seinem Herzen. Er pfeift auf Titten, Hintern, Brillen und unförmige Kaftane. Irgendwie will er ... bis ins Innere seines Gegenübers vordringen.

Das habe ich noch nie erlebt. Dass jemand nur mein Inneres will. Ich denke nicht, dass Svante mich auf die Art will, aber ich spüre, dass er mein Freund sein möchte. Nicht weil ich große Brüste habe, nicht weil ich ihm einen Hamburger von meiner Imbissbude spendieren kann, nicht weil ich gut aussehe, sondern einfach nur, weil ich ... ich bin.

»Du bist so irre sexy, schau dich mal an!«

Gustaf hält sie an den Händen und schiebt sie ein Stück von sich, damit er ihren Anblick genießen kann.

»Dein Blick, du hast diesen ganz besonderen Blick. Du magst Sex, das sieht man! Du hast gerne Sex, oder?«

Here we go. Bror hätte garantiert irgendwas Schlaues über solche Typen zu sagen, es gibt bestimmt ein langes und total kompliziertes Wort dafür. Alle Männer, die von mir angezogen sind, fahren diese Nummer. Sie wollen Sex mit mir. Und dann stellen sie es so dar, als wollte ich *mit* ihnen *Sex haben. Dann sieht es nämlich so aus, als würde ich sie anlocken, als wären sie kleine Unschuldslämmer, die ich verschlinge. Und ich bin total gut darin, einfach mitzuspielen. Wie jetzt. Ich weiß genau, was ich zu bieten hätte. Ihn verführerisch ansehen, meine Brüste vorschieben, ihm das Gefühl geben, er sei ein echt geiler Typ. Ihm zuflüstern, dass ich total auf Sex stehe, und dann könnte ich ihn fragen, ob er wohl der Richtige sei, um mein Feuer zu löschen. Hör zu, zieh doch deinen langen Schlauch hervor und lösche. Spritzen, löschen, komm schon. Und dann ist alles klar. Sie können vögeln, und ich kriege ein bisschen … wie sagt man … Aufmerksamkeit. Ich habe mich schon immer billig verkauft. Freddy hat mich beinahe umsonst bekommen. Schlussverkauf an der Fleischtheke.*

Gustaf zieht Tessan wieder an sich. Hält sie ganz fest. Seine Hände an ihrem Körper, sein hartes Ding an ihrem Bauch. Svante steht ein Stück entfernt und blickt verstohlen in ihre Richtung. Gustaf ist ein Mann, der ihr einen Auftrag geben könnte. Aber wie immer endet es mit einer Erektion. Tessan flüstert ihm ins Ohr: »Komm, lass uns zum Schloss gehen.«

Mit einem Knurren beißt Gustaf ihr leicht ins Ohrläppchen.

»Gute Idee. Dann kann ich dich endlich auffressen, mein Magen knurrt schon, weißt du?«

Auf der Tanzfläche bleibt Svante mit seiner rothaarigen Freundin stehen und blickt Tessan und Gustaf hinterher, die Hand in Hand davongehen.

Sie liegen ganz dicht nebeneinander. Nasenspitze an Nasenspitze. Geschwollene, zerküsste Lippen. Wie oft kann man sich an einem Abend küssen? Bror grinst albern.

»Du bist die Erste, die ich überhaupt geküsst habe.«

Chantelle grinst genauso albern zurück.

»Und du bist mein Allererster.«

»Was, wirklich?«

»Natürlich. Wen hätte ich denn vorher küssen sollen? Ich bin doch die Merkwürdigste der ganzen Schule.«

Bror streichelt seiner Geliebten übers Haar.

»Und ich bin der Merkwürdigste an meiner Schule.«

Behutsam streicht sie über Brors Arme. Das Sakko und das Hemd wurden achtlos auf den Felsen geworfen. Jetzt liegt Bror in Unterhemd und fliederfarbener Hose direkt auf dem Stein. Seine Haare sind zerzaust, die Wangen heiß. Chantelle schmiegt sich an ihn.

»Du küsst so wunderbar. Wenn ich es nicht besser wüsste,

dann würde ich denken, du hättest deine gesamte Kindheit mit Küssen verbracht. Dass du alle in deiner Klasse geküsst hast, Jungen ebenso wie Mädchen, dass du fremde Frauen in der Stadt und Frauen, die du kennst, zu Hause geküsst hast. Ich will nie aufhören, dich zu küssen.«

Bror beugt sich vor, ihre geschwollenen Lippen begegnen sich, öffnen sich ein wenig, und die Zungenspitzen spielen langsam miteinander. Chantelle seufzt.

»Warum wohnst du in Lund?«

Bror denkt über das nach, was er hört.

»Ich muss nicht dort wohnen. Im Herbst komme ich in die Siebte, und das heißt sowieso, dass ich auf eine neue Schule wechsle. Egal, ob ich in Lund bleibe oder woandershin ziehe.«

»Wohn doch bei mir und meinem Vater. Geh in meine Schule. Wir könnten das merkwürdigste Paar der Welt sein. Ach, das wär ein Traum!«

Chantelle streckt ihren Arm aus, Bror legt seinen Kopf darauf und kommt näher. Sie liegen da und blicken in den Nachthimmel. Bror denkt laut nach.

»Darf man das?«

»Was denn?«

»Zu Hause ausziehen, wenn man erst dreizehn ist?«

»Wenn die Eltern einverstanden sind, ist das sicher kein Problem. Wir können in unserer Wohnung eine Art Internat einrichten.«

Die Eltern. Mein Gott. In einigen Stunden werden Brors Eltern in Arlanda ankommen. In einigen Stunden werden sie anrufen und sich nach einer genaueren Wegbeschreibung erkundigen, um das Segelcamp auf Lökholmen zu finden.

Jane liegt auf dem feuchten Erdboden neben der Eiche und versucht sich zu beruhigen. Sie keucht, ihr Brustkorb bewegt sich auf und ab vor Erschöpfung. Die Eichhörnchen fiepen unruhig, schnuppern herum, schleichen eine Weile auf der Erde herum, bevor sie wieder in den BH springen.

Der Witz im Leben sind Umarmungen. Diese Riesenumarmungen, die nie aufhören, die das ganze Wesen eines Menschen umfassen. Jane schließt die Augen.

Wenn einem nie jemand zugehört hat, wenn man nie verstanden worden ist ... und nie in den Arm genommen worden ist. Das ist eine Katastrophe. Eine totale Katastrophe. Jane steckt die Eichhörnchen wieder in ihr Hemd und knöpft die Weste sorgfältig zu. Dann steht sie auf. Küsst den gewaltigen Baumstamm.

»Gib mir Stärke, du schöne, alte Eiche.«

Dann hebt Jane die leere Champagnerflasche auf, bindet die Schnürsenkel zu und spaziert aus dem Wald.

31. Kapitel

Nachtessen für Körper und Seele

Gustaf sitzt auf einem Barhocker in der luftigen, topsanierten Schlossküche. Er lehnt seinen nackten Oberkörper an die schwarz glänzende Marmorplatte, lässt das Gesicht in den Händen ruhen, stöhnt, aber nur aus Spaß.

»Kann ich nicht ein bisschen an dir knabbern, nur als Nachtisch, ein kleines Dessert? Bitte, bitte, bitte …«

»Nix da. Diesen Hunger musst du woanders stillen. Ich bin für deinen Magen zuständig.«

Konzentriert mischt Tessan das grob durchgedrehte Rindfleisch mit gehackten Schalotten, Hickorysauce, Chilisalz und schwarzem Pfeffer. Mit den Händen formt sie kleine runde Frikadellen und plättet sie bis zur passenden Dicke. Sie prüft, wie heiß die Grillpfanne auf dem enormen Gasherd inzwischen ist. Dann stellt sie das Schälchen mit dem Ketchup beiseite, den sie mit fein gehackten Tomaten gemischt hat, wie eine Art Schnellsalsa. Die Mayonnaise ist schon geschlagen, sie wartet im Kühlschrank. Die Frikadellen zischen ein bisschen, als sie sie in die Grillpfanne legt. Bella frisst zufrieden ein paar Tomaten und Eierschalen, die Tessan ihr in einer Schüssel auf den Boden gestellt hat.

»Ach, du quälst mich. Es riecht so gut. Und du auch …«

»Warte nur ab!«

Tessan wischt sich die Hände am Handtuch ab, das sie sich über die Schulter geworfen hat, und schneidet dann dicke Scheiben Brot ab, die sie kurz neben den Burgern grillt. Routiniert ordnet sie die Brotscheiben auf zwei Tellern an, legt die heißen Burger obendrauf, einen Klecks Mayonnaise, etwas

Tomatensalsa, ein paar grob geschnittene Zwiebelringe und als Krönung eine zweite Brotscheibe.

»So, bitte sehr.«

Sie schiebt Gustaf den Teller hin.

»Iss jetzt, solange es noch warm ist.«

Gehorsam steht Gustaf auf, mustert Tessans wildes Aussehen. Das zerzauste Haar, das sie ganz oben auf dem Kopf zusammengesteckt hat, die rosigen Wangen, die glitzernden Augen und das Handtuch über der Schulter. Dann greift er nach dem Hamburger, öffnet den Mund und nimmt einen großen Bissen. Schließt die Augen, kaut, schluckt. Beißt noch einen Happen ab. Kaut langsam, genießt.

»Das hier …« Er wischt sich den Mund mit einer Serviette ab und öffnet die Augen. »Das hier ist der beste Hamburger, den ich in meinem ganzen Leben gegessen habe.«

»Hab ich doch gesagt.«

Jane stellt sich an die Tanzfläche und winkt Svante zu. Ihr Haar ist voller Laub und Zweige, das weiße Hemd ist zerknittert, das Gesicht verquollen.

»Mensch, Jane, was ist passiert?«

Svante rennt zu ihr.

»Ich … ich habe einen kleinen Waldspaziergang gemacht, und ich will euch natürlich nicht das Fest … verderben, aber ich spüre, dass es eilt. Wenn möglich müsste ich jetzt gleich nach Rosenhecht fahren. Es gibt etwas, was ich dort zu erledigen habe …«

»Jetzt?«

»Ja, aber nur, wenn es geht.«

»Natürlich. Ich verstehe … Ich suche Chantelle und Bror. Therese ist im Schloss verschwunden, mit diesem Gustaf, dem Besitzer. Du müsstest mal nach ihr schauen, aber vielleicht will sie ja bleiben, wenn du verstehst, was ich meine.«

Svante wirft Jane einen vielsagenden Blick zu. Jane macht

auf dem Absatz kehrt und geht zum Schloss. Die Rothaarige unterhält sich mit den anderen Tänzern an der Bar. Svante wirft ihr eine Kusshand zu und läuft zum See hinunter. Dort kühlt er seine nackten Füße im Wasser. Der Himmel ist hell, obwohl es sicher schon nach Mitternacht ist. Er geht am Ufer entlang. Der Strand geht in Felsen über, Svante spürt die gespeicherte Sonnenwärme im Gestein unter seinen Füßen. Dann bleibt er eine Weile stehen, blickt hinaus auf das ruhige Wasser, das nur manchmal plätschert, wenn ein Fisch hochspringt und an der Oberfläche ein Insekt fängt.

Rosenhecht liegt nicht weit von hier. Höchstens zwanzig Minuten mit dem Auto. Vielleicht kann er es von hier oben sogar sehen? Svante reckt sich und lässt den Blick an der Küste entlangwandern. Klippen, dichtes Schilf, sanfte Buchten, schöne große Häuser, kleine Wochenendhütten, Wald, Bäume, Bäume, Bäume, Ziehharmonikaklänge, und von einer Bucht in der Nähe sind Gelächter und fröhliche Rufe von ein paar Badenden zu erahnen.

»Piep, piep, piep!«

Zu seinen Füßen steht eine kleine wütende Schwalbe und fiept laut. Serge. Das ist doch Brors Vogel, auf den der Junge immer so genau achtgibt. Svante bückt sich und hebt den Vogel hoch, der sich aufplustert und in seine Handfläche schmiegt. Das Herz pocht so fest, dass das ganze Tier bebt. Mit der Schwalbe in der Hand wandert Svante weiter am Ufer entlang. Ein lilafarbenes Sakko liegt auf dem Felsen, und ein bisschen weiter weg stehen Chantelles rote Schuhe … Noch ein paar Schritte, und dann sieht Svante die beiden. Bror und Chantelle. Tief schlafend, mitten auf dem Felsen. Ineinander verflochten. Bror auf der Seite und hinter ihm Chantelle, die ihm einen Arm um die Taille gelegt hat. Ihr anderer Arm ruht unter seinem Kopf, Bror hält ihre Hand.

Svante setzt sich hin, hält den Vogel mit dem pochenden Herzen fest. Sein ganzes Leben … sein ganzes Leben als

Witwer hat er Chantelle gewidmet. Alles kreiste um sie. Aber das Leben geht weiter. Jetzt schläft seine Tochter mit ihrem Freund direkt neben ihm. Bald wird sie groß sein und ihrer Wege ziehen. Das wird schneller gehen, als er denkt. Wird er dann weiterhin Bus fahren? Tagaus, tagein? Das Tanzen gibt ihm Kraft, aber kein Geld. Wenn sie die Gage untereinander aufgeteilt haben, bleiben pro Kopf nur wenige Kronen übrig.

Soll er das mit der Liebe noch einmal wagen? Svante seufzt. Die Liebe endet immer mit Schmerzen. Auf die eine oder andere Art. Liebe ohne Schmerz gibt es nicht. Dann ist es keine richtige Liebe.

»Papa?«

Svante zuckt zusammen und dreht sich um. Mit verquollenen Augen und geschwollenen Lippen blickt Chantelle ihn an, ohne Bror dabei loszulassen. Sie flüstert: »Guck mal, du hast einen Schwiegersohn bekommen.«

»Das sehe ich. Es sieht schön aus.«

»Ich weiß jetzt, wie es sich anfühlt zu küssen.«

Svante lacht und zeigt mit vielsagendem Blick auf ihren Mund. »Das sehe ich.«

Chantelle schmiegt sich wieder an Brors Rücken.

»Kann er bei uns wohnen?«

»Chantelle, er ist doch kein Katzenjunges, das man einfach mitnehmen kann.«

»Ich weiß. Aber trotzdem, darf er?«

»Jetzt im Sommer, meinst du?«

»Ja, und im Herbst.«

Svante steht auf, räumt Brors Jacke und die Schuhe seiner Tochter zusammen.

»Darüber können wir ein anderes Mal reden. Jetzt musst du deinen Geliebten wecken, denn wir müssen weiter nach Rosenhecht.«

Gustaf leckt sich die Finger ab, nimmt ein Stück Brot und saugt damit den letzten Rest Salsa von seinem Teller auf. Ihm gegenüber sitzt Tessan und kaut an ihrem Hamburger. Grinsend stupst Gustaf sie an.

»Kannst du denn noch was anderes als Hamburger? Das kann ich doch meinen Gästen nicht anbieten?«

»Natürlich kannst du das! Ehrlich gesagt, Wachteleier in allen Ehren, aber man freut sich doch ein Loch ins Knie, wenn man richtig gute Pommes mit selbst gemachter Bearnaisesauce kriegt, oder etwa nicht? Schockiere deine Oberschichtkumpel mit ein bisschen ordentlichem Essen. Statt diesem schweineteuren Magersuchtfraß.«

»Und was wäre das zum Beispiel?«

»Deine nächste Party, findet die an Silvester statt?«

»Yes.«

Gustaf leert seine Bierflasche.

»Dann spiel mal den Gedanken durch, dass diesmal kein Hummer und anderes Edelzeug serviert wird, was es normalerweise bei euch gibt. Natürlich kann ich Hummer machen, wenn du willst, aber stell dir lieber vor, wie ich draußen im Schneetreiben stehe und über einem großen offenen Feuer Hamburger brate. Da kann ich mich ganz anders vorbereiten. Jetzt musste ich ja was aus dem zaubern, was du gerade dahattest. Wenn du Champagner servieren willst, könnte ich Fischburger mit Zitronenmayonnaise machen, dazu selbst gebackenes rustikales Brot. Die Leute haben Wachteleier satt.«

»Da bist du ja!«

Jane öffnet die Doppeltüren zur großen Schlossküche. Gustaf dreht sich um, sieht die verrückte Frau mit den knotigen Riesenbrüsten und den Zweigen im Haar.

»Jetzt fahren wir nach Rosenhecht!«

Dann sitzen sie alle wieder auf ihren Plätzen im Behindertenbus. Es beginnt wieder heller zu werden, obwohl noch immer

Nacht ist. Die Vögel zwitschern übermütig, und aus dem Schlosspark sind Gekreische und Gelächter von tapferen Nachtbadern zu hören.

Ganz hinten im Bus liegen Bror und Chantelle, dicht aneinandergeschmiegt und halb im Schlaf. Jane, noch immer mit Zweigen im Haar, hat auf dem Mittelsitz Platz genommen, wo sie mit der Pipette die Eichhörnchen füttert. Ganz vorne sitzt Tessan mit brennenden Wangen und Bellas Kopf auf dem Schoß, umgeben von Hamburgerdunst. Svante startet den Bus, legt den ersten Gang ein und fährt Richtung Rosenhecht.

32. Kapitel

Rosenhecht

Im Bus herrscht angespannte Stille. Jane sitzt verkrampft da, starrt aus dem Fenster, die Hände zu Fäusten geballt. Vorne blinzeln Tessan und Svante nach draußen, sehen die Sonne über den blühenden Leinfeldern aufgehen, die sich wie ein wogendes Meer an der schmalen Straße entlang ausbreiten. Bror und Chantelle schlafen tief, die Hände ineinander verflochten.

»Bieg da vorn am Schild links ab.«

Jane spricht leise, wie zu sich selbst.

»Okay.«

»Hällekleva 2« steht auf dem Schild, und darunter gibt es einen handschriftlichen Hinweis: »Rosenhecht Sportboothafen und Badestelle 2,3 km«.

Svante biegt auf das Sträßchen ab. Sie sind ganz allein, und die Landschaft liegt ruhig da. Frühmorgens am Mittsommertag schlafen alle tief und fest, Tiere wie Menschen. Tessan kurbelt die Scheibe herunter. Der Geruch vom Vänersee, von Dung, Raps und trockenen Kieswegen liebkost sie. Ganz tief atmet sie ihn ein. Sie mag ihn. Eigentlich ist er ganz neu für sie, aber trotzdem hat sie das Gefühl, als würde dieser Duft in sie hineinkriechen und ihr … Geborgenheit schenken. Ein paar Höfe gleiten vorüber, große Gehöfte, einige kleinere Häuser, überall ist es still und ruhig.

Ich glaube, ich bin zum ersten Mal, seit ich fünfzehn bin, an Mittsommer nüchtern. Nüchtern und wach. Total wach. Ich fühle mich so unglaublich krass wach!

»Fahr über die Gleise und bieg an der Mühle links ab.«

»An der Mühle?«

Svante sieht sich um.

»Ja, das weiße Haus da drüben, direkt am Teich.«

Jane zeigt auf ein heruntergekommenes vierstöckiges Steinhaus, das ein bisschen höher gelegen ist. Direkt dahinter ist ein großer grüner Teich mit moosgrünen Steinen drumherum zu sehen.

»Aha, so eine Mühle meinst du. Die sieht aber nicht aus, als wäre sie noch in Betrieb.«

»Na ja, man stellt ja Mehl heutzutage auch nicht mehr in solchen Mühlen her. Ab jetzt kannst du einfach den Gleisen folgen.«

O Gott, wie ihr Herz pocht! Sie begreift nicht, dass die Eichhörnchen dabei überhaupt schlafen können. Ihre Brust dröhnt, und im Kopf surrt es. Jane umfasst mit beiden Händen ihren Kopf und drückt fest. Das Surren muss endlich aufhören.

»Wollen wir kurz anhalten? Möchtest du dich vielleicht … wie sagt man … sammeln?«

Tessan betrachtet Jane, die schnell und flach atmet, aber dennoch den Kopf schüttelt.

»Nein, jetzt ziehen wir das durch. Halt bitte am alten Bahnhofsgebäude da drüben. Svante, kannst du die Scheibe auch auf deiner Seite herunterkurbeln? Hier im Auto krieg ich ja keine Luft!«

Schnell kurbelt Svante die Scheibe herunter, und der Durchzug löst ein paar Zweige aus Janes Haar. Langsam folgt er der Bahnstrecke. Kleine rote Häuschen mit Veranden aus knorrigem Holz stehen neben gepflegten Einfamilienhäusern aus Kalksandstein. Sonnenuhren aus Kupfer auf frisch gemähten Rasenflächen funkeln in der Sonne. Sie fahren an der Dorfschule vorbei, doch ein Schild weist darauf hin, dass das Gebäude nicht mehr als Schule genutzt wird, sondern inzwischen die Webstühle des Heimatvereins beherbergt. Und da vorne, am Ende der Straße, das Bahnhofsgebäude.

Ein heruntergekommenes, aber beeindruckendes Ziegelhaus erhebt sich vor ihnen. Rechts und links schließen sich zwei verfallene Eckpavillons aus Holz an. Sie sind mit verzierten Veranden versehen und haben von Grünspan überzogene Kuppeldächer. Das Hauptgebäude ist am Dach mit Holzschnitzereien geschmückt, die sich um das ganze Haus ziehen. Die großen Fenster sind schlecht erhalten, einige sind sogar zugenagelt.

Svante bremst vor dem großen Gebäude, der Kies knirscht unter den Reifen, aber das Liebespaar schläft weiterhin tief und fest.

Tessan mustert die heruntergekommene Fassade. Ganz oben unter dem Dachfirst steht in einer Art Mosaikschrift »1897 Bahnhof Hällekleva«, direkt darunter hat jemand mit inzwischen abgeblätterter roter Farbe »Restaurant Rosenhecht« gepinselt, direkt auf die Fassade. Das Haus sieht genauso aus wie auf dem alten Foto. Noch mehr heruntergekommen, aber sonst ganz genauso.

Von hinten ist ein erstickter Schrei zu hören. »Meine Güte … Wartet bitte hier.«

Jane reißt die Tür auf und stürzt aus dem Bus. Die Weste flattert, als sie mit raschen Schritten zum Haus hinüberläuft.

Tessan und Svante bleiben erst noch sitzen und beobachten sie. Dann wechseln sie einen raschen Blick, öffnen gleichzeitig die Türen und sausen hinterher. Tessan wendet sich an Svante: »Wir können sie bei so einer Sache doch nicht alleinlassen.«

Jane steckt ihre Hand in einen rostigen Vogelkäfig, der traurig und einsam auf einem Haken an einem der Pavillons hängt. Dort liegt der Schlüssel, wie immer. Abwartend bleiben Svante und Tessan auf der Treppe stehen, lassen Jane alles in ihrem eigenen Tempo tun. Ihre Hände zittern, als sie den großen Schlüssel ins Schloss der breiten Doppelglastür steckt. Dahinter befindet sich das, was früher einmal der Wartesaal gewesen sein muss.

Es knarrt, und die beiden Türen gleiten auf. Jane steht in der Türöffnung. Sie atmet tief durch. Sieht sich um. Mucksmäuschenstill warten Tessan und Svante darauf, dass sie hineingehen wird. Dann klappern ihre Schuhe über den glatten Steinboden, der im Lauf der Zeit von unzähligen Reisenden abgenutzt worden ist. Alles ist erhalten: der Fahrkartenschalter, die glänzenden Gepäckaufbewahrungsschränke aus Mahagoni mit einem Schlüssel in jedem Schloss, die Hutablagen und vier lackierte Holzbänke.

Jane reißt eine der Türen auf. Svante und Tessan schleichen ihr nach. Eine breite Treppe, deren Stufen mit zerschlissenem rotem Stoff bezogen sind, führt nach oben. Die Tapeten sind ebenso dunkel wie das knarzende Geländer aus Mahagoni. Alles wirkt staubig und stickig. Sie gehen weiter durch einen dunklen, langen Flur mit kleinen, billig aussehenden Wandlampen. Ganz hinten im Gang zieht Jane eine Tür auf. Ein Schlafzimmer, in dessen Mitte ein perfekt gemachtes Doppelbett aus Mahagoni thront. Auf beiden Seiten Nachttischchen mit Leselampen. Die klein geblümten Tapeten lösen sich an einigen Stellen von der Wand. Große Papiertüten und kleinere Plastiktüten drängen sich an den Wänden, gefüllt mit zusammengelegten Kleidungsstücken, Büchern und Schuhen. Seitlich vom Bett steht ein Herrendiener, über den jemand sorgfältig seine Kleider gehängt hat. Schwere Gardinen bedecken das große Fenster, das zum Gleisbereich hinausgeht. Jane geht zum Bett, lässt ihre Hände auf dem Holzrahmen ruhen. Schweigend steht sie da.

Svante und Tessan warten in der Türöffnung, ohne Jane aus den Augen zu lassen. Sie greift sich an die Kehle, ihr Atem stockt. Hier ist viel zu wenig Sauerstoff. Niemand kann atmen. Das ist hier gar nicht vorgesehen. Man soll ersticken. Mein Gott, wie ist sie hier erstickt worden, als hätten die Eltern ihr eine Schlinge um den Hals gezogen. Eine Hand legt sich auf ihre Schulter. Jane dreht sich um und begegnet Tessans Blick.

»Ich bin hier. Nur damit du es weißt. Svante auch. Du bist nicht allein.«

Jane nickt langsam. Versucht ruhiger zu atmen und Luft in ihre Lungen zu bekommen.

»Ich bin so verdammt enttäuscht von euch. Wie, verdammt noch mal, konntet ihr …«

Jane schließt die Augen, konzentriert sich. Versucht ruhig zu atmen. Umklammert den Bettrahmen, während Tessans Hand weiter auf ihrer Schulter ruht.

»Wie konntet ihr die ganze Zeit die Augen davor verschließen? Ihr habt mich ja gar nicht gesehen! Nie! Warum habt ihr mich nie in den Arm genommen? Keine Gutenachtumarmung, keine Umarmung am Morgen, nicht einmal an meinem Geburtstag. Nie! Habt ihr mich nicht geliebt? War es so, dass ihr mich nicht geliebt habt? Ihr habt mich nie etwas gefragt. Habt euch nie erkundigt, was ich tagsüber gemacht habe. Ihr habt mich zerstört, ihr habt mich zerstört!«

Jane sieht auf. Starrt das Kopfende des Bettes an.

»Ich habe begriffen, wie alles miteinander zusammenhängt. Dafür braucht man keine tiefer gehenden Analysen. Ihr wisst es doch auch, oder? Warum ich nie Kinder bekommen habe? Es wäre eine Strafe für das arme Kind gewesen, mich als Mutter zu haben. Und euch als Oma und Opa, haha. Nein, nein, das wollte ich keinem Kind antun. Ich kann auch keinen Menschen umarmen, wisst ihr das eigentlich? Bei Tieren geht es, Tiere sind einfach. Aber die Menschen, wir Menschen sind schwierig. Und ich bin einsam. So verdammt einsam!«

Jetzt beginnt sie am Bettrahmen zu rütteln. Sie hält ihn fest und schüttelt ihn vor und zurück, stößt ihn gegen die Wand. Wie eine Wahnsinnige packt Jane den Herrendiener, hebt ihn hoch und knallt ihn mit voller Wucht gegen das Bett. Nimmt erneut Anlauf, feuert den Herrendiener wieder gegen den Holzrahmen, der schließlich knackt und aufplatzt.

Erschüttert drückt Tessan sich an die Wand. Mein Gott, Jane

schlägt ja alles kurz und klein. Instinktiv will sie sie stoppen, doch dann spürt sie Svantes starke Hand auf ihrem Arm.

»Lass sie weitermachen.«

In wilder Raserei hämmert Jane den Herrendiener gegen das Bett, das schließlich dem Druck der Hiebe nachgibt. Der Rahmen neigt sich, und Jane reißt die eine Matratze auf den Boden, zerrt die schweren Samtvorhänge herunter, reißt das Fenster auf und hievt Kissen, Decken und Kleidertüten durch die Öffnung hinaus. Dumpf landen sie unten im Kies neben den Gleisen. Der Schweiß läuft ihr hinunter, die Haare kleben an ihrer Stirn, und aus ihrem Hemd dringen die fiependen Laute von den Eichhörnchen, die Todesängste ausstehen.

»Ihr habt das Restaurant betrieben, ihr habt überall für Ordnung gesorgt! Warum konntet ihr euch nicht um mich kümmern? Warum habt ihr nie mit mir geredet …«

Schwer wirft sich Jane auf das gekenterte Bett und verbirgt ihr Gesicht in den Händen.

»Ich schaffe das alles nicht. Euer verdammtes Haus. Alle eure verdammten Sachen. Und das alles ganz allein …«

Dann kommt das Weinen. Die Tränen laufen ihr hemmungslos die heißen Wangen hinab und vermischen sich mit Schweiß. Von der Türöffnung ist ein Schniefen zu hören. Tessan wirft Svante einen verstohlenen Blick zu. Irgendetwas passiert auch mit ihm. Er starrt ins Leere, als würde er gerade einen Blick in sein Inneres werfen. Langsam öffnet sich sein Mund.

»Ich bin auch allein. Ich vermisse Camille. Mein Gott, wie ich sie vermisse. Warum ist sie gestorben? Wie konnte sie mich allein mit unserer Tochter zurücklassen? Camille, wie konntest du?«, ruft Svante ins Zimmer hinein.

Jane kehrt in die Gegenwart zurück, hebt ihre Hände und betrachtet den schreienden Mann an der Tür.

»Sie war nur einunddreißig, das ist doch kein Alter. Und ich darf niemals den Mut sinken lassen, wegen Chantelle. Aber niemand ermutigt mich! Stark, immer nur stark sein. Ich kann nicht mehr. Ich schaffe es nicht allein.«

Svante sackt in sich zusammen, als würden ihn die Beine nicht mehr tragen. Er landet auf dem Boden, mit dem Rücken an einer der gefüllten Plastiktüten, die Jane noch nicht aus dem Fenster geworfen hat. Er schluchzt ohne Tränen. Zieht die Knie an die Stirn, versteckt sein Gesicht.

Es ist ganz still im Zimmer, abgesehen von Svantes Schluchzen. Tessan spürt, wie es in ihrem Körper zu zucken beginnt. Erst in den Füßen, wie ein leichtes Schütteln, dann wandert das Zucken in die Waden, die Knie, die Oberschenkel, den Schoß, den Magen. Sie spürt Stöße in der Brust, im Herzen, in den Schultern, bis in die Arme. Ihr Gesicht verzerrt sich, und sie kneift die Augen zusammen. Es grummelt im Bauch, und was ist das eigentlich für ein Geräusch? Das ist sie selbst! Erschrocken öffnet sie den Mund, und ein schreiendes Weinen entweicht. Instinktiv drückt sie die Hände auf den Mund, versucht dieses schreckliche Geräusch zurückzupressen, fest, fest, und schließt die Augen. Weg, es muss weg.

Da spürt sie ein Paar kühle Hände, die entschlossen ihre Hände vom Mund wegziehen. Tessan öffnet die Augen, und da steht Jane.

»Raus damit! Mach jetzt nicht zu, verdammt, jetzt reinigen wir die Rohre!«

Jane lässt ihre Hände nicht los. Und Tessan öffnet den Mund und schreit. Keine Worte, keine Tränen, nur ein einziger langer Schrei.

Ein lautes Schnarchen ertönt von der Matratze, die auf dem Boden liegt. Auf dem Rücken, mit ausgestreckten Armen und Beinen, die Haare völlig durcheinander, liegt Jane und schläft tief und fest. Die Eichhörnchen, die vorher ein bisschen Ruhe, ein Küsschen und etwas zu essen bekommen haben, krabbeln nun neugierig und leise keckernd aus dem BH.

In dem zerstörten Bett liegen Tessan und Svante auf der zweiten Matratze, die noch einigermaßen hält. Tessan spürt ein Lachen in sich aufsteigen.

»Was für eine Entladung.«

Svante nickt grinsend.

»Stimmt. Es hat richtig gutgetan.«

Sie schweigen eine Weile, ruhen sich aus. Von draußen ist das Muhen von Kühen zu hören. Tessan räuspert sich.

»Entschuldige. Ich weiß nicht, wie ich anfangen soll … Damit du auch wirklich verstehst, dass ich das nicht so gemeint habe, was ich da am Frauenufer gesagt habe. Es war so bescheuert, dass ich kotzen könnte, wenn ich daran denke.«

Tessan dreht sich auf die Seite und stützt sich auf den Ellbogen. Svante streckt seine Hand aus, zupft eine Haarsträhne aus Tessans Mundwinkel. Es kitzelt ein bisschen.

»Ist schon okay. Na ja, es war vielleicht nicht wirklich okay, aber irgendwie … hast du vielleicht auch recht. Wahrscheinlich hat es deshalb so wehgetan. Als du gemeint hast, dass ich … weitermachen muss. Ja zum Leben sagen.«

»Das hast du schön formuliert. Das werde ich auch tun. Das Leben nicht nur annehmen, sondern wirklich Ja sagen! Oder auch Nein, wenn es etwas ist, was ich nicht will. Ja *und* Nein sagen. Natürlich nicht Nein zum Leben, das klingt auch irgendwie verkehrt. Ach, du verstehst schon, was ich meine.«

Svante nickt.

»Ich bin seit Camilles Tod nicht mehr mit einer Frau zusammen gewesen. Ich habe ja nicht mal so nah neben einer Frau gelegen wie jetzt mit dir.«

»Fühlt es sich komisch an?«

»Ein bisschen vielleicht. Weißt du, wenn ich mich wirklich mal zu einer Frau hingezogen fühlte, dann kam immer gleich das schlechte Gewissen. Als hätte ich Camille betrogen. Obwohl sie nicht mehr lebt.«

»Und was ist mit der Rothaarigen?«

»Wer?«

Tessan pustet sich ein paar Strähnen aus dem Gesicht.

»Die in deiner Tanztruppe, mit den roten Haaren. Bist du in sie verliebt?«

»In Linnea? Nein, mein Gott, nein. Sie ist meine Tanzpartnerin, wir tanzen seit Jahren miteinander. Sie war eine von Camilles engsten Freundinnen, deshalb fühlt es sich gut an, dass sie geblieben ist. Nein, nein, nicht Linnea.«

Fröstelnd schnappt Svante sich die Tagesdecke und zieht sie sich über die Beine.

»Willst du auch?«

Tessan schüttelt den Kopf und öffnet ein paar Knöpfe ihres Kleides.

»Ganz im Gegenteil, mir ist total warm.«

»Komisch. Ich friere.«

Sie verstummen, nur Janes Schnarchen ist von der Matratze auf dem Boden zu hören. Sie sehen einander an und kichern.

»Ich hätte mir fast vor Angst in die Hose gemacht, als Jane angefangen hat, das Bett zu zertrümmern. 112 war alles, was ich noch denken konnte, wir müssen die 112 anrufen. Schnell eine Zwangsjacke organisieren oder so.«

Svante fährt sich mit beiden Händen durchs lockige Haar und lacht.

»Ja, und es war ansteckend. Auch in mir hat sich etwas gelöst. Mensch, ich weiß gar nicht, was passiert ist. So im Nachhinein schäme ich mich fast ein bisschen.«

»Du sollst dich nicht schämen! Und was ist mit mir? Ich habe wie ein verrückter Esel geschrien. Mir ist völlig unklar, warum nicht ganz Rosenhecht die 112 gewählt hat. Wir haben es den feuchtfröhlichen Mittsommerfeiern zu verdanken, dass die Dorfbewohner heute so tief schlafen.«

Svante zieht die Tagesdecke noch weiter hoch, wickelt sie fest um sich. Tessan fühlt mit der Hand seine Stirn.

»Du bist wirklich eiskalt. Das muss der Schock sein. Von dem Weinen und so, meine ich.«

»Kannst du mich nicht ein bisschen wärmen? Ich denke jetzt nicht an … Aber kannst du dich nicht einfach neben mich legen und … mich wärmen? Natürlich nur, wenn du willst.«

»Okay.«

Svante hebt die Tagesdecke an, und Tessan krabbelt darunter, legt sich neben ihn. Dann liegen sie da – unter einer alten Synthetiktagesdecke und mit ein bisschen Abstand.

»Frierst du noch?«

Svante nickt.

»Willst du, dass ich näher komme?«

Er nickt wieder, und sie kriecht noch näher. Ihre Nasenspitzen berühren sich fast, ihre Bäuche begegnen sich, wenn sie einatmen, und Tessans Busen ruht an Svantes Brustkorb.

»Weißt du noch, als du mir die Haare gewaschen hast? Das war so schön. Niemand hat mir jemals die Haare so gewaschen. Und weißt du noch was?«

Svante schüttelt den Kopf.

»Ich habe dich das eine Mal tanzen sehen.«

»Welches Mal?«

»In eurem Übungsraum, als du gedacht hast, ich hätte mich verlaufen, dabei habe ich … draußen auf der Straße gestanden und heimlich durchs Fenster geschaut. Ich habe gesehen, wie du getanzt hast.«

»Warum bist du nicht reingekommen und hast Hallo gesagt?«

Tessan denkt nach.

»Ist schon verrückt, oder? Aber als ich dich gesehen habe … da hast du so … also, ich hatte noch nie jemanden so tanzen sehen. Du warst so … sexy. Oder, na ja, sexy ist so ein klebriges Wort. Ich meine, du warst so … Ich habe was gefühlt, ich weiß gar nicht genau, was. Aber ich war richtig verlegen. Schüchtern! Und deshalb habe ich mich nicht getraut, in den Probenraum zu kommen. Ich bin nach Hause gegangen.«

»Du warst wirklich da?«

Tessan nickt. Svantes Augen leuchten unter den dunklen Augenbrauen. Sein Gesicht ist vom Weinen noch leicht geschwollen. Die großen, weichen Lippen und der harte Körper sind so nah. Sie spürt ein leichtes Ziehen im Zwerchfell. Ein Kribbeln wandert in ihren Schoß, als säße dort ein großer Magnet. Ihre Atmung wird schwerer. Warm, sie ist warm. Nein, sie ist heiß.

Svante mustert sie und lächelt verlegen. Ganz leicht drückt sie ihren Busen gegen seinen Körper. Tessan spürt Svantes Hand. Fragend tastet sie sich an ihrem Bein hoch, streichelt ihren Oberschenkel. Mit einem tiefen Seufzer blickt Tessan Svante an, spürt seinen warmen Atem.

»Willst du das?«

»Ja. Aber nur, wenn du willst. Willst du?«

Tessan fasst sich in den Ausschnitt und zerrt an ihrem Kleid, bis es aufplatzt und ihren warmen Körper entlässt, der lustvoll Ja ruft. Svante packt Tessans Nacken, zieht sie sanft an sich, und zum ersten Mal seit vielen Jahren küsst er eine Frau.

33. Kapitel

Nach der Liebe folgt eine Tour durchs Haus

»Amour sans amour, amour sans amour. L'amour sans amour et sans visage. Amour sans amour, amour sans amour …«

Bror blinzelt, die Sonne scheint gleißend ins Auto. Er liegt in einer seltsamen Stellung auf dem Rücken, Chantelle hat sich an ihn gedrückt, und Serge liegt unter seinem Kinn. Er spürt den Herzschlag des kleinen Vogels an seinem Hals und das Herz des großen Mädchens an seiner Brust. Die Scheiben sind beschlagen.

»Amour sans amour, amour sans amour …«

Das Handy. Es ist sein Handy, das da klingelt. Papa. Bror bleibt liegen, er will Chantelle nicht wecken, nicht den Zauber brechen. Aber er will seinen Vater auch nicht unnötig beunruhigen. Er will, will nicht, will, will nicht.

»Amour sans amour, amour sans amour …«

Von draußen hört er Bellas unglückliches Meckern, sie sucht ihre geliebte Therese. Das Klingeln hört auf, Papa hat aufgelegt. Er wird es wieder probieren. In ein paar Minuten. Sie sind jetzt hier, in Schweden, in Stockholm, auf dem Weg nach Sandhamn. Kann nicht jemand die Zeit anhalten? Warum kann Bror nicht ewig mit seiner Freundin in diesem Kleinbus liegen, weit weg von allem anderen?

»Amour sans amour, amour sans amour …«

Chantelle bewegt sich. Mit ihrer schönen weißen Hand hält sie Brors Hemd fest.

»Ist das dein Handy?«

»Ja. Mein Vater ruft an.«

Chantelle schlägt die Augen auf. Diese braunen, glitzernden Augen.

»Sind sie jetzt in Schweden?«

»Ich denke schon. Es ist … bald zehn, das dürfte hinkommen.«

»Was wirst du sagen?«

Bror küsst seine Liebste sanft auf die Wange.

»Ich kann nur sagen, wie es ist. Dass ich hier bin.«

»Gut. Das ist gut. Ich habe über das mit deinen Eltern …«

Chantelle richtet sich ein bisschen auf, setzt sich im Schneidersitz auf der Rückbank zurecht. Zupft an Brors zerknittertem fliederfarbenem Sakko herum. Bror kichert und unterbricht Chantelle.

»Komisch. Es ist mir völlig egal, ob das Jackett zerknittert ist. Früher hätte ich Panik bekommen und mich gleich auf die Suche nach einer Reinigung und einem Bügeleisen gemacht. Aber jetzt …« Bror zuckt mit den Schultern. »… jetzt ist es mir egal. Hauptsache, du bist hier.«

Chantelle lächelt, knöpft die beiden Knöpfe des Jacketts zu und klopft ein bisschen Staub vom Revers.

»Genau, ich habe über das mit deinen Eltern nachgedacht. Und darüber, dass du solche Angst davor hast, dass sie sich scheiden lassen und so …«

»Bitte entschuldige, dass ich dich unterbreche, aber das ist genau wie mit dem Sakko. Ich habe nicht mehr solche Angst. Bevor ich dir begegnet bin und Jane und Tessan, war ich der einsamste Mensch auf der Welt. Ich hatte nur meine Mutter und meinen Vater. Sie waren mein Ein und Alles. Und das ist nicht übertrieben. Jetzt … jetzt habe ich dich. Du bist meine Freundin und …«

»Freundin! Ich bin deine Verlobte, vergiss das nicht!«

Chantelle versetzt Bror einen scherzhaften Stoß in die Seite, und er lächelt verlegen.

»Du bist meine Freundin und Verlobte. Ich habe Tessan und

Jane. Serge. Meinen schönen Vogel Serge. Ich komme schon zurecht. Und du … du hast ja nicht einmal eine Mutter. Sie ist für immer weg. Und du hast es trotzdem geschafft.«

»Ja, das habe ich. Man kommt schon irgendwie zurecht. Und jetzt ruf an.«

Bror nimmt sein Handy, wählt die Nummer seines Vaters. Zweimal ertönt das Freizeichen.

»Da bist du ja! Ach, wie schön, deine Stimme zu hören. Ist alles in Ordnung?«

»Ja.«

»Gut, gut. Wir wussten ja, dass wir uns auf dich verlassen können. Jetzt stehen wir an der Haltestelle Slussen und warten auf einen Bus … Welche Nummer war das noch?«

Bror hört seine Mutter im Hintergrund irgendwas murmeln.

»Wir warten auf den Bus 334, der nach Stavsnäs geht. Von dort kann man offenbar gegen zwölf mit dem Schiff nach Sandhamn fahren. Könntest du uns vielleicht dort abholen? Am Bootsanleger?«

Bror räuspert sich.

»Ich bin nicht auf Sandhamn.«

»Nein, ich weiß, mein Junge, du bist auf Lökholmen, aber vielleicht kann diese Barbro dich hinbringen?«

»Ich bin überhaupt nicht in einem Segelcamp.«

Schweigen. Jenny fragt Ivan, was los ist.

»Ich bin in Västergötland. In einem Dorf, das Rosenhecht heißt.«

»Rosenhecht?«

Wieder ist seine Mutter im Hintergrund zu hören: »Was sagt er, was sagt er?«

»Entschuldige bitte, Bror, jetzt komme ich nicht mehr mit.«

»Ich habe mir das mit dem Segelcamp nur ausgedacht, in Wirklichkeit gibt es gar kein Segelcamp. Man könnte auch sagen, ich bin von zu Hause abgehauen.«

»Wie jetzt, es gibt gar kein Segelcamp? Also, jetzt muss ich wohl doch mit eurer Betreuerin Barbro sprechen, kannst du sie bitte holen?«

Mama im Hintergrund: »Jetzt kommt der Bus, jetzt kommt der Bus!«

»Bror, der Bus kommt jetzt. Bist du denn dann auf Sandhamn, wenn wir kommen?«

Bror erhebt seine Stimme.

»Ich bin auf der Flucht, Papa! Es gibt kein Segelcamp! In diesem Augenblick sitze ich zusammen mit meiner Freundin Chantelle und unserem kleinen Vogel Serge in einem Kleinbus. Wenn ihr mich sehen wollt, dann müsst ihr herkommen.«

»Bror. Bleib bitte, wo du bist. Gib mir eine Adresse, wir kommen. Wo du auch bist, wir kommen. Warte mal kurz, Bror ...«

Ivan flüstert Jenny zu: »Er sagt, dass er mit seiner Freundin und seinem Vogel bei irgendwelchen Hechten ist. Es geht ihm nicht gut, organisiere bitte einen Mietwagen, ich behalte ihn in der Leitung.«

Mama wiederholt seine Worte: »Vogel? Er hat einen Vogel? Und eine Freundin? Ist er verrückt? Um Gottes willen, mein Kind. Ich rufe gleich bei der Autovermietung an. Lass ihn nicht auflegen!«

»Hör mal, Bror. Mama und ich kommen so schnell wir können. Bleib, wo du bist. Bleib da mit deinem ... hm ... Vogel und deiner Freundin. Das ist gut. Bleib bei ihnen.«

»Hällekleva. Du findest mich im alten Bahnhofsgebäude von Hällekleva.«

»Warte, warte, mein Schatz.«

Papa Ivan spricht mit Mama.

»Jenny, schreib Hällekleva auf. Ja, genau. Er sagt, dass er sich im Bahnhofsgebäude befindet. Klingt so, als wäre das in der Nähe von Kinnekulla. Sollen wir die Polizei rufen?«

Bror unterbricht ihn. »Papa, ich bin nicht verrückt. Ich bin gesünder als je zuvor. Kommt einfach her. Keine Polizei, das ist nicht nötig. Ich bin hier, wenn ihr kommt, versprochen.«

»Das war … wunderbar.«

Svante liegt da, sein Gesicht glücklich zwischen Tessans weichen Brüsten vergraben. Seine Haare stehen zu Berge, als wären sie elektrisch aufgeladen. Janes Schnarchen breitet einen vibrierenden Klangteppich über das Schlafzimmer. Tessan kneift Svante sanft in den Hintern.

»*Du* warst wunderbar. Unglaublich, was du für eine Energie hast.«

»Und ich konnte noch immer, stell dir das mal vor …«

»Und ob du konntest! Haha, man könnte denken, du hättest ein hartes Training in einem Sexcamp in Russland hinter dir. Dein Zölibat hat jedenfalls keine Spuren hinterlassen.«

»In Russland?«

»Na ja, keine Ahnung, irgendwo eben, wo man die Leute hart rannimmt. Du bereust es doch nicht etwa? Dass wir …«

»Niemals. Das hier werde ich niemals bereuen. Ganz im Gegenteil. Das ist eine Erinnerung, die ich in mein schönstes Album kleben und mir ansehen werde, wenn mein Mut sinkt.«

»Mein Gott, hast du das schön gesagt. Ich werde dich auch in ein Album kleben, darauf kannst du Gift nehmen. Bist du eigentlich gar nicht hungrig? Ich bin es nämlich.«

Svantes Gesicht leuchtet auf.

»Vielleicht gibt es ein paar Konservendosen in der Küche?«

»Komm, wir sehen nach.«

Tessan richtet sich auf und müht sich mit dem zerrissenen Kleid ab. Vorsichtig rutscht sie aus dem Bett und gibt ihm kichernd zu verstehen, dass er mitkommen soll. In den Trümmern liegend gelingt es ihm, sich die Armeehose anzuziehen, doch das T-Shirt findet er nicht. Mit nacktem Oberkörper folgt er Tessan nach draußen.

Neugierig öffnet Tessan die geschlossenen Türen des Obergeschosses. Ein Büro mit Aktenordnern in penibler Ordnung, ein Gästezimmer mit einem ordentlich gemachten Einzelbett. Ein Zimmer voller Regale und Schränke. Einen Raum nach dem anderen sehen sie sich an. Schließlich sind sie am letzten Zimmer des langen Flurs angelangt. Es ist leer.

»Vielleicht war das ja Janes Zimmer?«

Tessan sieht Svante an.

»Du meinst, sie haben es ausgeräumt, weil Jane für sie nicht mehr existiert hat?«

»Irgendwie so, ja. Statt etwas Neues aus dem Raum zu machen, haben sie ihn einfach weggezaubert, als wäre er niemals da gewesen.«

Svante schaudert. »Wie kann man bloß sein Kind einfach so wegräumen?«

Sie schließen die Türen sorgfältig hinter sich und schleichen die Treppe mit dem roten Teppich hinunter. Die Sonne versucht durch die dunklen Gardinen vor den großen Fenstern zu dringen, aber es gelingt ihr kaum.

Sie kommen in den großen Wartesaal zurück und sehen sich begeistert um.

»Stell dir vor, alles ist noch erhalten. Da drinnen hängt sogar noch die Mütze des Bahnhofsvorstehers.«

Svante presst seine Nase an die Glasscheibe des Fahrkartenschalters. Dann geht er weiter, dreht sich auf Zehenspitzen und breitet die Arme aus.

»Es ist beinahe wie ein Theaterfoyer. Wenn ich die Augen schließe, kann ich das Gemurmel der Leute und das Klirren von Champagnergläsern hören und den Duft der festlich gekleideten Gäste ahnen.«

Tessan nickt und öffnet eine dunkle Tür, die zu einem der Pavillons führt. Es ist ein großer Raum, beinahe ein Saal mit schwarzweiß gewürfeltem Steinfußboden, einer Kuppeldecke, einem staubigen Kristallkronleuchter, der ein wenig schief hängt. Eins, zwei, drei ... acht riesige Fenster, die beinahe vom

Boden bis zur Decke reichen und vor denen schwere braune Samtgardinen hängen. Stühle und Tische in einem einzigen Durcheinander, ein altes Klavier, das mit einem weißen Laken abgedeckt ist, eine kleine Erhöhung weiter hinten. Vielleicht eine Bühne?

»Komm her, das musst du sehen!«

Tessan winkt Svante zu, der hinter dem Fahrkartenschalter steht und in alten Ordnern blättert.

»Voll der krasse Ballsaal!«

Auf übertrieben elegante Weise öffnet Tessan die beiden Türen und verbeugt sich so tief, dass die Brüste beinahe aus dem kaputten Kleid purzeln. Svante steht mit offenem Mund da.

»Großartig. Mein Gott, wie schön. Ganz und gar perfekt … Niemand scheint in den letzten hundert Jahren irgendwas an diesem Raum verändert zu haben. Allein schon die Tapeten … Und die Bühne, was für eine wunderschöne Bühne!«

Wie in Trance schleicht Svante in den Saal, streicht im Vorübergehen über die Stuhllehnen und wischt sich den Staub an der Hose ab.

Tessan macht kehrt und läuft zu den großen Doppeltüren an der anderen Seite des Wartesaals. Sie öffnet sie und sieht auch hier den schwarzweißen Steinfußboden und eine Kuppeldecke, doch statt eines Kristallkronleuchters gibt es hier runde weiße Glaslampen. Eine riesige Küche. Mit langen Tischen und Bänken, an denen das Personal essen konnte. Alte Wandschränke mit Tellern in allen Größen, Gläsern in verschiedenen Formen, Schüsseln, Geschirrhandtüchern, Servietten, Besteck, Schürzen, Hosen, Hemden, Kochmützen, silbernen Kerzenleuchtern. Sogar eine Reihe von Holzpantinen in unterschiedlichen Größen gibt es. In einem der Schränke entdeckt sie über dreißig Flaschen Portwein. Tessan muss grinsen.

In der Mitte des Saals befindet sich eine riesige Kochinsel. Zwei Elektroherde, zwei mit Holz zu befeuernde Herde, eine altertümliche Grillplatte. Von der Decke hängt ein Gestell mit Kellen, kleinen Töpfen und … Vorsichtig fühlt Tessan mit den Händen über alle Arbeitsflächen und lässt dann den Blick von den Herden zu den Schränken wandern. Meterlange Spülen, eine Geschirrspülmaschine, die ungefähr von 1960 sein dürfte, Küchenmesser, zwei enorme Kühlschränke, eine riesige Vorratskammer …

Wann wurde das Haus gebaut? Es stand an der Fassade, ich habe es selbst gesehen. Irgendwann im 19. Jahrhundert. Bevor Janes Eltern es übernommen haben, war es anscheinend ein ziemlich luxuriöses Restaurant. In einem normalen Mittagslokal hat man doch keine Kristallleuchter. Und nicht so lange Tische für die Kellnerinnen, an denen sie sich ausruhen konnten. Früher, als das Haus gebaut wurde, war es vielleicht ein total gemütliches Wirtshaus. Vielleicht sind die Leute aus der ganzen Gegend hergefahren, um zum Beispiel gedünsteten Hecht mit zerlassener Butter und Meerrettich zu essen und dazu einen kühlen Weißwein zu trinken. Vielleicht hat eine kleine Livekapelle auf der Bühne gespielt. Natürlich war es eine Livekapelle, vor hundert Jahren war ja alles live. Es gab keine DJs. Vielleicht haben die Leute hier Hochzeiten gefeiert! Sie haben getanzt und waren gut drauf. Dieses Haus muss überhaupt nicht angsteinflößend sein. Bevor die Angst kam, war es vielleicht ganz zauberhaft hier. Und so könnte es auch wieder werden. Wer dieses Haus kauft, könnte direkt loslegen. Es gibt hier alles. Wirklich alles. Man muss nur ordentlich abstauben und die Wände streichen. Mehr nicht. Hoffentlich findet Jane jemanden, der den Kasten nicht einfach abreißt und was Neues hinstellt.

34. Kapitel

Let the Sunshine In

Tessan rührt in dem großen Topf, schiebt die Kochmütze zurecht und dreht die Wärme herunter. Auf dem Herd köchelt die Tomatensuppe vor sich hin. In der großen Vorratskammer gab es eine Reihe von Konserven, die meisten mit einem Haltbarkeitsdatum von vor der Jahrtausendwende, aber was kann schon Großes mit Pizzatomaten passieren, die ein paar Jahrzehnte nachreifen dürfen?

»Määäääh!«

Bella meckert unleidlich vor sich hin und starrt Tessan mit ihren gelben Augen an.

»Selber määäh. Ich finde bestimmt auch was für dich. Wie wär's zum Beispiel mit …« Tessan begutachtet die Konservendosen, die sie auf die Spüle gestellt hat. »Erbsen und Mohrrüben? Weiße Bohnen in Tomatensoße? Nein, guck mal hier, Erbsensuppe! Das müsste doch was für dich sein.«

Schnell öffnet sie die Dose, kippt die Erbsensuppe in eine große Schüssel und stellt sie auf den Boden vor die Ziege, die sich die Suppe gierig einverleibt.

Tessan wühlt in einem Regal zwischen den vielen großen Gewürzgläsern mit altertümlichen Etiketten herum. Knoblauchpulver, gemahlener Ingwer und Cayennepfeffer … Das muss reichen. Diese Suppe braucht ein bisschen mehr Pep. Mit der Nase in den Gläsern versucht Tessan zu entscheiden, ob noch irgendein Duft geblieben ist. Ein Hauch von dem, wie es vor zwanzig Jahren geschmeckt haben mag, ist noch zu erahnen. Ab in die Suppe und noch ein bisschen Zucker dazu … Und Salz. An die Brühwürfel, die so aussehen, als wären sie mindestens vierzig Jahre alt, wagt sie sich lieber nicht heran.

Der große Backofen brummt gemütlich vor sich hin, und Tessan öffnet ihn, um nach den Grissini zu sehen, die sie frei nach Schnauze gebacken hat. Von der Lektüre der vielen Rezeptheftchen erinnert sie sich schwach, dass man Grissini mit Backpulver, Wasser und Mehl backen kann, und das entspricht ungefähr dem, was sie hier auftreiben konnte. Doch, es riecht gut. Wenn sie sie mit Mohnkörnern bestreut, wird niemand unzufrieden sein.

Die gestärkte weiße Schürze sitzt perfekt, ebenso wie die Holzpantinen in Größe siebenunddreißig, die sie in einem Schrank gefunden hat. Die meisten Kochmützen waren zu groß, aber am Ende hat sie doch eine gefunden, die ihr wie angegossen passt. Gedeckt hat sie auch schon. Zwei Kerzenleuchter thronen mitten auf dem Tisch, mit langen weißen Kerzen, die bereits brennen.

Chantelle sitzt am Klavier und übt Tonleitern. Das arme Instrument ist schon viele, viele Jahre nicht mehr bespielt worden und klingt dementsprechend. Bror lehnt sich in seinem zerknitterten fliederfarbenen Anzug gegen das Klavier und summt eine seiner Lieblingsmelodien.

»Sing ein bisschen deutlicher, dann kann ich dich vielleicht begleiten. Fang noch mal von vorn an.«

»Nein, ich kann nicht so gut singen.«

»Hör auf mit dem Unsinn. Das ist doch kein Wettbewerb, wir wollen nur ein bisschen singen. Welches Stück ist das?«

»*La femme des uns sous le corps des autres* von Serge Gainsbourg.«

»Wie geht das?«

»Ach, eigentlich nichts Besonderes. Die Musiker jammern im Hintergrund herum, während Serge das Ganze mit seinem Lied steuert.«

»Dann steuere doch, mein Schatz.«

Chantelle entlockt dem verstimmten Klavier ein paar weiche Klänge und sieht den verlegenen Sänger fragend an.

»Ungefähr so?«

»Ein bisschen jazziger vielleicht, wenn du verstehst, was ich meine.«

»Ich kann keinen richtigen Jazz.«

»Und ich kann nicht singen, das passt ja gut.«

Bror setzt sich neben Chantelle auf den breiten Klavierhocker, räuspert sich und beginnt zu singen:

La femme des uns sous le corps des autres,
A des soupirs de volupté.
On s'en fout quand c'est pas la nôtre,
Mais celle des autres …

Am anderen Ende des Saals zieht Svante die schweren Vorhänge auf, öffnet die Fenster und lässt Sonne und frische Luft herein. »Eine schöne Stimme hast du, Bror«, ruft er. »Wirklich, eine phantastische Stimme.«

Zusammen sitzen sie an einem der langen Tische in der Küche. Sie schlürfen die mit Cayennepfeffer aufgepeppte Tomatensuppe, die einen leichten Nachgeschmack von altem Pappkarton hat, und knabbern Mohngrissini.

Die Fenster sind sperrangelweit geöffnet, und draußen erwacht das kleine Dorf nach den Mittsommerfesten wieder zum Leben. Hunde bellen, Autos fahren vorüber, von Weitem ist Gelächter zu hören, und auf der Landstraße tuckert ein Traktor vorbei.

»Wirklich lecker, die Suppe.«

Svante isst mit großem Appetit, nimmt sich ein Grissini nach dem anderen und ist schon bei seinem vierten Teller angelangt. Tessan grinst.

»Tja, du hast ja eine ganze Weile hungern müssen, wenn du verstehst, was ich meine.«

»Allerdings. Das stimmt.«

Lachend tunkt Svante ein Stück Grissini in die Suppe und zeigt auf die pompösen silbernen Kerzenhalter.

»Abgefahrene Leuchter. Schön.«

Tessan nickt stolz.

»Kerzen sind zum Anzünden da. Und eines steht für mich fest: Ab sofort werden beim Essen immer mindestens zwei solche Leuchter mit brennenden Kerzen herumstehen. Das ganze Jahr, immer. Wo ich auch in Zukunft leben werde.«

»Aha.« Nachdenklich betrachtet Svante Tessan, die zufrieden ihre Suppe schlürft.

Aneinandergeschmiegt sitzen Bror und Chantelle da und essen in einträchtigem Schweigen, während Serge die kleinen Brotkrümel aufpickt, die sie ihm ans andere Tischende gelegt haben. Doch, die Suppe ist schon in Ordnung. Nicht gerade ein Höhepunkt ihrer Kochkarriere, aber was kann man schon von Konservendosen aus dem Mittelalter erwarten?

»Hallo?«

Eine elegante Dame mit kurzem blondiertem Haar, weißer Hose, einer Mohairstrickjacke über den Schultern und Collegeschuhen schaut zur Tür herein. Die Tischgesellschaft blickt verwundert auf.

»Bitte entschuldigen Sie die Störung am Feiertag, aber ich habe die offenen Fenster und das Auto draußen stehen sehen. Da habe ich mir gedacht, dass Ann-Britt vielleicht gekommen ist.«

»Ann-Britt?«

»Ja, die Tochter von Rut und Albert. Bitte verzeihen Sie, ich habe ganz vergessen, mich vorzustellen.«

Die gut gekleidete Dame betritt die Küche, trippelt zu Tessan und streckt ihr die Hand hin.

»Eivor Jakobsson, Maklerin und Bestattungsunternehmerin. Nun ja, das mag ein wenig absurd klingen, aber es ist eine Kombination, die gut funktioniert. Zumindest hier in der Gegend. Und wer sind Sie?«

»Ich heiße Tessan, und das hier ist …« Sie lässt den Blick über ihre Freunde am Esstisch schweifen. »… meine Familie, könnte man sagen. Wir sind Janes Familie.«

Die Freunde nicken zustimmend.

»Jane?«, hakt die Maklerin nach.

»Ja, wir sind mit Jane hergekommen. Es ist ja ihr Elternhaus, und wir haben sie begleitet, damit sie die Beerdigung und den Nachlass und so organisieren kann.«

»Verzeihung, richtig, jetzt erinnere ich mich. Sie hat den Namen gewechselt, das stimmt. Wir waren zusammen in der Schule, Ann-Britt und ich, nicht, dass wir befreundet gewesen wären, aber es stimmt, sie hat einen neuen Namen angenommen. Jane heißt sie jetzt also. Das werde ich mir gleich notieren.«

Eivor zieht einen Ordner aus ihrer Ledertasche, blättert in den Papieren und macht sich Notizen.

»Ist Jane denn auch hier?«

Svante tupft sich den Mund mit einer der hübschen bestickten Servietten ab.

»Ja, aber sie schläft. Es war sehr belastend für sie, hierher zurückzukehren. Setzen Sie sich doch, wollen Sie ein bisschen Suppe?«

Eivor lächelt nervös und setzt sich ganz außen auf eine der Bänke.

»Nein, danke, ich werde mit meinem Mann später mittagessen, deshalb …«

Verstohlen sieht sie zu Bella hinüber, die Erbsensuppe am Maul hat und sich an Tessan drückt.

»Piep, piep!«

Die Bestattungsmaklerin zuckt zusammen und dreht sich um.

»Ach, das ist nur Serge, der Sie begrüßen möchte.«

Mit leichter Hand streicht Chantelle der Schwalbe über den Kopf und lächelt die Bestattungsmaklerin an.

»Wie nett, mit Vögeln und allem Drum und Dran. Ja, Tiere sind wirklich was Wunderbares ... Vielleicht können Sie ja Ann-Britt ... Jane, meine ich natürlich ... ausrichten, dass es ein paar Unterlagen gibt, die sie unterschreiben müsste. Um die Beerdigung kümmere ich mich, Jane kann einfach hingehen, wenn sie will. Das kann ganz sinnvoll sein. Auch wenn die Beziehung ein bisschen ... schwierig gewesen ist. Und was das Haus betrifft – es ist ja ein ganz besonderes Gebäude, das umfassend renoviert werden muss, wenn es von einer normalen Familie genutzt werden soll. Das heißt, Jane wird sicher keine größere Summe dafür bekommen. Weder das Haus noch das Grundstück sind sonderlich wertvoll, fürchte ich. Nicht jeder mag es, so nah an der Bahnlinie zu wohnen. Die Züge fahren mehrmals täglich hier vorbei. Aber natürlich machen wir Fotos und setzen eine Anzeige in die Lokalzeitung. Das Haus ist schuldenfrei, ein bisschen Geld bringt es auf alle Fälle. Aber wie gesagt, man sollte auf keine hohe Summe hoffen. Wir sind ja nicht in Stockholm.«

Ruhe. Tessan kratzt sich am Kopf, sie hat unter der Kochmütze geschwitzt.

»Wir geben das an Jane weiter, wenn sie aufwacht. Sie will die Angelegenheiten hier sicher so schnell wie möglich regeln. Vielleicht kann sie heute noch vorbeikommen?«

Eivor steht auf, lässt den Ordner auf dem Tisch liegen und tippt mit ihrem perfekt manikürten Zeigefinger darauf.

»Selbstverständlich. Hier finden Sie Informationen über die Bestattung und Vorschläge, wie wir mit dem Haus weiterverfahren könnten. Eine Visitenkarte ist auch beigelegt, sie soll mich einfach anrufen. Ich bin den ganzen Tag erreichbar, gar kein Problem. Und ich wohne nicht weit von hier, insofern ... insofern lösen wir das bestimmt ganz schnell, wenn

Jane-Britt das so will. Dann … dann wünsche ich Ihnen noch einen angenehmen Feiertag … und ja … auf Wiedersehen.«

Eivor geht mit einem professionellen Lächeln davon und hinterlässt einen süßlichen Parfümgeruch.

Der Tag schleppt sich dahin. Der Sonnenschein, die leichte Brise und die Müdigkeit nach einer langen Nacht macht allen zu schaffen. Bror und Chantelle sind im Gästezimmer in der oberen Etage eingeschlafen, und Jane schlummert noch immer auf ihrer Matratze auf dem Boden. In einem Schuppen hinter dem Haus hat Svante ein paar Liegestühle entdeckt, die er herausgeschleppt und neben den Gleisen aufgestellt hat. Jetzt schläft auch er tief und fest und lässt sein Gesicht von der Sonne bescheinen.

Tessan sitzt auf der breiten Treppe und zieht an ihrer Zigarette. Sie sieht sich um. Vor ihr verlaufen drei Schienenpaare, von denen zwei zugewachsen sind und eines anscheinend noch befahren wird. Jenseits der Gleise nichts als Felder, Felder, Felder. Die Farben wechseln zwischen dem leuchtenden Gelb der Rapspflanzen und dem hellen Blau der Leinfelder. Als läge eine große, wogende schwedische Flagge vor ihr.

Dann ist da das Bahnhofsgebäude, direkt an den Gleisen. Groß, schwerfällig und heruntergekommen, mit den beiden spektakulären Pavillons. Kein Haus rechts, kein Haus links. Wer will schon an einer Bahnstrecke wohnen? Hinter dem Bahnhof liegt eine kleine Dorfstraße mit Häuschen am Wegesrand, draußen zwischen den Feldern erahnt man größere Bauernhöfe. Zum Vänersee mit seinem Sportboothafen gelangt man, wenn man die Dorfstraße überquert und weiter durch den Wald geht. Ruhig, still und mit einem Duft von Tieren, Maschinen und saftigem Grün.

Es ist schön hier. Ich hätte nie gedacht, dass ich mich auf dem Land wohlfühlen würde. Wo ich doch immer in Hochhäusern gelebt habe. Massenhaft kleine Wohnungen – aufeinandergestapelt wie im Legoland. Leute, überall Leute. Vorortzüge, der Geruch von Imbissbuden, Asphalt, Autos und Einkaufszentren. Meine coole enge Lederhose, meine kurze Lederjacke, ärmellose Oberteile, hohe Pfennigabsätze, natürlich nur Guccikopien, und Freddy. All das, was ich mal war. Oder besser gesagt: der Ort, an dem ich immer war. Und jetzt sitze ich hier. Auf einer Treppe in the middle of nowhere und bin total entspannt. Seltsam.

Ein Auto kommt an der Bahnstrecke entlanggefahren, direkt auf das Bahnhofsgebäude zu. Ein großer schwarzer Mercedes. Etwas zu schnell fährt er, Kies spritzt auf. Genervt starrt Tessan das Auto an, es stört die ländliche Ruhe.

Jetzt fährt es langsamer, sie sieht einen Mann und eine Frau, die über irgendwas diskutieren, an einem Navi herumdrücken, ein paar Meter zurücksetzen, es sich dann anders überlegen und doch wieder vorwärtsfahren. Das Auto nähert sich dem Gleisbereich und hält direkt hinter dem Behindertenbus. Svante im Liegestuhl schläft tief und fest, so tief, wie es nur ein Mensch tun kann, der gerade zum ersten Mal seit vielen Jahren Sex gehabt und anschließend vier Teller Suppe sowie sieben Grissini gegessen hat. Mit nacktem Oberkörper und offenem Mund, die Hose auf den Hüften.

Bella springt erschrocken über den Hof und die Treppe hinauf, um in Tessans Schoß Schutz zu suchen. Tessan sitzt da, mit total zerzaustem Haar, der etwas schief aufgesetzten Kochmütze, mit zerrissenem Kleid, verschmierter Brille und einer Zigarette in der Hand. Schweigend betrachtet sie den Mann, der aus dem Auto steigt. Hochgewachsen, dunkelhaarig, nicht direkt gut aussehend, aber irgendwie elegant. Er trägt eine dunkelblaue Stoffhose, Segelschuhe und ein rotes Polohemd von Lacoste. Jetzt kommt auch die Frau, klein, mit blondem Pagenkopf, durchtrainiert und drahtig. Sie trägt ein schickes Sommerkleid mit Spaghettiträgern in derselben grünen Farbe wie ihre Augen. Unglaublich grüne Augen.

Sie wirken müde, trotz ihrer gepflegten Reiche-Leute-Erscheinung. Verwirrt sehen sie sich um, und Tessan winkt ihnen lässig zu. Der Mann hebt seine Hand, als wäre er ein Indianer, der sich in friedlicher Absicht nähert. Hugh. Er erspäht Tessan und dann Svante in seinem Liegestuhl.

»Sind wir richtig hier? Ist das hier das Bahnhofsgebäude?«

»Yes.«

Tessan nickt und drückt ihre Zigarette auf der Treppenstufe aus.

»Kommen Sie auch vom Bestattungsunternehmen?«

Der Mann sieht sie verständnislos an.

»Nein. Wir sind hier, um Bror abzuholen. Unseren Sohn.«

35. Kapitel

Prost auf die Menschen (und die Tiere!)

Er hört Stimmen, spürt ein Streicheln an seiner Schulter. Oh, der Schlaf ist so schwer, und die Augen zu öffnen ist ungefähr so, als wollte man eine Flagge aus Stein hissen. Es gelingt Bror, sie einen winzigen Spalt zu öffnen. Durch den Spalt sieht er ein rotes Polohemd. Ein rotes Polohemd? Wer hat denn ein rotes Polohemd? Jane? Therese? Svante …?

Nein. Man könnte sagen, die Leine der Fahnenstange reißt, der Stein fällt zu Boden, und die Augenlider öffnen sich komplett. Papa! Das ist Ivans Polohemd. Bror starrt geradeaus, sieht seine Eltern am Bett stehen. Er zuckt so heftig zusammen, dass auch Chantelle aufwacht. Schlaftrunken starren sie einander an und dann Ivan und Jenny. Bror räuspert sich.

»Chantelle, das sind meine Eltern. Mama und Papa, das hier ist Chantelle. Meine … meine Freundin.«

Mit einem schüchternen Lächeln setzt Chantelle sich hin, richtet ihr Haar und streicht ihr gepunktetes Festkleid glatt. Dann hält sie ihre schmale weiße Hand erst Jenny und dann Ivan hin. Unbeholfenes Händeschütteln. Bror weiß nicht, wohin mit sich. Mit zerzaustem Haar und zerknittertem Anzug sitzt er im Bett und weiß nicht, ob er sich seinem Vater in die Arme werfen soll, wie er es sonst machen würde. Soll er sich von seiner Mutter umarmen und überall küssen lassen? Fragend beobachten sie einander.

Serge hüpft auf dem Fensterbrett herum, pickt mit dem Schnabel an die Scheibe und piepst voller Sehnsucht nach all der Freiheit dort draußen. Papa Ivan bückt sich, nimmt Brors Hände in seine, betrachtet ihn mit müden Augen.

»Bror. Mein lieber Junge. Was ist denn nur passiert? Du wirkst … sehr erschöpft.«

Bror sieht auf seine Knie, wagt nicht so ganz, dem Blick seines Vaters zu begegnen.

»Ich …«

Er schluckt. Da spürt er, wie Chantelle ihre Hand auf seinen Oberschenkel legt, ihn streichelt. Er sieht sie an, und sie lächelt mit ihren vom Küssen geschwollenen Lippen. Bror nimmt Anlauf, mustert seinen Vater und seine Mutter.

»Das mit dem Segelcamp war eine Erfindung. Es gibt gar kein solches Segelcamp, ich habe es mir von vorne bis hinten ausgedacht.«

Mama Jenny kommt zu ihm, setzt sich ganz außen auf die Bettkante, neben Bror. Ivan lässt seine Hände nicht los.

»Warum hast du geglaubt, uns anlügen zu müssen? Ich … Wir verstehen das nicht.«

Chantelles Hand auf Brors Schenkel. Sie ist bei ihm.

»Ihr habt euch ständig gestritten … seit Jahren schon. Ich habe euch nachts gehört. Dass ihr kurz vor der Scheidung gestanden habt, ist kein Geheimnis, auch wenn ihr das gedacht habt. Und ich … ich habe solche Angst gehabt … dass ihr euch scheiden lasst und dass ich … noch einsamer werde. Und da habe ich mir gedacht, dass ihr vielleicht ein bisschen Zeit miteinander braucht, Zeit zu zweit, um wieder zueinander zurückzufinden, Zeit für Romantik … vielleicht für lange, ruhige Gespräche. Um wieder glücklich zu werden.«

Jenny blinzelt verlegen, ihre Augen werden feucht, obwohl sie dagegen ankämpft. Mit zitternder Hand streicht sie Bror übers Haar.

»Aber dazu hättest du doch kein Segelcamp erfinden müssen, du hättest doch mit uns reden können. Du kannst nicht einfach abhauen, was hätte nicht alles passieren können? Wo bist du überhaupt die ganze Zeit gewesen? Wer … wer ist denn noch alles hier?«

Bror streckt seinen Rücken.

»Nein, ich konnte nicht mit euch reden. Denn ich wollte euch nicht noch mehr schlechtes Gewissen machen, ich wollte, dass ihr unbeschwert seid. Und ihr solltet das Gefühl haben, dass ich in diesem Segelcamp … soziale Kompetenzen entwickle und neue Freunde finde – wie ihr es euch immer gewünscht habt. Außerdem habe ich mich nach einem eigenen Abenteuer gesehnt. Und stellt euch vor, all das habe ich bekommen. Alle Menschen hier sind meine Freunde. Echte Freunde. Wie ist es euch in Stanford ergangen?«

Jenny und Ivan betrachten erstaunt ihren Sohn, wie er vor ihnen sitzt, mit geradem Rücken, festem Blick und diesem überirdisch hübschen Mädchen, das so selbstverständlich da ist. Ivan räuspert sich.

»Bror, bitte verzeih mir, aber ich komme nicht ganz mit. Wie bist du … allen diesen Menschen begegnet? Wo bist du gewesen? Du musst verstehen, dass Mama und ich auf der ganzen Reise hierher … Wir waren außer uns vor Sorge und …«

Bror unterbricht ihn.

»Das verstehe ich. Und das war wirklich nicht meine Absicht. Die Absicht war, dass ihr einen Monat lang eure Ruhe habt, genau wie ich. Ich wollte einen Monat Abenteuer – ganz für mich allein. Dann wollte ich nach Hause kommen, und ihr solltet wieder glücklich sein und … ja, genau das. Jetzt sehe ich ja ein, dass es ein … etwas sehr infantiler Plan war, aber das war jedenfalls meine Idee. Ich wollte euch auf gar keinen Fall beunruhigen.«

Es klopft an der Tür. Vorsichtig öffnet Tessan und steckt den Kopf herein.

»Ich wollte nur nachsehen, ob alles in Ordnung ist. Bror?«

Bror nickt.

»Das ist Therese.«

»Ja, wir sind uns schon begegnet.«

Ivan wirft Tessan, die in ihrem zerrissenen Kleid vor ihnen steht, einen vielsagenden Blick zu.

Bror fährt fort: »Sie hat sich um mich gekümmert. Ihr ahnt gar nicht, wie. Sie hat mir … eine Menge beigebracht.«

Ivan lässt Brors Hände los, steht auf und wendet sich an Tessan.

»Ich erkenne Ihre Stimme, Sie haben sich am Telefon als Barbro ausgegeben. Sie haben keine eigenen Kinder, oder?«

Tessan schüttelt den Kopf, und Ivan wird lauter.

»Nein, denn hätten Sie welche, dann hätten Sie sich *niemals* so aufgeführt. Ich könnte Sie wegen Kindesentführung anzeigen, verstehen Sie! Sie haben Informationen zurückgehalten, wo sich mein Kind befindet, und haben mir verschwiegen, dass er geraucht und Alkohol getrunken hat …«

»Ruhe!«

Bror steht auf und zieht Tessan ins Zimmer.

»So sprichst du nicht mit Therese! Sie hat für mich gekocht, hat mit mir gesprochen, hat mich in den Arm genommen, sie ist die … die ganze Zeit für mich da gewesen.«

Ratlos steht Tessan zwischen Vater und Sohn.

»Aber sie ist eine erwachsene Frau, Bror!« Jetzt schreit Ivan beinahe. »Und erwachsene Frauen verhalten sich nicht so …«

»Was ist hier eigentlich los?«

Jane steckt den Kopf durch die Türöffnung. Ihre grauen Haare sind zerzaust, ihr Hemd ist aufgeknöpft, und ein paar Eichhörnchen lugen heraus. Ihre Wimperntusche ist verlaufen und hat sich über die Wangen verteilt. Es ist eng in dem kleinen Gästezimmer, aber Jane kommt auch noch herein. Fragend sieht Ivan seinen Sohn an, der ihm mit fester Stimme die Lage erklärt.

»Das hier ist Jane.«

Jane fährt sich durchs Haar und dreht es zu einem Knoten.

»Yes. Ich bin Jane. Und es sieht so aus, als könnten hier einige Leute ein bisschen Portwein gebrauchen.«

»Määääh!«, meckert Bella laut, drängt sich ebenfalls in das Zimmer und beginnt an Ivans Hosenbein zu knabbern.

Schweigend sitzen sie alle in der Küche und nippen an richtig lange gelagertem Portwein. Die Eichhörnchen und Serge teilen sich die Grissinikrümel. Jenny laufen die Tränen hinunter.

»Papa und ich … Wir werden uns trennen. Das wissen wir schon lange, und keine … keine Reise der Welt könnte etwas an diesem Entschluss ändern. Aber … es tut so weh, wenn ich an dich denke …«

Jane legt eine Hand auf Jennys bebende Schultern, schenkt ihr Portwein nach.

»Bror kommt gut allein klar, wissen Sie. Er ist das stärkste Kind, dem ich je begegnet bin. Stellen Sie sich vor, er hat einfach den Zug genommen und ist zu mir nach Hause gefahren. Ganz allein. Er ist so mutig und … so witzig! Wenn jemand gut klarkommt, dann ist es Bror.«

Bror nickt ernsthaft. Er sitzt gegenüber von seinen Eltern und hält Chantelles Hand.

»Ich will nur, dass ihr mir sagt, was passieren wird. Wie wir in Zukunft wohnen werden und all die anderen Details. Keine Geheimnisse mehr. Und außerdem hätte ich gern ein breiteres Bett. Mindestens einen Meter zwanzig. Chantelle muss auch hineinpassen. Wir gehören jetzt zusammen.«

Ivan und Jenny nicken verbissen.

»Außerdem will ich die Erlaubnis haben, manchmal zu verreisen. Zu Chantelle, Jane und Therese. Ich möchte sie häufig sehen. Das ist mir wichtig.«

Jane steckt sich ein Zigarillo an und bläst den Rauch zur Seite.

»Du hast gute Eltern, Bror. Ob sie zusammenwohnen oder nicht, ist nicht weiter wichtig. Denn sie sind wirklich gut. Sieh sie dir an, was für tolle Eltern du hast. Man sieht von Weitem, wie sehr sie dich lieben. Mensch, ist das schön.«

Ivan und Jenny tauschen verlegene Blicke.

»Das ist doch wohl klar, dass man sein Kind liebt.«

Jane schüttelt entschieden den Kopf.

»Nein, das ist überhaupt nicht klar. Nehmen Sie zum Beispiel meine Eltern. Vielleicht haben sie mich ja sogar geliebt, aber ich weiß es nicht, weil sie es mir nie gezeigt haben.«

Tessan wedelt lässig mit der Hand.

»Ich stimme dir voll zu, Jane.«

Mit einem schleifenden Geräusch schiebt Jane ihren Stuhl zurück und steht auf.

»Ich finde, wir erheben unsere Gläser. Es gibt vieles, worauf wir trinken sollten. Als Erstes trinke ich darauf, dass ich mich so … frei fühle. Ich bin fertig mit Rosenhecht. Aber ich habe mich trotzdem getraut, hierherzufahren. Und das war gut, denn jetzt, wo ich mich … umschaue, kann ich trotz allem … ein paar helle Stunden sehen. Da draußen auf der Treppe zum Beispiel habe ich immer mit meinen Katzenjungen gesessen. Ich habe kleine Wollknäuel die Stufen hinuntergeworfen, und die Kätzchen sind eifrig hinterhergehüpft. Manchmal bin ich auch geritten. Auf dem Nachbarhof gab es ein großes Pferd – mein Gott, was habe ich es hart rangenommen. Beim Reiten ist die Angst einfach verschwunden, und wir beide, das Pferd und ich, waren völlig fertig, wenn wir nach Hause kamen. Die Tiere haben mich immer gerettet. Aber diesmal seid ihr … ihr Menschen für mich da gewesen. Prost darauf! Prost auf die Menschen!«

»Määäääh!«

Bella meckert laut und drückt sich an Tessans Schenkel. Ein Kichern breitet sich am Tisch aus, und sogar Ivan muss lächeln, während Jane weiterspricht.

»Entschuldigung, Bella, natürlich trinken wir auch auf alle Tiere. Und auf das Leben! Mein Gott, ja, wir können doch auch auf das Leben trinken. Jetzt sitzen wir hier zusammen, was für ein bunter Haufen. Das hätten wir vor einigen Wochen nicht ahnen können, oder? Und nach diesem Sommer wird für niemanden von uns das Leben so sein wie vorher. Das ist eine Tatsache.«

Jane steht mit ihrem Glas in der Hand da und denkt nach.

»Tessan, du hast dich selbst gefunden. Und ich glaube, du hast auch das gefunden, was du im Leben machen möchtest, oder irre ich mich? Du kochst unglaublich gut. Mach weiter damit. Und Sie beide, Ivan und Jenny, Sie werden getrennte Wege gehen. Getrennte Wege – warum muss das eigentlich so traurig klingen? Man geht weiter, nur eben auf zwei eigenen, neuen und schönen Pfaden, von denen keiner so genau weiß, wohin sie führen werden. Du, Bror, hast aufgehört, auf einem eigenen kleinen Pfad entlangzugehen. Genau wie Chantelle. Das habt ihr gut gemacht, ihr beiden Schätzchen. Und was du gemacht hast, Svante, weiß ich nicht so genau, aber du siehst jedenfalls verdammt fröhlich aus.«

Svante lacht und blickt verlegen auf die Tischplatte. Etwas leiser fährt Jane fort: »Und dann gibt es ja noch mich. Ich werde zurück in die Tavastgatan fahren, und dort werde ich … ein bisschen mehr Menschen umarmen. Vielleicht darf ja in Zukunft einer von meinen haarigen Männern mal übernachten? Man wird sehen. Prost!«

Jane kippt ihren Portwein.

»Noch jemand, der einen Toast ausbringen möchte?«

Bror steht auf und betrachtet zärtlich seine Schwalbe, die Krümel vom Tisch pickt.

»Ich glaube, Serge wird allmählich flügge. Er weigert sich, in meinem Seidenschal zu liegen, und will nur noch hinaus.«

Jane nickt. »Da hast du sicher recht. Ich weiß ein gutes Feld nicht weit von hier. Prost auf Serge!«

Langsam spaziert Bror mit seinen Eltern in Richtung Sportboothafen. Sie gehen rechts und links von ihm. Seine Mutter hält er an der Hand, und Ivan hat seine Hand auf Brors Schulter gelegt. Schweigend wandern sie dahin. Ein paar Kühe muhen neugierig hinter einem Elektrozaun, sie käuen wieder und blinzeln mit ihren großen Augen.

Ivan lacht. »Es fühlt sich alles so unwirklich an. Da sind wir in Stanford herumgelaufen und haben uns vorgestellt, wie du mit vertrauenerweckenden Betreuern auf der Ostsee herumschipperst. Komisch.«

»Allerdings könnte man durchaus sagen, dass ich segeln gelernt habe, wenn wir ein bisschen metaphorisch denken. Ich habe gelernt, im Dunkeln zu navigieren, und jetzt weiß ich, wie ich die Segel setzen muss, um mir den Wind zunutze zu machen. Es geht darum, Widerstände in Geschwindigkeit zu verwandeln. Und ich habe ein paar Leuchttürme entdeckt und in einem wunderschönen Naturhafen angelegt.«

Jenny lächelt.

»Tja, dein Redevermögen hast du jedenfalls nicht verloren. Was für ein Glück, dass du um diese gruppendynamischen Spielchen beim Segelcamp herumgekommen bist, das klang wirklich ganz schön schlimm. Ich konnte mir beim besten Willen nicht vorstellen, wie du bei solchen Karaoke-Abenden mitsingst. Denn Songs von Serge Gainsbourg werden bestimmt nicht gespielt. Chantelle hingegen … wirkt sehr nett.«

»Das ist sie auch.« Bror strahlt. »Sie will mich heiraten.«

Jetzt wacht Ivan auf.

»Heiraten? Ihr seid doch erst dreizehn.«

»Dessen bin ich mir durchaus bewusst. Aber wir müssen ja nicht jetzt heiraten. Wir können warten, bis wir achtzehn sind, das ist kein Problem.«

Jennys und Ivans Blicke begegnen sich in einer Art verwirrtem Einverständnis, während Bror vor sich hin lächelt. Unter ihren Füßen knirscht der Kies, und bald liegt der Vänersee in der Nachmittagssonne vor ihnen. Es duftet nach Sand und Süßwasser. Eine Landzunge erstreckt sich ins Wasser hinaus.

Auf der einen Seite gibt es einen schönen Sandstrand und auf der anderen einen Bootssteg, der der Uferlinie folgt. Ein paar kleinere Motorboote liegen dort und schaukeln in den Wellen. Weiter draußen ist ein Segelboot zu sehen, das sich in dem sanften Wind kaum bewegt. Ivan legt seine Arme um Bror und umarmt ihn von hinten. Bror zuckt zusammen.

»Pass auf! Serge schläft!«

Schnell nimmt Ivan seine Arme weg. Bror blickt zärtlich in seinen Hermèsschal und plaudert ein wenig mit Serge, der leise piepst. Ivan betrachtet seinen Sohn.

»Wir fahren heute nach Hause. Ich hoffe, du verstehst das.«

»Ich will aber nicht.«

»Das ist mir klar. Aber so ist es nun mal. Wir müssen alle drei nach Hause und die Ereignisse der letzten Tage verdauen.«

Jane blättert rasch die Unterlagen der Maklerin durch, während Tessan abwäscht. Sie scheuert den alten Suppentopf mit einer Bürste und blickt durch ein großes Fenster nach draußen. Ein Mann in kariertem Hemd und blauer Arbeitshose wandert mit ein paar Kühen auf einem schmalen Weg durch die Felder. Die Kühe muhen zufrieden und traben hinter ihrem Herrchen her. Spricht man bei einem Bauern eigentlich von Herrchen? Ist man das Herrchen von Kühen?

»Wie nennt man jemanden, der seine Kühe versorgt?«

Jane sieht von ihrem Ordner auf.

»Bauer?«

»Schon klar, aber was ist der Bauer für die Kuh? Ist er ihr Herrchen?«

»Gute Frage. Keine Ahnung. Jetzt bin ich jedenfalls mit den Papieren hier durch. Meine Mutter bekommt die einfachste Beerdigung. Ich denke, die wird in ein paar Wochen stattfinden. Dann fahre ich wieder her. Kannst du mitkommen?«

»Na klar. Es ist schön hier. Ich komme gern wieder.«

Jane sieht sich um.

»Findest du es wirklich schön hier?«

»Ja. Das ist ... das schönste Haus, das ich in meinem ganzen Leben gesehen habe, glaube ich.«

Jane lacht und nippt an ihrem Portwein.

»Hast du so wenig schöne Häuser gesehen, meine Liebe?«

»Oder, na ja, vielleicht nicht das schönste. Aber ... es ist doch das schönste! Die Küche hier ist ein Traum.«

»Ein Albtraum, meinst du.«

»Nein, ein verdammt guter Traum. Guck mal hier!«

Tessan geht zu den beiden großen Kühlschränken aus den Fünfzigerjahren, öffnet sie und fährt mit den Händen an den Fächern entlang.

»Jede Menge Platz!«

Schnell läuft sie weiter zur Vorratskammer und reißt die Tür auf.

»So groß, dass man sieben Schweine an die Decke hängen könnte. Und hier!«

Tessan öffnet die Türen zum Wäscheschrank, streicht über die gemangelten Tischdecken und Servietten, die Kante auf Kante gefaltet in gleichmäßigen Reihen daliegen.

»Die Kuppeldecke, die Kochherde, der Fußboden, die Lampen, die Küchenbüfetts – hier gibt es einfach alles. Ich könnte sofort einziehen.«

Jane zieht ein Zigarillo heraus, schiebt es sich in den Mundwinkel und zündet es bedächtig an. Bläst das Streichholz aus.

»Dann tu das doch.«

»Was soll ich tun?«

»Hier einziehen.«

Tessan lacht laut.

»Ich kann doch nicht hier wohnen.«

»Na klar kannst du das. Du hast es doch eben selbst gesagt.«

Tessan lehnt sich an die lange Spüle, die an der gesamten

Stirnseite der Küche verläuft. Oberhalb der Spüle gibt es drei große Fenster. Schweigend blickt sie hinaus.

Hier wohnen. Mitten auf dem platten Land. Soll ich wirklich allein in diesem großen Haus wohnen? Und was soll ich tun? Kochen? Dieser reiche Typ da, Gustaf … Ich könnte das Catering für seine Feiern übernehmen, aber so viele Partys gibt er auch wieder nicht. Davon kann ich nicht leben … Aber ein Restaurant. Die Küche ist schon da. Ein Speisesaal auch. Aber wer fährt schon in die »Trattoria Posemuckel«, um zu essen? Liebling, lass uns siebzig Kilometer zur neu eröffneten »Trattoria Posemuckel« fahren, da soll es ganz wunderbare Pasta Vongole geben. Wohl kaum. Höchstens, wenn man etwas ganz Besonderes anbietet … Aber was habe ich für eine Alternative? Richtig, keine. Das hier ist die Chance meines Lebens.

Unsicher lächelnd denkt Tessan nach.

»Was hättest du gern für das Haus?«

»Null Komma nichts.«

Jane schließt den Ordner mit einem Knall und steht auf. Sie wäscht sich die Hände unter dem großen Wasserhahn und trocknet sie an dem Geschirrtuch ab, das Tessan sich über die Schulter geworfen hat.

»Das Haus gehört dir. Wenn du es haben willst, dann nimm es. Ich hätte die paar Kröten, die ich für das Haus bekommen hätte, sowieso verschenkt. Ich will mit diesem Geld nichts zu tun haben, es ist nicht meines. Du musst dich nicht sofort entscheiden.«

»Gut.«

»Wobei es schön wäre, wenn du bis heute Abend wüsstest, was du willst, denn da fahre ich mit Svante zurück nach Stockholm.«

»Heute Abend?«

»Ich will nicht hier übernachten, weißt du, auch bei mir gibt es eine Grenze, und die verläuft genau dort. Ich werde auf dem Heimweg mit der Maklerin reden.«

Tessan lacht laut.

»Du meinst also, ich habe bis heute Abend Bedenkzeit? Ja, da habe ich wirklich noch jede Menge Zeit.«

Jane zuckt mit den Achseln.

»Ich glaube, du weißt sowieso schon, was du willst.«

36. Kapitel

Breite deine Flügel aus – und dann ab nach oben!

Die Tränen laufen, die Schultern beben, und sie halten einander krampfhaft an den Händen.

»Ich fahre nicht nach Hause, ich mach es einfach nicht.«

Bror atmet heftig, und seine Knöchel sind beinahe weiß, so fest umfasst er Chantelles Hände.

»Ich auch nicht. Ich will dort sein, wo Bror ist.«

Svante will Chantelle beruhigend die Hand auf die Schulter legen, doch sie faucht wütend: »Fass mich nicht an! Ich fahre nicht nach Hause! Nicht ohne Bror!«

Ratlos stehen die drei Erwachsenen vor ihren weinenden Kindern, die wie aneinandergeklebt auf der breiten Steintreppe des Bahnhofsgebäudes sitzen.

Ivan beugt sich hinunter, versucht mit seiner beruhigenden Arztstimme zu sprechen.

»Bror, hör mal zu. Ihr könnt euch bald wiedersehen. In ein paar Wochen fährst du mit dem Zug nach Stockholm, dann könnt ihr euch sehen.«

»In ein paar Wochen! Bist du verrückt? Ich kann nicht mehrere Wochen ohne Chantelle verbringen. Wir haben einander doch gerade erst gefunden! Ich lasse sie nie wieder los.«

Chantelle ihrerseits starrt ihren Vater mit wütenden dunklen Augen an.

»Und ich lasse Bror niemals los. Du brauchst es gar nicht zu versuchen. Wir gehören zusammen. Punkt. Aus. Ende.«

Ivan wieder, mit seiner Arztstimme.

»Aber es kann der Liebe guttun, wenn man sich eine Weile nicht sieht.«

Bror spuckt beinahe, während er spricht.

»Es soll der Liebe guttun, wenn man sich nicht sieht? Du und Mama, ihr habt euch die letzten Jahre fast gar nicht gesehen. Ihr habt nur gearbeitet und kaum Zeit miteinander verbracht. Und wie gut hat das eurer Liebe getan? Nein, es ist verkehrt, sich nicht zu sehen. Ich glaube, dass man immer zusammen sein sollte. Sich umeinander kümmern, sich umarmen, miteinander reden. Ein Sonnenuntergang ist am schönsten, wenn man ihn genau verfolgt. Wenn man beobachtet, wie sich die Farben langsam verändern. Und so will ich mit Chantelle zusammen sein. Ich fahre nicht mit.«

Tessan öffnet die Türen und tritt auf die Treppe hinaus. Eine Zigarette in der Hand, in alten Holzpantinen und im zerrissenen Kleid. Dann hebt sie die Augenbrauen und sieht hinunter auf das weinende Liebespaar und die Eltern, die ratlos dastehen.

»Was ist denn hier los?«

Mit geschwollenen Augen wendet Bror sich an sie.

»Sie wollen uns trennen.«

Tessan steckt sich die Zigarette an, zupft an ihrer rutschenden Unterhose und nimmt einen Lungenzug.

»Warum das denn?«

Es wird ruhig auf der Treppe. Ivan räuspert sich.

»Wir wollen mit Bror nach Hause fahren. Er muss in aller Ruhe ankommen, über alles nachdenken, was passiert ist. Ja, sich einfach ein bisschen sammeln.«

»Aha.«

Tessan wendet sich an Svante, der mit den Achseln zuckt.

»Tja, und wir müssen auch nach Hause, oder? Natürlich soll Chantelle mitkommen.«

Tessan lässt ein paar elegante Rauchringe gen Himmel steigen.

»Meine Güte, es sind Sommerferien. Seid doch nicht so verkrampft. Lasst die Kiddies miteinander abhängen. Schaut sie euch doch mal an, die sind ja so verliebt, dass es nur so raucht.«

Ivan erwidert in entschlossenem Ton: »Wie gesagt, Therese, Sie haben keine Kinder. Schauen Sie ihn sich doch an. Bror sieht vollkommen fertig aus. Er ist müde! Natürlich muss er nach Hause und sich ausruhen, darüber diskutieren wir gar nicht. Außerdem sind diese Kinder erst dreizehn, da übernachtet man nicht so ohne Weiteres beieinander.«

»Es stimmt, ich habe keine eigenen Kinder, aber ich habe ein Gehirn. Und mein Gehirn sagt: Jetzt macht euch mal locker! Nur weil in irgendeinem alten Erziehungshandbuch steht, dass man sich so oder so verhalten soll, muss das noch lange nicht stimmen. Außerdem solltet ihr nicht von euch auf eure Kinder schließen. Sie werden nicht am laufenden Band Sex haben, nur weil sie im selben Bett pennen. Meine Güte, Bror hat gestern den ersten Kuss seines Lebens gekriegt! Kommt mal runter. Und du, Svante, lass Chantelle mit zu Bror fahren. Das könnte doch funktionieren? Eine Woche – und danach kommen sie zu dir. Lass ihnen diesen Sommer. Im Herbst können sie ja ohnehin nicht mehr ständig durch die Gegend fahren. Los, gib dir einen Ruck.«

Schweigen. Schließlich nickt Svante.

»Für mich wäre das okay. Wenn es für Sie in Ordnung ist?«

Jenny verbirgt ihr Gesicht in den Händen und seufzt.

»Wir stecken mitten in … der Scheidung. Bei uns herrscht totales Chaos. Ich weiß nicht, ob ich das schaffe.«

Tessan geht zu ihr, legt ihr eine Hand um die Schulter.

»Genau deshalb. Lasst doch zu, dass Bror seine Freundin bei sich hat. Seinen Kumpel, seine Liebste, sein Ein und Alles. Und ihr könnt in aller Ruhe eure Krise bearbeiten. Stellt euch vor, wie nervig es wäre, wenn ihr nicht nur eure Krise habt, sondern auch noch einen Sohn, der von morgens bis abends heult. Und sich ständig die Musik von diesem französischen Opa anhört, wie heißt er noch, Serge … Flensburg!«

»Gainsbourg.« Bror korrigiert Tessan mit einem schiefen Lächeln.

»Gainsbourg, meine ich. Wollt ihr euch das wirklich antun, Tag und Nacht dieses heisere Gejaule? Nein, genau, das packt doch kein Mensch.«

Die Tür wird wieder geöffnet. Jane tritt auf die Treppe hinaus, sieht gen Himmel und zieht die Luft tief in ihre Lungen.

»Jetzt, meine Freunde, ist der perfekte Zeitpunkt, um Serge ins Leben hinausfliegen zu lassen. Kommt.«

Die bunte Schar steht mitten auf der großen Wiese. Hinter ihnen der dunkle Wald, vor ihnen das stille Wasser des Vänersees. Die Sonne ist ein bisschen nach unten gewandert, und die Hitze hat sich gelegt. Der Himmel ist hellblau mit ein paar wolligen Wolken, die am Firmament schweben.

Bror hält Serge in den Händen. Er spürt, wie das Herz des Vogels rasch und neugierig schlägt. Als wüsste er, dass es jetzt endlich an der Zeit ist, sich auf den Weg zu machen. Seine Flügel zu erproben. Mit dem Schnabel voran ins Abenteuer hinauszusegeln.

Jane hat ihren Arm um Brors Schultern gelegt. Sie streichelt ihn ganz leicht. Hinter ihnen auf der Wiese stehen Ivan, Jenny, Svante, Tessan und Chantelle, schweigend und gespannt. Dass es ein großer Moment ist, spüren sie alle. Ein kleiner Vogel, den Bror gefüttert und geliebt hat, wird davonfliegen. Hoffentlich.

Jane flüstert Bror zu: »Jetzt musst du alles geben, mein Freund. Halt Serge in deinen Händen und wirf ihn von dir. Er muss Schwung bekommen und Luft unter die Flügel. Du weißt, was mit einer Schwalbe passiert, die nicht richtig aufsteigt?«

Bror schluchzt, die Tränen laufen.

»Ja, sie stirbt.«

Jane sieht hinaus aufs Wasser, ihr graues Haar flattert in der Brise.

»Eigentlich gibt es wenig Unterschiede zwischen Menschen und Schwalben. Ein Geschöpf, das nicht genug Schwung und Unterstützung bekommt und im hohen Gras landet, ohne von jemandem gesehen zu werden … So ein kleines Wesen stirbt. Aber wenn man ihm einen kleinen Anschub ins Leben gibt, ihm mit dem Blick folgt und dafür sorgt, dass er wirklich abhebt, dann kann er bis in alle Ewigkeit fliegen. Hoch oben am Himmel. Du weißt doch, dass eine Schwalbe, wenn sie einmal fliegt, nie wieder auf der Erde landet? Niemals. Vielleicht legt sie eine Pause auf einem Ast oder auf einem Hausdach ein, aber nie mehr auf der Erde.«

Bror sieht Jane mit grünen, tränengefüllten Augen an.

»Ich bin bereit.«

»Gut. Dann legen wir los.«

Zärtlich küsst Bror die piepsende Schwalbe auf den Kopf, schnuppert ein bisschen an ihr.

»Ich liebe dich, Serge. Du hast mich gerettet, genauso wie ich dich gerettet habe. Und jetzt flieg.«

Dann nimmt Bror Anlauf und wirft den Vogel mit voller Kraft nach oben in die Luft. Die Zuschauer auf der Wiese halten die Luft an. Sie sehen die Schwalbe flattern, sie kämpft, fliegt hoch, schwebt ein Stück über der Wiese. Auf und ab, auf und ab … Nein! Serge fällt abwärts, immer weiter abwärts und weg. Er ist weg.

»Serge!«

Bror rennt über die Wiese, das hohe Gras peitscht um seine Beine. Wo ist Serge? Bror schwitzt und atmet heftig, systematisch nimmt er die Erde unter die Lupe, bleibt stehen und lauscht.

Ivan will ihm helfen, doch Jane hält ihn mit einer leichten Handbewegung zurück.

»Nix da. Das muss Bror allein hinkriegen.«

»Aber angenommen, er findet den Vogel nicht? Dann wird er … völlig verzweifelt sein.«

Jane zuckt mit den Schultern.

»Aber wenn er den Vogel allein findet und ihn zum Fliegen bringt, dann wird er unendlich stolz auf sich sein. Schwarz oder weiß. So ist das Leben. Sie können Ihr Kind nicht vor dem Leben retten.«

Weit draußen auf der Wiese rennt Bror herum. Tessan beobachtet ihn, wie er in seinem zerknitterten lila Anzug nach Serge sucht. Neben ihr steht Svante. Er hält Chantelle im Arm, die laut wegen des verschwundenen Vogels weint. Vielleicht weint sie auch wegen Bror. Weil sie ihn schon vermisst, obwohl er nur ein paar hundert Meter entfernt ist.

Der Vänersee glitzert freundlich. Boote tuckern durch die Bucht, am Ufer baden ein paar Menschen, deren Lachen bis hierher zu hören ist. Auf der Wiese leuchten Kornblumen und knallroter Mohn. Tessan streckt den Rücken durch und schließt die Augen.

Es ist ein echt komisches Gefühl. Mein Leben lang habe ich etwas vermisst, aber ich wusste nicht, was. Es war wie ein Loch in der Brust. Oder wie eine leere Höhle, die vom Echo widerhallt. Ich habe mir eine neue Lederhose gekauft, vielleicht bin ich in der Krypta was trinken gegangen, oder ich habe einfach ein bisschen härter gearbeitet. Dabei hat es da drinnen trotzdem weitergehallt. Mein Gott, hab ich viel Scheiß zusammengekauft. Einen ganzen Schrank voll von Parfüm, Schuhen, Kleidern, Duftlampen und Alkohol. Und jetzt stehe ich hier. Ohne Handy, ohne Klamotten, ohne irgendwelche Besitztümer, nada. Aber das Loch ist ausgefüllt. Es hallt nicht mehr da drin. Da kann ich noch so viel lauschen – ich höre kein Echo mehr.

Tessan blinzelt in die Sonne. Plötzlich beginnt sie vor sich hin zu lachen.

Ich mache es wirklich! Ich bleibe hier! Was ist das Schlimmste, was passieren kann? Dass ich die totale Krise kriege und zurückfahren muss. Aber zurück wohin? Ich habe ja gar nichts, wo ich hin-

könnte. Ich werde einfach bleiben müssen. Und in dieser großen Küche kochen. Eine Landbewohnerin werden. Mir Gummistiefel kaufen.

Tessan tippt Jane auf die Schulter.

»Du … Ich bleibe.«

»Wie?«

»Ich bleibe in dem Haus, wenn es okay ist.«

Mein Gott, was ist, wenn er Serge nicht findet? Bror geht mit gebeugtem Rücken voran, arbeitet sich durch das Gras vor. Nie im Leben wird er es sich verzeihen, wenn er seinen Vogel getötet hat. War sein Wurf zu schwach? Ja, ganz sicher. Die kleine Schwalbe konnte gar keine Geschwindigkeit erreichen. Jetzt liegt Serge irgendwo auf der Erde, als potenzielles Mittagessen für Schlangen, Füchse, Katzen und …

»Piep! Piep, piep, piep!«

Bror steht auf. Horcht. Serge ruft nach ihm, er lebt! Bror dreht sich im Kreis, sieht sich um.

»Serge?«

»Piep!«

Vorsichtig folgt Bror dem Piepsen. Achtet genau darauf, wohin er tritt. Da liegt er auf dem Boden, den Schnabel voller Erde. Serge. Ein bisschen erstaunt blickt er zu seinem Vater auf und piepst laut.

»Oh.«

Bror beugt sich hinab und lässt Serge in seine hohlen Hände springen.

»Mein Kleiner. Bist du auf die Erde gepurzelt? Du musst doch hoch in die Luft. Nirgendwohin sonst. Guck mal. Siehst du, wie herrlich es dort aussieht?«

Bror zeigt nach oben in das Blaue, und Serge folgt seinem Finger mit dem Blick.

»Dort sollst du hinauffliegen, verstehst du das? Du wirst neue Freunde finden, glaub mir. Sie tauchen auf, wenn man es am wenigsten ahnt. Sieh mich an. Ich war ganz allein, und jetzt habe ich einen … einen ganzen Schwarm gefunden, zu dem ich gehöre. Du findest auch einen neuen Schwarm. Vielleicht ein Vogelmädchen? Mit dem du kleine … Eier machen kannst? Tschüs, Serge. Ich wünsche dir ein wunderbares Leben.«

Bror lässt Serge in die rechte Hand springen und formt sie zu einer Art Weltraumkapsel, in der die Schwalbe sitzen kann. Dann nimmt er Anlauf. Mit aller Kraft, die er in sich hat, schleudert er seine Schwalbe davon. Serge schwebt nach oben, flattert, sackt ein bisschen ab, arbeitet sich dann aber wieder hoch, und jetzt … Ein Luftstrom erfasst den Vogel und versetzt ihm einen Schub nach oben in den Himmel. Und er fliegt. Schwebt leicht und schwerelos dahin. Flattert ein wenig, schwebt aber weiter. Er wird kleiner und kleiner.

Bror sieht ihm hinterher und winkt ihm mit dem fleckigen Hermèsschal. Dann hört er Applaus und Pfiffe. Bror dreht sich um. Da steht er, sein bunter Schwarm. Mama, Papa, Svante, Chantelle, Jane und Tessan. Sie winken, rufen, hüpfen auf und ab und klatschen.

Serge hört sie nicht mehr, denn er ist schon auf dem Weg zu eigenen neuen Abenteuern.

37. Kapitel

Rosenhecht forever

Die Sonne ist über dem Bahnhofsgebäude und über Rosenhecht untergegangen. Es riecht nach Heckenkirsche und Dung. Tessan steht in Holzpantinen auf dem Kiesplatz und beobachtet ihre Freunde, die sich auf die Autos verteilen. Jane und Svante werden mit dem Behindertenbus nach Stockholm zurückfahren. Das Liebespaar hingegen reist zusammen mit dem Scheidungspaar im Mercedes nach Südschweden.

Svante wuselt um seine Tochter herum, packt ihre Tasche neu, prüft, ob sie alles dabeihat, öffnet die Tasche noch einmal, steckt zusätzliches Geld in ihr Portemonnaie, findet das Ladekabel für ihr Handy und vergewissert sich, dass es funktioniert.

Bella spürt, dass Unruhe in der Luft liegt, drückt sich an Tessans Bein und meckert ängstlich, denn sie will auf gar keinen Fall ihren Liebling verlassen.

»Immer mit der Ruhe, mein Schatz, du bleibst hier bei mir.« Tessan streicht der Ziege über den Rücken und erntet einen zärtlichen, wenn auch etwas schielenden gelben Blick.

»Svante, jetzt hör mal auf, so um Chantelle herumzuwieseln. Sie kommt allein zurecht, und sie fährt nur nach Lund, nicht ans Ende der Welt.«

Seufzend klopft Jane ihm auf die Schulter und öffnet die Bustür, zeigt mit einer einladenden Geste auf den Fahrersitz.

»Okay, okay.«

Svante nimmt seine Tochter ein letztes Mal ganz fest in den Arm.

»Und ihr lasst es bitte ganz ruhig angehen mit … ja, du

weißt schon, was ich meine. Nur Küsse und … so was. Nicht mehr. Wartet damit, weil …«

»Ja, ja, Papa. Ich verstehe. Du musst dir keine Sorgen machen. Ich bin erst dreizehn und noch gar nicht bereit für Sex. Bror auch nicht. Wir wollen nur küssen und kuscheln, okay? Und komm bitte nicht mit irgendwelchen Kondomen an. Die brauchen wir nicht. Aber du vielleicht?«

Verlegen lässt Svante seine Tochter los und geht zu Tessan. Sie umarmen sich. Eher wie Freunde als wie Liebende. Eine warme, feste Umarmung. Tessan wuschelt Svante durchs Haar.

»Du weißt, wo ich bin. Okay?«

»Okay … Das gilt aber auch umgekehrt. Wenn du nach Stockholm kommst … Na ja, meld dich einfach.«

»Ich werde nicht so schnell nach Stockholm kommen, da wirst du deinen hübschen Hintern schon nach Rosenhecht bewegen müssen.«

Jane mischt sich ein.

»Jetzt will ich mich auch verabschieden.«

Sie stehen sich gegenüber. Tessan und Jane. Jane lächelt vorsichtig.

»Wollen wir uns umarmen?«

Tessan nickt. Dann nehmen sie sich fest in die Arme. Lange stehen sic so da.

»Ich weiß nicht, wie ich dir danken soll. Ich habe nicht nur ein Haus und eine Ziege von dir bekommen, sondern auch jede Menge anderes. Also, ohne dich … wäre ich wohl bis zu meinem Tod in diesem begehbaren Kleiderschrank geblieben.«

»Ach Quatsch, das wärst du gar nicht. Du wärst schon früher oder später wieder herausgekommen, und jetzt ist es eben etwas früher geworden.«

Jane sieht etwas verlegen auf die Erde.

»Oje, ich bin gar nicht gut darin, mich zu bedanken, aber ich will es trotzdem tun. Ohne dich wäre ich nie hierhergefahren. Nach Rosenhecht. Und dann hätte ich … keine Ahnung, aber irgendwas da drinnen fühlt sich jetzt gut an. Es fühlt sich gut an, dass du das Haus übernimmst und was Vernünftiges damit anfängst. Oder etwas Unvernünftiges, aber das ist deine Sache. Unvernünftig klingt ganz gut, wenn ich es mir überlege. Jetzt bin ich wirklich fertig mit Rosenhecht, weshalb ich gern zurückkomme und dich besuche. Danke.«

Svante betätigt die rostig klingende Hupe des Busses, und Jane springt auf den Beifahrersitz. Sie kurbelt die Fensterscheibe herunter und wirft Kusshände in alle Richtungen. Langsam rumpeln sie hinaus auf die Landstraße und machen sich auf in die Hauptstadt.

Ivan und Jenny haben es sich auf den schwarzen Ledersitzen des Mercedes bequem gemacht. Auf der Rückbank sitzen Chantelle und Bror und halten Händchen. Neben Bror liegt das schwarze Tagebuch. Er öffnet die Scheibe und winkt Tessan zu sich.

Die Holzpantinen klappern über den Kies, während Tessan zum Auto geht. Sie grinst Bror an.

»Es ist total ungewohnt, dich ohne diesen Vogelschal zu sehen. Man sieht deinen Hals! Ich hab fast schon gedacht, du hättest gar keinen.«

Tessan zeigt auf das aufgeschlagene Tagebuch.

»Wow! Ist jetzt der Roman dran?«

»Ja, denn jetzt habe ich eine Geschichte, die es wert ist, erzählt zu werden. Hier ist etwas für dich. Ich denke, dass du es gut gebrauchen kannst.«

»Okay …«

Bror zieht einen zerknitterten Umschlag aus seiner Sakkotasche und reicht ihn Tessan.

»Du darfst ihn aber erst öffnen, wenn wir losgefahren sind.«

»Okay.«

Tessan betrachtet die beiden dreizehnjährigen Turteltauben

auf der Rückbank. So wahnsinnig niedlich. Ganz entzückend. Als hätte jemand sie in den Vierzigerjahren oder so gefunden, sie in eine Zeitmaschine Richtung Zukunft gesteckt und dann in diesen nagelneuen Wagen gesetzt.

Tessan beugt sich vor und flüstert ihnen zu: »Vergesst nicht, das mit den Rauchringen zu üben. Da habt ihr nämlich echt Talent. Hey, was hast du neulich für coole Dinger steigen lassen, Bror. Es muss doch da unten einen verlassenen Strand geben, wo ihr so was ausprobieren könnt. Aber keine Lungenzüge, ja?«

»Bis bald.«

»Bis bald. Kommt mal her und besucht mich. Versprecht es mir. Ich kenne hier ja niemanden. Außer diesem Gustaf im Schloss, aber kann man wirklich behaupten, dass ich den kenne? Nee, genau. Aber mit dieser Bestattungsmaklerin kann ich mich vielleicht anfreunden. Oder doch lieber nicht ...«

Tessan lacht und wendet sich an Brors Eltern.

»Alles Gute für euch.«

Tessan schlägt ein paarmal mit der Hand aufs Dach, dann startet Ivan das Auto. Er fährt rückwärts, der Wagen schlingert ein bisschen im Kies, Bror und Chantelle winken fröhlich durch die Heckscheibe, und dann lassen sie das Bahnhofsgebäude, Tessan und Bella hinter sich.

Tessan steht auf dem alten, zugewachsenen Gleis. Sie balanciert barfuß herum, neben sich Bella, die leise an dem frischen Gras knabbert. Bald ist Mitternacht, aber es sind helle Nächte. Restaurant Rosenhecht. Das steht ja schon an der Fassade. Die rote Farbe ist ausgeblichen, aber das lässt sich ja ändern.

Tessan spaziert auf den Gleisen herum, spürt die kühle Schiene unter ihren nackten Füßen. Sie wandert vor und zurück, nimmt ihr Haus in Augenschein. Ihr eigenes Haus. Diese Pavillons ... Schon morgen wird sie damit beginnen, sie abzuschleifen und neu zu streichen. Am besten gleich loslegen, solange Sommer ist. Stand nicht ein bisschen alte Farbe in einem der Zimmer im Obergeschoss? Wenn nicht dort, dann bestimmt im Keller. Sie nimmt einfach die Farbe, die sie findet. Irgendwas Unvernünftiges. Ja, das klingt doch vernünftig.

Als sie die Hände in die Taschen ihres Kleides steckt, knistert es. Richtig, der Umschlag von Bror. Er ist in der Mitte gefalzt und ziemlich dick. Vorsichtig faltet sie ihn auseinander, öffnet ihn und sieht hinein. Sie entdeckt einen Zettel, zieht ihn heraus, blinzelt und beginnt zu lesen.

Du brauchst sie eher als wir. Es sind 14798 Kronen. Ich habe von meinen Eltern 15000 für das Segelcamp bekommen und habe mir für 22 Kronen ein Cornetto auf dem Mariatorget gekauft und Rosen und Schokolade für Chantelle. Man könnte sagen, dass du meine Segellehrerin gewesen bist, und Lehrer verdienen einen Lohn für ihre Arbeit. Bis bald.

Dein Bror

Geld. Jede Menge Geld. Tessan blättert die Scheine durch ... Ja, es müssen über 14000 Kronen sein.

Danke, mein lieber kleiner Bror. Tja, dann werden die Pavillons vielleicht doch in einer gescheiten Farbe gestrichen. Eine Küche habe ich schon. Kochen kann ich auch. Vielleicht lasse ich Visitenkarten drucken? Tessans Catering und Restaurant ... Nein ... Rosenhecht Catering und Restaurant. Oder vielleicht ... Landgasthaus? Apropos Hechte! Es gibt doch jede Menge Hechte hier im See. Sollte man die nicht nachts fangen? Keine Ahnung, ich habe noch nie geangelt. Irgendein kleiner nachtaktiver Hecht wird um diese Zeit schon noch herumschwimmen. Den kann ich mir morgen als Mittagessen machen. Waren da nicht ein paar Angelruten im Schuppen, wo Svante die Liegestühle entdeckt hat?

Tessan hüpft von der Schiene, steckt ihre nackten Füße in die Holzpantinen und trabt zum Schuppen hinüber. Das Haus leuchtet ihr freundlich entgegen. Die schweren Gardinen sind weg, die großen Fenster stehen sperrangelweit offen, und in der Küche brennen ein paar Lampen. Tessan stöbert im Schuppen herum, schiebt alte Stühle, Klapptische und Blumentöpfe beiseite. Sie seufzt und blickt an die Decke. Da! Genau, da sind sie. Sie hatte die Angelruten an der Decke gesehen, wo sie auf zwei Balken liegen. Tessan zieht eine davon heraus. Die Rute sieht so aus, wie Angelruten aussehen sollen, mit einem kleinen roten Korken, der auf der Wasseroberfläche schwimmt. Das klappt bestimmt. Irgendeinen verkorksten Hecht wird sie schon übers Ohr hauen können.

»Komm, Bella, wir angeln ein bisschen.«

Tessan geht mit ihren Holzpantinen den knirschenden Kiesweg hinunter, biegt auf einen Pfad ein, der zum Sportboothafen führt. Sie blickt über die umliegenden Felder. Rosenhecht scheint tief und fest zu schlafen. Plötzlich bleibt Tessan stehen. Denkt ein bisschen nach, sieht Bella an.

»Weißt du was? Ich habe heute Geburtstag. Dreißig werde ich.«

Bella starrt ihr geliebtes Frauchen an, meckert leise. Ganz still stehen sie da, umgeben von der fruchtbaren Erde am Vänersee.

»Herzlichen Glückwunsch, Tessan. Jetzt fängt es an. Mein eigenes Leben.«

Weit entfernt bellen ein paar Hunde. Als würden sie ahnen, dass die junge Frau und die Ziege gerade einen Spaziergang in der Sommernacht machen. Tessan lächelt breit, die Angel hat sie sich auf die Schulter gelegt. Eifrig stolpert Bella hinterher und kaut an den Pflanzen, die sie sich im Vorübergehen schnappt.

»Määääh.«

Tessan lacht ihrer Freundin zu, krault sie freundlich hinter den Ohren.

»Ich weiß, es ist spät, und wir sollten jetzt schlafen. Aber wer will schon schlafen, wenn das Leben so schön ist?«

Wir beginnen mit den Spitzenmenschen, die mir beim Schreiben geholfen haben. Mein Dank geht an …

❤ … meine besten Piraten im Piratförlaget! Dieser wunderbare Verlag, für den ich so gerne schreibe. Sofia Brattselius Thunfors und Anna Hirvi Sigurdsson danke ich ganz besonders, weil sie alles, was ich schreibe, wieder und wieder lesen, Meinungen dazu entwickeln und großartige Ideen haben. Und das mit Engelsgeduld.

❤ … Laila Durán – eine supercoole Frau, die tatsächlich Eichhörnchen im BH trägt und zauberhafte Kleider für Prinzessinnen näht. Und die mich mit perfekt manikürter Hand in die Welt der Tiere und in Janes Welt eingeführt hat.

❤ … Jessica Ljunglöf – die Frau, die mir Tessan geschenkt hat. Mit Herz, einigen Tränen und viel Gelächter hat Jessica mir aus ihrer eigenen Geschichte erzählt. Dabei hat sie wild herumphantasiert und geduldig auf alle Fragen geantwortet, die ich zu Zigarettenmarken, Big Brother und Klatschzeitschriften hatte.

❤ … Olle Krantz – den frühreifen Jungen, der mir eloquent und voller Neugier bei der Charakterisierung von Bror geholfen hat. Großzügig hat er mir die Tür zu seinem pochenden Herzen geöffnet und alles über Verliebtsein, Eltern und die großen Fragen des Lebens erzählt.

❤ … Anna Sporring – eine passionierte Lebenszauberin, die mir alles und noch ein bisschen mehr über Monde und Magie verraten und erklärt hat, warum es so wichtig ist, mit Bäumen sprechen zu können.

❤ … Erik Ahrnbom – der sich gehorsam meine Ideen anhörte, um sie dann ganz ungehorsam zu zertrümmern, wodurch die Geschichte schließlich einem guten Ende entgegentanzen durfte.

❤ … meine Autorenfreunde – die nicht müde werden, meine Geschichten zu lesen, um mir hinterher kluge und bedenkenswerte Fragen zu stellen. Ihr seid Mutmacher vom Feinsten!

❤ … Paula Hellström – die mir wohl am allerliebsten kündigen würde, aber dennoch brav mit meinen Rechnungen und Quittungen in Plastiktüten und anderen schlimmen Dingen in Papierform kämpft und sie wunderbar ordnet.

❤ … meine liebe Jenny Grimsgård – die richtig gute Fotos von mir macht, auf denen ich wirklich so aussehe, wie ich mich fühle.

❤ … Anette – du bist eine wunderbare Spiel- und Arbeitsfreundin, mit der ich nicht nur über Bücher, sondern auch über das Leben reden kann!

Es folgt ein besonders herzliches Dankeschön an alle lieben Menschen, die mir bei meinem Leben helfen: Agi, Ditte, Nåmi, Saga, Danne, Maria-Luisa, Mama Kerstin, Papa Janne, Schwiegermutter Britt und alle meine wunderbaren Freunde. Ihr seid die Besten – und jetzt bitte keinen Protest!

Küsschen für euch alle. Einen schönen Tag noch – und vergesst nicht zu spielen!

Drei Damen, ein Omnibus und das Abenteuer ihres Lebens.

*Cover- und Preisänderungen vorbehalten

Karin B. Holmqvist

Das Leben ist kein Kaffeekränzchen

Roman

Piper Taschenbuch, 256 Seiten
Aus dem Schwedischen von
Annika Krummacher
€ 8,99 [D], € 9,30 [A], sFr 13,90*
ISBN 978-3-492-30090-2

Im schwedischen Küstenort Brantevik fristen die rüstigen Freundinnen Viola, Inez, Olga und Svea ein gemütliches Dasein. Regelmäßig treffen sie sich zum Nähkränzchen und trotzen so dem eisigen Herbst, der in ihrem Dorf Einzug gehalten hat. Doch als Inez eine Busreise zu einem Weihnachtsmarkt gewinnt, ist es vorbei mit der Ruhe. Die Damen sind im Reisefieber. Und so steigen sie Anfang Dezember gemeinsam in den Bus – ohne zu ahnen, dass bald mehr Turbulenzen drohen werden, als ihnen lieb ist.

PIPER

Leseproben, E-Books und mehr unter **www.piper.de**

»Schön romantisch und voller Sonnenschein«

Für Sie

*Cover- und Preisänderungen vorbehalten

Emma Hamberg

Für Wunder ist es nie zu spät

Roman

Piper Taschenbuch, 368 Seiten
Aus dem Schwedischen von
Susanne Dahmann
€ 9,99 [D], € 10,30 [A], sFr 14,90*
ISBN 978-3-492-27266-7

Majas Leben scheint perfekt: Als Ehefrau eines berühmten Künstlers lebt sie auf einem alten Schloss auf einer Insel im schwedischen Vänersee. Doch während ihr Mann immer gigantischere Kunstwerke schafft, sieht es mit ihrer eigenen Karriere als Bildhauerin mau aus. Maja schmiedet einen ungewöhnlichen Plan: Sie eröffnet eine Schwimmschule für Erwachsene. Unter den Kursteilnehmer ist auch der attraktive Alex. Und schon bald steht nicht nur ihre eigene Beziehung auf dem Prüfstand …

Leseproben, E-Books und mehr unter **www.piper.de**